渡邉義浩著

「古典中國」における小説と儒教

汲古書院

「古典中國」における小説と儒教／目　次

「古典中國」における小説と儒教

序章　「近代中國」における「小説」の意味

はじめに

中国は古典を尊重する。その古典が、儒教經典に限定されることは、後漢の章帝期に成立した「古典中國」において定まった。[一]『墨子』に詩や書が引用されるように、民族の古典は、当初から儒家に独占されていたわけではない。しかし、後漢の章帝期に「儒教國家」の国制として白虎觀會議により定められた中国の古典的國制と[二]、それを正統化する儒教の經義により「古典中國」が成立すると、古典は儒教經典に限定された。

「古典中國」は、儒教の經義より導き出された統治制度・世界観・支配の正統性を持っていたが、唐宋期における社会変容に伴い、やがて「近世中國」へと変貌を遂げる。それでも、科擧が朱子學に依拠して行われたように、中国の古典は儒教經典であった。それは、朱子學に基づく科擧を始めた国家が、モンゴル族の元であったように、「征服王朝」下でも継承され、清後期に西欧に接触した後にも受け継がれていく。

中国の古典尊重に打撃を与えた最大の事件は、日清戦争での敗北である。政治的に洋務運動から變法自強を経て、憲法制定から辛亥革命へと「西欧」化が進展していく中で[三]、文化においても西欧を規範とすべく、古典への攻撃が行われる。その際、古典との対比の中で、その価値を貶められながらも、民間で流通していた「小説」が、にわかに脚光を浴びる。胡適の「文學革命」に始まり、呉虞の「打倒孔家店」を受けて、魯迅が「阿Q正伝」において「礼教が人を食う」と位置づける一方で、白話の宣揚をすることにより、「近代中國」の文学が、国民意識の醸成と共に、小説を中心に形成されていく。魯迅らはさらに、「中国文学史」を作成する中で、日陰者の地位に貶められていた「小説」に、小説史を構築する。現在、盛行する中国小説研究は、かかる文脈から始まったのである。

しかし、こうした小説の捉え方は、「近代中國」が要請したものであって、「古典中國」における本来の姿を伝えるものではない。具体的には、魯迅が『中国小説史略』の中で、「志怪小説」・「志人小説」の嚆矢と考えた『捜神記』・『世説新語』が小説と位置づけ得るのかは、「近代中國」の枠組みを外したうえで再考すべき問題であろう。

本章では、「古典中國」での「小説」の位置を確認したうえで、「近代中國」における小説の宣揚を概観する。そののち、本書の分析視角を提示するものである。

一、貶められる「小説」

『荘子』や『列子』に用例を持つ「小説」という言葉を諸子の分類に用いた『漢書』藝文志は、「小説」家を次のように説明している。

> 小説家者の流は、蓋し稗官より出づ。街談巷語にして、道聴塗説者の造る所なり。孔子曰く、「小道と雖も、必ず觀る可き者有り。遠きを致すは泥《とどこお》るを恐る、是を以て君子は爲さざるなり」と。然れども亦た滅ぼさざるなり。閭里小知の者の及ぶ所も、亦た綴りて忘れざらしむ。如《も》し或いは一言采る可きも、此れ亦た芻蕘・狂夫の議なり。（四）

周知のように、班固の『漢書』藝文志は、劉歆の「七略」を踏まえている。劉歆が「七略」で「小説」家の起源と考える「稗官」とは、『漢書』に注を付けた顔師古によれば、王者が民間の風俗を知るため、それを記録させた役人のことである。「道聴塗説者」（道路で聞けば、そのまま道路で話すもの、『論語』陽貨篇）のような、不正確な記録者が著した「街談巷語」（町やちまたの言葉）が、「七略」で定義される「小説」である。それは、孔子（正しくは『論語』子張篇に引く子夏の言葉）によれば、「君子」が手を出さない「小道」である。[五] もし一言でも、その中に取るべき点があるとしても、それは「芻蕘・狂夫」（草刈りや木こり、あるいは狂人）の話である、と「小説」は位置づけられている。もちろん、諸子の中では最低の位置づけである。それどころか、「諸子十家、其の観る可き者は九家なるのみ（諸子十家、其可觀者九家而已）」と述べるように、藝文志は「小説家」を「諸子九流」の中に含めない。

　こうした位置づけは、唐代に編纂された『隋書』經籍志にも継承されている。

> 小説なる者は、街説巷語の説なり。傳は「輿人の誦」を載せ、詩は「芻蕘に詢《はか》る」を美とす。古《いにしへ》者 聖人 上に在り、史は書を爲り、瞽は詩を爲り、工は箴諫を誦し、大夫は誨を規《ただ》し、士は言を傳へて、而して庶人は謗る。孟春、木鐸を徇へて以て歌謠を求め、巡りて人の詩を省觀して、以て風俗を知る。過たば則ち之を正し、失はば則ち之を改む。道聴塗説も、紀《しる》し畢はらざるは靡《な》し。周官に、「誦訓は方志を道《と》きて以て觀事を詔《つ》ぐるを掌る。方慝を道きて、以て辟忌を詔げ、以て地俗を知る」とあり、而して「訓方氏は四方の政事と、其の上下の志とを道《い》ふを掌る。四方の傳道を誦して衣物を觀る」とあるは、是なり。孔子曰く、「小道と雖も、必ず觀る可き者有り。遠きを致すは泥るを恐る」と。[六]

『隋書』經籍志は、『論語』の子夏の言葉を『漢書』の誤りどおり孔子の言葉として引用するほど、『漢書』藝文志の記述を踏襲している。そして、「小説家」を子部に入れながらも、他の八家への文章が思想上の特色と欠陥を指摘することに対して、それと異なる記述法を取ることも、『漢書』藝文志と同じである。大きく異なる部分は、『周禮』を引き、「地俗」（『周禮』地官 誦訓）や「新物」（『周禮』夏官 訓方。「衣物」とするのは、『隋書』の誤り）を知ることで、地方の風俗・慣習や民の好悪を知ることができると、その意義を經典に基づき評価している点にある。

それでも大局的にみれば、「小說家」を「諸子九流」に含めなかった『漢書』藝文志と『隋書』經籍志とは、同じように「小說家」を貶めていることに変わりはない。したがって、劉宋の臨川王である劉義慶が撰した『世說新語』（目録では『世說』と著録。『世說新語』という呼称は、後世に成立）が、梁の武帝の勅撰である『小說』と共に、「小說家」に収録されていることは、第五章で述べるように、唐の高宗の顯慶元（六五六）年に完成した『五代史志』（『隋書』經籍志は、『五代史志』の一部）編纂時における、南朝系の貴族への蔑視を抜きに考えることはできない。自らの編纂した書籍が「小說」に分類されることは、唐代では辱めを受けることを意味していた。

『世說新語』が「小說」に分類されるのに対して、『搜神記』は、『隋書』經籍志では、「史部 雜傳」に著録される（『隋書』卷三十三 經籍志二）。その記録は、「史」として位置づけられていたと考えてよい。ところが、『新唐書』卷四十九 藝文志三において、『搜神記』は「小說家類」へと移動される。その際、同じく『隋書』經籍志では、史部 雜傳に著録されていた祖沖之の『述異記』、劉之遴の『神錄』、祖臺之の『志怪』、孔氏の『志怪』、劉義慶の『幽明錄』、東陽无疑の『齊諧記』、吳均の『續齊諧記』、王琰の『冥祥記』など多くの書籍が、「小說家類」に移されている。これ以降、史部に幽霊や仙人の伝記が、著録されることはなくなる。これは、大きくみれば、「史」とは何か、という問題に繫がる変化である。ここでは、第一章で述べるように、積極的な天人相關否定論者であった『新唐書』の撰者歐陽脩が、自らの思想との関わりにおいて、『搜神記』などを「小說家類」に移動したと考えるに止めておきたい。こののち、『世說新語』と『搜神記』の両書は、「小說家類」に分類され続ける。

『四庫全書總目提要』を編纂した清の紀昀は、自らも『閲微草堂筆記』をまとめているが、「小説」を三種に分類したうえで、次のように定義している。

張衡の西京賦に曰く、「小説は九百、本 虞初よりす」と。……其の流別を迹づくるに、凡そ三派有り。其の一は雜事を敍述し、其の一は異聞を記錄し、其の一は瑣語を綴輯するなり。唐宋より而後、作者 彌ゝ繁く、中間には誣謾すること眞を失ひ、妖妄なること聽を熒《まど》はす者、固より少なからずと爲す。然れども勸戒を寓《よ》せ、見聞を廣め、考證に資する者、亦た其の中に錯出す。班固 稱すらく、「小説家の流は、蓋し稗官より出づ」と。如淳の註に謂ふ、「王者 閭巷の風俗を知らんと欲す、故に稗官を立て、之を稱説せしむ」と。然らば則ち、博采旁蒐するは、是れ亦た古制にして、固より必ずしも冗雜なるを以て廢せず。今 其の雅馴に近き者を甄錄して、以て見聞を廣む。惟だ猥鄙荒誕にして、徒らに耳目を亂する者は、則ち黜けて載せず。[七]

こののち紀昀は、「雜事」の中に『世説新語』三卷、「異聞」の中に『搜神記』二十卷、「瑣語」の中に『博物志』十卷などを著録する。清の乾隆年間（一七三六～一七九五年）において、小説は「誣謾すること眞を失ひ」（真実ではない悪口）、「妖妄なること聽くを熒《まど》はす」（人を惑わす怪談）という否定的な評価を受けながらも、「勸戒を寓《よ》せ」（教訓的意義を持ち）、「見聞を廣め」（知見を広め）、「考證に資する」（考証の役に立つ）という利点を認められるに至っている。それでも、班固の『漢書』が如淳の注と共に引用されるように、諸子九流には含めないという「古典中國」における「小説」の位置は、継承され続けた。

このように「古典中國」・「近世中國」において、諸子や集部の最下層に置かれ続けた「小説」は、「近代中國」において宣揚される。

二、「近代中國」と小説の宣揚

清末の光緒二十八（一九〇二）年、梁啓超は、『新小説』創刊号に、「論小説与群治之関係」（小説と群治の関係を論ずる）を載せ、「一國の民を新たにせんと欲すれば、先に一國の小説を新たにせざる可からず（欲新一國之民、不可不先新一國之小説）」と説き、「小説に不可思議の力有り、人道を支配するが故に（小説有不可思議之力、支配人道故）」とその理由を説明した。[八] 同時期に、林紓はフランスのアレクサンドル＝デュマの『椿姫』を初めとする西欧小説の翻訳につとめ、小説という文体を通じて国民性教育の効果につなげ、ある意味、小説をメディアとして利用しようとしていた。[九] 魯迅は青年期に、梁啓超・林紓らの「小説革命」と呼ばれる、小説を通じて「新民」[一〇]意識を高めようとする国民主義運動に触れた。

民國六（一九一七）年に始まった「文学革命」は、こうした国民主義的な運動を背景としていた。「文学革命」の開始を告げる胡適の「文学改良芻議」は、陳独秀が創刊した『新青年』に掲載された。その中で胡適は、「文学」を改良するためには、次の八つが必要であると主張する。

> 一に曰く、須らく之を言ふに物有るべしと。二に曰く、古人を摹倣せずと。三に曰く、須らく文法を講求すべしと。四に曰く、無病の呻吟を作さずと。五に曰く、務めて爛調套語を去ると。六に曰く、典を用ひずと。七に曰く、對仗を講ぜずと。八に曰く、俗字俗語を避けずと。[一一]

訓読できることから分かるように、「文学改良芻議」そのものの文章は、用いるべきと主張する白話ではなく、古文で書かれている。それでも、胡適が白話、それも白話で書かれた小説を重視したのは、「国語」の成立を国民主義のために最も必要と考えたためであった。[一二] これを受けて、陳独秀は、『新青年』の次号巻頭に、「文学革命論」を著し、次のように主張している。

> 彫琢的で阿諛追従する貴族文学を打倒し、平易で抒情的な国民文学を打ち立てると言おう。陳腐で仰々しい古典文学を打倒し、新鮮で誠実な写実文学を打ち立てると言おう。回りくどく難解な山林文学を打倒し、分かりやすく通俗的な社会文学を打ち立てると言おう。[一三]

陳独秀は、このように古典を否定していくための文学として、「抒情的」で「写実」的で「通俗的」な特徴を持つ小説を宣揚していく。

魯迅の「狂人日記」は、翌民國七（一九一八）年、こうした胡適・陳独秀の「文学革命」の実践として『新青年』四―五に発表されたものである。被害妄想狂の手記という形式で書かれた「狂人日記」は、被害妄想狂の主人公が家族から、隣人から、食われてしまうと恐れることを描く。そして、中国が持つ四千年間の人を食ってきた歴史、子どもを殺して親を養ってきた人食いの「孝」を推奨してきた儒教道徳への恐れ、そして自らもまた人を食っていることへの救済のなさと、それに気がつかないことへの恐れを説くことにより、家族制度と礼教の弊害を暴露した作品である。そこには、ゴーゴリーの「狂人日記」など東欧系の文学と陳独秀や呉虞の礼教への批判からの影響がある。[一四] 魯迅はこののちも、小説を書き続けることにより、中国の近代文学と国語の成立に大きな役割を果たしていく。

魯迅は、それと同時に、近代国家建設のための新しい教育制度の中で必要とされた中国文学史を構築するため、[一五] 小説というジャンルに注目しながら、文学史を著した。それが、北京大学での講義をもとに、民國十二・十三（一九二三・二四）年に出版された『中国小説史略』である。

魯迅の『中国小説史略』は、「小説」とは、儒教經典やその解釈に基づかず、儒教の伝統にそむいた寓話や伝説を指していたという『漢書』藝文志に基づく定義を確認することから始まる。そして、本章の一で概観したような歴史家や書誌学者の「小説」観を逆転させることを目的として、小説「史」を描こうとした。それは、正統ではない「小説」には、儒教によって取り繕われることのない、中国の国民性がそのまま表現されると考えたためである。したがって、魯迅は、「小説」がどのような社会背景のもとで生まれ、その時代性をどのような形で反映するかに注目した。そして、そこに表現された中国の国民性を批判的に捉えた。すなわち、現実を見つめ、それと格闘して現実を処理するのではなく、現実から目をそらして処理に責任を持たない怠慢さが、「団円」の応報を作りあげ、作者と読者が騙しあっているとしたのである。(一六) また、魯迅は、小説の「模倣」も厳しく批判した。それが、独創的な新しい様式を出現させた時代の精神や作者の姿勢を欠落させた行いだからである。(一七) こうして魯迅は、小説史の構築により、中国の国民性を抉りだし、封建社会の悪に対抗する若き学徒を養成しようとしたのである。

魯迅は、中国に国民文学の存在とその特性とを見出すために、中国文学史を「小説史」として描き出そうとした。その際、魯迅は、『四庫全書總目提要』の中から発見した六朝「小説」を「志怪小説」と「志人小説」に分類する。前者の代表が『捜神記』であり、後者の代表が『世説新語』である。魯迅は、「志怪小説」を出現させた時代の精神や作者の姿勢を次のように説明している。

中国ではもともと巫が信じられており、秦漢より以来、神仙の説が盛行した。後漢末にはまた巫の風潮が大きくのび、鬼道はいよいよ熾んになった。たまたま小乗仏教もまた中国に入り、ようやく流伝をみせた。およそこれらは、みな鬼神を誇張し、霊異を言い立てたので、晋から隋までは、とくに鬼神・志怪の書が多かった。その書には文人の著したものと、宗教者の著したものがあった。文人の作は、仏教・道教の二家が、自らの宗教を神秘化するものと異なってはいたが、しかしまた小説をつくることを意図したものではなかった。おそらく当時は冥界と人間世界とは道が異なるとはいえ、人間も鬼もみな実在すると考えていたので、その異事の叙述は、人間世界の常事の記載と、かれら自身ではもとより真実と虚妄の区別がなかったのである。（一八）

魯迅は、正統思想である儒教に対する反措定として小説を対置させようとしているため、秦漢における巫や神仙との関わりの中で「鬼神・志怪の書」が著されたと説く。しかし、本書第二章で述べるように、少なくとも『捜神記』は、儒教の天人相關説や五行説との関係の中で、神鬼を理解しようと試みている。魯迅の「近代」的小説「史」の視座から離れて、『捜神記』を検討する必要性の一つはここにある。「志怪小説」というものの存在を前提とした『捜神記』の研究は、「古典中國」における「小説」のあり方を正しく理解できる方法ではない。

その証拠に、魯迅はここで、これら「志怪小説」は、「小説をつくることを意図したものではなかった」と述べている。魯迅が小説として高く評価するものは、唐の「傳奇小説」である。

小説もまた詩のように、唐代になって一変した。なお不可思議なことや異常なことを記していたが、それでも叙述が複雑になり、修辞が磨かれ華やかになった。六朝のものが梗概を記した程度であったことに比べると、進歩の跡がたいへん明らかである。さらに目立った変化は、この時代に意識的に小説を作り始めたことである。（一九）

魯迅は、小説を「叙述」を「意識的」に行うものと位置づけている。したがって、怪異をあるがままに事実と記す六朝の「志怪」は、魯迅にとって小説の先駆ではあっても小説ではない。小説は、六朝の「志怪」から唐の「傳奇」へと発展することで生まれたものであった。（二〇）

また、魯迅は、「志人小説」を出現させた時代の精神や作者の姿勢を次のように説明している。

漢末の士流は、すでに品目を重んじ、声名の成否は、片言に決した。魏晉より以来、いよいよ会話の際の表現を尊重するようになり、談話は玄虚に流れ、挙止はことさらに放達を重んじたので、漢が道徳的剛直さと方正とに重きを置いたことと、たいへん異なるようになった。おそらくそのとき仏教が広く普及し、脱俗の風潮が高まり、老荘の説もまた大いに盛んとなったことによろう。仏教信仰から道教崇拝に変わるのは逆の動きであるが、世間から厭い離れようとすることは同じであり、たがいに相手を拒否しながら実は煽りあって、ついに区別がつかなくなって清談となった。東晉より以後は、此の風はいよいよ甚だしく、清談に反対するものは、一・二の梟雄だけであった。世の尊重するところにより、撰集が作られ、あるものは旧聞を拾い集め、あるものは近事を記述して、些細な語の寄せ集めではあったが、それでもともに人間の言動であり、かくて志怪の牢籠を脱することができた。人間世界の出来事を記すことはすでにたいへん古く、列子や韓非子にはみな記載がある。ただその記すところは、列子の場合は道のたとえであり、韓非子の場合は政治を論ずる材料であった。鑑賞のために作ることは、実は魏に萌芽して晉に大いに盛んとなり、通俗的な好みに追随したり、あるいは模作の手本を提供したのかもしれないが、それでも実用を遠ざかって娯楽へと近づいたのである。（二）

ここでも魯迅は、小説の背景として、儒教ではなく佛教・道教を重視している。「志怪」の説明と同様、儒教と小説を対置しようとする意識を見ることができよう。儒教を最高位におく「古典中國」への対極として「近代中國」を置くとき、儒教を貶めるため「小説」を利用することは、戦略的にも最善の方法論であった。そして、魯迅の小説観の特徴として重要なことは、「人間の言動であり、かくて志怪の牢籠を脱することができた」と『世説新語』が人間を描くことを高く評価する点にある。中国の国民性を「小説」により抉りだすことが「小説史」の目的であれば、鬼神ではなく、人間の言動を描くことこそ「小説」の条件としては重要である。魯迅が『世説新語』を志人「小説」と把握する理由はここにある。したがって、鑑賞のため、「実用を遠ざか」り「娯楽」に近くなった『世説新語』を高く評価する。それまで重視された詩文が「不朽」を目指すものであれば、小説は「速朽」のものに止まる。

そこにこそ、国民意識が色濃く映し出されるとしたのである。

魯迅が『中国小説史略』の中で、六朝を代表する小説として「志怪小説」の『捜神記』と「志人小説」の『世説新語』を重視する理由は、正統思想である儒教に対する反措定として小説を対置し、人間の言動を描くことを重視するためであった。それでは、こうした「近代中國」における魯迅の「中国小説史」創造のために歪められた『捜神記』と『世説新語』の理解は、相対化されたのであろうか。

三、拡大解釈される魯迅

現在の日本において、『捜神記』の翻訳として通行本の位置にある竹田晃（訳）《一九六四》は、解説の中で次のように述べている。

古代中国では、孔子以来、「知識人たる人は怪力乱神を語らず」（『論語』に見える言葉）という教えがあったが、これは裏を返せば、「いかに知識人とはいえ、怪力乱神は語りたいもの」であったことを、指摘した言葉ではなかろうか。後漢末から六朝にかけては、当時輸入された仏教説話や、道教的色彩を持つ伝説が盛んに行われていたし、また政治的動乱を、当時流行した五行説にもとづき、吉兆・凶兆と結びつけて解釈する向きも多く、知識人たちも大いに鬼神を語り合い、超現実的な霊威を信じたのである。語り合っただけではなく、彼らはそれを記録に留めて、より広範囲の人びと、さらにはのちの世の人びとに意識的に伝えようとした。かくして生まれたのが、「志怪（怪を志《しる》すという意味）」と呼ばれる新しいジャンルである。

それまでに「小説」と呼ばれたものは、その言葉そのままに、「取るに足らない小さな話」であり、歴史の記述からこぼれ落ちた断片的な記録にすぎなかった。もちろん、志怪小説とても、べつに作者が構成に意を用いているわけではなく、ただ見聞したままを記録しているのであるが、ともかく知識人が意識的に小説を著そうとしたのは、これが最初である。天子の位を極めた曹丕が、みずから『列異伝』なる志怪小説集を書いたと伝えられているのであるから、この時代には、小説はもはや「取るに足りない話」ではなくなり、知識人が興味を持っても恥ずべきことではなくなっていたのであろう。

魯迅が、『捜神記』成立の時代背景として、佛教・道教のみを掲げることに対して、五行説を挙げることは、儒教に対峙するための中国小説史を描く、という目的が竹田晃（訳）《一九六四》に無いことの証である。もちろん、学問的には、竹田晃（訳）《一九六四》が正しいが、中国小説史を全時代の中で、儒教の圧倒的な力に抗いながら描いていくという、魯迅の問題意識が継承されていないと言うこともできよう。その証拠に、魯迅が「小説をつくることを意図したものではなかった」とあくまで小説の先駆に位置付ける『捜神記』に、竹田晃（訳）《一九六四》は、小説の成立を求める。「小説はもはや「取るに足りない話」ではなくなり、知識人が興味を持っても恥ずべきことではなくなっていた」とするのである。「古典中國」において諸子九流の外に貶められていた「小説」は、「知識人が意識的に小説を著そうとした」近代的な小説に高められている。魯迅が唐代「傳奇」に設定した「小説」を描くことの自覚性は、『捜神記』にまで遡らされている。

また、先坊幸子・森野繁夫（訳）《二〇〇四》は、まえがきにおいて『捜神記』を次のように説明する。

漢王朝が崩壊して混乱の時代となり、それとともにも、世の中を引き締めていた儒教的な考え方が弛んで、「怪力乱神を語らず」という意識が希薄になったことによるのであろう。また民衆道教とも言うべき宗教が人々の間に広まっていったことも影響している。こうして冥界をはじめとして、人界の周囲に存在すると考えられていた異界に関する話が堰を切ったように世間に溢れ、それらの事に関心を持った知識人たちによって「志怪集」（怪を志《しる》した集）が次々と編集された。

先坊幸子・森野繁夫（訳）《二〇〇四》が、竹田晃（訳）《一九六四》の見解をほぼ踏襲しているように、日本、そして中国・台湾の『捜神記』に関する研究も、[二二]『捜神記』が「志怪小説」であることを研究の前提としている。魯迅が慎重に『捜神記』には小説の成立を求めなかった厳密さは失われ、中国小説史の存在を前提としている。「古典中國」の中に、すなわち、儒教との関わりにおいて、『捜神記』が書かれた当初のあり方を考えようとする視座は、ここには見られない。

こうした傾向は、『世説新語』も同様である。日本における代表的な『世説新語』の翻訳書である目加田誠（訳）《一九七五～七八》は、解題の中で次のように『世説新語』を説明する。

> 本書は、上は後漢から、下は東晉に至るまでの佚事瑣語を集めたものであり、劉孝標の注は、それらの話柄に関して、いろいろ他の史書に見えているものを、参考として多く引用している。それを見ると、どうも世説のあのおもしろく、而もひきしまって、垢抜けした文章は、撰者がかなりフィクションを用いて、寸言隻語に各人物の個性を生き生きと描き出そうとしたもののように考えられる。従って、これはもはや史書ではなく、文学であり、だから隋志にも小説として扱われ、四庫全書総目提要にも、子部小説家類に入れているのだし、魯迅も小説史略の中にこの書をとり入れているのである。

目加田誠（訳）《一九七五～七八》は、『世説新語』を「史書ではなく、文学であ」るとする。魯迅の『中国小説史略』が最後に触れられるように、魯迅が『世説新語』を「志人小説」としたことを継承していると考えてよい。中国・台湾の研究においても、『世説新語』を「志人小説」と捉えるものは多い。[二三]『晉書』に多く材料として引用されている『世説新語』は、当該時代においても「小説」と見なされていたのであろうか。

おわりに

本書は、魯迅を代表とする「近代中國」における小説の位置づけに基づいて、『捜神記』を「志怪小説」、『世説新語』を「志人小説」と捉える視座から、両書を正しく把握できるのか、という問題意識に基づいて、両書の執筆意図を探る。そのための方法として、「古典中國」において貶められている「小説」をあえて執筆する必然性への疑問から、儒教に規定された「史」のあり方と両者がどのような関係を有しているのかを探っていく。魯迅以降の「近代中國」の必然性が両書をどのように位置づけたかではなく、かれらがどう考えて両書を編纂したのか。それを『捜神記』と『世説新語』が執筆された「古典中國」の中に位置づけることが本書の目的である。

≪ 注 ≫

（一）「古典中國」という概念により、中国史を新たに時代区分する試みについては、渡邉義浩〈二〇一五〉を参照。
（二）後漢の章帝期に「儒教國家」が成立すること、及び儒教の國教化については、渡邉義浩《二〇〇九》を参照。
（三）こうした発展段階的な中国近代化論に異を唱えるものに、溝口雄三《一九八九》、《二〇〇四》がある。
（四）小説家者流、蓋出於稗官。街談巷語、道聽塗説者之所造也。孔子曰、雖小道、必有可觀者焉。致遠恐泥、是以君子弗爲也。然亦弗滅也。閭里小知者之所及、亦使綴而不忘。如或一言可采、此亦芻蕘・狂夫之議也（『漢書』巻三十　藝文志）。
（五）三國曹魏の曹植が、自らの得意とする辭賦を「小道」と言った意義については、渡邉義浩〈二〇一二〉を参照。

（六）小説者、街説巷語之説也。傳載輿人之誦、詩美詢于芻蕘。古者聖人在上、史爲書、瞽爲詩、工誦箴諫、大夫規誨、士傳言、而庶人謗。孟春、徇木鐸以求歌謠、巡省觀人詩、以知風俗。過則正之、失則改之。道聽塗説、靡不畢紀。周官、誦訓掌道方志以詔觀事。道方慝、以詔辟忌、以知地俗、而訓方氏、掌道四方之政事、與其上下之志。誦四方之傳道而觀衣物、是也。孔子曰、雖小道、必有可觀者焉。致遠恐泥（『隋書』卷三十四　經籍三）。

（七）張衡西京賦曰、小説九百、本自虞初。……迹其流別、凡有三派。其一敍述雜事、其一記錄異聞、其一綴輯瑣語也。唐宋而後、作者彌繁、中間誣謾失眞、妖妄熒聽者、固爲不少。然寓勸戒、廣見聞、資考證者、亦錯出其中。班固稱、小説家流、蓋出於稗官。如淳註謂、王者欲知閭巷風俗、故立稗官、使稱説之。然則、博采旁蒐、是亦古制、固不必以冗雜廢矣。今甄錄其近雅馴者、以廣見聞。惟猥鄙荒誕、徒亂耳目者、則黜不載焉（『四庫全書總目提要』卷一百四十　子部　五十小説家類一）。

（八）梁啓超〈一九〇二〉。梁啓超の「小説革命」については、斉藤希史〈一九九九〉を参照。

（九）魯迅の先駆となるこれらの運動と魯迅の『中国小説史略』との関係を前近代との連続性と変容で捉えた研究としては、牧角悦子〈二〇一六〉を参照。

（一〇）中島隆博〈二〇〇七〉は、梁啓超の用いる「新民」という言葉が朱子學の概念であることに着目し、梁啓超のいう「小説」が、「自發」の文であり、そうした意味において「古文」のリバイバルであると位置づけている。

（一一）胡適〈一九一七〉。原文は、「一曰、須言之有物。二曰、不摹仿古人。三曰、須講求文法。四曰、不作無病之呻吟。五曰、務去爛調套語。六曰、不用典。七曰、不講對仗。八曰、不避俗字俗語」である。

（一二）「文学改良芻議」の成立背景およびその中心的な主張が白話という言語の問題であったことについては、植田渥雄〈一九九八〉を参照。

（一三）陳独秀〈一九一七〉。原文は、「曰推倒雕琢的阿諛的貴族文學、建設平易的抒情的國民文學。曰推倒陳腐的舖張的古典文學、建設新鮮的立誠的寫實文學。曰推倒迂回的艱澀的山林文學、建設明了的通俗的社會文學」である。

（一四）魯迅と『狂人日記』については、竹内好《一九八〇》、丸尾常喜《一九九三》・《一九九七》などを参照。また、青木正児

《一九二七》は、胡適の「文学改良芻議」と呉虞の礼教攻撃をいち早く紹介している。

(一五) 白話を重視する胡適の『白話文学史』、魯迅の『中国小説史略』、詩と古代という視点を持つ聞一多の詩史構想が、新設大学における中国文学史から生まれたことについては、牧角悦子〈二〇一五〉を参照。

(一六) 魯迅の『中国小説史略』については、林田愼之助〈一九八〇〉を参照。

(一七) 魯迅の『中国小説史略』が「団円」のほか、「模倣」を厳しく批判したことについては、大橋義武〈二〇一五〉を参照。

(一八) 中国本信巫、秦漢以来、神仙之説盛行。漢末又大暢巫風、而鬼道愈熾。会小乗仏教亦入中土、漸見流伝。凡此、皆張皇鬼神、称道霊異、故自晋訖隋、特多鬼神・志怪之書。其書有出於文人者、有出於教徒者。文人之作、雖非如釈・道二家、意在自神其教、然亦非有意為小説、蓋当時以為幽明雖殊途、而人鬼乃皆実有、故其敘述異事、与記載人間常事、自視固無誠妄之別矣（『中国小説史略』第五篇　六朝之鬼神志怪書（上）、人民文学出版社、一九五七年）。なお、今村与志雄（訳）《一九八六》を参照した。

(一九) 原小説亦如詩、至唐代而一変。雖尚不離於捜奇記逸、然敘述宛転、文辞華絶。与六朝之粗陳梗概者較、演進之跡甚明。而尤顕者、乃在是時則始有意為小説（『中国小説史略』第八篇　唐之伝奇文、前掲）。

(二〇) 広瀬玲子〈一九九四〉は、胡應麟の『少室山房筆談』では、時代的変遷と関連づけられていなかった「志怪」と「傳奇」を、魯迅が「事実」の「志怪」と「創造」の「傳奇」とに区分して発展と考えたことを唐の傳奇への過大評価であるとし、「史」と「小説」との関係を論じている。また、吉川幸次郎〈一九六八b〉は、「傳奇」とそれ以降の口語「小説」とは無縁であり、この二者は簡単には結びつかないと、魯迅の「小説史」という手法そのものに疑問を投げかけている。

(二一) 漢末士流、已重品目、声名成毀、決於片言。魏晉以来、乃弥以標格語言相尚、惟吐属則流於玄虚、挙止則故為疏放、与漢之惟俊偉堅卓為重者、甚不侔矣。蓋其時釈教広被、頗揚脱俗之風、而老荘之説亦大盛。其因仏而崇老為反動、而厭離於世間則一致、相拒而実相扇、終乃汗漫而為清談。渡江以後、此風弥甚、有違言者、惟一・二梟雄而已。世之所尚、因有撰集、或者掇拾旧聞、或者記述近事、雖不過叢残小語、而倶為人間言動、遂脱志怪之牢籠也。記人間事者已甚古、列禦寇・韓非皆有録載。惟其所以録載者、列在用以喩道、韓在儲以論政。若為賞心而作、則実萌芽於魏而盛大於晉、雖不免追随俗尚、或供揣摩、然要為遠実用而近娯楽矣（『中国小説史略』第七篇 世説新語与其前後、前掲）。

（二二）多賀浪砂《一九九四》、周次吉《一九八六》、王枝忠《一九九七》、謝明勲《二〇〇三》、林淑貞《二〇一〇》、楊傑《二〇一〇》、李剣国《二〇一一》、大橋由治《二〇一四》、陽清《二〇一五》、富永一登《二〇一五》などを参照。なお、最新の鄧裕華《二〇一六》は、小説と史伝は同源異体であり、小説家と史官は両位一体であるから、干宝は史家と小説家の双方の実践を重んじた、としている。

（二三）寧稼雨《一九九一》、李玉芬《一九九八》などが典型である。そのほか、王能憲《一九九二》、寧稼雨《一九九四》、王妙純《二〇一二》も参照。これらに対して、朴美鈴《一九九〇》、蔣凡《一九九八》、劉潔《二〇一三》などは、「志人小説」として『世説新語』を把握していない。

第一章　『搜神記』の執筆目的と五氣變化論

はじめに

東晉の干寶は、『搜神記』の執筆目的について、「其の著述に及びては、亦た以て神道の誣《いつは》らざるを明らかにするに足るなり（及其著述、亦足以明神道之不誣也）」（『晉書』卷八十二 干寶傳）と述べている。「神を搜《たづ》ぬる記（搜神記）」との書名にも表現されるように、『搜神記』の中心概念となる「神道」は、『周易』觀卦 彖傳の「天の神道を觀るに、而して四時 忒《たが》はず。聖人 神道を以て教を設けて、天下 服す（觀天之神道、而四時不忒。聖人以神道設教、而天下服矣）」（『周易注疏』卷四 上經 觀）という文に基づく。王弼注によれば、「神は則ち形无き者なりて見へざる（神則无形者也不見）」（『周易注疏』卷四 上經 觀）ものとされるが、干寶は、王弼の義理易ではなく、孟氏易・京房易の流れを汲む虞翻・陸績の象數易を継承しており、「神道」の内容を王弼注から考えることはできない[一]。

竹田晃は、「干寶の史観は典型的・伝統的な儒家思想に基づき、老莊の学説や玄談の流行に強い反発が示される。王導の知遇を得た干寶は、公人として、漢易の系統を引くかれの陰陽思想を抑えて、確乎たる儒家的な政治観・歴史観をもって晉紀を撰し、その完成後の解放感が、私撰の志怪小説たる搜神記に展開した」と述べている[二]。しかし、干寶が当初から「志怪小説」として『搜神記』を著したとは考えられない[三]。

小南一郎は、干寶は鬼神の出現を伝えた記録を掲げて北来貴族たちの無鬼論に反論することを政治的な目的としながら、鬼神的世界の存在を現在に確認する探求者として『搜神記』を編纂した、という(四)。南朝寒門における学問の意味を問う視座は興味深いが、干寶が一方で歴史的な記録を残し、他方でそれと内容的に齟齬する「神道」による解釈を両存させている、との指摘に疑義がある。

本章は、干寶が、五行志と共通性を持つ天人相關説を一方で掲げながら、他方で妖怪が生ずる理由を論理的に追究しようとすることが、矛盾や二面性であるのかという問題にも留意しながら、五氣變化論を検討することにより、『搜神記』の執筆目的とその到達点を探るものである。

一、『晉紀』總論と天人相關説

干寶が『晉紀』を編年體で著した動機に関して、『史通』は次のような干寶の議論が、支持を集めていたことを伝える。

昔 干寶 晉史を撰するを議するに、以《い》爲へらく、「宜しく丘明に準じ、其の臣下の委曲は、仍ち譜注と爲さん」と。時に於て議者、之を宗とせざるは莫し(五)。

干寶は、史書の体例は左丘明の『春秋左氏傳』に準拠し、臣下の列傳を「譜注」とすべきことを提唱している。それに基づいて著した『晉紀』は、西晉四代五十三年の編年體による通史で、七帝紀（宣帝・景帝・文帝〈三祖〉・武帝・惠帝・懷帝・愍帝）より成る（『史通』巻十二 古今正史篇）。その体例は、編年體であるが、『春秋』そのものではなく、臣下の列傳を挾む「春秋左氏傳」体である(六)。そのため、紀傳體と比較して、志を欠くことを特徴とする。干寶は、五行・符瑞といった志を著すことに躊躇があったのであろうか。

また、『春秋左氏傳』を目指す以上、『晉紀』は勧善懲悪の史論を含むものとなる。

狄 二國を滅ぼし、君 死し 城 屠ふらる。齊桓 覇を行ひ、亡を興し絕を繼ぐ。左傳に云ふ、「邢の遷ること歸るが如く、衞國 亡ぶを忘る」と。上下の安堵し、舊物を失はざるを言ふなり。孫皓 暴虐なるが如きは、人 生を聊《たの》しまず。晉師 是れ討ち、後予 相 怨む。而るに干寶の晉紀に云ふ、「吳國 既に滅び、江外 亡ぶを忘る」と。豈に江外 典午の善政に安んじ、歸命の未だ滅びざるを同《とも》にせんや。此れを以てして左氏に擬するも、又 所謂る貌 同じくして心 異なるものなり。(七)

ここでは『晉紀』の史論は、劉知幾により、『春秋左氏傳』に擬してはいるが、相応しくないと批判されている。しかし、干寶の『晉紀』が、『春秋左氏傳』を範としたことを理解できよう。なお、干寶が孫吳の存在した時期の社会状況を西晉の征服後と同一視していたことには、興味を覚えるが、干寶の孫吳観は本書第三章で論じよう。

さらに、『春秋左氏傳』が「凡例」を備えるように、干寶の『晉紀』も「凡例」を有していたことが、『史通』に記録される。

唯だ令昇 先覺にして、遠く(左)丘明を述べ、重く凡例を立てて、晉紀を勒成す。鄧(粲)・孫(盛)より已下、遂に其の蹤を躡《ふ》み、史例の中興、斯に於て盛んと爲る。沈宋の志序、蕭齊の序錄の若きは、皆 序を以て名と爲すと雖も、其の實は例なり。必ず其の臧否を定め、其の善惡を徵するは、干寶・范曄、理 切にして功多し。(八)

劉知幾の見た『晉紀』の「凡例」は亡逸しており、干寶(令昇)がどのような「凡例」を立てて、『晉紀』を記載したのかを知ることはできない。行論との関わりで注目すべきは、『捜神記』にも、事例を列挙する前の巻頭において、総論となるべき理論的な部分があったこととの関わりである。(九) 総論部分が、『晉紀』の「凡例」に当たるとすれば、両者は同じ構造を有していたことになり、『捜神記』は「左氏傳」体に近似する。

そもそも、『春秋左氏傳』は、「左傳は艷にして富なれども、其の失や巫（左傳艷而富、其失也巫）」（『春秋穀梁傳集解』范寧序）と評されるほど、占いや予言、怪異現象、そして物語性を多く含む經書である(一〇)。ただし、干寶のころには、西晉の杜預の注により、合理的な史書としての側面が重視されつつあった(一一)。それでも、班固の『漢書』五行志が、その材料を多く『春秋左氏傳』に求めているように、そこには、占いや予言、怪異現象が多く含まれていた。『捜神記』もまた、『春秋左氏傳』と同様、占いや予言、怪異現象を記すことが多い。『春秋左氏傳』の体例に倣って『晉紀』を著した干寶が、『春秋左氏傳』の内容を襲って、『捜神記』を著した蓋然性は高いのである。そこで、『晉紀』の中で唯一体系的に残る『晉紀』總論から、史家干寶の思いと『捜神記』執筆の目的を考えていこう。

『文選』に引用される『晉紀』總論は、西晉史全体を総括した史論である。そこでは「三祖」の功業と武帝の即位、三國統一の達成までの時期においては、西晉の皇帝も臣下も称賛されている。しかし、惠帝が即位した後の、楊皇后・楊駿、賈皇后・賈充といった外戚の専横と、八王の亂を惹起した諸王の対立、さらには「元康放縱の風」と称される貴族の放恣と、五胡の侵入に壊滅した將兵の堕落は、厳しく批判されている。

そして、最後に次のような文を掲げて、天人相關説への疑義を提示しながら、それでも東晉が天命を受けていることを干寶は主張する。

懷帝は承亂の後に位を得るも、彊臣に羈せられ、愍帝は奔播の後に徒に其の虚名に廁《まじは》るも、天下の政 既已《すで》に去りぬ。命世の雄に非ずんば、之を取る能はざるなり。然れども懷帝 初めて載《うま》るるや、①嘉禾 南昌に生ず［徐廣の晉紀に曰く、「太康五年八月、嘉禾 南昌に生ず。九月 懷帝 生まる」と］。②望氣者 又 云ふ、「豫章に天子の氣有り」と。［干寶の晉紀に曰く、「初め望氣者 言ふ、「豫章・廣陵に天子の氣有り」と」と］。國家 多難たりて、宗室迭興するに及び、愍・懷の正、淮南の壯、成都の功、長沙の權を以て、皆 傾覆に卒《を》はる。而して懷帝は豫章王を以て天位に登る。③劉向の讖に云ふ、「滅亡の後、少くして水名の如き者有り之を得ん。事を起こす者は秦川に據り、西南に乃ち其の朋を得ん」と。案ずるに愍帝は蓋し秦王の子なり。位を長安に得たり。長安は固より秦の地なり。而して西のかた南陽王を以て右丞相と爲し、東のかた琅邪王を以て左丞相と爲す。上 諱は業。故に鄴を改めて臨漳と爲す。漳は水名なり。④此に由りて之を推せば亦た徵祥有り。而るに皇極は建たず、禍辱は身に及ぶ。⑤豈に上帝 我に臨みて其の心を貳にするか。⑥將《は》た人 能く道を弘め、道 人を弘むるに非ざるに由る者か。淳耀の烈は未だ渝《かは》らず。⑦故に大命は重ねて中宗元皇帝に集まる。(一二)

西晉の第三代皇帝となる懷帝司馬熾の誕生を言祝ぐ①嘉禾の瑞祥や、太熙元（二九〇）年に豫章郡王となった司馬熾の動向に感應する②豫章の天子の氣は(一三)、天人相關説によれば、天が懷帝を正統化し、その統治を言祝ぐために出現させたはずであった。さらに、懷帝に続く愍帝司馬鄴は、③劉向の讖に合致するとされる。後漢・曹魏で盛んに行われたものの、西晉では泰始三（二六七）年に禁止されていた「星氣讖緯の學」(一四)までをも援用して、その即位は正統化されていたのである。

それにも拘らず、懷帝は、永嘉の乱により匈奴の劉曜に捕らえられ、劉聰の外出の際に日除け傘の持ち役にされる恥辱を受けたうえで殺される。さらに、続いて即位した愍帝司馬鄴も、建興五（三一七）年に、劉聰により平陽で殺され、西晉は滅亡した。④「皇極は建たず、禍辱は身に及」んだのである。

干寶は、その理由を問いかける。⑤「豈に上帝 我に臨みて其の心を貳にするか」と。この言葉は、『詩經』大雅大明に、「上帝 女に臨めり、爾の心を貳にすること無かれ（上帝臨女、無貳爾心）」とある詩を踏まえる。ただし、『詩經』は上帝の天命を信じ、人々が二心を抱かないことを歌っている。これに対して、干寶の言葉は、上帝が二心を抱き、一方で西晉の皇帝に正統性を附与しながら、他方で漢（前趙）の劉淵（劉聰の父）にも天命を下したのか、と上帝（天）に対する疑義を提示したものである。「天道 是か否か（天道是邪否邪）」（『史記』巻六十一 伯夷列傳）と問いかけた司馬遷にも通ずる、悲痛な天への不信表明であり、天人相關説へ疑問を投げかける言葉である。

しかし、干寶が、天人相關説の否定へと進むことはなかった。⑦「大命は重ねて中宗元皇帝に集」っていること、すなわち東晉が天命を受けていることは、東晉の史家である干寶には動かし難い事実だからである。このため、干寶は、⑥「將た人 能く道を弘め、道 人を弘むに非ざるに由る者か」と言葉を続ける。これは、『論語』衞靈公篇に、「子曰く、「人 能く道を弘む。道 人を弘むに非ざるなり」と（子曰、人能弘道、非道弘人也）」とある文を踏まえる。ここでは、典拠と同じく、干寶は、人が天道を広めていくのであり、天道が人を広めるのではないことによるのか、と自問自答する。そうであるならば、人は「天道」のあり方を理解しなければならない。天人相關説の搖らぎがそれを理由とするのであれば、「天道」を探っていかなければならない。

すでに述べたように、「搜神」の「神」が、『周易』觀卦 彖傳の「天の神道」を踏まえているのであれば、『搜神記』は、「天道」のあり方を捜《たず》ねるために書かれた著作となる。『搜神記』は、天人相關説を搖るがせている「天道」のあり方、具体的に言えば、西晉末期の瑞祥が、天人相關説とは異なる原理により起こった可能性を探していくために書かれた。東晉の正統性を支えるような、天人相關説の現れとしての瑞祥と災異と、西晉の滅亡を伝えることができなかったような、天人相關説とは関わらない瑞祥と災異とを弁別するため、後者の発生する人間側の原理を解明して、その論理と事例を提供することが、『搜神記』の執筆目的なのである。

二、天人相關説の有効性

天人相關説の有効性を保障するため、『捜神記』は「天道」の原理を捜《たず》ねていく。したがって、『捜神記』は、正しくない「天道」の解釈を厳しく批判する。

干寶の捜神記に曰く、「宋の大夫たる邢史子臣、天道に明らかなり。周の敬王の三十七年、景公 問ひて曰く、「天道 其れ何の祥たるや」と。對へて曰く、「後《のち》五十年の五月丁亥、臣 將に死せんとす。死せし後五年の五月丁卯、吳 將に亡びんとす。亡びし後五年、君 將に終《を》へんとす。終へし後の四百年、邾 天下に王たり」と。俄《ほどな》くして皆 其の言の如し。云ふ所の邾 天下に王たる者は、魏の興こるを謂ふなり。邾は、曹姓、魏も亦た曹姓なり、皆 邾の後なり。其の年數 則ち錯《たが》ふは、未だ邢史の其の數を失ひしか、將《は》た年代 久遠にして、注記する者傳へて謬り有るを知らざるか」と。[一五]

この話は、『太平御覽』に残る汲冢書の『古文瑣語』に記された宋の景公の逸話をもとにする。[一六]それが王莽の時と、曹魏の時に改作されたと考えてよい。王莽は、堯の後裔である漢を滅ぼすために、自らを邾の後裔である舜の子孫と主張した。同じく、舜の子孫を称して、漢魏革命を正統化しようとする曹魏は、[一七]王莽のために改作された話を曹氏のものに改めた。ところが、数を合わせることを失念したらしい。周の敬王の三十七（前四八三）年から、四百六十年後は前二三年となり、それは、王莽が王凰に孝を尽くして台頭し始めた時となる。[一八]曹魏の正統性を示す「天道」としては、年数が間違っている。

干寶は、その理由を「邢史の其の數を失」ったか、それとも「注記する者」が誤って伝えたのかは、知ることができない、と述べる。すなわち、王莽や曹室の改竄であると悪意に基づき解釈することはない。それよりも、「天道」が誤って伝えられている、と指摘する。ここに、その理由を解明しようとする干寶の思いを見ることができる。

干寶は、天人相關説そのものを否定することはない。干寶は『晉紀』總論で示した、西晉末の天人相關説への疑問を次のように解決している。

愍帝の立つや、毗陵を改めて晉陵と爲す。時に元帝 始めて江・揚に霸たり。而るに戎翟 稱制して、西都 微弱たり。干寶 以爲《い》へらく、「晉 將に西に滅びんとして、東に興るの符なり」と。(一九)

天は、西晉が滅び、東晉が勃興することを丹陽郡の「東」部を分けて置いた毗陵郡を「晉」陵郡と愍帝が改名する、という「符」により示していた、とするのである。それにも拘らず、天人相關説が搖らいで見えるのは、天子の行動に対して天が感應する、という天人相關説だけでは解決できない怪異が、実体験を含めて数多く存在するためである。天人相關説を搖るぎないものとするためには、そうした天子とは無関係の怪異が生ずる理由を解明しなければならない。その思いを干寶は、ある人物に仮託して次のように語っている。

搜神記に曰く、「晉の武帝の世、河間郡に男女の相 悅ぶもの有りて、相 配適するを許す。既にして男 從軍すること積年。父母 女を以て人に適《とつ》がす。幾《いくばく》も無くして憂ひて死す。男 還りて悲痛し、乃ち冢所に至り、之を哭して哀を敍べんと欲す。而るに其の情に勝へず、遂に冢を發きて棺を開く。卽ち時に蘇活すれば、因りて負ひて家に還る。養ふこと數日を將《もっ》て平復す。其の夫 往きて之を求む。其の人 還《しりぞ》けて曰く、「卿の婦 已に死す。天下豈に死せし人の復た活きるを聞《ゆる》すや。天 我に賜ふ。卿が婦に非ざるなり」と。是に於て相 訟へ、郡縣 決する能はずして、以て廷尉に讞す。祕書郎の王導 奏すらく、「精誠の至り、天地を感ぜしむるを以て、故に死して更めて生く。此れ非常の事なれば、常理を以て之を斷ずるを得ず。請ふらくは冢を開きし者に還さん」と。(二〇)

汪紹楹が計算するように(二一)、王導は武帝の卒年にようやく十五歳となるため、武帝の世に秘書郎には就き得ない。このため、『宋書』五行志は「惠帝の世」、『晉書』五行志も惠帝の「元康中」と「武帝の世」を改めてから、この話を収録している。しかも、『宋書』が変更するのは、時期だけではない。

　晉の惠帝の世、梁國の女子 嫁を許し、已に禮娉を受く。尋《には》かにして其の男 長安に戍し、年を經るも歸らず。女の家 更めて以て人に適《とつ》がしむ。女 行くを樂《ねが》はざるも、其の父母 逼り強ふれば、已むを得ずして去《ゆ》き、尋《つ》ぎて病を得て亡す。後に其の夫 還りて、女の所在を問ふ。其の家 具《つぶさ》に之に說く。其の夫 女の墓に徑《ゆ》き、哀情に勝へず、便ち冢を發き棺を開く。女 遂に活き、因りて與に倶に歸る。後に婿 之を聞き、官に詣りて之を爭ひ、所在 決する能はず。秘書郎の王導 議して曰く、「此れは是れ非常の事なれば、常理を以て之を斷ずるを得ず。宜しく前夫に還すべし」と。朝廷 其の議に從ふ(二二)。

『宋書』と『捜神記』との異同は、注(二三)に掲げた原文に傍線を附して示したが、最も重要な相違は、『捜神記』に書かれていた「精誠の至り、天地を感ぜしむるを以て、故に死して更めて生く」という王導の言葉を『宋書』五行志が削除したことである。この言葉が無ければ、女が生き返った要因は、惠帝の混乱した政治に求められる。したがって、天人相關説に基づき、五行志に「人痾」として採録し得る。事実、『宋書』五行志も『晉書』五行志も、この話を「人痾」に収録している。

　これに対して、王導に仮託された言葉に従えば、前夫の「精誠の至り」が、「天地を感」じさせて、妻を生き返らせたことになる。天人相關説は、勅任官に就いてもいない前夫の「精誠」で「天地」が感應することを説明できない。そうした「常理」では判断できないことが存在すると、王導に仮託して、干寶は語っている。干寶が『晉紀』の編纂を命ぜられたのは、王導の上疏に基づく(『晉書』卷八十二 干寶傳)。大恩ある王導のためにも、自らが仕える東晉のためにも、天人相關説を搖るがす、「精誠の至り」が「天地を感」じさせるような、怪異の生ずる理由を探さなければなるまい。

三、妖怪の生成理由

『捜神記』は、天人相關説では説明のできない、妖怪が生ずる理由について、次のように説明している(二三)。

妖怪なる者は、干寶の記に云ふ、「蓋し是れ精氣の物に依る者なり。氣 中に亂るれば、物 外に變ず。形神・氣質は、表裏の用なり。五行に本づき、五事に通ずれば、消息 昇降し、化動 萬端なると雖も、然れども其の休咎の徵、皆 域を得て論ず可し」と(二四)。

妖怪は、「精氣」が「物」に宿ったものであり、「氣」が中で乱れたときに、「物」が外に「變」化する。その変化は、「五行」(木・火・土・金・水)と「五事」(貌・言・視・聽・思)に通じていれば、その「休徵」(善政に応じた現象)と「咎徵」(悪政に応じた現象)を説明できる、という。「精氣」と「物」の関係については、『周易』繫辭傳上に、「精氣 物を爲し、遊魂 變を爲す。是の故に、鬼神の情狀を知る(精氣爲物、遊魂爲變。是故、知鬼神之情狀)」とあり、干寶の主張は、これに基づくと考えてよい。ただし、当該部分の干寶の『周易注』が散佚しているため、一般的な解釈以上の理解は示すことができない。

干寶が妖怪の存在を証明できると考えた理由は、こうした『周易』の論理に加えて、『春秋左氏傳』を修めたことと関わりがあろう。干寶には、『春秋序論』『春秋左氏函傳義』という『春秋左氏傳』に関する専著があった(二五)。『春秋左氏傳』は、「物」と「妖」について、次のように述べている。

> 天 時に反するを災と爲し、地 物に反するを妖と爲す。［注。羣物 性を失はば、民 徳に反して亂を爲し、亂すれば則ち妖災 生ず］[二六]。

『春秋左氏傳』は、「妖」の存在を「物」との関わりにおいて、地が物に反することに求めている。杜預はこれに注をつけ、物が「性」を失うと民が「亂」を起こし、それにより「妖災」が生ずると理解する。ただし、杜預はあくまでも「妖災」の説明をしており、「妖怪」ではないことに注意したい。また、四で述べるように、干寶は「妖怪」への「變化」を理解する際に「氣」を重視するが、杜預は「性」により直接的に「妖災」を説明せず、「亂」を挾むことによって、論理的に説明しようと試みている。

一方、干寶は、五行の變化と妖怪への対処について、次のように述べている。

> 孔子 陳に厄あり、館中に絃歌す。夜に一人有り、長《たけ》は九尺餘り、皂衣・高冠にして、咤聲 左右を動かす。子路引き出して、與に庭に戰ひ、地に仆《たふ》さば、乃ち是れ大鯷魚なり、長は九尺餘り。孔子 嘆じて曰く、「此の物たるや、何爲れぞ來たるや。吾 聞くならく、①物 老ゆれば則ち群精 之に依り、衰に因りて至ると。此れ其の來たるや、豈に吾 厄に遇ひて糧を絶たれ、從者 病むを以てするか。②夫れ六畜の物、及び龜・蛇・魚・鱉・草・木の屬、神 皆 憑依し、能く妖怪と爲る。③故に之を五酉と謂ふ。五行の方、皆 其の物有り。酉なる者は老なり、故に物 老ゆれば則ち怪と爲る。④之を殺さば則ち已む、夫れ何をか患へんや」と。搜神記に出づ[二七]。

ここでは、『論語』衛靈公篇に記された孔子の陳での災厄を舞台に、孔子の口を借りて妖怪の由来が説明される。孔子に依れば、②「六畜の物、龜・蛇・魚・鱉・草・木」の類は、長く生きるとみな①「群精」が宿って、妖怪になる。これを③「五酉」という。五を冠する理由は、その變化が五行の法則に基づくためである。酉とは老いのことで、物が老いると怪をなすが、④これを殺してしまえば止むものであり、恐れることはない、という。

酉を老いとすることは、『史記』巻二十五 律書に、「酉なる者は、萬物の老なり（酉者、萬物之老也）」とあるが、妖怪との関わりは記されない。老いて妖怪となることは、王充の『論衡』の記述に基づく。[二八]

> 鬼なる者は、老物の精なり。夫れ物の老ゆる者は、其の精 人と爲る。亦た未だ老いざるも、性 能く變化すれば、人の形に象る有り。人の氣を受くるや、物と精を同じくする者有らば、則ち其の物 之と交はる。病みて精氣 衰劣するに及ぶや、則ち來りて之を犯陵す。何を以て之を効さん。成事に、俗間 物と交はる者は、鬼の來るを見るなり。夫れ病者の見る所の鬼は、彼の病物と、何を以て異ならん。人 病みて鬼の來たるを見るに、其の墓中に死人の來り迎へ之を呼ぶ者、宅中の六畜に象るなり。他鬼を見るに及びて、是れ素より知る所の者に非ざれば、他家若《も》しくは草野の中の物 之と爲れるなり。[二九]

王充は、老いると物の精が人となる。老いずとも變化すれば、人の形となることはできる。人が受けた氣のうち、化け物の精の氣と同じものを持つ場合には、化け物と交わることができる。このため、病氣になり氣が衰えると化け物を見ることになる。その化け物は、自分の墓の中の亡者や六畜のこともあり、他家や草野の場合もある、とする。すなわち、人間の氣と化け物（變化した物）の氣とは、本来異なるはずであるが、物が老いて氣が人と同じになり、人が氣を病んで（病氣）、物の氣と同じになると、化け物と関わりを持つことになる、とするのである。ここで、『論衡』は變化の原因として「氣」を挙げているが、後述するように、これも『捜神記』の論理において重視されている。

このように干寶は、先行する著作を参照しながら、自らの論理を組み立てていく。それは、『捜神記』序の冒頭に、「先志を載籍に考へ（考先志於載籍）」（『晉書』巻八十二 干寶傳）たと、述べているとおりである。しかし、干寶は、先行する著作がすでに明らかにした内容を単に繫ぎ合わせているだけではない。[三〇]『周易』からは「鬼」、『春秋左氏傳』からは「妖災」、『論衡』からも「鬼」の説明部分を継承しながらも、それを「妖怪」という異なるものの生成理由に援用しているのである。干寶のこうした理論構築を代表するものが、「五氣變化論」である。

四、五氣變化論

干寶は、『周易』・『春秋左氏傳』と『論衡』の記述を理論化することで、妖怪の生成理由を解明した。それでは、そもそも万物は、なぜ變化するのであろうか。その解明のために、干寶は、五氣變化論を著した。長文であるため、六つに分けて検討しよう。

干寶は第一に、天の五氣による万物の變化を述べる。

故に干寶の記に云ふ、「天に五氣有りて、萬物 化成す。①木 清ければ則ち仁、火 清ければ則ち禮、金 清ければ則ち義、水 清ければ則ち智、土 清ければ則ち思なり。②五氣 盡く純ならば、聖德 備はるなり。①木 濁らば則ち弱、火 濁らば則ち淫、金 濁らば則ち暴、水 濁らば則ち貪、土 濁らば則ち頑なり。③五氣 盡く濁ならば、民の下なり。④中土に聖人多きは、和氣の交はる所なればなり。絶域に怪物多きは、異氣の產する所なればなり。(三一)

干寶は、最初に『禮記』中庸篇の鄭注に表現された(三二)、①五行と五常の関係を踏まえながら、五行の「氣」の清濁による分化が生ずると述べる。そこには、皇侃の性三品説にも見られるような(三三)、氣の清濁により人の「性」は定まる、とする思想が見られる。②五氣のすべてが「清」であれば「聖人」、③「濁」であれば「下愚」となることも、皇侃と同じである。皇侃と異なることは、④「中土」と「絶域」という地域、さらには居住民族の違いを氣によって規定することである。氣を理由として「中土」に聖人が多いとすることは、『淮南子』墬形訓にも見られるが(三四)、「絶域」が

「異氣」であるため、「怪物」が多いとすることは、『博物志』の影響である[三五]。

干寶は第二に、氣により性が異なる理由を次のように述べる。

苟しくも此の氣を稟くれば、必ず此の形有り。苟しくも此の形有らば、必ず此の性を生ず。故に穀を食する者は、智慧ありて文なり。草を食する者は、多力にして愚なり。桑を食する者は、絲有りて蛾となる。肉を食する者は、勇慠にして悍なり。土を食する者は、心無くして息あらず。氣を食する者は、神明にして長壽なり。食せざる者は、死せずして神たり[三六]。

第一で述べられた「天」の「氣」が、万物を「五行」のそれぞれにおいて變化させる理由として、第二では、「氣」から「性」の生ずることが述べられる。すでに述べたように、皇侃の性三品説でも、「氣」が「性」を規定することは論ぜられるが、干寶は「氣」と「性」との間に「形」を挟み、「氣」と「性」を直接的には繫がない。これは、三で検討した『春秋左氏傳』の杜預注が、「性」より直接的にではなく、「亂」を挟み「妖災」を説明していたことに近い。ここにも、『捜神記』への『春秋左氏傳』の影響を見ることができるのである。なお、「故に」から後の具体的事例は、『淮南子』墬形訓に依拠している[三七]。

干寶は第三に、万物の多様性を総括するものとして、『周易』の原理を掲げる。

①大腰に雄無く、細腰に雌無し。雄の外接する無く、雌の外育する無し。三化の蟲、先に孕み後に交はる。②兼愛の獸、自ら牝牡と爲る。③寄生は夫の高木に因り、女蘿は茯苓に托す。④木は土に株し、萍は水に植う。鳥は虚を排して飛び、獸は實を蹠《ふみ》みて走る。蟲は土に閉ぢて蟄《かく》し、魚は淵に潛みて處る。⑤天に本づく者は上に親しみ、地に本づく者は下に親しみ、時に本づく者は旁に親しむ。則ち各〻其の類に從ふなり[三八]。

天により五行に応じて与えられた「氣」により、それぞれの「性」が異なる結果、万物は、多様な形を見せる。多様性の具体例として掲げられる①は『博物志』巻四 物性[三九]、②は『山海經』巻一 南山經[四〇]、③は『呂氏春秋』巻九 精通の注に引く『淮南子』[四一]、④は『淮南子』巻一 原道訓[四二]の事例である。そして、そうした多様性を総括するものとして、『周易』文言傳の次の文を踏まえ、干寶は傍線部⑤を著している。

　九五に曰く、「飛龍 天に在り。大人を見るに利《よろ》し」とは、何の謂ぞや。子曰く、「同聲は相 應じ、同氣は相 求む。水は濕に流れ、火は燥に就く。雲は龍に從ひ、風は虎に從ふ。聖人 作《おこ》りて萬物 覩る。天に本づく者は上に親しみ、地に本づく者は下に親しむ。則ち各〻其の類に從ふなり」と[四三]。

「天に本づく者」とは、天の氣を受けた動物、「地に本づく者」とは、地の氣を受けた植物である、と孔穎達は解釈する。『捜神記』が、それらに「時に本づく者」を加えた理由は、第四の部分で「時」を掲げることにある。

それでも、「各〻其の類に從ふ」とは、『捜神記』の文脈によれば、それぞれ同じ氣のものは「類」を同じくし、同類のものに従う、と解釈していることは明らかである。すると、その「類」を五行ごとに求めあうことになる。天により五行に応じて与えられた「氣」により、それぞれの「性」が異なる結果、万物は多様な形を見せるが、動物①②は氣を附与した天に、植物③④は地に統合されると理解できよう。

すなわち、干寶は、世界の存在する万物の多様性に着目すると共に、それらを統合する原理を『周易』に求めているのである。

干寶の「五氣變化論」では続いて、氣を受けて、この世に生まれた存在が、その生の途中で形態や性質を大きく変える理由を論じていく。

干寶は第四に、その變化の理由を四種に分けて説明するが、これらは正常な變化であると位置づける。

　①千歳の雉は、海に入りて蜃と爲り、百年の雀は、海に入りて蛤と爲る。②千歳の黿鼉は、能く人と語り、千歳の

狐は、起ちて美女と爲る。千歳の蛇は、斷つも復た續く。百年の鼠は、而《すなは》ち能く相 トするは、(1)數の至りなり。春分の日に、①鷹は變じて鳩と爲り、秋分の日に、鳩は變じて鷹と爲るは、(2)時の化なり。故ち《すなは》③腐草の螢と爲るや、朽葦の蛬と爲るや、稲の蛩と爲るや、麥の蛺蝶と爲るや、羽翼 焉に生じ、眼目 焉に成り、心智 焉に在り。此れ無知より化して有知と爲るは、(3)而ち氣 易はるなり。鶴の麞と爲るや、蛇の鼈と爲るや、蛬の蝦と爲るや、其の血氣を失はざれば、(4)而ち形性 變ずるなり。此の若きの類、勝げて論ずる可からず。1變に應じて動く、是れ順常爲り。[四四]

ここでは、1「變に應じて動く」「順常」な變化として、次の四種を挙げる。(1)は、歳「數が至」る、すなわち老いることによる變化であり、すでに扱った「五酉」である。これは、「數」が變化するだけで、物の「性」も「氣」も變化しない。(2)は、「時の」變「化」による物の變化であり、これも物の「性」と「氣」が變化することはない。(3)は、植物と動物の間の變化であり、「氣」が入れ「易」わることによって起こる。第三で述べていたように、同じく物であっても、植物は地、動物は天からそれぞれ「氣」を受けているので、動物から植物へと變化すると、「氣」の起源を異にすることになるため、「氣」は入れ換わらなければならない。したがって、植物と動物の間の變化では、「氣」が入れ「易」わるのである。(4)は、動物間の變化であり、それは「形」と「性」が「變」わる。第二で述べていたように、「氣」から「形」、「形」から「性」が変わるので、動物同士であれば、天から受ける「氣」は同源であるため、「氣」の起源そのものが入れ換わることはない。したがって、「氣」によって定まる「形」、「形」によって定まる「性」が変わるとするのである。なお、具体例として挙げられる①・③は、『淮南子』巻五 時則訓、②は、『莊子』外物 第二十六を典拠とする。[四五] このように、干寶は「順常」という正常な變化を四種に分け、變化する際の「氣」「形」「性」の変容と不変を整理しているのである。

干寶は第五に、「變に應じて動く」正常な變化である「順常」に対して、正常ではない「妖眚」な變化について論ずる。(四六)「妖眚」は、すべて人間が變化することを述べている。

　2苟《も》し其の方を錯《たが》ふれば、則ち妖眚と爲る。故《すなは》ち下體 上に生ずるは、(1)氣の反する者なり。人 獸を生み、獸 人を生むは、(2)氣の亂るる者なり。男 化して女と爲り、女 化して男と爲るは、(3)氣の貿《か》はる者なり。魯の牛哀 疾を得、七日にして化して虎と爲る。形體 變易し、爪牙 施張す。其の兄 將に入らんとするや、搏ちて之を食ふ。其の人爲るに當たりては、將に虎と爲らんとするを知らざるなり。其の虎と爲るに方《あ》たりては、常《かつ》て人爲りしを知らざるなり。故ち晉の太康中、陳留の阮士瑀 胣に傷つき、其の痛に忍へず、數〻其の瘡を嗅ぐ。已にして雙胣 鼻中に成る。元康中、歴陽の紀元載、客となりて道龜を食ふ。已にして瘕と成る。醫 藥を以て之を攻むるに、龜の子を下すこと數升、大きさ小錢の如く、頭足殼 備はり、文甲も皆 具はるに、惟だ藥に中りて已に死す。夫れ嗅は化育の氣に非ず、鼻は胎孕の所に非ず、享道は物を下すの具に非ざるなり。(四七)

ここでは、2「方を錯」えたため起こった「妖眚」として、次の三種を挙げる。(1)は、「氣」が「反」したため、人の下半身が上半身に生じたこと、(2)は、「氣」が「亂」れたため、「人」と「獸」が相互に産むこと、(3)は、「氣」が「貿」わったため、男女が入れ代わったことである。1の「順常」な變化では、(4)は、動物間の變化は、「形」と「性」が「變」わるだけで、「氣」が変わることがなかった。すなわち、干寶は人間と動物を異なるものと考えている。

　動物間の變化は性の變化として正常とされるが、人間の變化のみを異常と捉え、「氣」の「反」・「亂」・「貿」による、と述べる理由は、人間と動物は違うという大前提があることによる。そうした考え方は、干寶が波線部に掲げる三つの具体例のうち、「魯の牛哀」を「公牛哀」という名で次の引用の前に挙例する、『論衡』無形訓が形成していたものであった。

> ①物の變は、氣に隨ふ。②若し政治に應じ、象爲する所有らば、③天の壽長を欲する所の故に、其の形を變易するに非ざるなり。又神草・珍藥を得、之を食ひて變化するに非ざるなり。人恆に藥を服して壽を固《まも》らば、能く本性を增加し、其の身年を益すなり。時に遭ひて變化するは、天の正氣、人の受くる所の眞性に非ざるなり。天地の變ぜざる、日月の易はらざる、星辰の沒せざるは、正なり。④人は正氣を受く、故に體は變らず。時に或いは男化して女と爲り、女化して男と爲るは、由《な》ほ高岸の谷と爲り、深谷の陵と爲るがごときなり。⑤政に應じて變を爲すは、政變と爲し、常性に非ざるなり。（四八）

王充は、「物」の變化は、「氣」の變化による、と説く。干寶が人の變化を「氣」の「反」・「亂」・「貿」によると考えることは、この継承である。そして、王充は、②政治と関わって變化する、すなわち天人相關説によって人が變化することを説き、③天が寿命を長くするため、あるいは、仙藥などにより變化するのではないと主張する。人は本来、④「正氣を受く、故に體は變ら」ないものであり、⑤「政治に（感）應」する天人相關説に基づく「政變」は、「常性」ではないとするのである。

干寶が、「順常」と「妖眚」という場合分けを用いて、正常な變化と正常ではない變化があるとするのは、『論衡』の継承である。そして、干寶は、人が「氣」の「反」・「亂」・「貿」により變化する「妖眚」を天人相關説に基づく「非常性」であると理解する。つまり、人間の變化を天人相關の中心と考えたのである。

そうであれば、一で掲げた懷帝の誕生に感應して生えたという嘉禾は、植物であるため天人相關説の対象ではない。また、「天子の氣」があるという「望氣」も、天人相關説とは直接的な関わりを持たない。さらに、劉向の讖緯（予言）は、すでに西晉では禁圧されていた。このように「五氣變化論」に基づけば、『晉紀』総論では、上帝が二心を抱いたと考えた瑞祥が、天人相關説とは関わりがなかったことを論証できるのである。

ただし、人間以外の「順常」は、天人相關説に関わらない、と『論衡』のように断言することに、干寶は慎重であった。『漢書』五行志に含まれる人の變化を干寶が五氣變化論で理論化することはない。東晉の存立を保障している瑞祥や天文まで否定する可能性を持つためである。干寶が、符瑞志や五行志を含むことになる紀傳體による史書の編纂に反対し、編年體を主張した理由である。干寶は、變化の原理を叙述したのちにも、その理解の困難さを次のように述べている。

> 此により之を觀るに、①萬物の生死と、其の變化とは、神に通ずる思ひに非ざれば、諸《これ》を己に求むと雖も、惡くんぞよりて來たる所を識らんや。然れども朽草の螢と爲るは、腐に由るなり。麥の蛺蝶と爲るは、濕に由るなり。爾らば則ち萬物の變は、皆 由有るなり。農夫の麥の化を止むる者は、之を漚《ひた》すに灰を以てし、②聖人の萬物の化を理むる者は、之を濟ふに道を以てす(四九)。

干寶は、①「萬物の生死と其の變化」は、「神に通ずる」思慮を働かせぬ限り、自分一個人の経験の範囲では、判断できないとする。それは、②聖人だけが「道」によって神秘的な「化」を治められるものなのである。すなわち、干寶は、その變化が正常か否か、天人相關か単なる變化かという弁別は、「聖人」が「道」により判断すべきとしたのである。

それでは、聖人ではない干寶にできることは何か。『捜神記』を執筆して事例を収集する必要性はここに生まれる(五〇)。干寶が修めた『春秋左氏傳』は、春秋三傳の中で「事」により「春秋の義」を明らかにしようとするものであった(五一)。干寶も同様に、「神道」に関する多くの事例を集め、『春秋左氏傳』に倣って、その凡例に自らの考えを提示しながらも、あくまでも「事」によって「神道」の具体像を表現しようとした。後世、『捜神記』がその原理・原則ではなく、「事」の多様性に注目され、「志怪小説」の祖と位置づけられていく理由である。

おわりに

干寶は、東晉の正統性を支える天人相關説の現れである瑞祥と災異と、西晉の滅亡を伝えられなかったような、天人相關説とは関わらない瑞祥と災異とを弁別することに目的に、後者が発生する原理を解明するため『搜神記』を著した。干寶は、先行する著作の内容を組み合わせることで、自らの論理を構築する。『春秋左氏傳』の「妖災」、『論衡』の「鬼」の生成から、「妖怪」の生成論理を作り上げたのは、その一例である。

「五氣變化論」は、そうした干寶の理論を代表するもので、「順常」という正常な變化は四種に分けられ、變化する際の「氣」「形」「性」の変と不変が整理されている。また、「妖眚」という常ではない變化は、人が「氣」の「反」・「亂」・「貿」により變化することであり、これこそ天人相關説の中心に置かれるべき變化であった。そして、「妖眚」だけが天人相關説の対象であることの論証を通じて、干寶は『晉紀』總論で示した上帝の「二心」への疑義を解消し得た。そのうえで、『春秋左氏傳』に従って、そうした「神道」のあり方を「事」を中心に記したものが、『搜神記』なのである。

『搜神記』の「五氣變化論」の論理そのものは、主として『論衡』からの借り物であった。しかし、變化を『春秋左氏傳』のように「事」によって表現したため、豊富な事例を集め得た。したがって、『搜神記』は、『春秋左氏傳』が杜預注[五二]以来「史」としての性格を強めていたことを背景に、史部に著録されるべき著作となった。事実、『隋書』卷三十三 經籍志二は、『搜神記』を史部 雜傳に著録している[五三]。天人相關説の衰退とともに、變化の論理には注目が疎かになり、事例として集めた表現が物語として読まれていくようになる。こうした中で、積極的な天人相關否定論者であった歐陽脩は、[五四]『新唐書』巻五十九 藝文志三において『搜神記』を小説家類に移動した。しかし、そののち、一時『搜神記』の継承が途絶えたことは、宋代において『搜神記』は、後世のように、小説の祖として尊重されていなかったことを示す。明代において輯本が編纂された理由は、[五五]白話小説の展開と共に別個に考察すべき問題である。干寶の執筆目的が天人相關説の補強にあり、その事例の掲げ方が『春秋左氏傳』に基づく以上、『搜神記』が史部に分類されることは当然のことなのであった。

《注》

（一）干寶『周易注』の該当部分は、残存しない。虞翻は、「虞翻曰く、忒は、差なり。神道とは、五を謂ふ。臨の震・兌を春秋と爲す。三・上 位を易へ、坎冬・離夏たり。日月の象 正しければ、故に四時 忒はずと（虞翻曰、忒、差也。神道、謂五。臨震・兌爲春秋。三・上易位、坎冬・離夏。日月象正、故四時不忒）」（『周易集注』巻五）と注をつける。ここでは、神道とは觀卦の九五をいうとされ、觀卦の反卦である臨卦の震（九二・六三・六四の互體卦）と兌（下卦）を春秋となす、とする。そして、觀卦の六三と上九が、位を易えると、坎冬・離夏となる。このことにより日月（＝坎離）の象は正しく、故に四時に狂いはない、と解釈されている。このように、王弼の義理易とは、大きく異なる虞翻の象數易を干寶は継承していた。象數易については、鈴木由次郎《一九六三》、干寶の易については、仲畑信〈一九八八〉を参照。

（二）竹田晃〈一九六五〉。また、尾崎康〈一九七〇〉は、竹田の主張を受けて、一方で、志怪の搜神記を著し、他方で、史官の立場を自覚して晉紀を著すような、ある意味では徹底を欠き、矛盾する思想学術は、六朝時代の士大夫がひろく玄儒文史に豊かな教養を兼ね備えていたことへの現れである、とするが、森三樹三郎《一九八六》への依存性が強く、また、志怪と史學の二分法を取ることに対しては、竹田晃〈一九六五〉に対することと同様の疑問を持つ。なお、竹田晃〈一九六五〉の議論の前提となっている、内田道夫〈一九五一〉、西野貞治〈一九五七〉も参照。また、中国における『捜神記』の研究に関しては、楊淑鵬〈二〇一〇〉、沈星怡〈二〇〇八〉に整理されている。

(三)『捜神記』を小説ではなく、史書との関わりの中で理解する研究は多いが、五行志との密接な関係を詳細に研究したものとして、河野貴美子〈二〇〇二a〉が注目される。

(四)小南一郎〈一九九七〉・〈一九九八〉。なお、佐野誠子〈二〇〇一〉は、小南論文に対する疑問を本人に質したものである。

(五)昔干寶議撰晉史、以爲、宜準丘明、其臣下委曲、仍爲譜注。於時議者、莫不宗之(『史通』巻二 載言)。なお、『史通』は、浦起龍《一九七八》に依拠した。

(六)『春秋左氏傳』が、杜預の『春秋左氏經傳集解』より、傳を經の間に挟む經傳分年比附、すなわち「春秋左氏傳」体を取るに至った経緯については、加賀栄治《一九六四》を参照。

(七)狄滅二國、君死城屠。齊桓行霸、興亡繼絶。左傳云、邢遷如歸、衞國忘亡。言上下安堵、不失舊物也。如孫皓暴虐、人不聊生。晉師是討、後予相怨。而干寶晉紀云、吳國既滅、江外忘亡。豈江外安典午之善政、同歸命之未滅乎。以此而擬左氏、又所謂貌同而心異也(『史通』巻八 模擬)。

(八)唯令昇先覺、遠述(左)丘明、重立凡例、勒成晉紀。鄧(粲)・孫(盛)已下、遂躡其蹤、史例中興、於斯爲盛。若沈宋之志序、蕭齊之序錄、雖皆以序爲名、其實例也。必定其臧否、徵其善惡、干寶・范曄、理切而多功(『史通』巻四 序例)。なお、『晉紀』の特徴については、程有為〈二〇一〇〉を参照。

(九)『捜神記』の各巻の構造が、○○論―古典引用の証明―事実例となっていたことについては、小南一郎〈一九六六〉を参照。なお、『捜神記』の篇名については、森野繁夫〈一九六五〉がある。

(一〇)『春秋左氏傳』に含まれる占いや予言については、久富木成大〈一九八七〉を参照。

（一一）杜預注の合理性については、加賀栄治《一九六四》を参照。また、杜預注に司馬氏を正統化する偏向が含まれることについては、渡邉義浩〈二〇〇五ａ〉を参照。

（一二）懷帝承亂之後得位、羈於彊臣、愍帝奔播之後徒厠其虛名、天下之政既已去矣。非命世之雄、不能取之矣。然懷帝初載、①嘉禾生于南昌。［徐廣晉紀曰、太康五年八月、嘉禾生南昌。九月懷帝生。］②望氣者又云、豫章有天子氣。［干寶晉紀曰、初望氣者言、豫章・廣陵有天子氣。］及國家多難、宗室迭興、以愍・懷之正、淮南之壯、成都之功、長沙之權、皆卒於傾覆。而懷帝以豫章王登天位。③劉向之讖云、滅亡之後、有少如水名者得之。起事者據秦川、西南乃得其朋。案愍帝蓋秦王之子也。得位于長安。長安固秦地也。而西以南陽王爲右丞相、東以琅邪王爲左丞相。上諱業。故改鄴爲臨漳。漳水名也。④由此推之亦有徵祥。而皇極不建、禍辱及身。⑤豈上帝臨我而貳其心。⑥將由人能弘道、非道弘人者乎。淳耀之烈未渝。⑦故大命重集于中宗元皇帝（『文選』卷四十九 史論 晉紀總論 干令升）。なお『文選』は胡刻本に拠り、『文選』（上海古籍出版社、一九八六年）を参照し、必要な部分だけ［ ］で李善注を附した。

（一三）李善注に引く干寶『晉紀』に述べられる「廣陵」の「天子の氣」は、惠帝の子司馬遹が廣陵王であったことに感應している。

（一四）西晉において泰始三（二六七）年に「星氣讖緯の學」が禁止されたことは、渡邉義浩〈二〇〇八ａ〉を参照。

（一五）干寶搜神記曰、宋大夫邢史子臣、明於天道。周敬王之三十七年、景公問曰、天道其何祥。對曰、後五十年五月丁亥、臣將死。死後五年五月丁卯、吳將亡。亡後五年、君將終。終後四百年、邾王天下。俄而皆如其言。所云邾王天下者、謂魏之興也。邾、曹姓、魏亦曹姓、皆邾之後。其年數則錯、未知邢史失其數耶、將年代久遠、注記者傳而有謬也（『三國志』卷二文帝紀注）。なお、中華書局本は、典拠を示さないが「十」の字を省き、李剣国《二〇〇七》もそれに従う。しかし、本文で計算したように、ここは、五十でなければ、王莽と関わらないため、『三國志』裴注に伝わる「五十」が正しい。

（一六）『太平御覽』卷九百七十八 菜茹部三 瓜に、「古文瑣語曰、初刑史子臣謂、宋景公從今已往五月五日。臣死後五年五月丁亥、吳亡。又後五年八月辛巳、君薨。刑臣將至死日、朝見景公、夕死。後吳亡、景公懼思刑史子臣之言、將至死日、乃逃于

瓜圃、遂死之求得已亟矣）」とある。なお、汲冢書については、吉川忠夫〈一九九九〉を参照。

（一七）曹魏の明帝曹叡の傅であった高堂隆が、曹室を邾姓とすることで舜の後裔とし、堯舜革命に準えた漢魏革命の正統性の補強を試みたことについては、渡邉義浩〈二〇〇三a〉を参照。

（一八）王莽が自らの台頭に王凰への孝を利用したことは、渡邉義浩《二〇一二》を参照。

（一九）愍帝之立也、改毗陵爲晉陵。時元帝始霸江・揚。而戎翟稱制、西都微弱。干寶以爲、晉將滅於西、而興於東之符也（『宋書』巻十七　符瑞志上）。なお、王尽忠《二〇〇九》は、この文を湯球の輯集漏れとして、『晉紀』の逸文に加えるが、この文が『晉紀』の一部であった確証はない。

（二〇）搜神記曰、晉武帝世、河間郡有男女相悅、許相配適。既而男從軍積年。父母以女適人。無幾而憂死。男還悲痛、乃至冢所、欲哭之敍哀。而不勝其情、遂發冢開棺。卽時蘇活、因負還家。將養數日平復。其夫往求之。其人還曰、卿婦已死。天下豈聞死人復活耶。天賜我。非卿婦也。於是相訟、郡縣不能決、以讞廷尉。祕書郎王導奏、以精誠之至、感于天地、故死而更生。此非常事、不得以常理斷之。請還開冢者（『太平御覽』巻八百八十七　妖異部三　重生）。

（二一）汪紹楹《一九七九》。なお、汪紹楹《一九七九》の校注については、王国良〈一九八八〉の批判がある。

（二二）晉惠帝世、梁國女子許嫁、已受禮娉。尋而其男戍長安、經年不歸。女家更以適人。女不樂行、其父母逼強、不得已而去、尋得病亡。後其夫還、問女所在。其家具說之。其夫徑女墓、不勝哀情、便發冢開棺。女遂活、因與俱歸。後婿聞之、詣官爭之、所在不能決。祕書郎王導議曰、此是非常事、不得以常理斷之。宜還前夫。朝廷從其議（『宋書』巻三十四　五行五　人痾）。傍線部が、書き換えられた部分である。

（二三）『搜神記』における妖怪については、大橋由治〈二〇一一a〉、角田達朗〈二〇一二〉もある。

（二四）妖怪者、干寶記云、蓋是精氣之依物者也。氣亂於中、物變於外。形神・氣質、表裏之用也。本於五行、通於五事、雖消息昇降、化動萬端、然其休咎之徵、皆可得域而論矣（『法苑珠林』巻三十一　妖怪篇）。『法苑珠林』は、周叔迦・蘇晉仁《二〇〇三》に依拠した。なお、『法苑珠林』は、この引用に続けて、「是れ俗情の近見なり。未だ大聖の因果に達せず（是俗情之近見。未達大聖之因果）」と述べ、干寶の思想を批判し、仏教の経義を述べていく。『捜神記』と仏教との関係については、本書第四章のほか閻徳亮〈二〇一〇〉も参照。

（二五）清朝考証學の成果をまとめた王尽忠《二〇〇九》に、『春秋序論』一条・『春秋左氏函傳義』二条の逸文が輯録されている。なお、干寶の全著作についての概略をまとめたものに、羅薔薇〈二〇一一〉がある。

（二六）天反時爲災、地反物爲妖。［注。羣物失性、民反德爲亂、亂則妖災生］（『春秋左氏經傳集解』宣公 傳十五年）。

（二七）孔子厄於陳、絃歌於館中。夜有一人、長九尺餘、皀衣・高冠、咤聲動左右。子路引出、與戰於庭、仆於地、乃是大鯷魚也、長九尺餘。孔子嘆曰、此物也、何爲來哉。吾聞、①物老則群精依之、因衰而至。此其來也、豈以吾遇厄絶糧、從者病乎。②夫六畜之物、及龜・蛇・魚・鱉・草・木之屬、神皆憑依、能爲妖怪。③故謂之五酉。五行之方、皆有其物。酉者老也、故物老則爲怪矣。④殺之則已、夫何患焉。出捜神記（『太平廣記』巻四百六十八 子路）。

（二八）大久保隆郎〈一九七五〉によれば、『論衡』は、妖祥論の展開の中で、妖の現象の原因を「太陽の氣」「火氣」に求めている、という。

（二九）鬼者、老物精也。夫物之老者、其精爲人。亦有未老、性能變化、象人之形。人之受氣、有與物同精者、則其物與之交。及病精氣衰劣也、則來犯陵之矣。何以効之。成事、俗間與物交者、見鬼之來也。夫病者所見之鬼、與彼病物、何以異。人病見鬼來、象其墓中死人來迎呼之者、宅中之六畜也。及見他鬼、非是所素知者、他家若草野之中物爲之也（『論衡』巻二十三 訂鬼）。

（三〇）康韻梅〈一九九〇〉は、『捜神記』の妖怪論と変化論は、完全に漢代の陰陽五行思想に基づいていると述べ、干寶が論理を創造したことを認めない。しかし、後述するように、確かに素材は、漢代からある氣の理論や五行思想を用いているが、それらを組み合わせることによって、干寶は独自の変化論を展開しているのである。なお、彭磊〈二〇〇七〉も参照。

（三一）故干寶記云、天有五氣、萬物化成。①木清則仁、火清則禮、金清則義、水清則智、土清則思。②五氣盡純、聖德備也。①木濁則弱、火濁則淫、金濁則暴、水濁則貪、土濁則頑。③五氣盡濁、民之下也。④中土多聖人、和氣所交也。絶域多怪物、異氣所産也（『法苑珠林』巻三十二 變化篇）。

（三二）『禮記』中庸篇の冒頭に、「天の命、之を性と謂ひ、性に率《したが》ふ、之を道と謂ひ、道を脩むる、之を教と謂ふ（天命、之謂性、率性、之謂道、脩道、之謂教）」とある文に、鄭玄は注をつけて、「天の命とは、天の命じて人を生ずる所の者を謂ふなり。是を性命と謂ふ。木 神なれば則ち仁、金 神なれば則ち義、火 神なれば則ち禮、水 神なれば則ち信、土 神なれば則ち知なり（天命、謂天所命生人者也。是謂性命。木神則仁、金神則義、火神則禮、水神則信、土神則知）」と述べている。なお、ここで、鄭玄が氣の清濁を言っていないことは、『捜神記』の論理の独自性を考えるときに、注目すべき点である。干寶は、素材を組み合わせることで、新たな論理を創出しようとしているのである。

（三三）皇侃の性三品説の特徴が、生まれながらの氣の清濁により、人を上智（全清）・下愚（全濁）・中人（清と濁が並存）と分ける点にあることは、渡邉義浩〈二〇一一a〉を参照。

（三四）『淮南子』巻四 墜形訓に、「中土に聖人多きは、皆 其の類に應ず（中土多聖人、皆應其類）」とある。

（三五）こうした『捜神記』の「氣」の理解に、異民族に対する差別があることは、三津間弘彦〈二〇一一〉、『博物志』の影響があることは、渡邉義浩〈二〇一四b〉を参照。

（三六）苟禀此氣、必有此形。苟有此形、必生此性。故食穀者、智慧而文。食草者、多力而愚。食桑者、有絲而蛾。食肉者、勇敢而悍。食土者、無心而不息。食氣者、神明而長壽。不食者、不死而神（『法苑珠林』巻三十二 變化篇）。

（三七）『淮南子』巻四 墜形訓に、「水を食ふ者は、善く游《およ》ぎ寒に能《た》ふ。土を食ふ者は、心無くして慧し。木を食ふ者は、力多くして奰《ひ》たり。草を食ふ者は、善く走りて愚たり。葉を食ふ者は、絲有りて蛾たり。肉を食ふ者は、勇敢にして捍たり。氣を食する者は、神明にして壽たり。穀を食する者は、知慧にして夭たり。食せざる者は、死せずして神たり（食水者、善游能寒。食土者、無心而慧。食木者、多力而奰、食草者、善走而愚。食葉者、有絲而蛾。食肉者、勇敢而捍。食氣者、神明而壽。食穀者、知慧而夭。不食者、不死而神）」とある。なお、生物が食べるものにより、あり方を異にすることは、『大戴禮記』の本命篇にも見えるが、『捜神記』とは少しく内容を異にする。

（三八）①大腰無雄、細腰無雌。無雄外接、無雌外育。三化之蟲、先孕後交。②兼愛之獸、自爲牝牡。③寄生因夫高木、女蘿托乎茯苓。④木株于土、萍植于水。鳥排虚而飛、獸蹠實而走。蟲土閉而蟄、魚淵潛而處。⑤本乎天者親上、本乎地者親下、本乎時者親旁。則各從其類也（『法苑珠林』巻三十二　變化篇）。

（三九）『博物志』巻四　物性に、「大腰無雄、龜鼉類也。無雄與蛇、通氣則孕。細腰無雌、蜂類也。無雌則負別。蟲於空木中七日而化。蓋取桑蠶卽阜螽子。咒而成子。詩云、螟蛉有子、蜾蠃負之是也」とある。

（四〇）『山海經』巻一　南山經に、「有獸焉、其狀如貍、而有髦。其名曰類。自爲牝牡、食者不妒」とある。

（四一）『呂氏春秋』巻九　精通の注に、「淮南子曰、下有茯苓、上有兔絲、一名女蘿。詩曰、蔦與女蘿、施于松上」とある。

（四二）『淮南子』巻一　原道訓に、「夫萍樹根於水、木樹根於土」とある。

（四三）九五曰、飛龍在天。利見大人、何謂也。子曰、同聲相應、同氣相求。水流濕、火就燥。雲從龍、風從虎。聖人作而萬物覩。本乎天者親上、本乎地者親下。則各從其類也（『周易注疏』巻一　上經　乾）。なお、干寶の『周易注』は、この部分も散逸しており、干寶の解釈は不明である。

（四四）①千歳之雉、入海爲蜃、百年之雀、入海爲蛤。②千歳龜黿、能與人語、千歳之狐、起爲美女。千歳之蛇、斷而復續。百年之鼠、而能相卜、⑴數之至也。春分之日、①鷹變爲鳩、秋分之日、鳩變爲鷹、②時之化也。故③腐草之爲螢也、朽葦之爲蛬也、稻之爲蛩也、麥之爲蛺蝶也、羽翼生焉、眼目成焉、心智在焉。此自無知化爲有知、⑶而氣易也。鶴之爲麞也、蛇之爲鼈、蛬之爲蝦也、不失其血氣、⑷而形性變也。若此之類、不可勝論。[1]應變而動、是爲順常（『法苑珠林』巻三十二　變化篇）。

（四五）『淮南子』巻五　時則訓に、「仲春之月、……①鷹化爲鳩。……③腐草化爲蚈。……鷹乃學習、……季秋之月、……①賓雀入大水爲蛤。……孟冬之月、……①雉入大水爲蜃。……」とある。また、『莊子』外物　第二十六に、宋の元君の夢に現れ、人の言葉を話す神龜の記録がある。

（四六）『搜神記』の「正常」と「非常」をその字義や先秦以来の用例から検討したものに、李豊楙〈一九八三〉がある。

（四七）[2]苟錯其方、則爲妖眚。故下體生於上、⑴氣之反者也。人生獸、獸生人、⑵氣之亂者也。男化爲女、女化爲男、⑶氣之貿者也。魯牛哀得疾、七日化而爲虎。形體變易、爪牙施張。其兄將入、搏而食之。當其爲人、不知將爲虎。方其爲虎、不知常爲人。故晉太康中、陳留阮士瑀傷于虺、不忍其痛、數嗅其瘡。已而雙虺成於鼻中。元康中、歷陽紀元載、客食道龜。已而成瘕。醫以藥攻之、下龜子數升、大如小錢、頭足殼備、文甲皆具、惟中藥已死。夫嗅非化育之氣、鼻非胎孕之所、享道非下物之具（『法苑珠林』巻三十二　變化篇）。

（四八）①物之變、隨氣。②若應政治、有所象爲、③非天所欲壽長之故、變易其形也。又非得神草・珍藥、食之而變化也。人恆服藥固壽、能增加本性、益其身年也。遭時變化、非天之正氣、人所受之眞性也。天地不變、日月不易、星辰不沒、正也。④人受正氣、故體不變。時或男化爲女、女化爲男、由高岸爲谷、深谷爲陵也。⑤應政爲變、爲政變、非常性也（『論衡』巻二　無形篇）。

（四九）從此觀之、①萬物之生死也、與其變化也、非通神之思、雖求諸己、惡識所自來。然朽草之爲螢、由乎腐也。麥之爲蛺蝶、由乎濕也。爾則萬物之變、皆有由也。農夫止麥之化者、漚之以灰、②聖人理萬物之化者、濟之以道（『法苑珠林』巻三十二　變化篇）。『法苑珠林』は、これに続けて、「其れ與に然らざらんや。今覺へる所の事は、固より未だ以て其の變化の極を究むるに足らざるなり（其與不然乎。今所覺事者、固未足以究其變化之極也）」と述べ、『捜神記』の変化論を批判している。

（五〇）干寶は、『周易』繫辭傳上の「故神无方、而易无體」に、「否・泰、盈・虛となる者は、神なり。變にして周流なる者は、易なり。言ふこころは神の鼓は、萬物に无常の方にして、易の變化に應ずるは、定體无きなり」と注をつけている。ここでは、否や泰、盈や虛となる変化のあり方を「神」と表現しており、その変化に広く行き渡るものが『周易』であるとする。さらに敷衍して、「神の鼓」動は、一定の法則がなく、『周易』はその変化に応じるために、定まった形をとらない、としている。干寶にとって、聖人の用いる「神道」は、變化するものであり、それを解明するために『周易』に注をつけるということが行われた。『捜神記』と並行した営みと言えよう。なお、「神道」については、孔毅〈二〇一三〉もある。

（五一）春秋三傳それぞれの特徴とそれを生み出す出現時の政治状況については、渡邉義浩〈二〇〇七ａ〉を参照。

（五二）杜預の『春秋左氏經傳集解』が、史學を利用して經學中における自らの優越性を確立すると同時に、史學を經學により正統化することで宣揚したことについては、渡邉義浩〈二〇一六ｂ〉を參照。
（五三）雜傳に著録されていた理由については、佐野誠子〈二〇〇二〉がある。
（五四）歐陽脩が積極的な天人相關否定論者であったことは、小島毅〈二〇一一〉を參照。
（五五）たとえば、大村由紀子〈一九九八〉を參照。

第二章　干寶の『搜神記』と五行志

はじめに

明の萬暦年間に刊行された『搜神記』の二十巻本は、『四庫全書總目提要』によれば、『太平廣記』より抜粋したものとされる。しかし、小南一郎は、『太平廣記』を起源とする八十数条は二割程度に過ぎず、明刊の『搜神記』二十巻本にも原本の骨組みは残存したのではないか、という(一)。そうであれば、『搜神記』二十巻本の第六巻・第七巻に集中する『漢書』・『後漢書』・『宋書』・『晉書』の五行志と関わりのある記事も、干寶が意識的にまとめて記述したと考えられる。したがって、そうした五行志との比較の中で、『搜神記』の特徴を探求しようとする研究は少なくない(二)。それらの中では、『搜神記』において『漢書』五行志に見える劉向による災異解釈が省略され、京房の『易傳』が重視されている、という河野貴美子の指摘が興味深いが(三)、その理由は干寶が京房易を好んだという『晉書』巻八十二干寶傳の記述に解消されている。

干寶は、なぜ劉向の解釈を重視せず、京房に依拠したのか。さらには前後の五行志の災異解釈と比較して、干寶の災異思想の特徴はどこにあるのか。本章は、干寶の災異思想の特徴を明らかにし、なぜそれが五行志としてではなく、『搜神記』として表現されたのかを論ずるものである。

一、『漢書』五行志と京房易

『漢書』五行志は、殷・周から前漢末までに起こった災異と、その解釈を掲載するが、最初に「洪範五行傳」に基づいて、災異を五行（木・火・土・金・水）・五事（貌・言・視・聴・思）・皇極の十一項目に分類する。この分類に明らかなように、班固が『漢書』で創設した五行志は、天人相關説に基づく災異解釈の記録である。天人相關説は、この世に出現する様々な災害や怪異を、人君の行為に反「應」した天が、「戒」めとして届ける「象」・「徵」と解釈する。そうした「象」に対して、人君が、もしくはその政治を代行する勅任官が、改悟して徳の修養に努めれば、災異は消失する。だが、改善しない場合には、「咎」や「罰」としての「禍」が至るという。こうした災異解釈を説く巻が、五行志と名付けられたのは、災害や怪異の現象は、人君の悪徳や悪行が、事物を五つに大別する分類法である五行（木・火・土・金・水）のバランスを乱し、世界なり自然なりの秩序を混乱させるために発生する、と考えられたためである。[四]

『漢書』五行志は、董仲舒・劉向・劉歆の「春秋」に対する災異説を載せ、また眭弘・夏侯勝・京房・谷永・李尋の災異説を附載するが、董仲舒は『春秋公羊傳』、劉向は『春秋穀梁傳』と『尙書』・『周易』、劉歆は『春秋左氏傳』と『尙書』・『周易』に加えて分野説に基づくため、それぞれの主張は異なる。津田左右吉〈一九三四〉がつとに指摘するように、災異説には、人格を有する天が人間に与える戒めと、自然と人間が共有する陰陽の氣を媒介として人事が自然に感應するという、由来を異にする二種がある。劉向から劉歆へと時代が進むにつれ、氣を媒介とする後者に重点が置かれるようになり、主宰的天から機械的天へと天観が変化していく。[五]「春秋」の諸傳が異変日食の記事、『尙書』が洪範を持つことに対して、後出の『周易』は陰陽を言い、吉兆禍福を説くことにより、災異思想と結合していく[六]。これにより、災異思想は、予占化の傾向を帯びる。たとえば、『漢書』五行志に引かれる京房の『易傳』は、次のように占いを法則化し、未来を予見する。

> 史の記に、魏の襄王十三年、魏に女子 化して丈夫と爲るもの有り。京房の易傳に曰く、「女子 化して丈夫と爲る、茲を陰昌と謂ふ。賤人 王と爲る、丈夫 化して女子と爲る、茲を陰勝と謂ふ、厥の咎は亡なり」と。一に曰く、「男 化して女と爲るは、宮刑 濫《みだり》なり。女 化して男と爲るは、婦政 行はるればなり」と[七]。

女子が男子に變化した理由を張儀という個人に求める『洪範五行傳』に対して[八]、京房の『易傳』は、女子が男子に變化した場合と、男子が女子に變化した場合を、それぞれ「陰昌」・「陰勝」と呼び分け、その「事應」を「賤人 王と爲る」・「亡」と定めている。ある「災異」に対して、法則的に「事應」が求められれば、「事應」は予占することができる。京房の『易傳』は、こうして災異思想を予占化したのである。

さらに、武田時昌〈一九九三〉によれば、京房は、生起した災異現象をそのまま公式に当てはめて占断するだけではなく、天候の推移から災異を詳しく分析できる方法論を持っていた。それは、孟喜の六日七分法を継承し、易の六十四卦を一年に連続的に分担させ、その寒温推移の調節機能を前後に配された雑卦の天候状態との比較によって、実際的に効力を発揮したか否かを分析的に把握するものであった。その結果、京房の災異説は、現実の政治状況に左右された恣意的解釈を関与させず、卦に随う寒温の変化によって数理的に分析するものとなった。こうして災異現象を読み取る方程式が私意を離れた結果、過去だけでなく未来をも語ることが可能になった、というのである。このように災異思想は、人君の失政を批判するための恣意的な解釈を持ちながら、象数易の論理性を備えることで、予占化の傾向を帯びていたのである。

こうした京房易が持つ、予占化の方向性に干寶は惹かれた。
魯の昭公十九年、龍 鄭の時門の外の洧淵に闘ふ。京房の易傳に曰く、「衆心 安からざれば、厥れ龍 其の邑中に闘ふなり」と。……右 一十八驗、捜神記より出づ。(九)

干寶は、魯の昭公の時に龍が現れた理由を京房の『易傳』に基づいて、「衆心 安からざ」ることに求めている。この記事は、次の『漢書』五行志に取材している。

左氏傳に、「昭公十九年、龍 鄭の時門の外の洧淵に闘ふ」と。劉向 以爲へらく、「龍の孽に近きなり。鄭は小國を以て晉・楚の間に攝し、重ぬるに彊吳を以てす。鄭 其の衝に當たり、德を修むる能はず、將に三國と闘ひて、以て自ら危亡せんとす。是の時、子產 政に任じ、內には民に惠み、外には辭令を善くして、以て三國と交はる。鄭 卒に患を亡《まぬが》れ、能く德を以て變の効を消すなり」と。京房の易傳に曰く、「衆心 安からざれば、厥の妖は龍 闘ふ」と。(一〇)

このように、劉向は、鄭の時門で龍が闘うという「事象」が「龍の孽に近」く、德を修められない晉が三國と戰い「自ら危亡せん」としているために起こった災異である、と解釈する。そして、子產の內外にわたる善政の結果、「德を以て變の効を消す」ことができたとその「事應」を語る。これが、災異を具体的な歴史事象より解釈する劉向の災異思想であるが、干寶はこれを採用しない。『捜神記』は、劉向の災異解釈と事應をすべて削除し、事象と京房『易傳』の予占のみを記している。

同様の改変は、龍が井戸から現れた災異の記録にも見られる。

漢の惠二年、正月癸酉朔旦、兩龍 蘭陵廷東里の溫陵の井中に現る。京房の易傳に曰く、「有德 害に遭へば、厥の妖 龍 井中に見はる。行刑 暴惡なれば、黑龍 井より出づ」と。……右 一十八驗、捜神記より出づ。(一一)

これも、次の『漢書』五行志から劉向の災異解釈と事應を削除している。

惠帝の二年、正月癸酉旦、兩龍 蘭陵廷東里の溫陵の井中に見はるる有り、乙亥の夜に至りて去る。劉向 以爲へらく、龍は貴象なるに、而るに庶人の井中に困しむ、象は諸侯 將に幽執の禍有らんとするなり。其の後 呂太后、三趙王を幽殺し、諸呂も亦た終に誅滅せらる。京房の易傳に曰く、「有德 害に遭へば、厥の妖 龍 井中に見はる」と。又曰く、「行刑 暴惡なれば、黑龍 井より出づ」と。[一二]

ここでも、干寶は、井戸の中から龍が現れたことを「諸侯」の「幽執の禍」とする劉向の災異解釈と「三趙王」と「諸呂」が殺されたという事應を削除している。

このように干寶が『搜神記』の中に、劉向ではなく京房の災異解釈を採用するのは、氣を媒介とする災異思想の展開の中に『周易』の予占を取り込んだ京房の災異解釈に強く惹かれたためであった。それでは、こうした干寶の災異理解は、災異思想の展開の中では、どのような位置づけを持つのであろうか。

二、劉昭の司馬彪批判と鄭玄の『尚書大傳注』

宋代より劉宋の范曄『後漢書』に合刻された西晉の司馬彪『續漢書』八志には、[一三]梁の劉昭の注が附されている。[一四]劉昭の注は、司馬彪の本文に対して批判的であることも多く、五行志においても、その傾向は強い。

獻帝の興平元（一九四）年に桑の実が二度収穫できたことを「草妖」と位置づける司馬彪に対して、劉昭は次のように批判している。

臣昭曰く、「桑 重ねて椹を生ずるは、誠に是れ木の異にして、必ず民を濟ふに在り。安んぞ瑞に非ざるを知らんや。時に蒼生は死敗し、周・秦は殲盡し、餓魂餒鬼、勝《あ》げて言ふ可からず。此の重なる椹を食らひて、大いに危命を拯《すく》ふ。連理附枝と雖も、亦た及ぶこと能はず。若し以て怪と爲せば、則ち建武に野穀 旅《さか》んに生じ、麻菽 尤も盛んなるは、復た是れ草妖なるか」（二五）と。

光武帝の建武二（二六）年に、野生の穀物や麻・豆が盛んに生え、野生の蚕が繭をつけ、大いに人々の役に立ったことは、『後漢書』本紀一上 光武帝紀に記録されるが、司馬彪の『續漢書』五行志が、これを「草妖」として採録することはない。獻帝期に桑の実が二度収穫できたことは、「大いに危命を拯《すく》」った点において瑞祥なのであり、これを「怪」とすることは誤っている、と劉昭は司馬彪を批判している。こうした劉昭の注釈姿勢に対して、唐の劉知幾は、大して才能も無いのに、様々な資料から異説を寄せ集めて、史書の不足を補おうとする、と批判しているが（『史通』内篇 補注篇）、『三國志』に注を附した劉宋の裴松之の史料批判を継承する史家としての態度を評価すべきであろう（二六）。

また、劉昭注は、『續漢書』五行志五が、桓帝の延熹七（一六四）年に、野王縣で龍が死んでいたことを王朝交代の予兆となる災異と解釈し、事應を建安二十五年の漢魏革命に求めることを次のように批判している。

臣昭曰く、「夫れ屈申躍見し、變化 方無く、顯《あら》はに死するの體、横強の畜に非ず。易には大聖に況し、實に君道に類す。野王の異、豈に桓帝の將に崩ぜんとするの表なるか。妖 等しくして占 殊なる、其の例は斯れ衆《おほ》し。苟しくも附會して以て天鳳に同じくせんと欲すれば、則ち帝は三主に渉り、年は五十を踰え、此れ迂闊爲れば、將た恐らくは徵に非ざらん」（二七）と。

劉昭は、野王縣の龍の災異を桓帝崩御の予兆と捉え、漢魏交代の徵候と解釈することを否定する。その際、劉昭が「妖 等しくして占 殊なる、其の例は斯れ衆《おほ》し」と述べ、同じ災異が発生しても、その占は異なることがある、と主張していることは興味深い。干寶が災異に法則性を求め、京房の『易傳』に基づき、災異の予占化を進めようとしたことと逆行するためである。

劉昭が司馬彪の五行志と異なる災異解釈を下す場合、その代案として掲げるものには、鄭玄の『尚書大傳注』に基づくものが多い。司馬彪の『續漢書』五行志は、「洪範五行傳」の劉向・劉歆の解釈に基づく『漢書』五行志をそのまま継承しているので、それを批判するには、「洪範五行傳」にも独自の注を附した鄭玄の『尚書大傳注』が相応しい。

鄭玄は、『尚書大傳注』の中で、「五行」と「五事」について、次のように説明する。

> 凡そ貌・言・視・聽・思心、一事 失すれば、則ち人の心に逆ひ、人心 逆へば則ち怨み、木・金・水・火・土の氣 之が爲に傷はる。傷はるれば則ち衝勝 來り乘じて之を殄ふ。是に於て神 怒り 人 怨み、將に禍亂を爲さんとす。故に五行は先に變異を見《しめ》し、以て人に譴告するなり。妖・孽・禍・痾・眚・祥に及びては皆 其の氣類、暴《には》かに非常を作し、時怪を爲す者なり。各〻物象を以て之が占を爲すなり(一八)。

鄭玄は、五事(貌・言・視・聽・思心)のうち、一つでも理想的な状態を失えば、人の心を平常でなくさせ、怨みを生み、それに応じて五行(木・金・水・火・土)の氣が傷つけられる。五行の氣が傷つけば、それに乘じて相衝・相勝に当たる氣が損われる。こうして神が怒り人が怨み、災禍・動乱へ至ろうとする。そこで五行が異変を示し、それにより人を譴責し、妖(草木の類に異變。ただし、「服妖」「詩妖」「鼓妖」など、草木に限らず、非生物に関する異変も含む)・孽(動物の類に異変)・禍(家畜に異変)・痾(異変が人に至る)・眚(異形のものが生ずる)・祥(外地のものが到来する)もみなその五行の氣に類し、突然に異常を起こして、その時々の怪異をなす。それぞれ、事物による象を示すことでその表れをなす、というのである(一九)。

鄭玄の災異解釈は、氣を媒介とする劉歆のそれをさらに論理的にしたものである。五事が失して生ずる恨みが、五行の氣を傷つけ、それが「妖─孽─禍─痾─眚─祥」という「非常」を生むとするのである。したがって、災異は、妖・孽など軽微な段階から、眚祥など重度なものへと移行する、との主張に、鄭玄の災異解釈の特徴は現れる。

これに対して、干寶は、變化の順応と妖眚について「五氣變化論」で次のように述べている。

千歳の蛇は、斷つも復た續き、百年の鼠は、而《すなは》ち能く相 卜するは、①數の至りなり。春分の日に、鷹は變じて鳩と爲り、秋分の日に、鳩は變じて鷹と爲るは、②時の化なり。故《すなは》ち腐草の螢と爲るや、朽葦の蛬と爲るや、稻の蛩と爲るや、麥の蛺蝶と爲るや、羽翼 焉に生じ、眼目 焉に成り、心智 焉に在り。此れ無知より化して有知と爲るは、③而ち氣 易はるなり。鶴の麞と爲るや、蛇の鼈と爲るや、蛬の蝦と爲るや、其の血氣を失はざれば、④而ち形性 變ずるなり。此の若きの類、勝げて論ずる可からず。1變に應じて動く、是れ順常爲り。2苟《も》し其の方を錯《たが》ふれば、則ち妖眚と爲る。故《すなは》ち下體 上に生ずるは、⑴氣の反する者なり。人 獸を生み、獸 人を生むは、⑵氣の亂るる者なり。男 化して女と爲り、女 化して男と爲るは、⑶氣の貿《か》はる者なり。(二〇)

「順常」という正常な變化は①〜④の四種に分けられ、變化する際の「氣」「形」「性」の変容と不變が整理される。また、「妖眚」という常ではない變化は、人が「氣」の⑴「反」・⑵「亂」・⑶「貿」により變化することである。そして、「妖眚」だけが天人相關說の対象である、とするのである（本書第一章を參照）。鄭玄が、妖・孽など軽微な段階から、眚・祥など重度なものへと、その段階を述べながらも、それらをいずれも災異として、天人相關說の中で説明することに対して、干寶は、「妖眚」という人が関わる變化のみに、天人相關說の適用を限定する。

このように、梁の劉昭に批判される西晉の司馬彪の『續漢書』五行志は、『漢書』五行志の災異解釈と大きな変化が存在しなかった。これに対して、劉昭が論拠とする後漢の鄭玄の『尚書大傳注』は、災異思想に軽重を含ませながらも、天の宗教性・主宰性を前提とする天人相關説を忽せにすることはなかった。一方、干寶は『捜神記』の「五行變化論」において、天人相關説に基づく「妖眚」のほかに、「順常」という變化の存在を主張する。天子の行為に対する天の感應以外にも、物の變化する原理を考えたという点において、干寶の天人相關説への立場は、鄭玄とは異なる。ここには、鄭玄經學の宗教性を批判し、「理」に基づく経典解釈を展開した王肅の經學が、西晉・東晉において官学とされていた影響を見ることができる（二二）。それを背景としながら、京房易など象数系の易の影響を受けることで、干寶の『捜神記』は、鄭玄とは異なった災異思想を有していたのである。

三、『宋書』・『晉書』五行志との相違

干寶の『捜神記』は、災異思想に基づき描かれる五行志と同じ事象を題材としながら、異なった解釈を示す。一で検討した『漢書』五行志では、劉向の災異解釈の否定と事應の削除が見られ、二で検討した『續漢書』五行志との比較では、『漢書』五行志を継承する司馬彪の解釈とも、それを批判する劉昭が基づく鄭玄の解釈とも異なる災異思想を干寶は有していた。

それでは、干寶の『捜神記』が成立した後に著された『宋書』・『晉書』の五行志に含まれる、『捜神記』と同じ事象に関しても、『漢書』や『續漢書』との間に見られたような相違を求めることができるのであろうか。

『捜神記』は、地中から犬の声が聞こえてくる事象について、次のような災異解釈と声が聞こえる原因を記している。

> 晉の元康中、呉郡婁縣の懷瑤の家、忽ち地中に犬の聲の隱〻たる有るを聞く。其の聲發する處、上に小穿有り、

大《ひろ》きこと螾穴の如し。瑤 杖を以て之を刺すに、入ること數尺、物有るを覺ゆ。乃ち掘りて之を視るに、犬の子を得たり。雌雄 各〻一、目 猶ほ未だ開かず、形は常の犬より大なり。之を哺《やしな》ひて食はす。左右 咸 往きて焉を觀る。長老 或いは云ふ、「此れ名は犀犬なり、之を得る者は家をして富昌たらしむ。宜しく當に之を養ふべし」と。目の未だ開かざるを以て、還して穿の中に置き、覆ふに磨甓を以てす。宿昔 發き視るに、左右に孔無きも、遂に所在を失ふ。瑤の家 積年、他に禍福無きなり。大興中、吳郡の府舍の中に、又 二枚の物を得ること初めの如し。其の後 太守の張茂、吳興の兵の殺す所と爲る。尸子に曰く、「地中に犬有れば、名を地狼と曰ふ。人有れば、名を無傷と曰ふ」と。夏鼎志に曰く、「地を掘りて狗を得れば、名を賈と曰ふ。地を掘りて豚を得れば、名を邪と曰ふ。地を掘りて人を得れば、名を聚と曰ふ。聚は、無傷なり」と。此れ物の自然なれば、鬼神と謂ひて之を怪しむ無し。然らば則ち賈と地狼とは名 異なるも、其の實は一の物なり。淮南萬畢に曰く、「千歳の羊肝、化して地宰と爲る。蟾蜍 菰を得れば、卒時にして鶉と爲る」と。此れ皆 氣の化するに因りて、以て相 感じて成るなり。……右の六條、搜神記に出づ(二二)。

地中から犬の声がしたため、それを得て養い、やがて失った懷瑤の家は、「犀犬」を養えば「富昌」になるとの長老の予言にも拘らず、「積年、他に禍福無」かったとする。地中から犬の声がする、という事象に対して、解釈は外れ、事應もない。これでは、五行志に記録することはできない。さらに、太守の張茂が、地中から犬の声の後、殺害されているにも拘らず、「此れ物の自然なれば、鬼神と謂ひて之を怪む無し」と、これが鬼神に依るものでなく、「物の自然」であると述べて、鬼神の関与を否定する。そして、『淮南萬畢術』により(二三)、他の事例を引用したのち、これらは、「氣の化するに因りて、以て相 感じて成」ったものであるとし、天人相關説に基づく「犬禍」という災異ではないと理解する。氣の變化を重視することは、二で述べたように、『搜神記』の變化論の特徴である。

これに対して、『捜神記』に取材したと考えられる『宋書』五行志は、懐瑤の家に何もなかったとする記述、さらには氣に関する記述を削除し、太興年間の「太守の張茂」が、「呉興の兵の殺す所」となったという記述を生かして、これを犬の災異の「事應」とする。

晉の惠帝の元康中、呉郡婁縣の民家、地中に犬の聲有るを聞き、掘りて視るに雌雄各〻一を得たり。還して窟の中に置き、覆ふに磨石を以てす。宿昔 所在を失ふ。元帝の太興中、呉郡の府舍に、又 二物の頭の此の如きを得たり。其の後 太守の張茂、呉興の兵の殺す所と爲る。案ずるに夏鼎志に曰く、「地を掘りて狗を得なば、名を賈と曰ふ」と。尸子に曰く、「地中に犬有れば、名を地狼と曰ふ」と。實を同じくして名を異にするなり[二四]。

『宋書』五行志は、『捜神記』の記述から、氣の變化に感應したという部分を削ることで、天人相關説に基づく災異思想を表現し得た。『宋書』は、『捜神記』独自の變化論を削除しただけであるが、『晉書』五行志は、これを「犬禍」と明確に位置づける。

惠帝の元康中、呉郡婁縣の人家、地中に犬の子の聲有るを聞き、之を掘るに雌雄各〻一を得たり。還して窟の中に置き、覆ふに磨石を以てす。經宿 所在を失ふ。天 戒めて、帝は既に衰弱し、藩王は相 譖る、故に犬禍有り、と曰ふが若し[二五]。

『晉書』五行志は、『捜神記』では記述がなかった元康年間の犬の声に対する「事應」として、帝権の衰退と藩王の分裂を掲げ、「犬禍」を八王の乱が起こる予兆と位置づける。ここでは、天は、鄭玄の説く宗教的・主宰的な天であり、「犬禍」という災異は天譴と位置づけられている。王肅説が官学であった南朝で沈約が編纂した『宋書』と、鄭玄説を官学とする唐初に国家が編纂した『晉書』の災異説の違いをここにみることができよう。

そして、『晉書』は、「元帝の太興中」より以下の部分を、次のように別項目として掲げている。

元帝の太興中、呉郡太守の張懋、齋内の床下に犬の聲を聞き、求むるも得られず。既にして地 自づから坼け、二の犬の子有るを見たり。取りて之を養ふも、皆 死す。尋ぎて懋 沈充の害する所と爲る。京房の易傳に曰く、「讒臣 側に在らば、則ち犬 妖を生ず」[二六]と。

『晉書』の五行志は、年代を異にするものには、新たな項目を立て、『捜神記』に記されていた張懋（張茂）が殺されるという事應に、「讒臣 側に在らば、則ち犬 妖を生ず」という京房『易傳』の予占を加える。天人相關説では、同じ事象であっても、それぞれの時の人に応じた天譴が込められているため、事象ごとに事應を記す必要がある。

そして、『捜神記』に引用されていた『尸子』と『夏鼎志』は、『晉書』では次のように用いられている。

安帝の隆安の初め、……是の時 輔國將軍の孫無終、既陽に家し、地中に犬の子の聲を聞く。尋ぎて地 坼け、二の犬の子有り。皆 白色にして、一雄一雌、取りて之を養ふも、皆 死す。後に無終 桓玄の誅滅する所と爲る。案ずるに尸子に曰く、「地中に犬有れば、名を地狼と曰ふ」と。夏鼎志に曰く、「地を掘り犬を得れば、名を賈と曰ふ」と。此れ蓋し自然の物なれば、應に出づべらかざるに出づれば、犬禍と爲すなり[二七]。

『晉書』は、『捜神記』と同様に二書を引用しながらも、『捜神記』がそれを論拠に、これらの事象を「鬼神と謂ひて之を怪む」必要はない、と述べる主張は削除している。そして、『捜神記』では、怪異ではないことを説明するために用いられていた「物の自然」という字句を「自然の物」と書き換え、この事象は出るべきではないのに出た災異である「犬禍」と解釈するのである。

このように、五行志、ことに鄭玄説に依拠する『晉書』五行志は、年代の異なる事象を別々にして、それぞれに対して災異解釈に加えて事應をつけることにより、その事象が天譴であったことを証明している。これに対して、『捜神記』は、同類の事象を年代を超えてまとめ、變化が起こる原因を追究する。ここに、五行志と『捜神記』の違いがある。

『捜神記』の特徴は、事應よりも事應に至る事象そのものの重視にある。もちろん、『捜神記』にも事應は記されるが、その興味関心は、五行志のように、人君批判のために恣意的に事應を述べることにはなく、災異とされる變化が起こる過程にある。

四、変異記述の精彩

『捜神記』が事應よりも事象を重視することは、変異に関わる記述の精彩を生み、それがやがて志怪というジャンルを芽生えさせていく。『捜神記』は、災異のうち、天災は輯録しない。収録するものは、あくまでも変異である。それは、父の寵愛する侍女が生きながらに埋められた十年後に墓から蘇り、気絶した兄が日をおいても冷たくならずに目が覚めた後、天地の間の鬼神のことを見たと言ったという（『晉書』巻八十二 干寶傳）、神秘体験に起因しよう。「犀犬」を「鬼神と謂ひて之を怪む」必要はない、と記すのは、鬼神の存在を否定するからではなく、本当の鬼神のあり方を追究しているためであった(一八)。

したがって、人の變化や生死、なかでも神秘体験を持つ人が死後に生き返ることに関する記述は、精緻を極める。元になったであろう司馬彪『續漢書』五行志の記述は短い。

建安四年二月、武陵充縣の女子たる李娥、年六十餘、物故し、其の家の杉木の槥を以て斂めて、城外數里の上に瘞《うづ》む。已に十四日、行きて其の塚中に聲有るを聞くもの有り、便ち其の家に語る。家 往きて視て聲を聞き、便ち發《ひら》き出だせば、遂に活く(一九)。

災異解釈と事應を欠くが、この前の項目に、同じ獻帝の初平年間に桓氏が生き返った事象が記され、そこに「占に曰く、「至陰 陽と爲り、下人 上と爲る」と。其の後、曹公 庶士より起こる」という災異解釈と事應が述べられているので、李娥が生き返った事象の災異解釈と事應は、同じである。すなわち、人が生き返る災異は、下の者が上になる予兆であり、曹操が獻帝のもと全権を掌握することは、その事應なのである。

『搜神記』は、これだけの記述しかない李娥の生き返り話に、鬼神に操られた蔡仲の話と、費長房が文字と薬の正体を見破った話を加えて、次のように再構築している。長文となるが、掲げておこう。

干寶の搜神記に曰く、「武陵充縣の女子たる李娥、年六十餘、病死し、城外に埋む。已に十四日、娥の比舍に蔡仲有り、娥の富めるを聞きて、殯 當に金寶有るべしと謂《おも》ひ、盗みて冢を發き棺を剖《さ》く。斧 數〻下り、娥 棺中に於て言ひて曰く、「蔡仲、汝 我が頭を護れ」と。驚き遽《おそ》れて、便ち出でて走る。會〻吏の見る所と爲り、遂に收治せられ、法に依れば棄市に當たる。娥の兒 聞きて、來りて迎へて娥を出だして將《ひき》ゐ去る。武陵太守、娥の死して復た生くるを聞き、召見して事狀を問ふ。娥 對へて曰く、「謬《あやま》りて司命の召す所と爲るを聞き、遣《つか》はされ出づるを得るに到る。西門を過ぐるに、適〻《たまたま》外兄の劉伯文を見て、爲に相 勞問し、涕泣悲哀す。娥 語りて曰く、「伯文、一日 誤りて召され、今 遣はされ歸るを得たり。既に道を知らず、又 獨り行く能はず。我が爲に一伴を得るや不《いな》や」と。又「我 召されて此に在ること、已に十餘日、形體 又 當に埋藏せらるべし。歸るも當に那《なん》ぞ自ら出づるを得べけんや」と。伯文曰く、「當に爲に之を問ふべし」と。即ち門卒を遣はして戸曹に相 問はしめ、「司命 一日誤りて武陵の大女たる李娥を召す。今 遣はされ還るを得たり。娥 此に在ること積日、尸喪又 當に殯斂すべし。當に何等を作して出づるを得べきか」と。又「女 弱く獨行するに、豈に當に伴有るべきか。是れ吾が外妹、幸に爲に之を便安せよ」と。答へて曰く、「今 武陵の西の男民たる李黑、亦た遣はされ還るを得れば、便ち伴と爲す可し」と。輒ち黑をして過《よぎ》らしめ、娥の比舎の蔡仲に勅《つ》げて、娥を發き出だせしむるなり。是に於て娥 遂に出づるを得て、伯文と別る。伯文曰く、「書一封 以て兒の佗に與へよ」と。娥 遂に黑と倶に歸り、事狀 此の如し」と。太守 慨然として嘆じて曰く、「天下の事 眞に知る可からざるなり」と。乃ち表して以爲《い》へらく、「蔡仲は冢を發《あば》くと雖も、鬼神の使ふ所と爲りて、發くこと無からんと欲すと雖も、勢 已むことを得ず。宜しく寬宥を加ふべし」と。詔書して可なりと報ず。太守 語の虚實を驗せんと欲し、即ち馬吏を西界に遣はして、李黑を推問せしむるに之を得たり。黑の語 協《かな》ふ。乃ち伯文の書を致し佗に與ふるに、佗は其の紙を識り、乃ち是れ父 亡き時 箱中に送る文書なり。表の文字は猶ほ在るなり。而れども書は曉る可からず。乃ち費長房に請ひて之を念《よ》ましむるに、曰く、「佗に告ぐ、當に府君に從ひ出でて案行し、當に八月八日日中の時を以て、武陵の城南の溝水の畔に頓すべし。汝 是の時に必ず往け」と。期に到るや、悉く大小を城南に將ゐて之を待つ。須臾にして果たして至るも、但だ人馬の隱隱の聲を聞くのみ。溝水に詣るや、便ち呼聲有るを聞くに曰く、「佗 來れ。汝 我の寄する所の李娥の書を得たるか不や」と。曰く、「即ち之を得たり。故に來りて此に至る」と。伯文 次を以て家中の大小を呼びて之を問ひ、悲傷斷絕す。曰く、「死生 路を異にし、數〻汝の消息を得る能はず。吾が亡き後、兒孫 乃ち爾《かくのごとく》 許大なり」と。良《やや》久しくして佗に謂ひて曰く、「來春 大病あらん。此の一丸藥を與へん。以て門戶に塗れば、則ち來年の妖厲を辟《さ》けん」と。言 訖《をは》りて忽ち去り、竟に其の形を見るを得ず。前春に至るや、武陵 果たして大いに病あり。白日 鬼を見るに、唯だ伯文の家のみ、鬼 敢へて向かはず。費長房 藥を視て曰く、「此れ方相の臨めばなり」と（三〇）。

費長房は、薬を売っていた壺中仙に従い、籌を死体の代わりに残し、仙人の修行に出かけながら挫折し、一符をもらって地上の鬼神とされ、戻って来ると家族から生き返ったと言われた。その後、病気を直し、鼈の變化した魅を退治し、東海郡に雨を降らせ、一日で千里を移動したが、符を失い衆鬼に殺されたという（『後漢書』列傳七十二下 方術費長房傳）。仙人からのお札には、冥界の文字が書かれていたであろうし、何の薬であるかを知ることもできよう。

こうした起源を異にする費長房の話を李娥の生き返り話に組み込むだけでなく、さらに鬼神に操られた蔡仲の話や死んだあとでも家族を思う劉伯文の話を組み合わせ、矛盾ない物語を作り上げる干寶は、並外れた文才の持ち主と言えよう。そして、ここには、生き返ったという事象に対する災異解釈も事應も記述されない。『捜神記』が志怪小説の祖と評される所以である。

『捜神記』の評価をめぐって、次のようなやりとりを『世說新語』は伝える。

干寶　劉眞長に向ひて、其の捜神記を敍す。劉曰く、「卿は鬼の董狐と謂ふ可し」と。（三二）

小南一郎〈一九九七〉は、これが『世說新語』の排調篇に収録されることから、貴族の劉惔が一種の合理主義思想に基づいて鬼神を描く干寶を嘲り、無鬼論の立場から『世說新語』もこれを排調篇に収録したという。首肯し得る見解であろう。ただし、「鬼の」とはいえ、干寶が「董狐」と評されていることは見逃せない。

五行志のように、事象―解釈―事應を示すだけであれば、事象の詳細な記述は不要である。『捜神記』は、変異をすべて天人相關説に解消せず、鬼神の存在と正面から向き合い、人や物の變化・生死の事象を詳細に記述した。天人相關説の圧力に負けず、鬼神のために筆を振るい続けた干寶は、「董狐」と呼ばれるに相応しい記録者であった。仏教が本格的に受容されつつあった東晉以降において、『捜神記』がどのように受けとめられていたのか。『冥祥記』に次いで多くの事例を『捜神記』から引用する『法苑珠林』の『捜神記』への立ち向かい方を通じて、その課題は解明されていくが、それについては四章で論ずることにしたい。

おわりに

干寶は、天子の政治に起因する災異説だけではなく、天子以外の行為により變化を説明することを志した。第一章で検討したように、それは、「五氣變化論」として理論的には構築された。干寶は、それを具体的に論証するために、事例集として『捜神記』を著した。したがって、『捜神記』は、これまでの五行志のような事象―解釈―事應を記すだけには止まらなかった。干寶は、變異のすべてを天人相關説に解消することをせず、鬼神の存在と正面から向き合い、人や物の變化・生死の事象を詳細に記述した。ここに『捜神記』が、「小説」と把握される端緒がある。やがて、天譴から天理へと天観が大きく転換する宋代、具体的には歐陽脩の『新唐書』以降、五行志に事應は記されなくなる[三二]。それとの比較により考察すれば、事應よりも氣による變化の過程そのものを重視する『捜神記』は、鄭玄の主宰的・宗教的天よりも、王肅の合理的な天観のもとにおける災異思想の展開の一つの特徴を示す。それが變化の事例集を五行志としてではなく、捜「神」記として著した理由である。

≪注≫

（一）小南一郎〈一九六六〉。なお、二十巻本『捜神記』の成書過程については、竹田晃〈一九六一〉、今枝二郎〈一九七三〉、柳瀬喜代志〈一九八九〉、大橋賢一〈二〇〇八〉、雁木誠〈二〇一〇〉、大橋由治〈二〇一二b〉などを参照。

（二）五行志との比較により、『捜神記』の特徴を考えようとする研究には、西谷登七郎〈一九五一〉、多賀浪砂≪一九九四≫、大村由紀子〈二〇〇〇〉、佐野誠子〈二〇〇一〉などがある。また、羅玲雲〈二〇〇五〉も参照。

（三）河野貴美子〈二〇〇二a〉。また、再生記事を検討する河野貴美子〈二〇〇二b〉、謡言や予兆の影響を調べる河野貴美子〈二〇〇二c〉、感生帝説が明版に収録されないことを指摘する河野貴美子〈二〇〇六〉も参照。

（四）以上、『漢書』五行志と災異思想については、吉川忠夫・冨谷至《一九八六》に依る。また、平沢歩〈二〇一一〉、渡邉義浩（主編）《二〇一二》も参照。

（五）田中麻紗巳《一九八六》に依る。また、劉向と劉歆の災異思想の相違が、前者は法則よりも目的を重視し、天を主宰的と認識し、後者は法則による天譴を重視し、天を機械的とすることについては、板野長八〈一九七二〉を参照。

（六）漢代における象数易と災異思想との結合については、鈴木由次郎《一九六三》を参照。

（七）史記、魏襄王十三年、魏有女子化爲丈夫。京房易傳曰、女子化爲丈夫、茲謂陰昌。賤人爲王、丈夫化爲女子、茲謂陰勝、厥咎亡。一曰、男化爲女、宮刑濫也。女化爲男、婦政行也（『漢書』巻二十七下之上 五行志下之上）。

（八）『太平御覽』巻八百八十七 妖異部三 變化に、「洪範五行傳に曰く、「魏の襄王十三年、張儀 詐りて罪を秦に得、而して去りて魏に相たりて、將に秦の爲にして欺きて魏の君を奪はんとす。是の歳、魏に女子 化して丈夫と爲る者有り。天 魏に語りて張儀を用ふること勿かれと曰ふが若し。陰 變じて陽と爲るは、臣 將に君に爲らんとすればなり。是の時に魏王、亦た之を覺り張儀を用ひず。儀 免ぜられ去りて秦に歸る。魏に害無し（洪範五行傳曰、魏襄王十三年、張儀詐得罪於秦、而去相魏、將爲秦而欺奪魏君。是歳、魏有女子化爲丈夫者。天若語魏曰勿用張儀。陰變爲陽、臣將爲君。是時魏王、亦覺之不用張儀。儀免去歸秦。魏無害）」とある。

（九）魯昭公十九年、龍鬪於鄭時門之外洧淵。京房易傳曰、衆心不安、厥龍鬪其邑中也。……右一十八驗、出搜神記（『法苑珠林』巻三十一 妖怪篇）。なお、『法苑珠林』は、周叔迦・蘇晋仁《二〇〇三》を底本とした。

（一〇）左氏傳、昭公十九年、龍鬪於鄭時門之外洧淵。劉向以爲、近龍孽也。鄭以小國攝乎晉・楚之間、重以彊吳。鄭當其衝、不能修德、將鬪三國、以自危亡。是時、子產任政、內惠於民、外善辭令、以交三國。鄭卒亡患、能以德消變之效也。京房易傳曰、衆心不安、厥妖龍鬪（『漢書』巻二十七下之上 五行志下之上）。

（一一）漢惠二年、正月癸酉朔旦、兩龍現於蘭陵（庭）〔廷〕東（坐）〔里〕溫陵井中。京房易傳曰、有德遭害、厥妖龍見井中。行刑暴惡、黑龍從井出。……右一十八驗、出搜神記（『法苑珠林』卷三十一 妖怪篇）。なお、『搜神記』卷六に従い、「庭東坐」を「廷東里」に改めた。『搜神記』は、汪紹楹《一九七九》に従い、李剣国《二〇〇七》を参照した。

（一二）惠帝二年、正月癸酉旦、有兩龍見於蘭陵廷東里溫陵井中、至乙亥夜去。劉向以爲、龍貴象、而困於庶人井中、象諸侯將有幽執之禍。其後呂太后、幽殺三趙王、諸呂亦終誅滅。京房易傳曰、有德遭害、厥妖龍見井中。又曰、行刑暴惡、黑龍從井出（『漢書』卷二十七下之上 五行志下之上）。

（一三）司馬彪が西晉期に『續漢書』を著した動機が、漢を鑑とすることにあったことについては、渡邉義浩〈二〇〇六ａ〉を参照。

（一四）劉昭注の概略については、小林岳《二〇一三》を参照。

（一五）臣昭曰、桑重生椹、誠是木異、必在濟民。安知非瑞乎。時蒼生死敗、周・秦殲盡、餓魂餒鬼、不可勝言。食此重椹、大拯危命。雖連理附枝、亦不能及。若以爲怪、則建武野穀旅生、麻菽尤盛、復是草妖邪（『後漢書』志十四 五行二 注）。

（一六）裴松之の史料批判を「史」の自立と位置づけることは、渡邉義浩〈二〇〇三ｂ〉を参照。

（一七）臣昭曰、夫屈申躍見、變化無方、非顯死之體、橫強之畜。易況大聖、實類君道。野王之異、豈桓帝將崩之表乎。妖等占殊、其例斯衆。苟欲附會以同天鳳、則帝涉三主、年踰五十、此爲迂闊、將恐非徵矣（『後漢書』志十七 五行五 注）。

（一八）凡貌・言・視・聽・思心、一事失、則逆人之心、人心逆則怨、木・金・水・火・土氣爲之傷。傷則衝勝來乘殄之。於是神怒人怨、將爲禍亂。故五行先見變異、以譴告人也。及妖・孽・禍・痾・眚・祥皆其氣類、暴作非常、爲時怪者也。各以物象爲之占也（『後漢書』志十三 五行一 注）。

（一九）鄭玄の『尚書大傳注』については、間嶋潤一〈二〇〇二〉を参照。

（二〇）千歲之蛇、斷而復續、百年之鼠、而能相卜、①數之至也。春分之日、鷹變爲鳩、秋分之日、鳩變爲鷹、②時之化也。故腐草之爲螢也、朽葦之爲蛬也、稻之爲蛩也、麥之爲蛺蝶也、羽翼生焉、眼目成焉、心智在焉。此自無知化爲有知、③而氣易也。

鶴之爲麞也、蛇之爲鼈、蛬之爲蝦也、不失其血氣、④而形性變也。若此之類、不可勝論。1應變而動、是爲順常。2苟錯其方、則爲妖眚。故下體生於上、⑴氣之反者也。人生獸、獸生人、⑵氣之亂者也。男化爲女、女化爲男、⑶氣之貿者也（『法苑珠林』巻三十二 變化篇）。

（二一）王肅の経学については、渡邉義浩〈二〇〇八b〉を参照。

（二二）晉元康中、吳郡婁縣懷瑤家、忽聞地中有犬聲隱。其聲〔發處〕、上有小穿、大如螾〔穴〕。瑤以杖刺之、入數尺、覺有物。乃掘視之、得犬子。雌雄各一、目猶未開、形大於常犬也。哺之而食。左右咸往觀焉。長老或云、此名犀犬、得之者令家富昌。宜當養之。以目未開、還置穿中、覆以磨礱。宿昔發視、左右無孔、遂失所在。瑤家積年、無他禍福也。大興中、吳郡府舍中、又得二枚物如初。其後太守張茂、爲吳興兵所殺。尸子曰、地中有犬、名曰地狼。有人、名曰無傷。夏鼎志曰、掘地而得狗、名曰賈。掘地而得豚、名曰邪。掘地而得人、名曰聚。聚、無傷也。此物之自然、無謂鬼神而怪之。然則賈與地狼名異、其實一物也。淮南萬畢曰、千歲羊肝、化爲地宰。蟾蜍得苽、卒時爲鶉。此皆因氣化、以相感而成也。……右六條、出搜神記（『法苑珠林』巻六 六道篇）。なお、『搜神記』に基づき、「發處」「穴」を補った。

（二三）『淮南萬畢術』については、楠山春樹〈一九八七〉を参照。

（二四）晉惠帝元康中、吳郡婁縣民家、聞地中有犬聲、掘視得雌雄各一。還置窟中、覆以磨石。宿昔失所在。元帝太興中、吳郡府舍、又得二物頭如此。其後太守張茂、爲吳興兵所殺。案夏鼎志曰、掘地得狗、名曰賈。尸子曰、地中有犬、名曰地狼。同實而異名也（『宋書』巻三十一 五行志二）。

（二五）惠帝元康中、吳郡婁縣人家、聞地中有犬子聲、掘之得雌雄各一。還置窟中、覆以磨石。經宿失所在。天戒若曰、帝既衰弱、藩王相譖、故有犬禍（『晉書』巻二十八 五行志中）。

（二六）元帝太興中、吳郡太守張懋、聞齋內床下犬聲、求而不得。既而地自坼、見有二犬子。取而養之、皆死。尋而懋爲沈充所害。京房易傳曰、讒臣在側、則犬生妖（『晉書』巻二十八 五行志中）。

（二七）安帝隆安初、……是時輔國將軍孫無終、家于既陽、地中聞犬子聲。尋而地坼、有二犬子。皆白色、一雄一雌、取而養之、皆死。後無終爲桓玄所誅滅。案尸子曰、地中有犬、名曰地狼。夏鼎志曰、掘地得犬、名曰賈。此蓋自然之物、不應出而出、爲犬禍也（『晉書』巻二十八 五行志中）。

（二八）『捜神記』の鬼神については、孔毅〈二〇一三〉、韓涛〈二〇〇八〉を参照。

（二九）建安四年二月、武陵充縣女子李娥、年六十餘、物故、以其家杉木槥斂、瘞於城外數里上。已十四日、有行聞其塚中有聲、便語其家。家往視聞聲、便發出、遂活（『後漢書』志十七 五行五）。

（三〇）干寶捜神記曰、武陵充縣女子李娥、年六十餘、病死、埋於城外。已十四日、娥比舍有蔡仲、聞娥富、謂殯當有金寶、盜發冢剖棺。斧數下、娥於棺中言曰、蔡仲、汝護我頭。驚遽、便出走。會爲吏所見、遂收治、依法當棄市。娥兒聞、來迎出娥將去。武陵太守、聞娥死復生、召見問事狀。娥對曰、聞謬爲司命所召、到得遣出。過西門、適見外兄劉伯文、爲相勞問、涕泣悲哀。娥語曰、伯文、一日誤見召、今得遣歸。既不知道、又不能獨行。爲我得一伴不。又我見召在此、已十餘日、形體又當見埋藏。歸當那得自出。伯文曰、當爲問之。卽遣門卒與戶曹相問、司命一日誤召武陵大女李娥。今得遣還。娥在此積日、尸喪又當殯斂。當作何等得出。又女弱獨行、豈當有伴邪。是吾外妹、幸爲便安之。答曰、今武陵西男民李黑、亦得遣還、便可爲伴。輒令黑過、勑娥比舍蔡仲、令發出娥也。於是娥遂得出、與伯文別。伯文曰、書一封以與兒佗。娥遂與黑俱歸、事狀如此。太守慨然嘆曰、天下事眞不可知也。乃表以爲、蔡仲雖發冢、爲鬼神所使、雖欲無發、勢不得已。宜加寛宥。詔書報可。太守欲驗語虛實、卽遣馬吏於西界、推問李黑得之。黑語協。乃致伯文書與佗、佗識其紙、乃是父亡時送箱中文書也。表文字猶在也。而書不可曉。乃請費長房念之、曰、告佗、當從府君出案行、當以八月八日日中時、武陵城南溝水畔頓。汝是時必往。到期、悉將大小於城南待之。須臾果至、但聞人馬隱隱之聲。詣溝水、便聞有呼聲曰、佗來。汝得我所寄李娥書不邪。曰、卽得之。故來至此。伯文以次呼家中大小問之、悲傷斷絶。曰、死生異路、不能數得汝消息。吾亡後、兒孫乃爾許大。良久謂佗曰、來春大病。與此一丸藥。以塗門戶、則辟來年妖厲矣。言訖忽去、竟不得見其形。至前春、武陵果大病。白日見鬼、唯伯文之家、鬼不敢向。費長房視藥曰、此方相臨也。（『後漢書』志十七 五行五注）。

（三一）干寶向劉眞長、敍其捜神記。劉曰、卿可謂鬼之董狐（『世說新語』排調第二十五）。

（三二）小島毅〈一九八八〉。天観念の展開については、溝口雄三〈一九八七、八八〉を参照。

第三章　干寶『搜神記』の孫呉観と蔣侯神信仰

はじめに

東晉の初期、干寶が著した『搜神記』は、天人相關説を搖るがすような瑞祥と災異に對して、天人相關説に依らない災異が生成される論理があることをその事例と共に論証しようと試みた書籍である（本書第一章）。また、一方で、天子に起因する瑞祥と災異に対しては、従来の天人相關説に基づき、その事例に対する解釈と事應を示す五行志に近い記述を有していた（本書第二章）。

『搜神記』が収録する事例には、三國時代に取材するものがあり、中でも東晉と建国地域を共にする孫呉に関わるものが多い。それらの中から孫呉に否定的な事例を重視する小南一郎〈一九九七〉は、次のように述べる。すなわち、干寶にとって、孫呉の滅亡は、特に惜しむ必要もない事件であった。南方の中小在地世家層にとって、孫呉は必ずしも望ましい権力ではなかった。それは、大豪族出身の陸機が「辯亡論」を著して、孫呉の欠陥を指摘しつつも、呉郡の陸氏と孫呉の一体性を強調したことに対して、干寶が江南の寒門出身であることを理由とする、としている。また、田中靖彦〈二〇〇六〉は、小南の見解を継承し、干寶の『搜神記』には、江東人士の孫呉への怨念が込められており、晉正統論とのつながりの中で、曹魏正統論的発想を干寶は抱いていた、という。

しかし、天人相關説に基づき検討すると、『搜神記』の対孫呉観は批判とだけ把握することはできない。「六朝」という概念の成立を視座に入れたとき、江南に国家を樹立した東晉が、かつて同地域に国家を保持していた孫呉、およびその旧臣たちといかに向き合ったのか、という問題は重要である。また、東晉に仕えた江東人士は、東晉と孫呉をどのような関係性の中で把握したのであろうか。本章は、かかる課題を解決するために、『搜神記』の孫呉観を検討し、蔣侯神信仰との関わりを論ずるものである。

一、孫呉君主への評価

小南一郎〈一九九七〉は、干寶の『搜神記』が江南土着の寒門の著作であることを立論の前提とするが、干寶は、四世祖までは華北に居住しており、純粋な意味での土着呉姓ではない[一]。それでも、父の瑩は、孫呉の海鹽縣令となっており、干寶が旧孫呉系臣下であることは、間違いない。そして、同じく旧孫呉系臣下である東晉の葛洪の『抱朴子』と比べても[二]、『搜神記』に孫呉への批判が多く収録されることは事実である。

于吉に呪い殺される孫策の話は、その代表的な事例である。『搜神記』によれば、孫策が許を攻めようとした際、兵士が孫策よりも于吉を尊重するので、孫策は于吉を捕らえさせた。その際、日照りが続いていたので、于吉に雨乞いをさせ、降ればこれを許すことにした。于吉の呪術により雨は降ったが、それを恐れた孫策は、約束を破り于吉を殺害する。そののち孫策は、于吉に次のように呪い殺されたという。

搜神記に曰く、「(孫) 策 既に于吉を殺すや、獨り坐す每に、彷彿として吉が左右に在るがごときを見る。意 深く之を惡《にく》み、頗る常を失ふ有り。後に創を治め方《まさ》に差《い》えんとして、鏡を引き自ら照らすに、吉の鏡中に在るを見

て、顧みるも見ること弗し。是の如きこと再三、因りて鏡を撲《う》ちて大いに叫び、創 皆 崩裂し、須臾にして死す」と。(三)

田中靖彦〈二〇〇六〉は、于吉（干吉）を干寶の同族とした上で、この記述を一族の、そして江東人士の孫呉への怨念を描いたものとする。しかし、李剣国《二〇〇七》は、于吉と干寶を同族ではないという。それ以上に、曹操が左慈に翻弄され、神異を示した梨の木を斬ったために病に伏し、曹丕と曹叡も無学を笑われているように、『搜神記』に収録される話で、道士や方士に批判される君主は、孫氏に限定されない。

それでも、『搜神記』が、于吉を殺したこと以外にも、陸康一族を族滅するなど江東豪族に抑圧的であった孫策(四)だけでなく、孫呉の建国者である孫權への批判も収録することには留意したい。

干寶の搜神記に曰く、「介琰なる者は、何許の人なるかを知らざるなり。呉の先主の時、北より來ると云ひ、其の師たる白羊公に從ひ、東海より入る。琰 呉主と相 聞す。呉主 琰を留め、乃ち琰の爲に宮廟を架く。一日の中、數四 人を遣して往き起居を問はしむ。或いは琰の見ゆること十六・七の童子の如く、或いは壯年の如し。呉主 術を學ばんと欲するも、琰 帝の常に內御多きを以て、月を積むも教へざるなり」と。(五)

方士の介琰が、孫權に礼遇されたにも拘らず、年齢を自由に操る術を教えなかった理由は、内御（後宮）が多いことにあった、というのである。『搜神記』は、確かに孫呉に対して批判的な事例を収録している。

しかしながら、その一方で『搜神記』は、孫呉を正統視することに繫がる孫策と孫權の異常出産を次のように伝えている。

搜神記に曰く、「初め夫人 孕みて月の其の懷に入るを夢み、既にして策を生む。權の孕《はら》に在るに及び、又 日の其の懷に入るを夢む。以て堅に告げて曰く、「昔 策を娠み、月の我が懷に入るを夢む。今や又 日の我が懷に入

るを夢みるは、何ぞや」と。堅曰く、「日月なる者は、陰陽の精、極貴の象なり。吾が子孫 其れ興らんか」と」と。(六)

これは、天命を受けた国家の創始者の母が、その国家の守護神である五帝と交わることで帝王を孕むという感生帝説(七)に近い異常出産の記録である。こうした話を『捜神記』に収録することは、干寶が孫呉を建国した孫權、その兄の孫策が天命を受けていることを承認する態度の表明と考えてよい。

さらに、『捜神記』は、孫呉の君主に天人相關説を適用する事例を収録する。

捜神記に曰く、「呉の景帝より以後、衣服の製、上を長くし下を短くす。又 積領は五・六にして、裳居は一・二なり。故に歸命は情を上に放《はな》ち、百姓は下に惻《いた》むの象なり」と。(八)

この話について、『宋書』五行志は、次のように、干寶の言葉を伝える。

孫休の後、衣服の制、上 長く 下 短く、又 積領は五・六にして、裳居は一・二なり。干寶曰く、「上 饒奢に、下 儉逼するは、上 餘り有りて、下 足らざるの妖なり」と。孫晧に至り、果たして奢りて暴かに情を上に恣にして、而るに百姓 困を下に彫《いた》み、卒に以て國を亡ぼす。是れ其の應なり。(九)

『宋書』によれば、干寶は、「景帝」(孫休)の時の上衣が長く下裳が短い服制を「上 餘り有りて、下 足らざるの妖」(上が贅沢、下が貧困の象を示す服妖)と認識していたことになる。『宋書』は、孫呉の滅亡をその事應としている。これは、天人相關説に基づく災異思想であり、『捜神記』に記される、「歸命」(侯の孫晧)が上に放縦となり、百姓が下に傷んだことは、干寶の見解と考えてよい。もちろん、ここには孫晧への批判が見られるが、それを天人相關説に基づく災異思想で説明する限りにおいて、孫呉という国家を天譴を受ける対象、すなわち、天人相關説が適応される、天命を受けた正統な国家と主張していることになるのである。

干寶は、『搜神記』に孫呉の君主個人やその施政を批判する話を収録している。しかし、それは干寶が孫呉という国家の存在を否定していたことには繋がらない。干寶は孫呉を服妖という災異を天から譴責として受ける、正統な国家と認識していたのである。

二、三國鼎立の歴史観

孫呉を天命を受けた正統な国家と承認する干寶の『搜神記』は、三國時代の他の二国について、どのような歴史観を持つのであろうか。曹魏から検討しよう。

曹魏が正統な国家であることは、宋の大夫である邢史子臣の予言の話に記される。邢史子臣は、周の敬王の三十七（前四八三）年から、四百六十年後に邾が天下の王となることを予言した。その「邾は曹姓、魏も亦た曹姓」であり、これは「魏の興こる」の予言であるという。ところが、計算するとその年は前二三年に当たり、王莽台頭の予言に相応しい。干寶はそれを、邢史の計算違いか、誤った伝承かを知ることはできない、と論評している（『三國志』巻二　文帝紀注引『搜神記』）。

この話からは、干寶の「天道」を解明しようとする強い思いを読み取ることができるが（本書第一章を参照）、本章の関心は邾氏にある。堯の末裔と称する火徳の前漢・後漢からそれぞれ禪讓を受けた莽新と曹魏は、ともに舜を祖先と主張している。ただし、曹魏は当初、司馬懿派の蔣濟が主張するように、曹氏の祖先を邾氏としていた。しかし、邾氏は舜を祖先と定めた明帝のときに退けられている(一〇)。干寶は、「邾は曹姓」と明言する話を収録することで、晉の祖である司馬懿派の主張を踏襲したうえで、曹魏を正統な国家と認識しているのである。

また、蜀漢の火徳（赤色）については、「赤厄三七」という「古言」に基づき、赤は三七（二一〇年）ごとに厄がある、とする話を収録する。前漢が建国された前二〇二年の二一〇年後にあたる後八年が莽新の建国年であるように、後漢が建国された二五年の二一〇年後が、赤の大厄に当たるとするのである。しかし、厄を黄巾の乱とするため、この事例でも年数が合わず、干寶は苦悩する（『法苑珠林』巻四十四　君臣篇引『捜神記』）。後漢建国の二一〇年後は二三五年で、諸葛亮陣没の翌年にあたる。劉宋期の『異苑』に収録される、諸葛亮に火徳を象徴させる話であれば、諸葛亮の死去を赤の大厄と把握すればよいが、『捜神記』にそこまでの記述はない。それでも、後述するように、干寶は、晉を三國すべての正統を継承する国家と位置づけており、蜀漢も曹魏・孫呉と同様、『捜神記』では正統な国家と認識されていたと考えられる。（一一）

このように曹魏・孫呉・蜀漢の三國を対等に扱う三國鼎立の歴史観は、旧孫呉臣下である陸機に見られるものである。（一二）葛洪が西晉時代の呉郡を代表する貴族であった陸機の影響を受けているように、（一三）干寶もまた、陸機と同様、西晉が直接禪讓を受けた曹魏だけではなく、孫呉、さらには蜀漢をも正統な国家と認識していたのである。

もちろん、『捜神記』は、干寶が仕える晉の正統性を証明する話も収録している。捜神記に曰く、「初め漢の元・成の世、先識の士に言有りて曰く、「魏　年に和有れば、當に開石　西三千餘里に有るべし。五馬を繫ぎ、文に曰く、大いに曹を討つと」と。魏の初めて興るに及ぶや、張掖の柳谷に、開石有り。始め建安に見はれ、形　黄初に成り、文　太和に備はる。周圍　七尋、中　高きこと一仞、蒼質　素章にして、龍馬・麟鹿・鳳凰・仙人の象、粲然として咸　著はる。此の一事なる者は、魏・晉　代はり興こるの符なり。晉の泰始三年に至り、張掖太守の焦勝　上言するに、「郡の本國に留むる圖を以て、今の石文を校するに、文字の多少同じからざれば、謹みて圖を具へて上る」と。其の文を按ずるに五馬の象有り、其の一は人の平上幘にして、戟を執りて之に乘る有り。其の一は馬の形の若くにして成らざる有り、其の字に金有り、中有り、大司馬有り、王有り、大吉有り、正有り、開壽有り。其の一は行を成して曰く、金 當に之を取るべしと」と。[一四]

『捜神記』は、曹魏の建国とともに張掖郡に石の瑞祥が現れた話を収録している。石は、金德の象徴である。石の瑞祥は、土德の曹魏に代わって、金德の司馬晉が勃興する予兆である。その証拠に石には、「大司馬」という司馬氏を象徴する言葉や、「金 當に之を取るべし」といった予言（符命）が記されている。干寶は、東晉の史家として、讖緯思想をも伴った天人相關説に基づく五德終始説により、曹魏から西晉への革命を正統化する話を収録し、それを承認しているのである。

さらに、干寶は、金德の晉が混乱する予兆も収録する。これも孫呉と同様、晉を批判するのではなく、晉が天命を受ける正統な国家であるからこそ、天譴を記録するのである。

（晉の太康）六年に至り、南陽に兩足の虎を獲たり。虎なる者は陰の精にして陽に居る、金の獸なり。南陽は、火の名なり。金の精 火に入りて其の形を失ふ。王室 亂るるの妖なり。……右 十三驗 搜神記より出づ。[一五]

『捜神記』は、南陽郡で二本足の虎が捕まった話を、金の精が火の中に入ってその形を失ったものであり、王室が乱れる妖である、とする。これに対して、王隱の『晉書』は、国の四方の半分が失われ、懷帝・愍帝の禍が起こる予兆と解釈する。[一六] また、『宋書』五行志は、これを「毛蟲之孽」とし、六年の六を「水數」として、西晉の滅亡となる懷帝・愍帝の殺害までの三十五年間であったと解釈する。[一七] その際、『宋書』が、傍線部の「虎なる者」から「妖なり」までを「干寶曰く」と伝えるように、『捜神記』に記される災異の事應は、干寶独自の解釈である。曹魏の話とは異なり、東晉の史官として、西晉時代に天から下された譴責に対して、「王室が亂るる妖」であると、自らの主張を記しているのである。

干寶は、解釈の中で南陽が「火の名」であることに着目し、「金の精 火に入りて其の形を失ふ」と述べている。愍帝を殺害して西晉を滅ぼした者は、匈奴の劉聰である。劉氏は、漢の一族を称しているので、火徳にあたる。干寶は、五徳終始説に基づく五行志のように、火徳の劉氏（匈奴）により、西晉が混乱することを事應としているのである。

こうして西晉は滅亡するが、建康に拠った司馬睿のもと晉は再興される。これが、干寶の仕える東晉である。東晉は、曹魏の禪譲を受けた金徳の西晉の再興であるため、曹魏の土徳を継承した。そうであれば、東晉は、三國のうち曹魏のみを正統とする国家となるべきである。ところが、干寶は、晉の正統の継承について次のような話を伝える。

捜神記に曰く、「呉は草創の國なるを以て、信 堅固ならず、邊屯の守將は、皆 其の妻子を質とし、名づけて保質と曰ふ。童子・少年、類を以て相 與に嬉遊する者は、日に十數有り。永安二年三月、一異兒有り、長《たけ》は四尺餘り、年は六・七歳可《ばか》り、青衣を衣、來りて羣兒に從ひて戯るも、諸兒 之を識るもの莫きなり。皆 問ひて曰く、「爾《なんぢ》は誰が家の小兒にして、今日 忽ち來たるか」と。答へて曰く、「爾が羣 戯樂するを見、故に來たるのみ」と。詳かにして之を視れば、眼に光芒有り、爚爚として外に射る。諸兒 之を畏れ、重ねて其の故を問ふ。兒 乃ち答へて曰く、「爾 我を惡《にく》むか。我 人に非ざるなり。乃ち熒惑星なり。將に以て爾に告げんとすること有り。三公 鉏《ほろ》び、司馬 如《いた》らん」と。諸兒 大いに驚き、或もの走りて大人に告ぐ。大人 馳せ往きて之を觀る。兒曰く、「爾を舍てて去《ゆ》かんか」と。身を竦《そび》やかして躍り、卽ち以て化せり。仰ぎて之を視るに、一匹の 練《ねりぎぬ》を引くが若くして以て天に登る。大人の來たる者、猶ほ焉を見るに及び、飄飄として漸く高く、頃《しばら》く有りて沒す。時に呉の政 峻急なれば、敢て宣ぶるもの莫きなり。後五年にして蜀 亡び、六年にして晉 興り、是に至りて呉滅びて、司馬 如る」（一八）と。

　この話では、熒惑星が子どもの姿となって、「三公 鉏《ほろ》び、司馬 如《いた》らん」という予言を告げる。『捜神記』が大きな影響を受けている『論衡』によれば、世の童謡というものは、熒惑星がこれを歌わせるという。(一九) その熒惑星の予言には、三國鼎立の歴史観が明確に現れている。永安二（二五九）年の前年、景帝孫休は、孫綝を殺害して親政を開始した。その四年後（『捜神記』では五年後）となる炎興元（二六三）年に蜀漢は滅亡し、六年後となる咸熙二（二六五）年に曹魏は西晉に禪讓し、二一(二〇)年後の天紀四（二八〇）年に孫呉は滅亡した。多少のズレはあるが、予言どおり三國は滅亡している。

　熒惑星の予言で注目すべきは、「三公 鉏《ほろ》び、司馬 如《いた》らん」という言葉である。『宋書』五行志は、「三公」と「司馬」について、干寶の次のような解釈を伝える。

　　干寶曰く、「後 四年にして蜀 亡び、六年にして魏 廢れ、二十一年にして呉 平らぐ。是に於て九服 晉に歸す。魏 呉・蜀と與に、並びて戰國を爲す。三公 鋤び、司馬 如らんの謂なり」(二一)と。

　干寶は、「三公」を曹氏・劉氏・孫氏と解釈し、西晉を建国した司馬氏は、それらの「三公」の滅亡を継承する形で、「九服 晉に歸」す、すなわち直接的に禪讓を受けた曹魏の領土だけではなく、中国全体（「九服」）を統一するに至ったと主張しているのである。

　西晉の陳壽は、『三國志』を著す際に、魏書にのみ本紀を設けて、西晉が曹魏から正統を継承したことを表現した（渡邉義浩〈二〇〇八 c〉を参照）。これに対して、東晉の干寶は、東晉の実態としては、孫呉の領土のみを支配するに過ぎないにも拘らず、三國鼎立のあと、三國のすべてを受けて成立したと主張する。ここに、華北や蜀を五胡に占領されるなかで、東晉があくまでも中国全土の正統な支配者であることを主張する干寶の東晉の史家としての立場がある。

こうした主張にも拘らず、東晉が江南のみを支配していた現実は、動かし難いものであった。それでは、自らも旧孫呉系臣下であった干寶は、実際に東晉が存在する江南をかつて支配していた孫呉からの継承関係を『搜神記』にどのように表現したのであろうか。

三、蔣侯神信仰

東晉における孫呉との継承関係を示すものに、蔣侯神信仰がある。蔣侯神は、孫權の蔣陵が造営された蔣山（鍾山より改名）に、蔣王として祀られる地方神である。その祭祀の始まりは、『搜神記』の記述に基づき孫權の時とされている。（三二）蔣侯神信仰は、六朝を通して見られ、南北朝の対立を決定づけた淝水の戦い以降は、南朝の守護神となっていく。（三三）

東晉において、蔣侯神が祀される蔣山は、成帝の咸和八（三三三）年正月、初めて北郊を祀った際に、沂山・嶽山・白山・霍山・醫無閭山・會稽山・松江・錢唐江など四十四神の一つとして配祀される（『晉書』巻十九 禮志上）。それ以前において、東晉建国の立役者である王導が、蔣侯神を信仰していたことは、『晉書』に次のように伝えられている。

（王）悅の疾篤きに及び、（王）導 憂念 特に至り、食はざること積日。忽として一人の形狀 甚だ偉にして、甲を被り刀を持するもの見はる。導問ふ、「君は是れ何れの人ぞ」と。曰く、「僕は是れ蔣侯なり。公の兒 佳からざれば、爲に請命せんと欲するが故に來たるのみ。公 復た憂ふること勿かれ」と。因りて食を求め、遂に數升を噉ふ。食 畢はるや、勃然として導に謂ひて曰く、「中書の患、救ふ可きに非ざる者なり」と。言 訖はるや見

へず。悅 亦た殞絶す。[二四]

『晉書』によれば、王導の子である王悅の臨終に蔣侯神が現れ、子を救うために来たと告げたため、王導は治癒を願って接待する。ところが、蔣侯神は、救えないことを告げ、その直後に王悅が卒した、というのである。子の救命は果たせなかったものの、王導が子の臨終の際に、蔣侯神に祈ったという伝承が記録されていることは、王導が江東の守護神である蔣侯神への信仰を持つことを通じて、江東社会の東晉への支持を求めようとしたことの反映と考えてよい。

王導が、旧孫呉系臣下である江東人士を抜擢して東晉を支えようとした政策に対して、葛洪はそれを『抱朴子』で高く評価している（渡邉義浩〈二〇一四a〉）。干寶もまた王導を高く評価する。それは、『晉紀』の編纂を命ぜられた理由は、王導の上疏に基づくからである（『晉書』巻八十二 干寶傳）。王導の抜擢により、干寶は史家に任命されたのである。したがって、干寶は『搜神記』の中で、王導に仮託して、自らの編纂理由の一端を述べている（本書第一章を参照）。このように旧孫呉系臣下と結びつきを持つ王導が、蔣侯神を信仰したと伝えられる理由は、蔣侯神が孫呉の守護神であったことに求められる。

他の二国より遅れて即位した孫權は、東南の運氣と瑞祥を拠り所に土徳を標榜したが、土徳は曹魏と重複するため、その正統性は不安定であった。そこで、孫晧は、土徳の曹魏の滅亡を契機に、国家に新たなる正統性を掲げるため、東南（揚州、會稽）で崩御した金徳の禹を顕彰する。これにより孫呉は、東南の運氣と禹の金徳を結合する独自の正統性を持つに至っていたのである（渡邉義浩〈二〇〇七c〉）。

もちろん、曹魏を継承して金徳を主張することは、西晉の正統性と重複するため、西晉の陳壽は『三國志』にこれを記さない。したがって、孫呉の金徳が東晉にどのように受け継がれたのかを明確にすることはできないが、東晉が西晉の金徳を踏襲しながら、孫呉の金徳と東南の運氣を継承する際に、その手段の一つを蔣侯神信仰に求めたとしても不自然ではない。それは、江東の土地神である蔣侯神が、金徳であったことを『捜神記』が次のように伝えているためである。

　捜神記に曰く、「蔣子文なる者は、廣陵の人なり。酒を嗜み色を好み、常に自ら謂へらく、「己の骨 清ければ、死して當に神と爲るべし」と。漢の末に秣陵の尉と爲り、賊を逐ひて鍾山の下に至るも、賊 撃ちて額を傷つけ、因りて綬を解きて以て之を縛るも、頃く有りて遂に死す。呉の先主の初めに及び、其の吏 文を道に見るに、白馬に乗り、白羽扇を執り、侍従 平生の如し。文曰く、「我 當に此の土地神と爲るべきなり。吾が爲に祠を立てよ。爾《しか》らずんば、蟲をして耳に入らしめ、災を爲さん」と。呉主 以て妖言と爲すも、後に果たして蟲 人の耳に入ること有り、皆 死し、醫も治す能はず。又 云ふ、「我を祠らざれば、將に大火有らんとす」と。是の歳 數〻大火有り。呉主 之を患ひ、封じて都中侯と爲し、印綬を加へ、廟堂を立つ。鍾山を改めて蔣山と爲して、以て其の靈を表するなり」(二五)と。

「呉の先主」とは孫權のことであり、この話では蔣侯神を祀った時期は、孫權の時となる。しかし、蔣子文は、「白馬に乗り、白羽扇」という金徳を象徴するものを身につけている。蔣陵に葬られている孫權を大帝と仰ぎ、曹魏を継ぐ金徳を主張した孫晧の時期に行われた蔣侯神への祭祀の起源が、孫權期に求められた可能性を持つのである。そして、白を身にまとう蔣侯神は、自ら江東の「土地神」であると宣言する。東南の運氣に基づき即位した孫權は、その神威を見て「土地神」の蔣侯神を祭祀した、とされているのである。

　王導が子の病に信仰し、東晉が成帝期より祭祀した蔣侯神とは、このように、白を象徴とする金徳の属性を持つ江東の「土地神」であり、孫權期より信仰が始まったとされていた。孫呉が唱えていた東南の運氣と金徳を継承し、旧孫呉領に、旧孫呉臣下の支持を受けて成立した東晉は、蔣侯神信仰を継承することにより、江東を支配する孫呉の正統性をも継承したのである。

この後の蔣侯神信仰の展開を検討すると、東晉初期には三國すべての正統性を継承していた東晉が、孫呉のみを顕彰しているように理解できる話がある。

劉赤斧なる者は、夢に蔣侯に召され主簿と爲る。日〻に促さるれば、乃ち廟に往き情を陳ぶ。「母 老い 子 弱く、情事 果たして切なれば、放恕を蒙《かうむ》らんことを乞ふ」と。會稽の魏邊 才藝多く、善く神に事ふ。邊を擧げて自ら代はらんことを請ふ。因りて叩頭して流血す。廟祝曰く、「特だ相 屈せんことを願ふのみ。魏邊は何人にして斯の擧に擬せるや」と。赤斧 固く請ふも、終に許さず。尋いで赤斧 死す。右 此の一驗は志怪傳に出づ。[二六]

この話は、明代の輯本『搜神記』に収録されているが、『法苑珠林』が「志怪傳に出づ」と明記するように、東晉の孝武帝の尚書左丞となった祖臺之の『志怪』[二七]に収められる話である。そこでは、蔣君は、夢で劉赤斧を主簿としようとし、拒否した劉赤斧はやがて死去する。劉赤斧という名は、火徳で赤を象徴とする漢、孫呉と同時期のものとしては蜀漢を指す。劉赤斧が固辞すると、魏邊が代わろうとするが許されない。魏邊は明代の輯本『搜神記』では「魏過（魏の過ち）」とされ、その方が曹魏を示す呼称としては分かりやすい。

従わない蜀漢は死去し、曹魏は相手にもされない。そうした力を持つものが、孫呉の守護神であり、東晉が祭祀を行っていた蔣侯神である、と東晉末期の『志怪』は記す。ここでは、三國が対等に語られることはない。三國すべてを晉が継承したとする干寶の『搜神記』よりも、孫呉への比重が高くなる「南朝」化が進展していることを理解できよう。

しかし、東晉に代わった劉宋の高祖劉裕は、淫祀を弾圧するなかで、蔣侯神への祭祀を禁絶する。蔣侯神の金徳は、劉宋を正統化し得ないためであろう。それでも、江東の守護神である蔣侯神を無視しながら、江東に国家を維持することは難しく、やがて劉宋で復活した蔣侯神は、南齊の時には帝位を授けられるに至る（『六朝事迹編類』巻十二廟宇門）。

蔣侯神は、孫呉の継承者として東晉を位置づけることを正統化するために祭祀された。それを伝える『搜神記』の三國時代の歴史観は、それでも三國鼎立を正統とする段階に止まっていた。これに対して、東晉末に成立した『志怪』では、蔣侯神は蜀漢も曹魏も正統とはせず、孫呉のみを顕彰している。ここに、六朝概念[二八]の形成の端緒を見ることができる。それは、漢民族が南朝であることの容認、すなわち「南朝」化の始まりでもあった。

おわりに

干寶の『搜神記』は、孫策や孫權に対する批判的な記事も収録するが、それだけを理由に孫呉に批判的であった、と理解することは誤りである。干寶は、天人相關説に基づき孫休への天譴と孫晧への事應を記すように、孫呉を天命を受けた正統な国家と認めていた。

かつて西晉の陸機は、「辯亡論」で孫呉の評価と滅亡理由を述べる中で、孫呉を曹魏と対峙させるために、三國鼎立の歴史観を示した。これに対して、干寶の『搜神記』は、孫呉の滅亡理由と東晉による正統性の継承を述べるなかで、江南だけしか支配できない東晉の正統性を主張するために、東晉が鼎立する三國のすべてを継承する、という歴史観を記した。

また、蔣侯神は、孫呉の継承者として東晉を位置づけることを正統化するために祭祀された。金德の蔣侯神の祭祀が、劉宋の初めに一度は断絶しながらも、それ以降の南朝に継承されたのは、蔣侯神が孫吳や東晉のみを正統化するだけの神から、江東、具体的には建康の守護神としての性格を強くしていくためと考え得る。そうした中より、孫吳を嚆矢とする「六朝」という概念が形成されていくのである。

《注》

（一）李剣国《二〇〇七》前言の「干宝籍貫仕歴考」を参照。

（二）『抱朴子』の孫吳観については、渡邉義浩〈二〇一四a〉を参照。

（三）搜神記曰、（孫）策既殺于吉、每獨坐、彷彿見吉在左右。意深惡之、頗有失常。後治創方差、而引鏡自照、見吉在鏡中、顧而弗見。如是再三、因撲鏡大叫、創皆崩裂、須臾而死（『三國志』卷四十六　孫討逆傳注）。

（四）孫策と江東豪族との対峙性については、渡邉義浩〈一九九九〉を参照。

（五）干寶搜神記曰、介琰者、不知何許人也。吳先主時、從北來云、從其師白羊公、入東海。琰與吳主相聞。吳主留琰、乃爲琰架宮廟。一日之中、數四遣人往問起居。或見琰如十六・七童子、或如壯年。吳主欲學術、琰以帝常多內御、積月不敎也（『初學記』卷十八　人部中）。

（六）搜神記曰、初夫人孕而夢月入其懷、既而生策。及權在孕、又夢日入其懷。以告堅曰、昔姙策、夢月入我懷。今也又夢日入我懷、何也。堅曰、日月者、陰陽之精、極貴之象。吾子孫其興乎（『三國志』卷五十　孫破虜吳夫人傳注）。

（七）感生帝説と天人相關説については、渡邉義浩〈二〇〇七b〉を参照。

（八）搜神記曰、吳景帝以後、衣服之製、長上短下。又積領五・六、而裳居一・二。故歸命放情於上、百姓側於下之象也（『唐開元占經』卷一百十四　器服休咎城邑宮殿怪異占）。

(九) 孫休後、衣服之制、上長下短、又積領五・六、而裳居一・二。干寶曰、上饒奢、下儉逼、上有餘、下不足之妖也。至孫皓、果奢暴恣情於上、而百姓彫困於下、卒以亡國。是其應也(『宋書』巻三十 五行一 服妖)。

(一〇) 王莽が舜の子孫として土德を主張したことは、渡邉義浩〈二〇一一b〉、渡邉義浩《二〇一二》、曹魏のそれは渡邉義浩〈二〇〇三a〉を参照。

(一一)『異苑』に見える諸葛亮説話については、渡邉義浩〈一九九八〉を参照。

(一二) 陸機の歴史観については、渡邉義浩〈二〇一〇a〉を参照。

(一三) 葛洪が受けた陸機の影響については、渡邉義浩〈二〇一四c〉を参照。

(一四) 捜神記曰、初漢元・成之世、先識之士有言曰、魏年有和、當有開石於西三千餘里。繋五馬、文曰、大討曹。及魏之初興也、張掖之柳谷、有開石焉。始見於建安、形成於黃初、文備於太和。周圍七尋、中高一仞、蒼質素章、龍馬・麟鹿・鳳凰・仙人之象、粲然咸著。此一事者、魏・晉代興之符也。至晉泰始三年、張掖太守焦勝上言、以留郡本國圖、校今石文、文字多少不同、謹具圖上。按其文有五馬象、其一有人平上幘、執戟而乘之。其一有若馬形而不成、其字有金、有中、有大司馬、有王、有大吉、有正、有開壽。其一成行曰、金當取之(『三國志』巻三 明帝紀注)。

(一五) (晉太康) 至六年、南陽獲兩足虎。虎者陰精而居乎陽、金獸也。南陽、火名也。金精入火而失其形。王室亂之妖也。……右十三驗出捜神記(『法苑珠林』巻三十二 變化篇)。

(一六)『開元占經』巻一百十六に、「王隱の晉書に曰く、「中宗 詔して王隱に問ひて曰く、「荊州 兩足の虎を送る、其の徵 何をか爲す」と。隱曰く、「謹みて先臣の銓傳を案ずるに、太康の時 兩足の虎あり、因りて詩を作りて以て諷す。銓意 以《おも》へらく、晉は金行なり、金は西方に在り、其の獸は虎爲り。虎に四足有るは、猶ほ國に四方有るがごとし。半ばの勢無くして又獲らへらるるは、將に愍・懷の禍有らんとす」と」と。(王隱晉書曰、中宗詔問王隱曰、荊州送兩足虎、其徵何爲也。隱曰、謹案先臣銓傳、太康時兩足虎、因作詩以諷。銓意以、晉金行也、金在西方、其獸爲虎。虎有四足、猶國有四方。無半勢而又見獲、將有愍・懷之禍也)」とある。

（一七）『宋書』巻三十一 五行志二に、「毛蟲の孽 晉 武帝の太康六年、南陽 兩足の虎を送る。此れ毛蟲の孽なり。識者 其の文を爲りて曰く、「武形 虧くる有り、金虎 儀を失するも、聖主 天に應ずれば、斯の異 何をか爲さんや」と。亂に非ざるを言ふなり。京房の易傳に曰く、「足 少なき者は、下 任に勝へざるなり」と。干寶曰く、「虎なる者は陰の精にして陽に居る、金の獸なり。南陽は、火の名なり。金の精 火に入りて其の形を失ふ。王室 亂るるの妖なり。六は、水數なり。言ふこころは水數 既に極まり、火慝 作《をこ》るを得て、金 其の敗を受くるなり。元康九年に至り、始めて太子を殺すは、此に距たること十四年。二七 十四は、火 始終相乘の數なり。帝の受命より、愍・懷の廢せらるるに至るまで、凡そ三十五年なり」と。（毛蟲之孽 晉武帝太康六年、南陽送兩足虎。此毛蟲之孽也。識者爲其文曰、武形有虧、金虎失儀、聖主應天、斯異何爲。言非亂也。京房易傳曰、足少者、下不勝任也。干寶曰、虎者陰精而居于陽、金獸也。南陽、火名也。金精入火而失其形。王室亂之妖也。六、水數。言水數既極、火慝得作、而金受其敗也。至元康九年、始殺太子、距此十四年。二七十四、火始終相乘之數也。自帝受命、至愍・懷之廢、凡三十五年）」とある。

（一八）搜神記曰、吳以草創之國、信不堅固、邊屯守將、皆質其妻子、名曰保質。童子・少年、以類相與嬉遊者、日有十數。永安二年三月、有一異兒、長四尺餘、年可六・七歲、衣青衣、來從羣兒戲、諸兒莫之識也。皆問曰、爾誰家小兒、今日忽來。答曰、見爾羣戲樂、故來耳。詳而視之、眼有光芒、爚爚外射。諸兒畏之、重問其故。兒乃答曰、爾惡我乎。我非人也。乃熒惑星也。將有以告爾。三公鉏、司馬如。諸兒大驚、或走告大人。大人馳往觀之。兒曰、舍爾去乎。竦身而躍、卽以化矣。仰而視之、若引一匹練以登天。大人來者、猶及見焉、飄飄漸高、有頃而沒。時吳政峻急、莫敢宣也。後五年而蜀亡、六年而晉興、至是而吳滅、司馬如矣（『三國志』巻四十八 孫晧傳注）。

（一九）『論衡』巻二十二 訂鬼に、「世に童謠は、熒惑 之をせしむと謂ふは、彼の言 見る所有るなり。熒惑は火星、火に毒熒有り、故に熒惑 宿を守るに當たり、國に禍敗有り。（世謂童謠、熒惑使之、彼言有所見也。熒惑火星、火有毒熒、故當熒惑守宿、國有禍敗）」とある。

（二〇）『搜神記』の輯本は、蜀漢の滅亡の後を、「六年にして魏 廢れ、二十一年にして吳 平らぐ。是れ司馬に歸するなり（六年而魏廢、二十一年而呉平、是歸於司馬也）」と記述する。このほうが分かりやすい。本書は、『搜神記』が引用される原書を底本としたが、輯本を参照する際には、汪紹楹《一九七九》に拠り、李剣国《二〇〇七》も参照した。

（二一）干寶曰、後四年而蜀亡、六年而魏廢、二十一年而呉平。於是九服歸晉。魏與呉・蜀、並爲戰國。三公鋤、司馬如之謂也（『宋書』巻三十一　五行志二）。

（二二）胡阿祥〈一九九九〉、陳聖宇〈二〇〇七〉を参照。

（二三）姚瀟鶫〈二〇〇九〉。なお、南宋以降、孫權の祖父とされる孫鍾の諱を避けるために、鍾山が蔣山に改名されたという伝承が生まれ、孫鍾実在の証拠となることは、吉永壯助〈二〇〇三〉を参照。

（二四）及（王）悅疾篤、（王）導憂念特至、不食積日。忽見一人形狀甚偉、被甲持刀。導問、君是何人。曰、僕是蔣侯也。公兒不佳、欲爲請命故來耳。公勿復憂。因求食、遂噉數升。食畢、勃然謂導曰、中書患、非可救者。言訖不見。悅亦殞絕（『晉書』巻六十五　王導傳附王悅傳）。

（二五）搜神記曰、蔣子文者、廣陵人也。嗜酒好色、常自謂、己骨（青）〔清〕、死當爲神。漢末爲秣陵尉、逐賊至於鍾山之下、賊擊傷額、因解綬以縛之、有頃遂死。及呉先主之初、其吏見文於道、乘白馬、執白羽扇、侍從如平生。文曰、我當爲此土地神也。爲吾立祠。不爾、使蟲入耳、爲災。呉主以爲妖言、後果有蟲入人耳、皆死、醫不能治。又云、不祠我、將有大火。是歲數有大火。呉主患之、封爲都中侯、加印綬、立廟堂。改鍾山爲蔣山、以表其靈也（『藝文類聚』巻七十九）。

（二六）（魏）劉赤斧者、夢蔣侯召爲主簿。日促、乃往廟陳情。母老子弱、情事果切、乞蒙放恕。會稽魏邊多才藝、善事神。請擧邊自代。因叩頭流血。廟祝曰、特願相屈。魏邊何人而擬斯擧。赤斧固請、終不許。尋而赤斧死。右此一驗出志怪傳（『法苑珠林』巻六十七　怨苦篇）。なお、『太平廣記』巻二百九十三　蔣子文により、「魏」の一字を省いた。

（二七）『志怪』については、富永一登〈一九九三〉を参照。

（二八）六朝概念については、胡阿祥〈二〇〇八〉を参照。

第四章　『捜神記』の引用からみた『法苑珠林』の特徴

はじめに

『法苑珠林』は、唐初に長安の西明寺の僧道世が編纂した佛教的な類書である。(一) その内容は、佛教的な宇宙観を解説した刧量篇第一、三界篇第二に始まり、傳記篇第一百に至る全百篇で構成されている。(二) 同様の佛教的類書としては、梁の寶唱の『經律異相』五十卷、『法苑珠林』が基づいたという虞孝敬の『内典博要』三十卷などもあるが、小南一郎〈一九九三〉によれば、『法苑珠林』の他書にない特徴は、佛教に関わる宗教的な観念や用語の解説に止まらず、中国の佛教説話を多く取り入れ、佛教信仰を視点として見た、この世の種々の様相が、その中に記録されている点にある。そして、西明寺の同僚であった道宣が、『唐高僧傳』を編み、護教のための議論をまとめて『廣弘明集』を編纂して、論争的な態度で外の世界に向かって佛教を積極的に発揚したことに対して、道世が、感應縁という、他の類書にはない部分を付録したのは、高僧たちの事跡ではなく、いわば煩悩具足の普通の人々が、その生活の中で、いささか戸惑うところもありながらも、佛教を発見し、みずからの生の意味を佛教を視点にして確かめようとする、そうした信仰のあり方に、道世の関心があったからだと考える、としている。

小南一郎〈一九九三〉が、道世の姿勢は論争的であるよりも、やわらかな視点で佛教信仰の種々相を見ようとするところにあった、と主張する論拠となっている感應縁に引用された書籍は、佛教のみならず儒教、道教、讖緯、雑著など四百種を超える。[三] 小南は、その中でも、最も引用回数の多い南齊の王琰が著した『冥祥記』や、唐の唐臨が著した『冥報記』といった佛教的な説話集を重視する。たしかに、その同質性において、篇目の大意を述べる述意部、諸經論より該当部分を引用して解説する引證部を補強し得るこれらの佛教的な説話集からは、小南の主張するような一般の人々の佛教への視座を読み取ることもできる。[四]

しかし、『冥祥記』に次いで二番目に引用が多い、東晉の干寶が著した『捜神記』に対する道世の執筆態度は、小南一郎〈一九九三〉のように捉えることはできない。『捜神記』は、単に事例集である感應縁に多数引用されるばかりでなく、述意部にも引用される。しかも、そこでは、『捜神記』の見解に対する反論が述べられている。『法苑珠林』は、その異質性において引用する『捜神記』に対して、論争的に、外の世界に対峙しているのである。

類書は、曹魏の『皇覽』以来、天子が把握すべき宇宙観を示すものとして著されてきた。[五]『法苑珠林』は、『捜神記』の何に対峙性を見出し、どのような佛教的宇宙観を展開しようとしたのであろうか。[六] 本章は、『法苑珠林』の妖怪篇第二十四・變化篇第二十五を中心に、唐初における佛教の儒教観の一端を明らかにするものである。

一、『法苑珠林』の引用する『捜神記』

『法苑珠林』の特徴である感應縁は、六道篇第四に初めて置かれる。道世は、感應縁に多くの例証を引用する意義を次のように述べている。

古今の善惡・禍福・徵祥は、廣きこと宣驗・冥祥・報應・感通・寃魂・幽明・捜神・旌異・法苑・弘明・經律異相・三寶徴應・聖迹歸心・西國行傳・名僧・高僧・冥報・拾遺等の如く、巻　數百に盈ち、備列す可からず。之を典謨に傳へ、諸を日月に懸け、目覩せしむるに足らば、猜に當たり惑を來《まね》く。故に經に曰く、「善を行はば善報を得、惡を行はば惡報を得」と。易に曰く、「積善の家に、必ず餘慶有り、積惡の家に、必ず餘殃有り」と。善惡の報、影響　相　從ひ、苦樂の徴、由來　相　尅するを信知す。余　傳記四千有餘を尋ね、故に靈驗を簡《えら》び、各ゝ篇末に題す。若し証を引かずんば、邪病は除き難し。餘の盡くさざるは、冀はくは茲の處に補はんことを。(七)

道世は、「古今の善惡・禍福・徴祥」の記録が広きにわたり、このままでは「猜に當たり惑を來《まね》」いてしまうことを恐れ、「善惡の報、影響　相　從ひ、苦樂の徴、由來　相　尅す」ることを明らかにするために、「靈驗を簡《えら》」んで篇末の感應縁に置いた、とする。文中に引く「經」は、康孟詳（訳）『佛説興起行經』であるが、続けて引用するものは『周易』である。また、「經」の引用前に用いる「典謨」という語彙も、本来『尚書』の「二典・三謨」を指す。このように道世は、その「猜」や「惑」を解こうとする対象として、儒教の教養を持つ者を想定しているのである。

唐初における道佛先後論争に鑑みると、道世は『法苑珠林』において道教に対する佛教の優位性を示したと考えられがちである。(八)しかし、道世が正面から対峙したものは、儒教の世界観であった。隋のときに国家の保護から外された儒教は、唐では国家支配の根底に置かれ直されていた。唐初に編纂された類書も、『初學記』と『藝文類聚』が共に儒教の中心概念である「天」の部から始まるように、儒教的世界観に基づいていた。道世は、『法苑珠林』に佛教的宇宙観を表現することにより、儒教的世界観に対抗しようとしたのである。

したがって、儒教的世界観の根底に置かれる天人相關説を補強しようとした『捜神記』に含まれる「善惡・禍福・徴祥」は、佛教的な因果應報によって整序が試みられ、あるいは正面から批判の対象とされていく。

『法苑珠林』が、『捜神記』の引用において、佛教的宇宙観と異なる記述を整序する事例から掲げよう。現行本の

『捜神記』巻三 管輅に記される文章について、『法苑珠林』は大きく削除をしたうえで引用している。現行の『捜神記』は、次のとおりである。

　管輅 字は公明、平原の人なり。易卜を善くす。A安平太守たる東萊の王基、字は伯輿、家に數〻怪有り、輅をして之を筮せしむ。卦 成り、輅曰く、「君の卦、當に賤婦人有り、一男を生み、地に墮ち便《ただ》ちに走り、竈中に入りて死すべし。又 床上に當に一大蛇有りて筆を銜《くは》へ、大小 共に視るに、須臾にして便ち去るべし。又 烏 來たりて室中に入り、燕と共に鬪ひ、燕は死し烏は去る。此の三卦有り」と。基 大いに驚きて曰く、「精義の致、乃ち此に至れり。幸《ねが》はくは爲に其の吉凶を占へ」と。輅曰く、「他禍有るに非ず。直だ客舍 久遠にして、魑魅罔兩、共に怪を爲すのみ。兒 生まれて便ちに走るは、能く自ら走るに非ず、直だ宋無忌の妖、其れを將ゐて竈に入るなり。大蛇の筆を銜へし者は、直だ老書佐あるのみ。烏と燕と鬪ふ者は、直だ老鈴下あるのみ。夫れ神明の正は、妖の能く害するに非ざるなり。萬物の變は、道の止むる所に非ざるなり。久遠の浮精は、必能の定數なり。今 卦中に象を見るも而るに其の凶を見ず、故に假托の數にして、妖咎の徵に非ず、自づから憂ふる所無きを知るなり。昔 高宗の鼎は、雉の雊《な》く所に非ず。太戊の階は、桑の生ずる所に非ず。然るに野鳥 一たび雊くや、武丁 高宗と爲り、桑穀 暫く生ずるや、大戊 以て興る。焉んぞ三事の吉祥と爲らざるを知らんや。願はくは府君 身を安んじ德を養ひ、從容として光大たりて、神姧を以て、天眞を汚累すること勿かれ」と。後に卒に他無し。安南督軍に遷る。B

　C後 輅の郷里の乃太原 輅に問ふに、「君 往者《さき》に王府君の爲に怪を論じて云ふ、「老書佐 蛇と爲り、老鈴下烏と爲る」と。此れ本 皆 人たるに、何ぞ化することの微賤なるや。爲《こ》れ爻象に見《あら》はるるか、君の意に出づるか」と。輅言ふ、「苟しくも性 天道に與《あず》かるに非ずんば、何に由りて爻象に背きて心胸に任《まか》す者ならんや。夫れ萬物の化は、常形有ること無く、人の變異は、定體有ること無し。或いは大小と爲り、或いは小大と爲り、固より優劣無し。萬物の化は、一例の道なり。是を以て夏の鯀は、天子の父にして、趙王の如意は、漢高の子なるも、而るに鯀は黄能と爲り、意は蒼狗と爲る。斯れ亦た至尊の位にして、而るに黔喙の類に爲るなり。況んや蛇なる者は辰巳の位に協《かな》ひ、烏なる者は太陽の精に棲むをや。此れ乃ち騰黒の明象、白日の流景なり。書佐・鈴下の如きは、各〻微軀を以て、化して蛇・烏と爲る。亦た過ぎざるや」と。[九]Ｄ

ＡからＢまでの部分は、『太平廣記』巻三百五十九に「捜神記より出づ」として引用される。また、ＣからＤまでの部分は、『三國志』巻二十九 管輅傳注に『管輅別傳』として引用されるが、そのうち、傍線部は『法苑珠林』變化篇第二十五に、「捜神記より出づ」として引用されている。話題が連続していることから、原『捜神記』は『管輅別傳』を藍本としてＡからＤまでにより構成されていた、と考えられる。したがって、道世はＡからＤまでの原『捜神記』を見ていたにも拘らず、『法苑珠林』の感應縁には、傍線部の「夏の鯀は、天子の父にして、趙王の如意は、漢高の子なるも、而るに鯀は黄能と爲り、意は蒼狗と爲る」だけを引用し、あとはすべて削除したことが分かる。それは、ＡからＤまでの内容が、佛教的宇宙観と齟齬を来すことを理由とする。

ＡからＤまでにおいて『捜神記』は、萬物は変化するが、「人の精神が正しければ、妖怪は害をなすことができず（神明の正は、妖の能く害するに非ざるなり）」、また、萬物は変化して、「常の形はなく（常形有ること無く）」、人間も変化して「一定の形はない（定體有ること無し）」ため、萬物の変化は「それぞれの姿による（一例の道）」ことを主張している。これは、本章の三で検討する『法苑珠林』の變化論とは異なる。このため、道世は、傍線部の具体例だけを引用し、原理・原則によって変化を説明する部分を削除したのである。

『冥祥記』のような佛教的説話ではない『捜神記』は、佛教とは異なる「善惡・禍福・徵祥」の解釈を有している。道世は、それを佛教的宇宙観のもと「惑を來《まね》」かないように『法苑珠林』を著し、感應縁に収録した。感應縁に引用する『捜神記』の「善惡・禍福・徴祥」が、佛教と合わない場合には、これを切り捨てたのである(一〇)。

さらに道世は、『捜神記』の解釈を積極的に否定していく。それが顕著に現れる部分は、妖怪篇第二十四・變化篇第二十五である。

二、天人相關説との対峙

道世は、妖怪篇第二十四において、篇目の大意を述べる述意部に『捜神記』を取りあげ、その儒教的世界観を正面から批判している。

妖怪なる者は、干寶の記に云ふ、「蓋し是れ精氣の物に依る者なり。氣 中に亂るれば、物 外に變ず。形神・氣質は、表裏の用なり。五行に本づき、五事に通ずれば、消息 昇降し、化動 萬端なると雖も、然れども其の休咎の徴、皆 域を得て論ず可し」と。此れは是れ俗情の近見にして、未だ大聖の因果に達せず。斯の徴變を考ふるに、乃ち是れ衆生宿業の雜因にして、現報の縁に感じて發するなり。因縁 相會して、物理 必然たり。故に斯の徴有り、未だ怪とす可きに足らざるなり(一一)。

ここに引用される『捜神記』は、漢代において災異を説明する唯一の理論であった天人相關説では、天子の動向に関わらないために不十分となる、妖怪が生ずる理由を説明した部分である。西晉「儒教國家」の崩壊(一二)を機に動揺した儒教的世界観を建て直そうとする試みと考えてよい。そこでは、妖怪は、「精氣」が「物」に宿ったものとされ、「氣」が中で乱れたときに、「物」は外に「變」化する。その變化は、「五行」(木・火・土・金・水)と「五事」(貌・

言・視・聴・思）に通じていれば、その「休徴」（善政に応じた現象）と「咎徴」（悪政に応じた現象）を説明できる、とされる。その際、「精氣」と「物」の関係については、『周易』繋辭傳上の、「精氣 物を爲し、遊魂 變を爲す。是の故に、鬼神の情狀を知る（精氣爲物、遊魂爲變。是故、知鬼神之情狀）」に基づいている。さらに、干寶は、『春秋左氏傳』から「妖災」、『論衡』から「鬼」の説明を継承して、それを「妖怪」の生成理由に援用する（本書第一章を参照）。すなわち、干寶は、天人相關説とは関わらない災異の出現理由を解明することを目的に、先行する著作の内容を組み合わせ、「妖怪」の生成論理を構築することで、天人相關説の崩壊を防ごうとしたのである。

道世は、こうした『搜神記』の議論を「俗情の近見」である、と厳しく批判する。「大聖の因果」によれば、妖怪は、「衆生宿業の雜因にして、現報の縁に感じて」発するものである。したがって、妖怪は、「因緣 相會して、物理必然」なものであるから、その徴があっても、怪しむべきではない、とするのである。

その証拠として、「引證部」では、劉宋の寶雲が訳したとされる釋尊一代の行狀を記す『佛本行經（佛本行讃傳）』[一三]、呉の康僧會が訳出したとされる物語性の高い『舊雜譬喩經』[一四]、後秦の竺佛念が訳した釋尊入滅直前に阿難に対して説かれたとされる『菩薩處胎經（菩薩從兜術天降神母胎說廣普經）』[一五]を掲げ、佛教的宇宙観の中における妖怪の現象を説明する。

そして、感應緣において、「①東陽留寵爲血怪・②魯昭公時龍怪・③漢惠帝時龍怪・④漢武帝時蛇怪・⑤漢桓帝時蛇怪・⑥晉太康中有魚怪・⑦漢成帝時鼠怪・⑧漢景帝時犬怪・⑨漢章帝時魅怪・⑩賈誼見鵩鳥怪・⑪安陽城有亭廟怪・⑫東越閩中蛇怪・⑬中山王周南鼠怪・⑭桂陽張遺樹怪・⑮南陽宋大賢亭怪・⑯呉時盧陵郡亭中鬼怪・⑰建安中東郡界老公怪・⑱晉時有老貍作父怪（右一十八驗出搜神記）・晉南京寺記烏巢殿怪・晉時有貍作人婦怪・晉時有貍作人女產兒怪・晉時張春女邪魅怪・宋時梁道脩宅內鬼魅怪・瑯琊王騁之妻怪・西方山中人食鰕蟹怪・宋時王家作蟹斷有材怪・

唐時逆人張亮霹靂怪」という二十七の事例を引用して、それを佛教伝来以前の時代にまで遡らせ、普遍化しようとする。その際、二十七事例中十八事例を『捜神記』から引用するように、現象の記述は、『捜神記』に多く依拠していた。したがって、『捜神記』の主張する「妖怪」の発生理由を原理的に批判し、その上で事例の引用方法に整序を加える必要があった。

たとえば、『捜神記』に基づく⑧「漢景帝時犬怪」は、『法苑珠林』では次のように引用されている。

漢の景帝三年、邯鄲に犬有り、家豕と交はる。時に趙王 遂に六國と與に共に反し、外は匈奴と結びて以て援と爲す。五行志に以《い》爲へらく、「犬は兵革ありて衆を失ふの占、豕なる者は、北方匈奴の象なり。言に逆らひ聽を失すれば、異類に交はりて、以て害を生ずるなり」と。(二六)

これに対して、現行の『捜神記』は、この文章の後に、「京房の易傳に曰く、「夫婦 嚴ならざれば、厥の妖は狗 豕と交はる。茲を反德と謂ひ、國に兵革有り」と（京房易傳曰、夫婦不嚴、厥妖狗與豕交。茲謂反德、國有兵革）」という、京房の『易傳』を続けて引く。この話の藍本である『漢書』巻二十七中之上 五行志中之上にも、京房『易傳』は続けて記されている。さらに、干寶の『捜神記』は、『漢書』五行志を引用する際に、劉向の解釈を削除して、京房の『易傳』を採用する傾向を持っている。(二七) したがって、ここでも原『捜神記』には、京房の『易傳』が附されており、そこから引用する際に、『法苑珠林』が京房の『易傳』を削除したと考えられるのである。

干寶が『捜神記』に、劉向ではなく京房を採用することが多いのは、氣を媒介とする災異思想の展開の中に、『周易』の予占を取り込んだ京房の災異解釈に強く惹かれたためであった（本書第二章）。しかし、道世ら佛教側から見れば、災異は法則化できるものではない。そこで、妖怪を「衆生宿業の雜因にして、現報の緣に感じて發する」ものと理解する『法苑珠林』は、京房『易傳』を削除することにより、佛教側の論理に基づく怪異の具体例として、犬と豚が交わる怪異を処理したのである。

天人相關説は、京房『易傳』の根本的な拠り所であり、『捜神記』が補強を図ったように、儒教的世界観の根底に置かれていたものである。それゆえ『法苑珠林』には、天人相關説を捩じ曲げて収録する事例もある。前話と同様、AからBまで、CからDまでの二つに分けて検討しよう。

A夏の桀の時に、厲山 亡《うしな》はる。秦の始皇の時に、三山 亡はる。周の顯王三十二年に、宋の大丘の社 亡はる。漢の昭帝の末に、陳留の昌邑の社 亡はる。京房の易傳に曰く、「山 黙然として自づから移るは、天下に兵有り、社稷 亡ぶなり」と。故に會稽の山陰の瑯琊中に、怪山有り、世は本 瑯琊の東武山なりと傳ふ。時に天は夜にして、風雨 晦冥し、旦にして武山の焉に在るを見る。百姓 之を怪しみ、因りて名づけて怪山と曰ふ。時に東武縣の山、亦た一夕にして自づから亡去す。其の形を識る者、乃ち其の移り來たるを知る。今 怪山の下に見《げん》に東武里有るは、蓋し山の自づから來たる所を記して、以て名と爲せばなり。又 交州の脆州山 移りて青州に至る。凡そ山の徙るは、皆 極まらざるの異なり。此の二事は未だ其の世に詳らかにせず。尚書の金滕に曰く、「山の徙る者は、人君 道士を用ひず、賢者 興らず。或いは祿 公室を去り、賞罰 君に由らず、私門 羣を成せばなり。救はざれば、當に爲に世を易へ號を變ずべし」と。(一八) B

「捜神記より出づ」として『法苑珠林』が引用するAからDまでのうち、AからBまででは、山が徙ることは、災異と解釈されている。そして、現行の『尚書』金縢篇には見えない字句を引用しながら、災異をそのまま放置すれば、その事應として易姓革命を惹起することが述べられる。天人相關説に基づく解釈である。『法苑珠林』は、これに続けてCからDまでを同じく『捜神記』の文章として引用するが、AからBまでと関わる部分は、傍線部の「山崩れ 地 陷つるは、此れ天地の癰疽なり」しかなく、本来的にこれは『太平廣記』巻二百十八にも引用される「孫思邈」の医学に関する議論である。しかも、『法苑珠林』は恣意的に孫思邈の主張を節略しているので、『太平廣記』に残る部分を［ ］で補い、『法苑珠林』のみに記される部分を〈 〉で括りながら、引用しよう。

C説に曰く、「善く天を言ふ者は、必ず人に質《ただ》し、［善く人を言ふ者は、必ず天に本づく］。故に天に四時［・五行］有り、日月相推し、寒暑迭ひに代はる。其の轉運するや、和して雨と爲り、怒りて風と爲り、散じて露と爲り、亂れて霧と爲り、凝りて霜雪と爲り、立ちて虹霓と爲る。此れ天の常數なり。［人に四肢・五臟有り、一覺一寐して、呼吸吐納し、精氣往來す。流れて榮衞と爲り、彰れて氣色と爲り、發して聲音と爲る。此れも亦た人の常數なり。陽は其の形を用ひ、陰は其の精を用ふるは、天人の同じき所なり。其の失するに及ぶや、蒸すれば則ち熱と爲り、否すれば則ち寒を生じ、結びて瘤贅と爲り、陷りて癰疽と爲り、奔りて喘乏と爲り、竭して焦枯と爲る。診は面に發し、變は形に動く。此を推して以て天地に及ぼせば、亦た之の如し。故に］〈若し四時運を失はば、寒暑乖違して則ち〉五緯盈縮し、星辰錯行し、日月薄蝕し、彗孛流飛す。此れ天地の危診なり。〈此れ〉寒暑の時ならざるは、［此れ］天地の蒸否なり。〈故に〉石立ち土踊るは、此れ天地の瘤贅なり。山崩れ地陷つるは、此れ天地の癰疽なり。〈衝〉［奔］風暴雨は、此れ天地の奔氣なり。雨澤降らず、川瀆涸竭するは、此れ天地の焦枯なり。D［良醫は之を導くに藥石を以てし……］（一九）……」と。

道士であると共に医書『千金翼法』を著した孫思邈の思想は、天人相關説を根本に置く（二〇）。このため、『太平廣記』では、（人は天に基づいているので、）天に四時・五行があるように、（人には四肢・五臟があり、）その転運・常数は（天も人も同じで、その）調子を失うと（人に熱や寒気が生ずるように、）天地に寒暑や立石・山崩が見られる。そこで良医は、薬石や（鍼灸で人を救い、聖人は至徳と人事でこれを救う）。〔なお（ ）内は……の部分〕としている。

道世は、［ ］で示した孫思邈の人に係わる部分を省略する。そして、山が崩れた原因を「天地の癰疽」にあると読めるようにする。そして、それをAからBまでに記述したような、天人相關説が誤っているのである。初唐の孫思邈の思想を『捜神記』が引用する可能性はないので、『法苑珠林』がAからDまでのすべてを「捜神記より出づ」とすることは、明らかな改竄である。

道世は、佛教的宇宙観と適合しない儒教的世界観の中心に置かれた天人相關説を引用史料を改竄してまで貶めている。干寶の『捜神記』は、弱体化した天人相關説を再建するために、妖怪の變化の原理・原則化を進めたものであった。このため、『法苑珠林』は述意部に『捜神記』を引用し、その主張を「俗情の近見」と批判し、事例の引用を佛教的宇宙観と矛盾しない形に揃える努力をしたのである。

そして干寶の『捜神記』の中で、最も本格的に變化を理論化している「五氣變化」論を否定する中で、自らの見解を主張していく。

三、五氣變化への反論

道世は、『法苑珠林』巻三十二　變化篇において、感應縁に『捜神記』の「五氣變化論」を取りあげ、次のように批判している。長文であるため、三つに分けて論じよう。

> 夫れ慈濟の道、震古　式《もっ》て瞻る。通化の方、由來　測り難し。此れは是れ方外の大聖、是れ域中の凡能に非ず。之を窮むれども原《たづ》ぬ可からず、之を究むれども盡くす可からず。然るに凡聖　別なりと雖も、變化　同じきこと有るは、良《まこと》に智に淺深有り、障に麤細有り、機に大小有り、化に寛狹有るに由る。蓋し生死の本に達すれば、以て變化を言ふ可し。若し佛教に依りて、明らかに因果を信ずれば、因緣　相　假して、方に變化を成さん。若し外俗

に據りて、未だ大方に達せざれば、唯だ縁起を信じて、因成に賴らず。(一二)

道世は、『搜神記』を引用する前に、なぜ、五氣變化論のような過ちが生じたのかを述べる。それは、「通化の方」は「由來 測り難」く、「生死の本に達」して、はじめて「變化を言ふ」ことができるものである。そのためには、「佛教に依りて、明らかに因果を信」ずることが必要であるのに、「外俗に據」っているので、このようなことを述べるのである、として五氣變化論の引用が始まる。

故に干寶の記に云ふ、「天に五氣有りて、萬物 化成す。木 清ければ則ち仁、火 清ければ則ち禮、金 清ければ則ち義、水 清ければ則ち智、土 清ければ則ち思なり。五氣 盡く純ならば、聖德 備はるなり。木 濁らば則ち弱、火 濁らば則ち淫、金 濁らば則ち暴、水 濁らば則ち貪、土 濁らば則ち頑なり。五氣 盡く濁ならば、民の下なり。中土に聖人多きは、和氣の交はる所なればなり。絶域に怪物多きは、異氣の產する所なればなり。苟しくも此の氣を稟くれば、必ず此の形有り。苟しくも此の形有らば、必ず此の性を生ず。故に穀を食する者は、智慧ありて文なり。草を食する者は、多力にして愚なり。桑を食する者は、絲有りて蛾となる。肉を食する者は、勇慠にして悍なり。土を食する者は、心無くして息あらず。氣を食する者は、神明にして長壽なり。食せざる者は、死せずして神たり。大腰に雄無く、細腰に雌無し。雄の外接する無く、雌の外育する無し。三化の蟲、先に孕み後に交はる。兼愛の獸、自ら牝牡と爲る。寄生は夫の高木に因り、女蘿は茯苓に托す。木は土に株し、萍は水に植う。鳥は虛を排して飛び、獸は實を蹠みて走る。蟲は土に閉ぢて蟄し、魚は淵に潛みて處す。天に本づく者は上に親しみ、地に本づく者は下に親しみ、時に本づく者は旁に親しむ。則ち各〻其の類に從ふなり。千歲の雉は、海に入りて蜃と爲り、百年の雀は、海に入りて蛤と爲る。千歲の黿鼉は、能く人と語り、千歲の狐は、起ちて美女と爲る。千歲の蛇は、斷つも復た續き、百年の鼠は、而《すなは》ち能く相 卜するは、數の至りなり。春分の日に、鷹は變じて鳩と爲り、秋分の日に、鳩は變じて鷹と爲るは、時の化なり。故《すなは》ち腐草の螢と爲るや、朽葦の蛬と爲るや、稻の蛩と爲るや、麥の蛺蝶と爲るや、羽翼焉に生じ、眼目焉に成り、心智焉に在り。此れ無知より化して有知と爲るは、而ち氣易はるなり。鶴の麞と爲るや、蛇の鼈と爲るや、蛬の蝦と爲るは、其の血氣を失はざれば、而ち形性變ずるなり。此の若きの類、勝げて論ず可からず。變に應じて動く、是れ順常爲り。苟《も》し其の方を錯《たが》ふれば、則ち妖眚と爲る。故《すなは》ち下體上に生ずるは、氣の反する者なり。人獸を生み、獸人を生むは、氣の亂るる者なり。男化して女と爲り、女化して男と爲るは、氣の貿《か》はる者なり。魯の牛哀疾を得、七日にして化して虎と爲る。形體變易し、爪牙施張す。其の兄將に入らんとするや、搏ちて之を食ふ。其の人爲るに當たりては、將に虎と爲らんとするを知らざるなり。其の虎と爲るに方《あ》たりては、常《かつ》て人爲りしを知らざるなり。故ち晉の太康中、陳留の阮士瑀虺に傷つき、其の痛に忍へず、數〻其の瘡を嗅ぐ。已にして雙虺鼻中に成る。元康中、歷陽の紀元載、客となりて道龜を食ふ。已にして瘕と成る。醫藥を以て之を攻むるに、龜の子を下すこと數升、大きさ小錢の如く、頭足殼備はり、文甲も皆具ふるに、惟だ藥に中りて已に死す。夫れ嗅は化育の氣に非ず、鼻は胎孕の所に非ず、享道は物を下すの具に非ざるなり。此により之を觀るに、萬物の生死と、其の變化とは、神に通ずる思ひに非ざれば、諸《これ》を己に求むると雖も、惡くんぞよりて來たる所を識らんや。然れども朽草の螢と爲るは、腐に由るなり。麥の蛺蝶と爲るは、濕に由るなり。爾らば則ち萬物の變は、皆由有るなり。農夫の麥の化を止むる者は、之を漚すに灰を以てし、聖人の萬物の化を理むる者は、之を濟ふに道を以てす」と。其れ與に然らざるや。今覺へる所の事は、固より未だ以て其の變化の極を究むるに足らざるなり（二二）。

本書第一章での考察によれば、干寶は五氣變化論において、「順常」という正常な變化を四種に分け、變化する際の「氣」「形」「性」の変容と不変を整理している。一方、「妖眚」という正常ではない變化は、人が「氣」の「反」・「亂」・「貿」により變化することであり、これこそ儒教の天人相關説の中心に置かれるべき變化であった、と主張する。そして、「妖眚」だけが天人相關説の対象であることの論証を通じて、干寶は西晉「儒教國家」の崩壊とともに動揺した天人相關説を中心とする儒教的世界観を再編したのである。

二で述べたように、道世は、儒教的世界観の中心となる天人相關説を批判していた。したがって、干寶の五氣變化論に対して、「其れ與に然らざるや」とこれに反論し、「變化の極を究むるに足らざる」ものであると評価する。その後に、佛教的宇宙観に基づき「變化」を次のように説明するのである。

此れ乃ち衆生の本識、雜業の薰成に由る。因種 既に熟して、縁 外形に假る。情と非情とは、縁に随ひ變を興す。若し先に種無くんば、縦《たと》ひ其の縁に遇ふも、縁 疏く力 弱く、亦た未だ能く獨り變ぜず。故に因 縁を假るが故に、種 獨り成らず。縁 因を假るが故に、縁 獨り辦ぜず。因縁 和合して、力用 相 齊し。萬類 由りて生じ、一に能く建つるに非ず。庶くは將來の哲、豈に餘卜を猜んや。[二三]

冒頭の「衆生の本識」とは、唯識思想において阿頼耶識（ālaya-vijñāna）と呼ばれる根本の識（心）である。阿頼耶識においては、我々の認識や行為およびその対象世界（萬物）は、阿頼耶識を中心に眼識・耳識・鼻識・舌識・身識（以上、前五識）・意識（以上、了別識）・末那識（以上、七識）という種々の心の顕れであると説明される。これを阿頼耶識縁起説という。[二四] 道世は、この阿頼耶識縁起説に基づき、萬物の「變化」を種々の心の顕れとして理解すべきと主張するのである。

本文の内容は、簡略であるため、多少の補説を必要とするが、それは概ね以下のように理解されよう。すなわち、まず阿頼耶識から上記の七識が生起し、種々の働きをなす。そして、それと同時に対象世界も顕れ出る。本文の「雜業」とは、この一連の働きを指すと言えよう。その「雑業」は、「本識」（阿頼耶識）の中にその影響力（習氣）を蓄えていく。この作用が「薫成」（薫習、vāasanaā）である。そして、「本識」に蓄えられた習氣が「熟」した状態に達すると「因種」（種子[二五]、bīja）、つまり、萬物の顕現すなわち生起の原因となり、その「因種」から再び七識およびその対象世界、つまり萬物が顕れ出るのである。しかし、「因種」のみでは、萬物の顕現は無い。ここでは、「因種」が「外形」（外界の現象）から「縁」を受け、それと「和合」（因縁和合）することによってはじめて、種々の姿・形をもった萬物の顕現のあることが強調される。道世は、「衆生本識」（阿頼耶識）における「因縁和合」に基づく心の種々なる顕現、それこそが萬物の「變化」である、と理解していると言えよう。

　こうした道世の「變化」理解は、玄奘が世親（vasubandhu）の『唯識三十頌』に対する護法の註釋を中心に据え合揉訳した『成唯識論』に近い[二六]。道宣と共に玄奘の翻訳を助けた道世[二七]の佛教的宇宙観は、唯識論に基づいていた。道世は、唯識論に基づき、『捜神記』の五氣變化論を打ち破ることにより、儒教的世界観の中心である天人相關説を批判し、佛教の正統性を類書として表現したのである。

おわりに

　道世は、『法苑珠林』において、佛教的宇宙観を展開したが、その対峙性において、最も意識したものは『捜神記』であった[二八]。それは、『捜神記』が、数多くの変化を記録するだけではなく、それらの原理を追求する「五氣變化論」という理論を有していたことによる。『成唯識論』を訳した玄奘の影響を受けた道世は、唯識論により干寶の五氣變化論を打破することで、佛教の優位性を明確に示したのである。

これまで、儒・佛・道の三教研究では、佛・道の論争に重点が置かれてきたが、佛教は中国知識人の世界観を根底で規定する儒教の力を看過していたわけではない。干寶の『搜神記』は、劉歆・鄭玄が理論化した氣を重視し、また、そこには京房易などの象數易による予占化した災異思想が含まれていた。このため、道世は、道教に対する反論よりも、『搜神記』に含まれる儒教の中でも最も重要な天人相關説に対して、反論を行ったのである。『法苑珠林』は、小南一郎〈一九九三〉が言うほど融和的な著作ではなく、儒教と真っ向から対峙した著作なのである。

西晉「儒教國家」の崩壊と東晉以降の佛教受容の本格化により、儒教は危機を迎え、儒教的世界観の根底にあった天人相關説が揺らいでいく。やがて宋學によって、天人相關説は名目化されていくが、そうした儒教の変容において、佛教の与えた影響の大きさについては、改めて論ずることにしたい。

《注》

（一）『廣弘明集』所載の李儼序には、麟德三（六六六）年に完成したとある『法苑珠林』が、その後、總章元（六六八）年に増補されて定本となったことについては、川口義照〈一九七四〉を参照。

（二）『法苑珠林』には、四庫全書・四部叢刊などに収録される、萬曆十九（一五九一）年の嘉興藏刻本を起源とする百二十巻本もあるが、本書は、本来の百巻とした道光年間（一八二一〜一八五〇年）の常熟燕園蔣氏刻本を底本として、明南藏本、高麗藏本などで校勘した周叔迦・蘇晉仁《二〇〇三》に依拠している。

（三）『法苑珠林』における諸書の引用については、陳垣《二〇一四》を参照。また、呉福秀《二〇一四》もある。

（四）『法苑珠林』に最も多く引用される佛教説話集である南齊の王琰『冥祥記』については、若槻俊秀〈二〇〇六〉を参照。

なお、『冥祥記』と『法苑珠林』の関係については、勝村哲也〈一九七二〉もある。

（五）たとえば、山田慶児《一九七五》は、「いかなる分類原理をとるかは、逆に世界をどう把握するかにかかっている。（類書は）類関係による世界の区分と体系化を文字どおり示している」としている。また、大淵貴之〈二〇〇六〉も参照。

（六）『捜神記』と佛教との関係については、閻徳亮〈二〇一〇〉がある。

（七）古今善惡・禍福・徵祥、廣如宣驗・冥祥・報應・感通・冤魂・幽明・捜神・旌異・法苑・弘明・經律異相・三寶徵應・聖迹歸心・西國行傳・名僧・高僧・冥報・拾遺等、卷盈數百、不可備列。傳之典謨、懸諸日月、足使目覩、當猜來惑。故經曰、行善得善報、行惡得惡報。易曰、積善之家、必有餘慶、積惡之家、必有餘殃。信知善惡之報、影響相從、苦樂之徵、由來相尅。余尋傳記四千有餘、故簡靈驗、各題篇末。若不引証、邪病難除。餘之不盡、冀補茲處（『法苑珠林』卷五　六道篇）。

（八）多賀浪砂〈一九九四〉は、『法苑珠林』が『捜神記』から多くの題材を借用しながら、読者対象および編集目的を異にする所から生ずる不適格な箇所を削除しているとする。それは、第一に、占卜や咒いや仙薬で病気や災難から逃れる話、第二に、幽冥界をこの世と同じように考える話、第三に、殺傷・窃盗・姦淫に関する説話、第四に、流行・流言であるという。そして、第一・第二は、共に道教的な考え方であるため削除され、第三は、加害者だけではなく被害者にも悪業があったとする佛教の考え方が記述されないため削除された。しかし、両者とも人間の内面、すなわち精神の奥深くへと沈潜して、自省・内省を求める所は似ているため、現行の『捜神記』のうち、全体の三割にもわたる説話を『法苑珠林』は採択した、と述べている。すなわち、『捜神記』の道教的な記述の削除を指摘したうえで、それを佛教との対峙性の中に位置づけず、小南と同じように、同質性において両者を把握するのである。しかも、多賀は、現行の『捜神記』と『法苑珠林』を比較し、『法苑珠林』に収録されない話を削除したと考える。しかし、現行『捜神記』は『法苑珠林』などからの輯本であり、原『捜神記』から道世が削除したか否かは、多賀の方法論では判断できない。

（九）管輅字公明、平原人也。善易卜。A安平太守東萊王基、字伯輿、家數有怪、使輅筮之。卦成、輅曰、君之卦、當有賤婦人、生一男、墮地便走、入竈中死。又床上當有一大蛇銜筆、大小共視、須臾便去。又烏來入室中、與燕共鬬、燕死烏去。有此三卦。基大驚曰、精義之致、乃至於此。幸爲占其吉凶。輅曰、非有他禍。直客舍久遠、魑魅罔兩、共爲怪耳。兒生便走、非能自走、直宋無忌之妖、將其入竈也。大蛇銜筆者、直老書佐耳。烏與燕鬬者、直老鈴下耳。夫神明之正、非妖能害也。萬物之變、非道所止也。久遠之浮精、必能之定數也。今卦中見象而不見其凶、故知假托之數、非妖咎之徵、自無所憂也。昔高宗之鼎、非雉所雊。太戊之階、非桑所生。然而野鳥一雊、武丁爲高宗、桑穀暫生、大戊以興。焉知三事不爲吉祥。願府君安身養德、從容光大、勿以神奸、汚累天眞。後卒無他。遷安南督軍。B

C後輅鄕里乃太原問輅、君往者爲王府君論怪云、老書佐爲蛇、老鈴下爲烏。此本皆人、何化之微賤乎。爲見於爻象、出君意乎。輅言、苟非性與天道、何由背爻象而任心胸者乎。夫萬物之化、無有常形、人之變異、無有定體。或大爲小、或小爲大、固無優劣。萬物之化、一例之道也。是以夏鯀、天子之父、趙王如意、漢高之子、而鯀爲黃能、意爲蒼狗。斯亦至尊之位、而爲黔喙之類也。況蛇者、協辰巳之位、烏者棲太陽之精。此乃騰黑之明象、白日之流景。如書佐・鈴下、各以微軀、化爲蛇・烏。不亦過乎。D（『搜神記』巻三）。なお、『搜神記』は、汪紹楹《一九七九》に拠り、李剣国《二〇〇七》を参照した。Aなどの記号、下線は渡邉による。以下同。

（一〇）『搜神記』からの引用ではないが、『法苑珠林』巻九十七 送終篇に引く、頭の二つある子が産まれる話では、藍本の『漢書』巻二十七下之上 五行志第七下之上には記述されている「羣妖 此の類を推す。改めざれば乃ち凶を成すなり（羣妖推此類。不改乃成凶也）」という事應が省略されている。佛教的宇宙観では、變化は過ちを改めることでは消滅しないので、佛教側に都合の悪い儒教の天人相關説に基づく災異思想を削除しているのである。

（一一）妖怪者、干寶記云、蓋是精氣之依物者也。氣亂於中、物變於外。形神・氣質、表裏之用也。本於五行、通於五事、雖消息昇降、化動萬端、然其休咎之徵、皆可得域而論矣。此是俗情之近見、未達大聖之因果。考斯徵變、乃是衆生宿業之雜因、感現報之緣發。因緣相會、物理必然。故有斯徵、未足可怪也（『法苑珠林』巻三十一 妖怪篇）。

（一二）西晉「儒教國家」の成立と崩壊については、渡邉義浩《二〇一〇》を参照。

（一三）後藤義乗〈二〇〇七〉は、『佛本行經』が寶雲の訳出ではなく、竺法護の訳出の可能性が高い、と主張している。

（一四）日本語訳に、西村正身・羅党興《二〇一三》がある。

（一五）『菩薩處胎經』については、Legittimo Elsa〈二〇〇七〉〈二〇〇八〉を参照。

（一六）漢景帝三年、邯鄲有犬、與家豕交。時趙王遂與六國共反、外結匈奴以爲援。五行志以爲、犬兵革失衆之占、豕者北方匈奴之象。逆言失聴、交於異類、以生害也（『法苑珠林』巻三十一　妖怪篇）。

（一七）『捜神記』における京房の『易傳』を採用の傾向については、河野貴美子〈二〇〇二ａ〉を参照。

（一八）Ａ夏桀之時、厲山亡。秦始皇之時、三山亡。周顯王三十二年、宋大丘社亡。漢昭帝之末、陳留昌邑社亡。京房易傳曰、山默然自移、天下有兵、社稷亡也。故會稽山陰瑯琊中、有怪山、世傳本瑯琊東武山也。時天夜、風雨晦冥、旦而見武山在焉。百姓怪之、因名曰怪山。時東武縣山、亦一夕自亡去。識其形者、乃知其移來。今怪山下見有東武里、蓋記山所自來、以爲名也。又交州脆州山移至青州。凡山徙、皆不極之異也。此二事未詳其世。尚書金縢曰、山徙者、人君不用道士、賢者不興。或祿去公室、賞罰不由君、私門成羣。不救、當爲易世變號。Ｂ（『法苑珠林』巻六十三　園果篇）。

（一九）Ｃ説曰、善言天者、必質於人。［善言人者、必本於天］。故天有四時［・五行］、日月相推、寒暑迭代。其轉運也、和而爲雨、怒而爲風、散而爲露、亂而爲霧、凝而爲霜雪、立而爲虹蜺。此天之常數也。［人有四肢・五臟、一覺一寐、呼吸吐納、精氣往來。流而爲榮衞、彰而爲氣色、發而爲聲音。此亦人之常數也。陽用其形、陰用其精、天人之所同也。及其失也、蒸則爲熱、否則生寒、結而爲瘤贅、陷而爲癰疽、奔而爲喘乏、竭而爲焦枯。診發乎面、變動乎形。推此以及天地、亦如之。故］〈若四時失運、寒暑乖違則〉五緯盈縮、星辰錯行、日月薄蝕、彗孛流飛。此天地之危診也。〈此〉寒暑不時、［此］天地之蒸否也。〈故〉石立土踊、此天地之瘤贅也。山崩地陷、此天地之癰疽也。〈衝〉［奔］風暴雨、此天地之奔氣也。雨澤不降、川瀆涸竭、此天地之焦枯也。Ｄ［良醫導之以藥石……］（『法苑珠林』巻六十三　園果篇、および『太平廣記』巻二百十八　孫思邈）。

（二〇）孫思邈の思想の根本に天人相關説があることは、山崎宏〈一九七四〉を参照。

（二一）夫慈濟之道、震古式瞻。通化之方、由来難測。此是方外之大聖、非是域中之凡能。窮之不可原、究之不可盡。然凡聖雖別、變化有同、良由智有淺深、障有麤細、機有大小、化有寬狹。蓋達生死之本、可以言變化矣。若依佛教、明信因果、因縁相假、方成變化矣。若據外俗、未達大方、唯信緣起、不賴因成（『法苑珠林』卷三十二 變化篇）。

（二二）故干寶記云、天有五氣、萬物化成。木清則仁、火清則禮、金清則義、水清則智、土清則思。五氣盡純、聖德備也。木濁則弱、火濁則淫、金濁則暴、水濁則貪、土濁則頑。五氣盡濁、民之下也。中土多聖人、和氣所交也。絕域多怪物、異氣所産也。苟禀此氣、必有此形。苟有此形、必生此性。故食穀者、智慧而文。食草者、多力而愚。食桑者、有絲而蛾。食肉者、勇慠而悍。食土者、無心而不息。食氣者、神明而長壽。不食者、不死而神。大腰無雄、細腰無雌。無雄外接、無雌外育。三化之蟲、先孕後交。兼愛之獸、自爲牝牡。寄生因夫高木、女蘿托乎茯苓。木株于土、萍植于水。鳥排虛而飛、獸蹠實而走。蟲土閉而蟄、魚淵潛而處。本乎天者親上、本乎地者親下、本乎時者親旁。則各從其類也。千歲之雉、入海爲蜃、百年之雀、入海爲蛤。千歲龜黿、能與人語、千歲之狐、起爲美女。千歲之蛇、斷而復續、百年之鼠、而能相卜、數之至也。春分之日、鷹變爲鳩、秋分之日、鳩變爲鷹、時之化也。故腐草之爲螢也、朽葦之爲蛬也、稻之爲蛩也、麥之爲蛺蝶也、羽翼生焉、眼目成焉、心智在焉。此自無知化爲有知、而氣易也。鶴之爲麞也、蛇之爲鼈、蛬之爲蝦也、不失其血氣、而形性變也。若此之類、不可勝論。應變而動、是爲順常。苟錯其方、則爲妖眚。故下體生於上、氣之反者也。人生獸、獸生人、氣之亂者也。男化爲女、女化爲男、氣之貿者也。魯牛哀得疾、七日化而爲虎。形體變易、爪牙施張。其兄將入、搏而食之。當其爲人、不知將爲虎。方其爲虎、不知常爲人。故晉太康中、陳留阮士瑀傷于虺、不忍其痛、數嗅其瘡。已而雙虺成於鼻中。元康中、歷陽紀元載、客食道龜。已而成瘕。醫以藥攻之、下龜子數升、大如小錢、頭足㲉備、文甲皆具、惟中藥已死。夫嗅非化育之氣、鼻非胎孕之所、享道非下物之具。從此觀之、萬物之生死也、與其變化也、非通神之思、雖求諸己、惡識所自來。然朽草之爲螢、由乎腐也。麥之爲蛺蝶、由乎濕也。爾則萬物之變、皆有由也。農夫止麥之化者、漚之以灰、聖人理萬物之化者、濟之以道。其與不然乎。今所覺事者、固未足以究其變化之極也（『法苑珠林』卷三十二 變化篇）。

（二三）此乃由衆生本識、雜業薰成。因種既熟、緣假外形。情與非情、隨緣興變。若先無種、縱遇其緣、緣疏力弱、亦未能獨變。

故因假緣故、種不獨成。緣假因故、緣不獨辦。因緣和合、力用相齊。萬類由生、一非能建。庶將來哲、豈猜餘卜也（『法苑珠林』巻三十二 變化篇）。

（二四）唯識思想については、平川彰・梶山雄一・高崎直道《一九八二》に収録された諸論文を参照。

（二五）種子の原語の語義については、山部能宜〈一九九〇〉を参照。

（二六）『成唯識論』と法相宗については、深浦正文《一九五四》四七頁以下、および大久保良峻《二〇〇一》のⅡ法相宗（瀧川郁久執筆）を参照。

（二七）道世の生涯については、川口義照〈一九七六〉を参照。

（二八）河野貴美子〈二〇〇二b〉は、『法苑珠林』が『漢書』五行志と『捜神記』との共通記事の多くを『捜神記』から引用していることを明らかにしている。『文選』・『禮記』と並んで、唐初の「三顯學」と言われた『漢書』よりも、道世が『捜神記』を重視していることを理解できよう。その背景には、『捜神記』を嚆矢として成立した志怪書などが、佛教の變文と競合していた可能性を指摘し得る。

第五章　『世説新語』の編纂意図

はじめに

劉義慶とその幕僚はなぜ『世説新語』を編纂したのか。川勝義雄は、反逆者たる謝靈運に好意を持ち、文帝にたてつく張敷のような人物に喝采する、反体制的な傾向を持つ、謝靈運の「四友」の一人である何長瑜を『世説新語』の編者と考え、『世説新語』を反体制の書として捉える。そして、過去のよき時代への憧憬を秘めた『世説新語』は、才能を持ちながら世に入れられぬ文人の心を惹きつけ、その一人が注をつけた梁の劉孝標であった、とする〔一〕。これに対して、矢淵孝良は、『世説新語』の種本の一つである『語林』が謝氏を見下していることから、その著者の裴啓よりもさらなる寒門出身者を選者と考える。そして、謝靈運と個人的に親しかった何長瑜が撰述の中心的役割を果たすことで、謝氏に共感する寒門出身者が撰述の中心となった、とするのである〔二〕。

果たして、宗室の劉義慶が、自らの名で反体制的な著作が撰せられることを容認し、それが劉宋下において普及したのであろうか。本章は、『世説新語』を実際に編纂に当たった幕僚達の立場のみから考えるのではなく、劉義慶の視座からも見つめ直すため、当該時代を規定していた貴族制との関係の中で『世説新語』の編纂意図を追究するものである。

一、論語四科

『世説新語』は、貴族にとって、何よりも基礎教養を修めるための著作であった。それぞれの貴族の家系と歴史・代表的な人物・その事跡・諱・通称など、貴族の一人ひとりを知らなければ、人事によって成立する国家的身分制度である貴族制の中で、貴族として生きていくことはできなかった。

謝公云ふ、「金谷の中、蘇紹 最も勝《すぐ》れたり」と。紹は是れ石崇の姉の夫、蘇則の孫、愉の子なり。(三)

ここで『世説新語』は、金谷の集まりの中では蘇紹が最も優れていた、という謝安の「語」(言葉)を記すだけではなく、蘇紹が石崇の姉の夫であり、蘇則の孫で、蘇愉の子であることを伝えている。このように、『世説新語』は貴族の一人ひとりを理解するための入門書という性格を持っている。ただし、それは十分な量とは言えない。『世説新語』は、貴族の列伝集ではなく、何よりも「語」を伝えるものであったためである。したがって、そこに劉孝標が注を付けることで、貴族を知るための入門書という役割は、徹底されることになる。(四)この条に対して、劉孝標注は、石崇の「金谷詩敍」を引用して、会の様子、総勢三十名の列席者中、呉王の師・議郎・關中侯の蘇紹が筆頭であることを伝え、『魏書』を引用して蘇則の伝記を注記し、『晉百官名』と『山濤啓事』を引用して蘇愉の伝記を紹介している。周到と言うべきである。こうして劉孝標注の『世説新語』を通読することにより、後世の貴族は自らの社会の基本を身に付けることができた。

それでは、『世説新語』は、そうした貴族としての教養のうち、何を最も優先したのであろうか。それが、現行の『世説新語』全三十六篇の冒頭四篇に掲げられた「徳行」「言語」「政事」「文學」である。(五)これらは、言うまでもなく、『論語』先進篇に掲げられた「四科十哲」の「四科」である。[六] かつて述べたように、[七] 貴族は「四學三教」と総称される多くの文化に兼通することを良しとされたが、その根底に置かれるべきものは、儒教であった。それでは、『世説新語』は、『論語』の「四科」そのままの内容で、冒頭四篇を編纂したのであろうか。

徳行第一の冒頭、すなわち『世説新語』冒頭に掲げられるものは、陳蕃の尚賢である。

> 陳仲擧、言は士の則爲り、行は世の範爲り。車に登り轡を攬《と》りて、天下を澄清せんとの志有り。豫章太守と爲り、至りて便《ただ》ちに徐孺子の在る所を問ひ、先づ之を看んと欲す。主簿白《まう》す、「羣情 府君の先づ廨に入らんことを欲す」と。陳曰く、「武王 商容の閭に式し、席 煖まるに暇あらず。吾の賢を禮するに、何の不可か有らん」と。[八]

『世説新語』は、後漢末、黨人の中心であった陳蕃の志と、[九] 陳蕃が徐穉という賢人を禮遇することを政務よりも先にした話から始まる。なぜ、後漢末の陳蕃から始まるのか、という問題は、三で論ずることにして、ここでは、陳蕃の徳行が尚賢として表現されていることに注目したい。[一〇]『論語』の「四科」の徳行とは、明確に異なるためである。尚賢を徳行とすることは、陳蕃の話に止まらない。続く第二話は周乘の尚賢、第三話は郭泰の尚賢と続き、尚賢のために行われる人物評價に係わる記述が第十三話まで続く。第十四話には、「二十四孝」でも有名な王祥の孝が描かれ、第十八話には、裴楷の廉が描かれる。徳行第一の全四十七話の中では、人物評價を含めた尚賢が十九例、孝が十例、廉が九例を占め、『論語』が徳行として尊重する恕や忠を凌駕している。[一一]

『世説新語』が貴族の教養である「四科」の一つとして掲げる「徳行」とは、人物評價に基づき賢人を登用することなのである。[一二] ここでは、州大中正の制と曹魏末の五等爵制とが結合することで、世襲化傾向を強く帯びた国家的身分制として西晋で成立した貴族制ではなく、[一三] 本来あるべき貴族のあり方として、貴族の存立基盤である文化的諸価値を評価し、その人物評價に基づく登用を行うべきことが理想とされている。(一四)また、後漢の鄉擧里選の常擧であった孝廉科の重視する孝・廉が、尚賢に次いで多く記されていることは、後漢末の陳蕃から始まることと相俟って、『世說新語』が持つ、後漢「儒教國家」への尊重を示す。それは三で詳述しよう。徳行第一に収められた話は、『論語』の徳行とは異なり、貴族が自らの本質と考える、文化を基準とする人物評價に基づく登用としての尚賢を中心とするのである。

言語第二では、貴族の会話における表現技巧と典拠の重要性が示される。(一五)

諸名士 共に洛水に至りて戲る。還りて樂令 王夷甫に問ひて曰く、「今日の戲は樂しかりしや」と。王曰く、「裴僕射 善く名理を談じ、混混として雅致有り。張茂先 史・漢を論じ、靡靡として聽く可し。我 王安豊と與に延陵・子房を説き、亦た超超として玄著なりき」と。(一六)

貴族が洛水で遊んだ帰り、樂廣(樂令)が王衍(王夷甫)に会の評価を尋ねると、裴頠(裴僕射)は名理の論を談じ、張華(張茂先)は『史記』・『漢書』を論じ、王衍と王戎(王安豊)は春秋の呉王壽夢の子季札(延陵)と劉邦の謀臣張良(子房)とを説いたことが楽しかった、と答えたという。裴頠は、「崇有論」を著わして王衍らと『老子』『周易』を議論しており、ここでの「名理」もそれらを踏まえた玄學の論理と考えてよい。(一七)陳壽や陸機を抜擢した張華は、『博物志』を著しており、もとより歴史に造詣が深い。(一八)張良の議論にも、自らの見解を述べたであろう。張良と共に王衍・王戎が説いた延陵の季札の議論には、春秋學に精通する必要がある。

言語篇が踏まえる典拠を確認すると、07『春秋公羊傳』・『春秋左氏傳』、17『論語』、23『史記』・『漢書』、38『漢書』、42『史記』、44『禮記』、47『春秋左氏傳』、56『詩經』、58『漢書』、60『論語』、61『莊子』、64『老子』、66『莊子』、69『春秋左氏傳』、70『禮記』、72『後漢書』、75『莊子』、79『春秋左氏傳』、80『詩經』、84『老子』、86陸機の弔文、93『詩經』、94『詩經』、99『周易』、103『論語』、105『論語』となる。

『世説新語』に収録される貴族の会話は、經書はもちろんのこと、『史記』・『漢書』といった史書、『荘子』・『老子』といった子書、さらには、陸機の「弔魏武帝文」(一九)という集部の著作までを典拠に成立している。こうした広範な知識に「兼通」することが、貴族の教養として求められるのである。しかし、兼通は容易ではない。『世説新語』を読むことで、それらを通読せずとも、典拠としての用いられ方を学び得る。このように、『論語』の「四科」では弁舌という意味で用いられる「言語」は、『世説新語』では、言語表現に幅広い典拠を持つことを意味するのである。

また、「文學」は、『論語』の「四科」では学問、すなわち儒教の意味で用いられている。これに対して、『世説新語』の文學第四は、学問の範囲を儒教に止めない。それでも文學第四は、漢の儒教を集大成した鄭玄が、馬融に学んだ際の話から始まる。(二〇)そして、鄭玄との関わりの中で、服虔が批判される。

鄭玄 春秋傳に注せんと欲し、尚ほ未だ成らず。時に行きて服子愼と客舍に遇宿し、先に未だ相 識らず。服 外に在り、車上に人と己の傳に注するの意を説く。玄 之を聽くこと良《や》や久しきに、多く己と同じ。玄 車に就きて與に語りて曰く、「吾 久しく注せんと欲するも、尚ほ未だ了《をは》らず。君の向《さき》の言を聽くに、多く吾と同じ。今 當に盡く注する所を以て君に與ふべし」と。遂《かく》て服氏の注爲《な》る。(二一)

『世説新語』はこのように、服虔は鄭玄から注を与えられることによって、『春秋左氏傳解誼』を完成し得たとするのである。これ以外にも、服虔が姓名を隠して崔烈の門弟の飯炊きとなり、崔烈の左傳注を盗もうとした話も伝えており（文學第四）、『世説新語』が服虔を貶めていることは明らかである。『世説新語』が編纂された劉宋を含む南朝の儒教である「南學」は、詩と三禮は鄭玄、易は王弼、尚書は僞孔安國傳、左傳は杜預の注を用いていた。これに対して、北朝の「北學」では、詩・三禮・易・尚書は鄭玄、左傳は服虔の注を用いている。(二二)『世説新語』は、北朝が尊重する服虔の『春秋左氏傳解誼』を貶めることにより、南朝の文化的優越性を示そうとしているのである。

もちろん『世説新語』文學第四は、「文學」という言葉で表現される学問の範囲を儒教のみに止めない。(二三) それは言語第二に、広い典拠が見られたことと同じである。

阮宣子 令聞有り。太尉の王夷甫 見て問ひて曰く、「老荘と聖教とは同じきか異なるか」と。對へて曰く、「將《は》た同じき無からんや」と。太尉 其の言を善しとし、之を辟して掾と爲す。世に三語掾と謂ふ。(二四)

阮脩(阮宣子)が王衍(王夷甫)に老荘と儒教の違いを聞かれ「將無同(將《は》た同じき無からんや)」と答え、太尉掾に辟召されて「三語掾」と呼ばれた、という有名な話である。「將無同」は、玄學の儒教との近接性を象徴的に表現する言葉であると共に、王衍の清談が西晉を滅ぼしたと言われる、王衍の人事基準の曖昧さをも伝える。そして、「三語」の表現への高い評価は、長大な「論」ではなく、玄學をその思想の中核に置きながら、警句的な短縮表現を重視する清談の価値基準を象徴する。(二五)

清談には、中心的な論題があった。東晉の佐命の臣である王導は、その中核に精通していた。

舊に云ふ、「王丞相 江左に過《よぎ》りてより、止《た》だ聲無哀樂・養生・言盡意の三理を道《い》ふのみ。然れども宛轉關生して、入らざる所無し」と。(二六)

「聲無哀樂」論・「養生」論・「言盡意」論のうち、前者二論は嵆康と関わりを持つ。(二七) 西晉が王衍の清談によって滅びたという「清談亡國論」が唱えられる中で、王導が玄學に基づく清談を継承していたことは、貴族における玄學と清談の重要性を端的に物語る。(二八)

しかも清談は、麈尾を振りながら単に議論するだけではなく、談「理」の正しさを競うものであった。(二九) このため、各人に得手不得手な論題が存在した。

殷中軍 思慮 通長なると雖も、然も才性に於て偏《ひとへ》に精《くは》し。忽として言 四本に及べば、便ち湯池・鐵城の若く、攻む可きの勢無し。(三〇)

殷浩は、「才性四本論」に詳しく(三一)、ひとたび談論がそこに及ぶと、誰も攻め込むことができなかったという。東晋の貴族は、あたかも後漢の儒者が儒教を究めようとしたように、清談における「理」を研ぎ澄ましていったのである。

このように、文學第四は、後漢末の儒教、西晉の玄學、それに基礎を置く東晉の清談を学問として伝える。その一方で、建安文學以降の新義の「文學」を後半に掲げ(三二)、曹植の「七歩詩」などの著名な逸話を収録して、「文學」への評価をも記している。

簡文 許掾を稱して云ふ、「玄度の五言詩、時人に妙絶すと謂ふ可し」(三三)と。

ここでは、東晉の簡文帝が、許詢(許掾)の五言詩は、誰よりも優れている、と評している。皇帝自らが文学作品の評価をするのである。文學もまた、儒教・玄學と並んで、貴族必須の文化であったことは言うまでもない。

これらに比べて、史學は、危険を伴う文化であった。

習鑿齒 史才 常ならず。宣武 甚だ之を器とす。未だ三十ならざるに、便ち用ひて荊州治中と爲す。鑿齒の謝牋にも亦た云ふ、「明公に遇はざれば、荊州の老従事たるのみ」と。後 都に至り、簡文に見えて返命す。宣武問ふ、「相王に見えて何如」と。答へて云ふ、「一生 曾《かつ》て此くのごとき人を見ず」と。此れにより旨に忤《さから》ひ、出だされて滎陽郡と爲り、性理 遂に錯ふ。病中に於て猶ほ漢晉春秋を作り、品評 卓逸なり。(三四)

桓溫(宣武)によって、その「史才」を高く評価されていた習鑿齒が、桓溫の政敵である簡文帝を褒め称えて左遷されたことは、史という文化の危険性を象徴する。史家は、その評価を史書として後世に伝えられるため、権力者にとって危険な存在であった。(二五) 唐において「正史」編纂として結実する、史書を編纂することで生ずる権威を君主に収斂していこうとする動きの先駆としても、(二六)『世説新語』は位置づけられる。この問題も三で扱うことにして、ここでは貴族の学問の中に、史學も含まれることを確認しておく。

貴族が幅広い文化を身につけるべき必要性を伝える言語第二と文學第四に挟まれた『世説新語』政事第三では、政事が「仁」「孝」に基づいて行われ、人事を中心とすべきことが語られる。(二七)『論語』において「政事」の代表として挙げられる子路と冉有が、その行政能力に言及されるだけで、二人ともに「其の仁を知らず」(『論語』公冶長第五)と評されることとは、少しく異なる。

冒頭より三話は、後漢末の陳寔の政事が語られる。第一話では、母が病気と偽り休暇を求めた吏を陳寔が死刑にしたことから、不忠不孝が最大の罪であることを述べる。第二話では、陳寔が強盗事件よりも間引きの取り調べを優先したことから、子孫を残す孝の重要性を説く。第三話は、陳寔の政事が強者に徳、弱者に仁で対応したことから、それが孔子や周公に準えられる。これらの陳寔の政事は、孔子に「仁」と認められなかった子路と冉有とは異なり「仁」「孝」と評されている点で表面的には相違もあるが、『論語』における政事の概念と大きく離れることはない。『世説新語』の政事の特徴をここに求めることはできまい。

『世説新語』の政事の特徴は人事、とりわけ人事のための人物評價を重視するところにある。人物評價は、清談によって定まることも多い。このため、貴族は清談を戦わせることが重要事となり、実際の政務を疎かにすることもあった。

王・劉 林公と與に共に何驃騎を看る。驃騎 文書を看て之を顧みず。王 何に謂ひて曰く、「我 今 故《ことさら》に林公と與に來りて相 看る。卿 常務を擺撥し、應對して共に言ふを望む。那《なん》得ぞ方に低頭して此れを看るや」と。何曰

く、「我 此れを看ざれば、卿ら何を以て存するを得ん」と。諸人 以て佳しと爲す。[三八]

王濛と劉惔が支遁（林公）と共に何充（何驃騎）のもとを尋ねたが、何充は実務を止めなかった。実務をひとまず置いて、共に語ろうという王濛に対して、何充は、「わたしが実務を見なければ、君たちは存在できないではないか」と述べ、実務をせず、清談に明け暮れる王濛たちに言い返した、という。

『世説新語』の眼目は、清談を代表する王濛・劉惔・支遁の三人に、何充が怯まずに言い返した「語」の記録にある。しかし、それよりも注目すべきは、何充の対応を『世説新語』が「諸人 以て佳しと爲す」と評価することにある。『世説新語』は、実務をする南士の寒門の必要性を認識しているのである。[三九] やがてそれが軍事に変化していくことは、本章の三で再論しよう。

これに対して、劉孝標注が引く東晉の孫盛『晉陽秋』は、「何充 王濛・劉惔と好尚同じからず。此れに由りて當世に譏らる（何充與王濛・劉惔好尚不同。由此見譏於當世）」と述べる。西晉に対する「清談亡國論」がなお残る東晉において、清談の誘いを断り、実務を続けることを無粋の極みと評する孫盛の評価もまた興味深い。[四〇] それは、貴族の特徴として皇帝権力からの自律性があり、皇帝の官僚として職務に励むことは自律性を損なう、という考え方の存在を予測させるためである。これについては、本章の二で詳論することにして、一で検討したことをまとめておこう。

『世説新語』は、冒頭の四篇において、『論語』の「四科」を篇名としながら、『論語』本来の意味ではなく、「四科」に準えるべき貴族の教養を掲げる。第一に、それは賢人を登用するための人物評價であり、第二に、儒教に止まらず、玄學・文學・史學など多くの文化に兼通することであった。[四一] 第三に、それらの著作を典拠として、清談に代表される洗練された言語表現ができることであった。それでも、これらの内容を『論語』の「四科」を篇名として表現することは、『世説新語』が貴族のみならず、中国文化の根底にある儒教を教養の基礎として重視していたことを明確に示す。

それでは、こうした教養をもとにしながら、貴族を貴族として卓越化させている特徴について、『世説新語』はどのように表現しているのであろうか。

二、貴族の特徴

渡邉義浩〈二〇〇三c〉で掲げた定義によれば、西晉から唐までの中国の支配者層である貴族は、①農民に対する直接的・間接的支配者であるという階級支配者としての側面、②国家の高官を代々世襲するという政治的支配者としての側面、③「庶」に対して「士」の身分を持つという身分的優位者としての側面、④一般庶民が関与し得ない文化を担うという文化的優越者としての側面のほか、⑤皇帝権力に対して自律性を保持するという側面を属性に持つ。こうした貴族の五つの属性は、等価値に並立するのではなく、貴族を特徴づける⑤皇帝権力からの自律性の基盤となる④文化的諸価値の専有が、最も重要である。

④文化的諸価値の専有の度合いは、⑴清談を通じて優劣が判断され、その結果は、⑵人物評価として表現された。そこに不可欠なことは、⑶諸文化への兼通であった。こうして培われた文化的諸価値の専有を基盤とする⑤皇帝権力からの自律性は、⑷排他的婚姻関係を生み、代々官僚を独占した結果生まれる⑸郡望となって、高い郡望を持つ北来貴族が江南寒門を蔑視する⑹南北問題を引き起こした。『世説新語』は、これら⑴～⑹を記述することにより、貴族がなぜ支配階層であるのかという理由をその特徴から描き出す。すでに、⑴清談と⑶諸文化への兼通は一で扱い、⑵人物評価と⑹南北問題は、本書第七章と第八章で論ずるので、ここでは、⑤皇帝からの自律性、およびそれから生ま

れる⑷排他的婚姻関係・⑸郡望を検討していこう。

本書第六章で論ずるように、『世説新語』において⑤皇帝からの自律性を代表するものは、史実としては七人が一緒に活動したことのない「竹林の七賢」であった。

嵆中散 既に誅せらるるや、向子期 郡計に擧げられ洛に入る。文王 引進して、問ひて曰く、「君 箕山の志有りと聞く、何を以てか此こに在る」と。對へて曰く、「巣・許は狷介の士たれば、多く慕ふに足らず」と。王 大いに咨嗟す。(四二)

嵆康（嵆中散）が殺され、向秀（向子期）が出仕すると、司馬昭（文王）は向秀に「箕山の志」があったのではないかと尋ねる。向秀は、巣父と許由は「狷介の士」で「多く慕ふに足ら」ないと言った。(四三)『世説新語』はこれを受けて、「王 大いに咨嗟」したと終わる。すなわち、向秀を出仕させ、その自律性を屈伏させたことを悦んだ者は、文王司馬昭という君主権力である。

これに対して、劉孝標注が種本と考えて引用する『向秀別傳』は、終わり方が異なる。文王の問いの部分から掲げよう。

文王 問ひて曰く、「君 箕山の志有りと聞く、何ぞ能く自ら屈するか」と。秀曰く、「常に彼の人 堯の意に達せざると謂ふ、本より慕ふ所に非ざるなり」と。一坐 皆 説《よろこ》ぶ。次《じ》に随ひ轉じて黄門侍郎、散騎常侍に至る。(四四)

両者を比較すると、『世説新語』が、種本の『向秀別傳』から、向秀が「自ら屈」したという表現を省き、「一坐 皆 説ぶ」を「王 大いに咨嗟す」に改めていることが分かる。すなわち、『世説新語』は、向秀が君主権力に「自ら屈」したと「一坐」の「名士」が「説」んだことを認めない。箕山に隠遁して堯の禪讓を拒否した許由に対する向秀の「語」を記録するため、向秀が出仕した事実は伝えるものの、感嘆した者はあくまで王に留める。『向秀別傳』の

ように、「竹林の七賢」が君主権力に自ら「屈」したことを貴族の源流である「名士」が悦んだとは、伝えないのである。[四五]

ただし、そもそも『向秀別傳』の時点ですでに、君主権力からの自律性は守られようとしていることにも留意したい。『向秀別傳』は、向秀が貶しめるものに、箕山に隠遁して堯の禪讓を拒否した許由を掲げる。しかし、曹魏は舜の後裔であるので、[四六]許由の事例は、司馬昭に直接的には関係しない。かつて阮籍は、曹操を魏公に勸進した荀攸らの「勸進魏公牋」を踏まえながら、荀攸が言及する許由に加えて、滄州で舜からの禪讓を拒否した子州支伯を掲げ、司馬昭が子州支伯のように、舜の後裔である曹魏からの禪讓を拒否すれば、至公・至平であると「爲鄭沖勸晉王牋」に述べている。[四七]したがって、向秀が子州支伯を「舜の意に達していない」とか「狷介の士である」と批判すれば、子州支伯によって司馬昭の禪讓への行動を批判していた阮籍の表現を無にしてしまう。このため、向秀の批判は、許由に止まるのである。

このように、一見すると司馬昭に向秀が屈伏したことを示すこの話は、すでに『向秀別傳』の段階から、阮籍を含めた「竹林の七賢」の言動を支持しており、『世説新語』はそれをさらに書き換えて、貴族に君主権力からの自律性を持たせようとしているのである。[四八]

こうした権力からの自律性は、出仕した向秀が、黄門侍郎、散騎常侍といった実務を伴わない高位に就いたと伝えられるように、貴族が実務を忌避する態度に繫がっていく。

王中郎 年少の時、江虨 僕射爲《た》りて選を領す。之を擬して尚書郎と爲さんと欲す。王に語る者有り。王曰く、「江を過りてより來《このかた》、尚書郎は正に第二人を用ふ。何ぞ我を擬するを得ん」と。江 聞きて止む。[四九]

尚書僕射の江虨が、年少のころの王坦之（王中郎）を尚書郎に挙げようとすると、それを聞いた王坦之は、「東晉より尚書郎は「第二人」すなわち二流の家柄を用いるものである。どうしてわたしを就けられよう」と言った、という。南人の何充が、王濛と劉惔が支遁と共に尋ねて来ても、実務を止めなかったことは、すでに見た。そうした南北問題の解決に取り組んだ王導ですら(五〇)、王氏が尚書郎に就くことを良しとはしなかった。

王彪之別傳を按ずるに曰く、「彪之の從伯たる導、彪之に謂ひて曰く、「選曹 汝を擧げ尚書郎と爲さんとす。幸《ねがは》くは諸王の佐と作る可きか」と」と。此れより郎官、寒素の品なるを知れるなり(五一)。

劉孝標注が引く『王彪之別傳』によれば、王導は王彪之に要職ではあるが実務の多い「濁官」の尚書郎ではなく、清官の「諸王の佐」に就いて欲しいと言った、という(五二)。要職から清官へと貴族の尊重する官は移動し、貴族は実務を忌避していく(五三)。そして、実務を「第二人」に行わせるべきという王坦之の言葉に現れるように、貴族は、たとえば越智重明が、甲族—次門—後門—三五門と名付けたような(五四)、重層的な階層を持ちながら、それぞれに⑷排他的婚姻関係を結んでいく。

国家的身分制である中国貴族制においても、根底に置かれるものは、士庶の別である(五五)。

劉眞長、王仲祖と共に行く。日 旰《く》れて未だ食らはず。相識の小人 其の餐を貽《おく》る有り。肴案 甚だ盛んなるも、眞長 焉を辭す。仲祖曰く、「聊か以て虛に充たすのみ、何ぞ苦《はなは》だしく辭さん」と。眞長曰く、「小人 都《すべ》て與に緣を作す可からず」と(五六)。

劉惔（劉眞長）が王濛（王仲祖）と出かけると、顔見知りの「小人」（「庶」）が豪華な食事を用意してくれた。王濛が「少しぐらい良いではないか」と言ったところ、劉惔は「小人とはすべてにおいて関わりを持ってはならない」と述べた、という。「士庶の別」は、貴族がすべてにおいて守るべきものと『世説新語』は認識し、貴族制の根底に何ら疑問を挟まない。

庶と区別される士は、大別すると貴族と寒門に分かれる。劉毅の九品中正制度批判の中で、「上品に寒門なく、下品に勢族なし」と言われるときの、「勢族」と「寒門」である。(五七)

王脩齢 嘗て東山に在りて甚だ貧乏なり。陶胡奴 烏程令爲《た》り。一船の米を送りて之に遺《おく》るも、卻《しりぞ》けて取るを肯ぜず。直だ答へて語るらく、「王脩齢 若し饑ゑなば、自ら當に謝仁祖に就《つ》きて食を索《もと》むべし。陶胡奴の米を須《もち》ひず」と。(五八)

王胡之（王脩齢）は、「琅邪の王氏」で、王廙（王導・王敦の従弟）の次子である。ひどく貧乏で、烏程令の陶範（陶胡奴）から、ひと船の米を贈られたが受け取らなかった。そして、飢えたら謝尚（謝仁祖）に食を求めると答えた、と『世説新語』は伝える。陶範は、陶侃の第十子で、陶淵明の祖父の兄弟にあたる。陶侃は、孫呉の揚武將軍である陶丹の子で、揚州鄱陽郡出身の南人である。同じく南人で、八王の乱を操った孫秀の舎人となり、のち陳敏の乱・杜弢の乱の平定に活躍し、荊州刺史として蘇峻の乱を平定した。最終的には太尉となって、王導と共に成帝を支えた軍人である。(五九)南人の出世が軍事的能力を基盤とする典型的な事例である。これに対して、文化的価値の専有を存立基盤とする本来の貴族「琅邪の王氏」としては、経済的・軍事的には優越している南人からの施しを受けるわけにはいかないのである。『世説新語』も良しとするこうした貴族の意識が、(4)排他的婚姻関係を形成していく。

諸葛恢の大女は、太尉の庾亮の兒に適《とつ》ぎ、次女は徐州刺史の羊忱の兒に適ぐ。亮の子蘇峻に害せらるるや、改めて江虨に適ぐ。恢の兒 鄧攸の女を娶る。時に于て謝尚書 其の小女の婚を求むるに、恢 乃ち云ふ、「羊・鄧は是れ世婚なり。江家は我 伊《これ》を顧み、庾家は伊 我を顧みる。復た謝裒の兒と婚する能はず」と。恢 亡するに及び、遂に婚す。是に於て王右軍、謝家に往きて新婦を看るに、猶ほ恢の遺法有り。威儀 端詳にして、容服 光整たり。王 歎じて曰く、「我 在りて女を遣るも、裁《わづか》かに爾《しか》るを得るのみ」と。(六〇)

諸葛誕の孫である恢の長女は、庾亮の子、のちに江虨に嫁ぎ、次女は羊楷に、末娘は恢の死後に謝石に嫁いだ。注目すべきは、「琅邪の諸葛氏」が、羊祜を出した「泰山の羊氏」と後漢の功臣・外戚家「南陽の鄧氏」の流れを汲む「河南の鄧氏」と、世々婚姻関係を結んでいることである。そして、「潁川の庾氏」の庾亮、「陳留の江氏の」江虨とは、自分のときに婚姻関係を結んでいるので、今さら「陳郡の謝氏」とは婚姻関係を結べないと諸葛恢は述べている。

このように代々結ばれた⑸排他的婚姻関係により家格が定まり、閉鎖的な婚姻圏が形成される。そして家格の名声が郡の範囲を超えることで⑹郡望が生ずる。『世説新語』品藻第九には、曹魏の正始年間ごろに「五荀」と「五陳」を比べ、兩晉交代期の時期に「八裴」と「八王」を比べたことが記される。曹魏のころの議論では、いずれも潁川郡出身の荀彧と陳羣などを比べているように、比較の範囲は郡内であった。これに対して、裴楷と王衍、裴遐と王導などを比べる兩晉交代期の議論では、「河東の裴氏」と「琅邪の王氏」という郡を単位としながら、全国を範囲に郡望の優劣が比較されている。西晉において、成立した貴族制のもとで、郡望の優劣が競われていることを理解できよう。

排他的婚姻関係を指標の一つとする貴族にとって婚姻は、郡望の優劣を定める重要な行為であった[六一]。したがって、婚姻関係を結ぶ際に基準とされたことは、出自に止まらない。

王文度　桓公の長史爲り。桓　兒の爲に王の女を求む。王　藍田に咨らんことを許《やく》す。既に還る。藍田　文度を愛念し、長大なりと雖も、猶ほ膝上に抱著す。文度　因りて言ふ、「桓　己が女の婚を求む」と。藍田　大いに怒り、文度を排し膝より下して曰く、「惡《いづく》んぞ文度の已に復た痴にして、桓溫の面を畏るるを見ん。兵なり、那《なん》ぞ女を嫁して之に與ふ可けんや」と。文度　還りて報じて云く、「下官の家中、先に婚處を得たり」と。桓公曰く、「吾　知

れり。此れ尊府君 肯ぜざるのみ」と。後に桓の女、遂に文度の兒に嫁せり。(六二)

王坦之(王文度)が桓溫の長史のとき、息子に娘をもらいたいと婚姻を申し込まれた。父の王述(藍田)に言うと、王坦之を膝からつきおとし、「兵」(軍人)にどうして娘をやれよう、と言った。桓溫は、その答えを予想していた、という。結局、桓溫の娘が王坦之の子に嫁いでおり、「太原の王氏」と「譙國の桓氏」は婚姻関係を結んでいる。その詳細を『世說新語』は伝えず、「兵」、すなわち軍事力を存立基盤として台頭する者とは、婚姻関係を結ばないという王述の「語」を強調している。

桓溫が出た「譙國の桓氏」は、『晉書』巻七十四 桓彝傳によれば、後漢の章帝の師として養老禮で「五更」とされた大儒桓榮の後裔であるといい、田余慶《一九八九》によれば、司馬懿に殺された曹魏の大司農桓範が高祖であるという。司馬氏により処刑されているのであれば、けっして五等爵を持ち世襲を国家から保証された貴族ではない。それでも、桓溫の父桓彝は鑑識眼があり、時人から許劭・郭泰に準えられ、庾亮と交友し、周顗に重んじられた(『晉書』巻七十四 桓彝傳)。ただし、桓溫は、陶侃が創設した荊州の西府を何充の推薦で庾亮の死後に継承すると、その強大な軍事力により、蜀の成漢を滅ぼし、簡文帝が対抗させた殷浩の失脚後に、北伐を敢行して旧都洛陽を一時的に回復する。(六三)

こうした軍事力を存立基盤とする桓溫の生き方に対して、「太原の王氏」の王述が、婚姻関係を拒否する際に「兵」と蔑んだ「語」を『世說新語』は尊重した。貴族の存立基盤は、あくまでも、文化的諸価値の専有に基づく名声にある、と『世說新語』は考えるのである。

このように『世說新語』は、曹魏末の五等爵制の施行により西晉期に成立していた国家的身分制である貴族制に対して、本来的な貴族の存立基盤である文化的諸価値、具体的には基礎教養としての儒教や人物評價、および諸学兼通の必要性を説いた。そして、北来貴族が卓越化するため、権力からの自律性を保ち、南人寒門に実務を任せて清談に励み、閉鎖的な婚姻関係により郡望を守ることを肯定した。

しかし、西晉を滅亡へと追い込んだ八王の乱は、そうした貴族のあり方に対する寒門の反発と異民族の自立を共に大きな要因として起こったものであった。(六四)それは、西晉が清談により滅亡したという「清談亡國論」となって、東晉で認識されていた。(六五)しかも、東晉においても、蘇峻の乱など貴族のあり方への反発を要因とする反乱は頻発し、東晉を滅ぼした者は、「兵」と蔑まれながらも貴族であった桓溫ではなく、「庶」出身の劉裕であった。(六六)すなわち、西晉も東晉も『世説新語』が肯定する貴族のあり方を滅亡要因の一つとしているのである。そうした中で、『世説新語』は、貴族のあるべき姿をどのように認識していたのであろうか。

三、貴族のあるべき姿

『世説新語』の編纂意図に係わる記述として、『世説新語』は、『語林』に対する謝安の批判を次のように掲げている。

庾道季　謝公に詫《ほこ》りて曰く、「裴郎云ふ、「謝安謂へらく、裴郎は乃ち惡しからざる可し、何ぞ復た酒を飲むことを爲すを得んと」と。裴郎又　云ふ、「謝安　目すらく、支道林は九方皐の馬を相するが如し、其の玄黄を略し、其の儁逸を取る」と」と。謝公云ふ、「都て此の二語無し、裴　自ら此の辭を爲《つく》るのみ」と。庾が意　甚だ以て好しと爲さず。因りて東亭が酒壚の下を經るの賦を陳ぶ。讀み畢はるも、都て賞裁を下さず。直《た》だ云ふ、「君　乃ち復た裴氏の學を作すか」と。此に於て語林　遂に廢《すた》れり。今時の有る者は、皆　是れ先に寫せしものにして、復た

謝の語無し。(六七)

裴啓の『語林』に基づく話を庾龢（庾道季）がすると、謝安は、まだ「裴氏の學」に凝っているのか、と批判した。こうして『語林』は廃れたという。種本の一つである『語林』を批判するこの文章は、『世説新語』の執筆動機に迫り得る資料である。謝安の『語林』批判は、謝安の言葉を裴啓が偽作したことにある。事実を記載しない『語林』を批判する『世説新語』は、劉孝標注が示すようにしばしば事実に反する記述もあるが、自らは虚構を否定しているのである。こうした意味において、『世説新語』は、「国民文学」創設のため魯迅が、「志人小説」と規定しながらも、その一方で事実の記録と見なされていた、とも述べるように(六八)、本来「史」に属する(六九)。

劉孝標注には、『語林』批判の種本と考えられる『續晉陽秋』が載せられる。『續晉陽秋』は、謝安の言動に否定的である。

晉の隆和中、河東の裴啓、漢魏より以來、今時に迄るまで、言語・應對の稱す可き者を撰し、之を語林と謂ふ。時人 多く其の事を好み、文 遂に流行す。後 太傅の事を説きて實ならず。而るに人 謝の坐に有りて、其の黄公の酒壚、司徒の王珣 之が賦を爲るを敍ぶ。謝公 加ふるに王と平らかならざるを以て、乃ち云ふ、「君 遂に復た裴郎の學を作すや」と。是れより衆 咸 其の事を鄙とす。……謝相 一言すれば、美 千載に成るを挫し、其の與ふる所に及びては、虚を崇びて百金を價とす。上の愛憎・與奪は、愼まざる可けんや(七〇)。

『續晉陽秋』は、『世説新語』にも引かれる裴啓の『語林』が廃れた理由を挙げたうえで、その反対の事例として、中略した部分に、つまらない蒲葵扇を謝安が流行らせた事例を引いている。そして、謝安（謝相）のような「上」の者は、物事の興廃に大きな影響力を持つので、愼まなければならないと述べる。謝安の言葉により、『語林』が廃れたことに批判的なのである。これに対して、『世説新語』は、謝安の『語林』批判を支持し、謝安の言葉を正しく伝えない『語林』を廃すべしとする。その理由は、『世説新語』の撰者が、謝安の記事に対して、その体裁を崩してまで謝安を賛美することに明らかであろう。

　謝太傅 東に於て船行す。小人 船を引き、或いは遲く或いは速く、或いは停まり或いは待つ。又 船を放つこと縱橫、人を撞き岸に觸る。公 初めより呵譴せず。人 謂へらく、「公 常に嗔喜する無し」と。嘗て兄の征西の葬を送りて還るに、日 暮れ 雨 駛《はや》く、小人 皆 醉ひ、處分す可からず。公 乃ち車中に於て、手に車柱を取り馭人を撞き、聲色 甚だ厲《はげ》し。夫れ水の性 沈柔なるを以てすら、隘に入れば奔激す。之を人情に方《くら》ぶれば、固より知る、迫隘の地に、其の夷粹を保つを得る無きを。[七一]

謝安（謝太傅）は、いつも怒らなかったが、兄である謝奕（征西）の喪を送った帰り道、車が進まないと御者を突き、顔色を変えて怒った。そう事実を伝えた後、『世説新語』の撰者は、差し迫った場合には、心の平静を保つことはできなくなる、と述べる。「夫れ水の性」以降の部分は、撰者の謝安擁護である。このように撰者の見解が明確に表明されることは、『世説新語』の中で、謝安の言動に関することのみである。[七二] 謝安の言動が『世説新語』の編纂に大きな影響を与えた証拠と言えよう。

したがって、『世説新語』の撰者は、『語林』を批判する謝安の言葉を重く受け止めた。謝安を代表とする貴族の言葉を正しく伝えること、これが『世説新語』編纂の主要な目的であったと考えてよい。

それでは、謝安の貴族としてのあり方を『世説新語』は、どのように評価したのであろうか。そこには、劉宋に継承すべき貴族のあり方が存在したのであろうか。

　謝萬 北征するや、常に嘯詠を以て自ら高くし、未だ嘗て衆士を撫慰せず。謝公 甚だ萬を器愛するも、其の必ず敗れんことを審《はか》り、乃ち倶に行く。從容として萬に謂ひて曰く、「汝 元帥爲り。宜しく數〻諸將を喚《よ》びて宴會して、以て衆心を説《よろこ》ばすべし」と。萬 之に従ひ、因りて諸將を召集するも、都て説ばす所無く、直だ如意を以て四坐を指して云ふ、「諸君は皆 是れ勁卒なり」と。諸將 甚だ之を忿恨す。謝公 深く恩信を著《つ》けんと欲し、隊主・將帥より以下、身づから造《いた》りて、厚く相 遜謝せざるは無し。萬の事 敗るるに及び、軍中 因りて之を除かんと欲す。復た云ふ、「當に隱士の爲にすべし」と。故に幸にして免るるを得たり。（七三）

謝萬は北征の際、兄の謝安の忠告を聞かず、諸将を相手にもせず、諸君は勁「卒」であると言ったので、怒りをかい、遠征に失敗した。それでも謝萬が軍中で殺されなかったのは、謝安（隱士）が遜って諸将以下に自ら謝罪したためであった、と『世説新語』は伝える。すでに述べたように、王述は桓溫を「兵」と蔑み、婚姻関係を結ぶことを拒否している。『世説新語』は、一方では、軍人を見下す貴族の価値規準を伝えながら、謝安が軍人と折り合いをつけ、軍人の支持を受けたことを評価する。こうして軍人の力を貴族の規制下に置いた謝安は、謝玄に命じて淝水の戦いで、前秦の苻堅の大軍を撃破している。（七四）

軍事の主力は、寒門・寒人によって占められていた。（七五）謝安は、かれらを尊重する。

王令 謝公に詣るや、習鑿齒の已に坐に在るに値《あ》ふ。當に與に榻を併はすべきも、王 徙倚して坐せず。公 之を引きて與に榻を對せしむ。去りし後 胡兒に語りて曰く、「子敬 實に自ら清立なり。但だ人 爾《しか》く矜咳多きが爲に、殊に其の自然を損ふに足れり」と。（七六）

王獻之（王令）が謝安（謝公）のもとを尋ねると、南人の習鑿齒が先に席についていたので、一緒に座ろうとしなかった。謝安は、引っ張って行き、王獻之を座らせた。その後、謝鉼（胡兒）に、「人柄が誇り高いと自然な性質を損なう」と王獻之を評している。このように、襄陽の大豪族として経済力・軍事力を有する「襄陽の習氏」を尊重して、（七七）謝安は南北問題の和解を目指していく。

これは、『世説新語』がもう一人の代表的な貴族として尊重する王導と同じである（本書第九章を参照）。劉宋を建国した劉裕は、即位の後、王導・謝安・温嶠・陶侃・謝玄の五人を国家として祭祀している（『宋書』巻一 武帝紀下）。劉宋の宗室である劉義慶が編纂した『世説新語』において、王導と謝安が尊重されるのは当然のことであった。

謝安が軍事力を尊重したのは、貴族が実務を忌避した結果として、貴族層が軍事力と乖離していたからである。

桓大司馬 雪に乗じて獵せんと欲し、先づ王・劉諸人の許に過る。眞長 其の裝束の單急なるを見て問ふに、「老賊 此を持して何を作さんと欲す」と。桓曰く、「我 若し此れを爲さざれば、卿が輩 亦た那《なん》ぞ坐して談ずるを得ん」と。(七八)

桓溫（桓大司馬）が狩猟の格好で王濛・劉惔（眞長）のもとに立ち寄ると、劉惔から、「そんな格好で何をしようとするのか」と言われた。桓溫は、「わたしがこうしなければ、諸君はのんびり坐って清談などしていられまい」と答えた、という。先に掲げた、実務をする何充のもとに、王濛・劉惔・支遁の三人が清談に出かけた話と構成が同じである。これに対して、種本となった『語林』では、桓溫の言葉に対して、劉惔が「晉の德 靈長なるは、功 豈に爾《なんぢ》に在らんや（晉德靈長、功豈在爾）」と述べ、東晉の継続と桓溫の軍事力とは問題が別である、と認識していたことになっている。

『世説新語』は、『語林』とは異なり、貴族が清談を続けるためには、換言すれば、貴族が国家の中で高位を占めるためには、軍事力との共存が必要であると伝えている。実務を取る南人、軍事力を持つ桓溫や劉裕が存在するからこそ、貴族は清談を行い得る。こうした『世説新語』の認識は、謝安の継承である。謝安のころには、軍事力に守られてこそ貴族の清談は存在し得た。それにも拘らず、『語林』のような誤った認識では、寒人の軍事力により建国された劉宋政権下において、貴族は居るべき地位を失ってしまう。(七九)『語林』と『世説新語』の桓溫の軍事力への貴族の対応が異なるのは、このためである。

そうした危機感の中で、劉義慶の幕僚たちは、劉宋でも貴族制を継続していくために、貴族のあり方の規範を謝安に求めた。『世説新語』に描かれた謝安は、「清談亡國論」を否定し、貴族的価値観を尊重したように（本書第六章を参照）、自分たち貴族のあり方は肯定しながらも、軍事力を持つ者も尊重する態度を示した。こうした謝安の貴族としてのあり方は、晉宋革命を貴族が生き抜くために必要であり、またその後の劉宋貴族のあり方の模範とすべきものであった。貴族制が動揺する中で、隋唐貴族の新たな規範として執筆されたものが『顏氏家訓』であるならば、『世説新語』は西晉・東晉の貴族制をそのまま劉宋へと継承し、その永続のために書かれた現状追認の書であった。

一方、編者の劉義慶は、貴族の文化的諸価値を帝室のもとに収斂しようとした。そのために、類似の書籍であった『語林』などを否定し、多く書かれていた家傳・家譜や地域別の耆舊傳などの集大成と序列化を目指したのである。(八〇)

劉宋の宗室の名で編纂されたことは、後漢末への賛美を生んだ。すでに掲げたように、『世説新語』は、「陳仲擧、言は士の則爲り、行は世の範爲り」から始まる。後漢末、宦官の専横から漢を守ろうとして、第二次黨錮の際に死去した陳蕃の「言行」を「士の則」「世の範」と『世説新語』はするのである。『論語』の「四科」に準えて始まるように、『世説新語』が、貴族の規範とすべき王導や謝安などの言行を伝える書籍であるならば、陳蕃はかれら二人の先駆者である。『世説新語』の中で最も条数が多い、人物評價を集めた賞譽第八・品藻第九も、陳蕃から始まるように、陳蕃ら「黨人」の自律的秩序は、北来貴族を卓越化させる自律的秩序の淵源なのである。(八一)

その際、品藻第九は、陳蕃と共に李膺を掲げる。人物評價を全国に広め、「名士」層の成立に大きな影響を与えた郭泰は、李膺が評価することによって名声を得た。陳蕃・李膺という、後漢を守ろうとした二人の「黨人」の指導者に、『世説新語』は貴族としての模範を求めるのである。

この二人と並ぶ後漢末の「名士」と『世説新語』で扱われる者が陳寔である。陳寔は、黨錮の禁に連座しておらず、「黨人」の自律的秩序でも、図抜けて高い評価を得たわけではない。それにも拘らず、政事第三、方正第五、夙慧第十二は、陳寔から始まる。それは、陳寔の孫である陳羣が、後漢簒奪後に見せた態度への評価と係わろう。

魏の文帝 禪を受くるや、陳羣 慼容有り。帝 問ひて曰く、「朕 天に應じて命を受く、卿 何ぞ以て樂しまざる」と。羣曰く、「臣 華歆と與に先朝に服膺す。今 聖化を欣ぶと雖も、猶ほ義は色に形《あら》はる」と。(八二)

曹丕（文帝）が禪讓を受けると、陳羣は憂わしげな顔をした。文帝が聞くと、わたしと華歆は「先朝」（漢）のことが心にかかり、その節義の心が顔色に現れるのですと答えた、と『世説新語』は伝える。劉孝標注が引く華嶠の『譜敍』は、あくまで華歆を中心とする話である。それを『世説新語』は、華歆ではなく陳羣を主役に据える話に改変した。自分たち貴族の直接的な源流の一つとなった「潁川の陳氏」が漢を守ろうとしたことを宣揚するための書き換えである。

こうした「劉」、すなわち「漢」を守ろうとした人々への賛美は、高祖劉邦の弟である楚元王劉交の後裔が劉裕であると位置づける（『宋書』巻一 武帝紀上）、劉宋の特徴である。このため、後漢、すなわち劉家を守ろうとした後漢末の「名士」たちに、『世説新語』は、劉宋の貴族を重ねた。そうした意味で、『世説新語』は、自らの起源を後漢末に求めようとする范曄の『後漢書』の先駆でもあった。(八三)

したがって、三國時代に対する評価は、漢を滅ぼした曹魏に厳しく、漢を継承した季漢を尊重するものとなる。『世説新語』賢媛第十九は、「曹丕は、曹操の死後、その宮女をすべて自分のものとし、曹丕の見舞いに来た卞皇太后はそれに気づくと、「犬や鼠でも曹丕の食べ滓は食らわない」と言った」と伝える。劉孝標注は、『三國志』にも裴注にも伝わらないこの話の典拠を示さない。卞皇太后の言葉そのものは、『漢書』巻九十八 元后傳に依拠する。仮譎

篇の冒頭五話を曹操が独占するように、『世説新語』は曹魏に極めて批判的である。（八四）

これに対して、漢を守るために戦い続けた諸葛亮は、高く評価される。

郗司空 北府を拜す。王黄門 郗の門に詣る。拜して云ふ、「應變の將略、其の長ずる所に非ず」と。驟《しば》〻之を詠じて已まず。郗倉 嘉賓に謂ひて曰く、「公は今日 拜するに、子猷の言語 殊に不遜たり。深く容る可からず」と。嘉賓曰く、「此は是れ陳壽が作りし諸葛の評なり。人 汝が家を以て武侯に比す、復た何の言ふ所あらん」と。（八五）

郗愔（郗司空）が北府を拝命すると、王徽之（王黄門）は、「應變の將略、其の長ずる所に非ず」と繰り返した。失礼だという郗融（郗倉）に対して、兄の郗超（嘉賓）は、諸葛武侯に準えられたのだから、何の文句があろうと言った、と『世説新語』は伝える。言葉としては否定的評価であっても、それが一たび諸葛亮に与えられたものであれば、同じく評されることは、名誉なこととされているのである。

あるいは、『世説新語』方正第五は、「諸葛亮が司馬懿を挑発し、怒った司馬懿が出兵しようとしたが、老人が毅然とした態度で軍門に立ち、軍は出られなかった。諸葛亮は、「必ず辛佐治なり」と言った」と伝える。劉孝標注が引く『晉陽秋』の言いたいことは、王者の派遣した者には逆らえない、という世の識者の訓誡にあった。ところが、『世説新語』は、それを諸葛亮の人物評語を際立たせる話に改変している。

このように、『世説新語』は、西晉・東晉の貴族制を総括しながら、王導・謝安という二人の貴族の理想像を掲げ、劉宋下でも貴族制を継続していくための貴族のあり方を伝えた。また、劉宋で成立した『世説新語』は、劉すなわち後漢、それは「古典中國」でもあるが、（八六）それを守ろうとした人々を賛美する。こうした『世説新語』の傾向は、「古典中國」を規範とし、貴族制をなお残す唐代にも広く読まれる結果をもたらした。そして、漢を守ることを賛美し、「事」よりも「語」を重視する『世説新語』は、後漢末の「黨人」や「名士」を高く評価する点において、そして、表現という行為を重視する史書としても、范曄の『後漢書』の先駆となったのである。

おわりに

『世説新語』は、曹魏末の五等爵制の施行により西晉期に成立していた国家的身分制である貴族制に対して、本来的な貴族の存立基盤である文化的諸価値、具体的には基礎教養としての儒教や人物評價、および諸学への兼通の必要性を説いた。しかも、そうした内容を『論語』の「四科」の篇名にまとめ、貴族のみならず、中国文化の根底に儒教があることを示した。そして『世説新語』は、こうした教養の上に、北来貴族が卓越化の理由となる権力からの自律性を保つため、南人寒門に実務を任せて清談に励み、閉鎖的な婚姻関係により郡望を守ることを肯定する。

『世説新語』は、『顔氏家訓』のように、貴族の本来のあり方を見つめ直すものではなく、劉宋の貴族制を積極的に肯定し、貴族を存立させる根本となっている文化を継承していくための教養の書である。劉義慶は、それを宗室として編纂することにより、貴族のあり方の総括を目指した。また、具体的に執筆に当たった幕僚たちは、劉宋でも貴族制を継続していくために貴族のあり方を規定する書となることを目指した。これが、『世説新語』の編纂目的である。「はじめに」で掲げた川勝・矢淵説はいずれも成立し難い。

また、「事」よりも「語」を重んじることは、単なる『論語』の踏襲ではなく、人物評價や清談、あるいは文章表現において、「語」を必要不可欠とした時代に編纂された『世説新語』の特徴である。『世説新語』は、貴族に必須の「語」を学ぶために書かれ、そして読まれた。こうした「語」の尊重は、劉宋の特徴でもある。後漢末を理想化し、黨人や名士を貴族の源流と考える『世説新語』の特徴を継承した范曄の『後漢書』は、列女傳において蔡琰の貞節ではなく文章を尊重した。[八七] 内藤虎次郎《一九四九》は、原史料の文章を書き換えたと『後漢書』を批判するが、それは近代史学からの批判に過ぎない。

正しさよりも表現行為の価値を重視する『世説新語』は、やがて『後漢書』を生み、それは沈約『宋書』へと継承される。[八八] さらに、人の叙述を重視する魯迅により、「志人小説」と位置づけられていくが、そこには、北朝系の唐で編纂された『隋書』経籍志において、南朝貴族を賛美する『世説新語』が子部小説家類に著録されたことも原因として挙げられるのである。

《注》

(一) 川勝義雄〈一九七〇a〉。なお、中国での『世説新語』研究については、劉強〈二〇〇〇〉、彭開秀〈二〇一〇〉、孫婷〈二〇一一〉、高娟〈二〇一四〉などに整理されている。

(二) 矢淵孝良〈一九八七〉。このほか、宇都宮清吉〈一九三九〉は、劉義慶が世間に流布していた世間話を分類して配列して、そのまま文章化したとする。

(三) 謝公云、金谷中、蘇紹最勝。紹是石崇姉夫、蘇則孫、愉子也(『世説新語』品藻第九)。なお『世説新語』は、先行する多くの校訂・解釈を継承し、自らの見解を附す龔斌《二〇一一》に依拠し、王叔岷《一九七六》、古田敬一(輯)《一九七七》、余嘉錫《一九八三》、徐震堮《一九八四》、朱鋳禹《二〇〇二》、楊勇《二〇〇三》・《二〇〇六》、李天華《二〇〇四》蔣凡(他評注)《二〇〇九》、栄誉(主編)《二〇一五》を参照した。

（四）劉孝標の注が、先行する史敬胤らの注を駆逐して残存した理由の一つに、そうした『世説新語』の特徴に即した注の付け方があったこと、および劉孝標注に関する諸論文については、本書第九章を参照。

（五）現在に伝わる『世説新語』の版本は、すべて三十六篇（三巻本）であるが、古くは三十八篇、三十九篇、四十五篇（十巻本）など数種の本が存在していた。『世説新語』の書名や版本・伝承については、大矢根文次郎〈一九六一〉、渡部武〈一九七六〉、八木沢元〈一九八二〉、范子燁《一九九八》などを参照。中でも、八木沢元〈一九八二〉には、「陳の顧野王が初めて三巻三十六篇の整備した体式にし、内容も相当校改を加え、『世説新書』と命名して」新テキストを世に送った、という重要な指摘がある。八木沢はこの主張の根拠を明示しないが、劉孝標注には劉孝標の執筆時より、話の収録場所が動かされた痕跡が残る。たとえば、徳行第一の第二話に現れる周子居について、劉孝標は「別に見ゆ」と記す。周子居は、このほか賞譽第八の第一話に載るだけで、そこの劉孝標注には『汝南先賢傳』が引用されて、周乘（子居は字）の伝記がある。劉孝標注の「別見」は、このほかにも後の篇の話につけた注を指す例があるが、多くの場合は前の篇のそれを指す。そもそも、後の篇の話につけた注を「別見」とすることは不自然である。徳行第一の第三話は郭泰の黄憲評価を記すが、第二話の劉孝標注に引かれた『典略』には、黄憲の詳細な伝記があり、それがあることで郭泰の黄憲評価をよりよく理解できる。したがって、劉孝標注が成立した後に、『世説新語』の話、あるいは現行では「四科」の順となっている篇の順番までもが変更された可能性はある。唐抄本は、現行本と大きな差異がないため、変更されたとすれば、八木沢の主張どおり、陳の顧野王の時と考えられる。

（六）竹内肇〈一九九〇〉は、『論語』だけではなく、『漢書』の影響もあるという。また、范子燁《一九九八》は、九品文化の影響を受け、最初の四篇が「上上」でそれ以下、三十三から三十六篇の「下下」まで、三十六篇の『世説新語』が四篇ずつ九品に分けられていると主張する。

（七）中国の貴族が「四學三教」と総称される多くの文化に兼通することを良しとされたことについては、渡邉義浩〈二〇〇三c〉を参照。

（八）陳仲擧、言爲士則、行爲世範。登車攬轡、有澄清天下之志。爲豫章太守、至便問徐孺子所在、欲先看之。主簿白、羣情欲府君先入廨。陳曰、武王式商容之閭、席不暇煖。吾之禮賢、有何不可（『世説新語』徳行第一）。

（九）陳蕃が、李膺と共に後漢末の黨人の指導者であったことは、渡邉義浩〈一九九一〉を参照。

（一〇）『世説新語』徳行第一については、そこに内面的に老荘的表現をしながらも孝・愼といった儒教思想が存在するという松田克之佑〈一九六五〉、陳蕃を最初に置いた意味を考察する祁凌軍〈二〇〇九〉、徳行篇に描かれた人々に理想的な人格を求める姚素華〈二〇一四〉などがある。また、徳行第一に限らず、『世説新語』の徳を論じたものに、村上嘉実〈一九七二〉がある。

（一一）『世説新語』徳行第一では、尚賢が01～13・15・16・26・27・30・34、孝が14・17・19・20・26・29・38・42・45・47、廉が18・21・22・24・25・27・32・40・44、恕が31～33、忠が43・46に描かれている（アラビア数字は、篇内における順序を示す。以下同）。

（一二）人物評價が貴族の本来有する自律的秩序の表現であることについては、渡邉義浩〈二〇〇九ａ〉を参照。

（一三）西晉時代において州大中正の制と五等爵制が結合して、国家的身分制としての貴族制が成立し、それに反発する中で、文化的諸価値の専有を本来的な貴族の存立基盤として尊重する動向が現れたことについては、渡邉義浩〈二〇〇七ｄ〉を参照。

（一四）人物評價について『世説新語』は、最多の百五十六条を収録する賞譽第七、および品藻第八という人物評語を専ら扱う篇を設けている。そこに掲げられる人物評語が概ね七言から四言、そして四言から様々な文字数へと表現様式が展開すること、また人物評價が一流・二流といった貴族の自律的秩序を表現し続けるものであったこと、さらに人物評價に支えられた謝安を憚って桓溫が東晉を簒奪できなかったと伝えることについては、本書第七章を参照。

（一五）曹静宜〈二〇〇八〉は、言語第二の表現を芸術として把握する。また、今浜通隆〈一九七五〉は、言語観の対立を剔出する。なお、吉川幸次郎〈一九三九〉は、言語篇に止まらず、『世説新語』の文章が、助字と四字が過剰で、古典には見えない新しいスタイルを創造したものである、としている。

（一六）諸名士共至洛水戲。還樂令問王夷甫曰、今日戲樂乎。王曰、裴僕射善談名理、混混有雅致。張茂先論史・漢、靡靡可聽。我與王安豐説延陵・子房、亦超超玄著（『世説新語』言語第二）。

（一七）裴頠の崇有論を玄學に含めることは、堀池信夫〈一九七六〉を参照。なお、崇有については、戸川芳郎〈二〇〇二〉もある。

（一八）張華とその著書『博物志』については、渡邉義浩〈二〇一四b〉を参照。

（一九）陸機の「弔魏武帝文」については、渡邉義浩〈二〇一〇a〉を参照。

（二〇）鄭玄の中心的な学説である六天説については、渡邉義浩〈二〇〇七b〉、鄭玄が『尚書中候』に示された太平を目指したことは、間嶋潤一《二〇一〇》、鄭玄學の特徴である經典解釈への緯書の援用については、池田秀三〈一九八三〉を参照。

（二一）鄭玄欲注春秋傳、尚未成。時行與服子愼遇宿客舍、先未相識。服在外、車上與人説己注傳意。玄聽之良久、多與己同。玄就車與語曰、吾久欲注、尚未了。聽君向言、多與吾同。今當盡以所注與君。遂爲服氏注（『世説新語』文學第四）。

（二二）『北史』卷八十一　儒林傳序。なお、実際にも經文に対する解釈がない服虔注よりも杜預注の評価が高かったことは、野間文史《一九九八》を参照。

（二三）周麗芳・秦躍宇〈二〇一〇〉は、文學第四が經學が衰退し玄學・佛學の台頭を表現しているとする。また、蘇亮〈二〇〇九〉は、そこに掲載された文学批評に注目する。

（二四）阮宣子有令聞。太尉王夷甫見而問曰、老莊與聖教同異。對曰、將無同。太尉善其言、辟之爲掾。世謂三語掾（『世説新語』文學第四）。

（二五）『世説新語』における「清談」については、林田愼之助〈一九九八〉、方碧玉《二〇一〇》、清議と清談そのものについては、唐長孺〈一九五五〉を参照。

（二六）舊云、王丞相過江左、止道聲無哀樂・養生・言盡意三理而已。然宛轉關生、無所不入（『世説新語』文學第四）。

（二七）「聲無哀樂論」論については、堀池信夫〈一九八一〉、「養生」論については、堀池信夫〈一九八二〉、「言盡意」論については、和久希〈二〇〇八〉を参照。
（二八）「清談亡國論」を乗り越えて、『世說新語』が玄學を基本とする清談を守ろうとしたことについては、本書第六章を参照。
（二九）『世說新語』文學第四は、何晏が清談の勝「理」を王弼に反論させたところ、みごとな難により一同屈したが、王弼の「理」は他者の難を寄せつけなかった話、および裴遐が王家・裴家の子弟と郭子松の清談を「名理」によってまとめた話など、清談が「理」を重視したことを伝える。魏晉以来、哲学の方向が「理」に向かうことは、加賀栄治《一九六四》、儒教においても王肅が鄭玄の宗教性への批判の根拠を「理」に求めたことは、渡邉義浩〈二〇〇八b〉を参照。
（三〇）殷中軍雖思慮通長、然於才性偏精。忽言及四本、便若湯池・鐵城、無可攻之勢（『世說新語』文學第四）。
（三一）「才性四本論」と魏晉南北朝時代の性說の中心である性三品說、そして官僚登用制度である九品中正制度との関係については、渡邉義浩〈二〇〇六b〉を参照。
（三二）建安文學以降における文學の展開と儒教との関係については、渡邉義浩《二〇一五》を参照。
（三三）簡文稱許掾云、玄度五言詩、可謂妙絕時人（『世說新語』文學第四）。
（三四）習鑿齒史才不常。宣武甚器之。未三十、便用爲荊州治中。鑿齒謝牋亦云、不遇明公、荊州老從事耳。後至都、見簡文返命。宣武問、見相王何如。答云、一生不曾見此人。從此忤旨、出爲衆陽郡、性理遂錯。於病中猶作漢晉春秋、品評卓逸（『世說新語』文學第四）。
（三五）司馬遷が『春秋』に基づき『太史公書』を著し武帝を誹謗している、と批判する班固が、『尚書』を規範に『漢書』を著し、漢を賛美したことは、渡邉義浩〈二〇一六a〉を参照。
（三六）唐における正史の編纂が、史という文化価値を君主に収斂するものであったことは、浅見直一郎〈一九九二〉を参照。
（三七）仁と孝は、1・2・3・11・17、人事は、5・7・8・12・16・24で語られている。

(三八) 王・劉與林公共看何驃騎。驃騎看文書不顧之。王謂何曰、我今故與林公來相看。望卿擺撥常務、應對共言。那得方低頭看此邪。何曰、我不看此、卿等何以得存。諸人以爲佳（『世說新語』政事第三）。

(三九) 何充が南人出身の寒門でありながら、王導に評価されて貴族社会に迎えられ、それでも実務を重視し続ける背景に南北問題が存在することについては、本書第八章を参照。

(四〇) 孫盛の歴史評価については、蜂屋邦夫〈一九八〇〉、宮岸雄介〈一九九八〉を参照。

(四一) 兼通すべきものは、玄學・文學・史學だけではなく、道教・佛教もそうであった。『世說新語』排調第二十五は、郗家が道教、何家が佛教を信奉して財産を貢いだことを、謝萬が「道佛に諂っている」と批判した、と伝える。このように『世說新語』は、一つの宗教に入れ込むのではなく、芸術を含めて多くの文化に兼通することを良しとしている。

(四二) 嵆中散既被誅、向子期擧郡計入洛。文王引進、問曰、聞君有箕山之志、何以在此。對曰、巢・許狷介之士、不足多慕。王大咨嗟（『世說新語』言語第二）。

(四三) 許由・巣父については、小林昇〈一九七一〉を参照。

(四四) 文王問曰、聞君有箕山之志、何能自屈。秀曰、常謂彼人不達堯意、本非所慕也。一坐皆說。隨次轉至黃門侍郎、散騎常侍（『世說新語』言語第二注引『向秀別傳』）。

(四五) 『世說新語』識鑒第七は、劉孝標注が種本として掲げる『文士傳』では、武帝が山濤を「山少傅名言」と評価したと伝わるものを、「皆曰、山少傅乃天下名言」と書き改め、狀に相応しい四言の人物評價にすると共に、評価の主体を「皆」に変えている。「竹林の七賢」の評価を君主に行わせないことで、その自律性を守ろうとする『世說新語』の表現をここにも見ることができる。

(四六) 曹魏の明帝期に高堂隆を中心に鄭玄學を採用すると共に、曹氏を舜の後裔と主張したことは、渡邉義浩〈二〇〇三a〉を参照。

(四七) 阮籍の「爲鄭沖勸晉王牋」については、渡邉義浩〈二〇〇二a〉を参照。

(四八)『世説新語』方正第五は、中書令と中書監が別々の車に乗るようになった理由を君主権力におもねった荀勖を和嶠が嫌ったことに求める。これに対して、劉孝標注が種本として掲げる曹嘉之『晉紀』では、その理由を和嶠が張り合ったことに求め、荀勖の君主権力へのおもねりは記されない。ここでも『世説新語』は、自律性を損なう貴族を批判する話を創作している。

(四九)王中郎年少時、江虨爲僕射領選。欲擬之爲尚書郎。有語王者。王曰、自過江來、尚書郎正用第二人。何得擬我。江聞而止(『世説新語』方正第五)。

(五〇)王導の南北問題への取り組みについては、本書第八章のほか、渡邉義浩〈二〇一四a〉も参照。

(五一)按王彪之別傳曰、彪之從伯導、謂彪之曰、選曹舉汝爲尚書郎。幸可作諸王佐邪。此知郎官、寒素之品也(『世説新語』方正第五注)。

(五二)九品官制下における官の清濁については、宮崎市定《一九五六》を参照。

(五三)もちろん、父の王述が尚書令に選任され、王坦之が就くべきではない、と進言した際に、王述が、「人はお前の方が優れているというが、わたしには劣る」と言ったと伝わるように(『世説新語』方正第五)、国政を担う覚悟を持つ北来貴族も存在した。それでも、貴族の主流は、王導や王坦之の側にあった。

(五四)越智重明《一九八二》。南朝において、これらの階層が固定化されたとする越智説への批判に、川合安〈二〇〇七〉がある。なお、婚姻関係については、矢野主税〈一九七三〉も参照。

(五五)士庶区別については、中村圭爾〈一九七九〉を参照。

(五六)劉眞長、王仲祖共行。日旰未食。有相識小人貽其餐。肴案甚盛、眞長辭焉。仲祖曰、聊以充虚、何苦辭。眞長曰、小人都不可與作緣(『世説新語』方正第五)。

(五七)劉毅の九品中正制度批判の持つ限界については、渡邉義浩〈二〇〇七d〉を参照。

(五八)王脩齡嘗在東山甚貧乏。陶胡奴爲烏程令。送一船米遺之、卻不肯取。直答語、王脩齡若饑、自當就謝仁祖索食。不須陶胡奴米（『世説新語』方正第五）。

（五九）陶侃については、楊合林〈二〇〇四〉、李培棟〈一九八〇〉を参照。また、『世説新語』に記された陶侃については、唐萍〈二〇〇八〉がある。

（六〇）諸葛恢大女、適太尉庾亮兒、次女適徐州刺史羊忱兒。亮子被蘇峻害、改適江虨。恢兒娶鄧攸女。于時謝尚書求其小女婚、恢乃云、羊・鄧是世婚。江家我顧伊、庾家伊顧我。不能復與謝裒兒婚。及恢亡、遂婚。於是王右軍、往謝家看新婦、猶有恢之遺法。威儀端詳、容服光整。王歎曰、我在遣女、裁得爾耳（『世説新語』方正第五）。

（六一）したがって、離婚は、排他的婚姻関係を揺るがす危険な行為であった。『世説新語』傷逝第十七には、王珣兄弟がみな謝氏から嫁を娶り、謝安も王氏から嫁を娶ったが、いずれも離婚したため、王・謝両家が仲違いした話が記されている。

（六二）王文度爲桓公長史。桓爲兒求王女。王許咨藍田。既還。藍田愛念文度、雖長大、猶抱著膝上。文度因言、桓求己女婚。藍田大怒、排文度下膝曰、惡見文度已復痴、畏桓温面。兵、那可嫁女與之。文度還報云、下官家中、先得婚處。桓公曰、吾知矣。此尊府君不肯耳。後桓女、遂嫁文度兒（『世説新語』方正第五）。

（六三）桓溫については、金民寿〈一九九二〉、李済滄〈二〇〇六〉などを参照。

（六四）八王の乱が寒門・寒人の上昇運動と異民族の自立を要因としたことは、渡邉義浩〈二〇〇九b〉を参照。

（六五）『世説新語』が「清談亡國論」を否定し、清談を貴族の価値として尊重することは、本書第六章を参照。

（六六）武人の劉裕が、貴族といかなる関係を結んだかについては、多くの先行研究を整理し、自らの見解を掲げた川合安〈二〇〇三〉を参照。

（六七）庾道季詫謝公曰、裴郎云、謝安謂、裴郎乃可不惡、何得爲復飲酒。裴郎又云、謝安目、支道林如九方皐之相馬、略其玄黃、取其儁逸。謝公云、都無此二語、裴自爲此辭耳。庾意甚不以爲好。因陳東亭經酒壚下賦。讀畢、都不下賞裁。直云、君乃復作裴氏學。於此語林遂廢。今時有者、皆是先寫、無復謝語（『世説新語』輕詆第二十六）。

（六八）魯迅《一九八七》。なお、吉川幸次郎〈一九六八a〉も、『世説新語』が逸話という事実の記録であり、虚構を意識とせぬこと、いうまでもない、と述べている。なお、劉軍〈二〇〇〇〉、李玉芬《一九九八》も参照。

(六九)『世説新語』に注をつけた劉孝標が、裴松之から「史」の注釈の付け方を継承していることは、本書第九章を参照。それが、『隋書』経籍志により「小説」類とされた理由は、北朝系の唐において、南朝貴族を賛美する本書が嫌悪されたことに求められる。

(七〇)晉隆和中、河東裴啓、撰漢魏以來、迄于今時、言語・應對之可稱者、謂之語林。時人多好其事、文遂流行。後說太傅事不實。而有人於謝坐、敍其黃公酒壚、司徒王珣爲之賦。謝公加以與王不平、乃云、君遂復作裴郎學。自是衆咸鄙其事矣。……謝相一言、挫成美於千載、及其所與、崇虛價於百金。上之愛憎・與奪、可不愼哉(『世說新語』輕詆第二十六注『續晉陽秋』)。

(七一)謝太傅於東船行。小人引船、或遲或速、或停或待。又放船縱橫、撞人觸岸。公初不呵譴。人謂、公常無嗔喜。曾送兄征西葬還、日暮雨駛、小人皆醉、不可處分。公乃於車中、手取車柱撞馭人、聲色甚厲。夫以水性沈柔、入隘奔激。方之人情、固知、迫隘之地、無得保其夷粹(『世說新語』尤悔第三十三)。

(七二)『世説新語』紕漏第三十四に、謝朗が、屋根の上でねずみを燻そうとして笑われている者が父とは知らず、面白がっていたので、君の父と一緒に笑われたと謝安が話し、父であることを遠回しに伝えた話がある。ここでも、他とは体裁が異なり、謝安の行いは、情けある教えである、という撰者の言葉が加えられている。

(七三)謝萬北征、常以嘯詠自高、未嘗撫慰衆士。謝公甚器愛萬、而審其必敗、乃俱行。從容謂萬曰、汝爲元帥。宜數喚諸將宴會、以說衆心。萬從之、因召集諸將、都無所說、直以如意指四坐云、諸君皆是勁卒。諸將甚忿恨之。謝公欲深著恩信、自隊主・將帥以下、無不身造、厚相遜謝。及萬事敗、軍中因欲除之。復云、當爲隱士。故幸而得免(『世說新語』簡傲第二十四)。

(七四)謝安と淝水の戦いについては、鄒国慰〈一九九八〉を参照。なお、淝水の戦いに関する研究動向整理には、鄒錦良〈二〇一三〉がある。

（七五）東晉における軍事力の状態については、川勝義雄〈一九八二〉を参照。

（七六）王令詣謝公、値習鑿齒已在坐。當與併榻、王徙倚不坐。公引之與對榻。去後語胡兒曰、子敬實自清立。但人爲爾多矜咳、殊足損其自然（『世説新語』忿狷第三十一）。

（七七）「襄陽の習氏」の豪族としての勢力については、上田早苗〈一九七〇〉、楊徳炳〈一九八九〉を参照。習鑿齒については、余鵬飛《二〇一三》、その著『襄陽耆旧記』については、永田拓治〈二〇一六〉などがある。

（七八）桓大司馬乘雪欲獵、先過王・劉諸人許。眞長見其裝束單急問、老賊欲持此何作。桓曰、我若不爲此、卿輩亦那得坐談（『世説新語』排調第二十五）。

（七九）越智重明《一九六三》によれば、劉裕は宋の成立に功績がなかった貴族の晉爵を温存することは例外的で、自己への忠誠・功績を授爵の基準にした、という。国家的身分制としての貴族制は、危機を迎えていたのである。

（八〇）家傳については、永田拓治〈二〇一二〉、家譜については、多賀秋五郎〈一九五五〉、耆舊傳については、渡部武〈一九七〇〉を参照。

（八一）陳蕃ら「黨人」の自律的秩序が、三國時代の「名士」、及び兩晉以降の貴族に継承されたことは、渡邉義浩《二〇〇四》・《二〇一〇》を参照。

（八二）魏文帝受禪、陳羣有慽容。帝問曰、朕應天受命、卿何以不樂。羣曰、臣與華歆服膺先朝。今雖欣聖化、猶義形於色（『世説新語』方正第五）。

（八三）范曄の後漢観については、吉川忠夫〈一九六七〉を参照。

（八四）『世説新語』の三國評価については、田中靖彦〈二〇〇七〉がある。

（八五）郗司空拜北府。王黄門詣郗門。拜云、應變將略、非其所長。驟詠之不已。郗倉謂嘉賓曰、公今日拜、子猷言語殊不遜。深不可容。嘉賓曰、此是陳壽作諸葛評。人以汝家比武侯、復何所言（『世説新語』排調第二十五）。

（八六）「古典中國」については、渡邉義浩〈二〇一五〉を参照。

（八七）蔡琰については、渡邉義浩〈二〇一四ｄ〉を参照。

（八八）沈約『宋書』の文学性については、稀代麻也子《二〇〇四》を参照。

第六章　『世説新語』における貴族的価値観の確立

はじめに

西晉が滅亡することで、中華発祥の地である中原は、夷狄の支配する所となった。江南に存続した亡命政権の東晉では、中原失陥の原因を儒教を蔑ろにした王衍の清談に求める「清談亡國論」が有力であった。

有晉の始め中朝より江左に迄《いた》るまで、華競を崇飾し、虛玄を祖述し、闕里の典經を擯《しりぞ》け、正始の餘論に習ひ、禮法を指して流俗と爲し、縱誕を目して以て清高とせざるは莫し。遂に憲章をして弛廢せしめ、名教をして頽毀せしめ、五胡　間に乘じて而《もっ》て逐を競ひ、二京　踵を繼ぎて以て淪胥す。運の極まり道の消ゆるは、長く歎息を爲す可き者なり(一)。

『晉書』儒林傳序は、五胡が侵入して二京（長安・洛陽）がともに滅んだ理由について、儒教の經典を退け、何晏・王弼の玄學である「正始の餘論」に習ったことに求めている(二)。

本章は、清談の宝庫とも言うべき『世説新語』が、清談亡國論をどのように乗り越え、なぜ清談を尊重したのか、という問題を追究する。そして、それが、中国の貴族制にどのような影響を与えたのかについての展望を試みたい。

一、清談亡國論の超克

清談亡國論は、王弼らの「貴無」を批判するが、それらに繋がる裴頠の「崇有」論は、思想史的に評価が高い。『世説新語』は、どのように裴頠の崇有論を伝えるのであろうか。

裴成公 崇有論を作り、時人 之を攻難するも、能く折《くじ》くもの莫し。唯だ王夷甫 來らば、小《や》や屈するが如し。時人 卽ち王の理を以て難ずれば、裴の理 還りて復た申《の》ぶ。（三）

『世説新語』は、裴頠（裴成公）の崇有論が、王衍（王夷甫）によりやや屈したとし、王衍の理で難ずると裴頠の理もまた勢いを得た、とする。両者を相互関係の中で、そして「理」を共通に有するものとして、王衍の「貴無」と裴頠の「崇有」を捉えている。（四）これは、『晉書』裴頠傳より受ける「崇有論」の印象とは、少しく異なる。

（裴）頠 深く時俗の放蕩にして、儒術を尊ばざるを患《うれ》ふ。何晏・阮籍 素より世に高名有りて、口に浮虚を談じ、禮法に遵はず。尸祿して寵に耽り、仕へて事を事とせず。王衍の徒に至りては、聲譽 太だ盛んにして、位は高く勢は重く、物を以て務めず自ら嬰《めぐ》らせば、遂に相 放効《なら》ひて、風教は陵遲す。乃ち崇有の論を著して、以て其の蔽を釋《と》く。（五）

『晉書』は、裴頠の「崇有論」は、王衍が「風教」を「陵遲」させているという否定的な認識の中で、対立的に書かれた、と伝える。政治的にも、張華と賈模が国政を乱す賈皇后を廃し、謝叔妃を擁立しようとした際、謀議に参画していた王衍が尻込みをしたため、計画は成らなかった（『晉書』巻三十五 裴秀傳、巻三十一 惠賈皇后傳）、という事実がある。「崇有論」をその背後にある政治性から考えれば、裴頠と王衍は対立関係でしか捉えられない。

これに対して、思想史的に見れば、裴頠の「崇有論」は、『老子』の「静一にして本無を守る」という思想の実体を『周易』の「損・謙・艮・節」の卦で言われる「君子の一道」と一致するものとし、『老子』が「無」を言う「旨は有を全くするに在」ると述べるものである。（六）したがって、「貴無」と「崇有」は、共に玄學に属する議論として、相互関係で捉えることも可能となる。

それでは『世説新語』は、そうした思想史的な視座から、「理」を共通に持つ相互関係として「貴無」と「崇有」を捉える話を伝えたのであろうか。

桓公 洛に入らんとし、淮・泗を過りて北境を践み、諸僚屬と平乘樓に登りて中原を眺矚す。慨然として曰く、「遂に神州をして陸沈し、百年 丘墟たらしむるは、王夷甫の諸人、其の責を任《お》はざるを得ず」と。袁虎 率爾として對へて曰く、「運に自づから廢興有り、豈に必ずしも諸人の過《とが》ならんや」と。桓公 懍然として色を作《な》し、顧みて四坐に謂ひて曰く、「諸君は頗る劉景升を聞くや不《いな》や。大牛有り重さ千斤、芻豆を噉《く》らふこと常の牛に十倍するも、重きを負ひ遠きを致すは、曾て一羸牸にも若かず。魏武 荊州に入り、烹て以て士卒に饗す。時に于て快を稱せざるは莫し」と。意 以て袁に況《たと》ふ。四坐 既に駭《おどろ》き、袁も亦た色を失ふ。（七）

西晉の滅亡原因を王衍（王夷甫）に求める桓溫（桓公）に、袁宏（袁虎）が反論すると、桓溫は、劉表（劉景升）の大牛が役に立たず、曹操（魏武）に殺されたことを袁宏に譬えて厳しく批判した、と『世説新語』はいう。劉孝標注は、王衍が三公の職にありながら、政治への関与と儒教を論ずることを恥としたので、天下がこれに感化されて西晉が滅亡したとする『八王故事』と、王衍が石勒に殺される時に、実のない空談など尊重しなければよかったと後悔したとする『晉陽秋』を引用して、桓溫が「清談亡國論」に基づき、王衍を批判したと理解する。そのとおりであろう。したがって、袁宏は、「清談亡國論」に反論して、桓溫によって役立たずの大牛に譬えられたことになる。その理由は、二で述べるように、袁宏が『名士傳』を著して「清談亡國論」に反論していたことにある。

『世説新語』は、「清談亡國論」を支持する者と反論する者の並存を対立関係として描く。その背景にある王弼の「貴無」と裴頠の「崇有」を「理」を媒介に共通性で捉えたようには、「清談亡國論」の賛否の原理を探ることはないのである。『世説新語』は、桓溫が「清談亡國論」に基づいて王衍を批判し、それに対して異を唱えた袁宏をやり込めたと伝える一方で、次のように謝安の「清談亡國論」への批判も伝えている。

王右軍 謝太傅と與に共に冶城に登る。謝 悠然として遠く想ひ、高世の志有り。王 謝に謂ひて曰く、「夏禹は勤王して、手足 胼胝し、文王は旰食して、日に給するに暇あらず。今 四郊 壘多く、宜しく人人自ら效すべし。而るに虚談もて務を廢し、浮文もて要を妨ぐるは、恐るらくは當今の宜しき所に非ざらん」と。謝 答へて曰く、「秦 商鞅に任じて、二世にして亡ぶ。豈に清言 患を致さんや」[八]と。

謝安（謝太傅）が冶城で悠然としていると、王羲之（王右軍）は禹王や文王が働き続けたこと、『禮記』に基づき都の周辺に土壘が多いことの危機を挙げ、今の世で「虚談」「浮文」することに疑問を投げかけた。これに対して、謝安は、儒教よりもさらに現実に直接的に働きかける法家の商鞅を用いた秦が、二代で滅んだことを挙げたうえで、どうして清談が国を滅ぼしたと言えようか、と「清談亡國論」を否定している。これは、すでに掲げた桓溫とは正反対の立場となる。

それでは、『世説新語』の撰者たちは、「清談亡國論」にどのような思いを抱いていたのであろうか。王衍への評価から検討しよう。

王夷甫 雅《もと》より玄遠を尚び、常に其の婦の貪濁なるを嫉《にく》み、口に未だ嘗て錢の字を言はず。婦 之を試みんと欲し、婢をして錢を以て牀に繞《めぐ》らし、行くを得ざらしむ。夷甫 晨に起きて、錢の行くを閡《と》ざせるを見て、婢を呼

びて曰く、「阿堵物を擧卻せよ」と。(九)

王衍（王夷甫）は、銭という言葉を口にしなかったので、欲深い妻が寝床の周りに銭を敷き、歩けないようにさせた。王衍は「阿堵物」（この物）をどけよと言ったという。劉孝標注は、この話への評価を記す東晉の王隱『晉書』を掲げている。

夷甫 富貴を求めて、富貴を得、資財 山積し、用ひるも消やす能はず、安んぞ須らく錢を問ふべけんや。而るに世は問はざるを以て高きと爲す、亦た惑はざらんや。(一〇)

王隱『晉書』は、金持ちの王衍が銭を問題にしなかったからといって、それを立派とするのはおかしい、と批判する。これに対して『世說新語』は、この話を規箴篇に収録する。規箴とは、過ちを諫め・戒める言葉、という意味である。『世說新語』の撰者は、王衍が妻の行為を「阿堵物」という言葉で相手とせずに戒めた、と考えて、規箴篇に収録した。先行する王隱『晉書』の王衍批判を継承せず、王衍を評価しているのである。

このほか、羊祜の王衍への評価にも書き換えが見られる。『世說新語』の種本と劉孝標注が判断する『晉陽秋』において、王衍は羊祜から、「俗を敗り化を傷ふ者は、必ず此の人なり（敗俗傷化者、必此人也）」と評されている。これに対して、『世說新語』は、羊祜からの評価を「天下を亂す者は、必ず此の子なり（亂天下者、必此子也）」と伝える。『晉陽秋』の評価には、王衍が天下の教化を台無しにした結果、西晉が滅亡したことが明記されている。これは、先に掲げた『晉書』儒林傳序の「清談亡國論」に、王衍の行為に「相 放効《なら》ひて、風教は陵遲」した結果、西晉が滅亡した、とする表現と同じである。これに対して、『世說新語』の評価では、王衍のときに西晉が滅亡する予言となってはいるが、その清談が西晉を滅ぼした、という判断は伝わらない。

このように、『世說新語』の撰者は、『晉書』とは異なり、王衍の清談により西晉が滅亡したという「清談亡國論」

に与《くみ》さない。その代わりに、西晋の滅亡理由を次のような王導の言葉に求める。

王導・溫嶠 倶に明帝に見ゆ。帝 溫に前世の天下を得し所以の由を問ふ。溫 未だ答へず。頃《しばらく》して王曰く、「溫嶠 年少にして未だ諳《そら》んぜず、臣 陛下の爲に之を陳べん」と。王 廼ち具《つぶさ》に宣王 創業の始め、名族を誅夷し、己に同じきを寵樹するを敍べ、文王の末、高貴鄕公の事に及ぶ。明帝 之を聞き、面を覆ひ牀に箸《つ》きて曰く、「若《も》し公の言の如くんば、祚 安んぞ長きを得ん」と。（一一）

『世説新語』は、西晋の帝室のあり方、具体的には司馬懿（宣王）が名族を誅殺し、司馬昭（文王）が曹魏の皇帝を殺害する、という権力掌握の不当さが西晋の命数を短くしたのであり、貴族文化の粋である清談が西晋を滅ぼしたのではない、と主張する。

袁宏が桓溫の「清談亡國論」に反論したように、こうした「清談亡國論」への批判は『世説新語』より以前に、袁宏の『名士傳』および戴逵の『竹林七賢論』で行われていた。続いて、それらの主張と『世説新語』との関係を検討しよう。

二、「竹林七賢」の評価

袁宏の『名士傳』と戴逵の『竹林七賢論』は、松浦崇によれば、共に「竹林七賢」を記しながら、正反対の性格と思想史的意義を持つ、という。すなわち、西晋以来の竹林七賢伝説を集大成した袁宏の俗説の誤りを訂正するために戴逵は筆を執った。袁宏の反清談に対抗する清談派の立場からの著作とは異なり、戴逵は、「正始」や「中朝」とは異質の、ひたむきに人生と対決した竹林七賢の苦悩を、自己のものとして捉える緊密な連帯意識の中から『竹林七賢論』を著した、とするのである。[一二] また、蜂屋邦夫は、『方達非道論』と併せて検討することで、戴逵は元康の方達者を竹林七賢の外側だけを真似た偽者と認識していたとし、その違いを竹林七賢が精神の根本に名教と一致するものを持っていたことに求めている。[一三]

阮渾　長成するや、風氣・韻度　父に似たり。亦た達を作さんと欲す。歩兵曰く、「仲容　已に之に預る、卿　復た爾《しか》ることを得ず」と。[一四]

阮籍（歩兵）の子である阮渾が成長して「方達」を行おうとした際、阮籍が阮咸（仲容）がすでに居るので、お前までそうすることはない、と言った理由を『世説新語』は語らない。一方、劉孝標注に引く戴逵の『竹林七賢論』は、その理由を次のように説明する。

籍の渾を抑ふるは、蓋し渾の未だ己の達を爲す所以を識らざるを以てなり。後　咸の兄の子たる簡、亦た曠達を以て自ら居る。父の喪の　行《みちゆき》　大雪に遇ひ寒凍して、遂に浚儀令に詣る。令　他賓の爲に黍臛を設け、簡も之を食らふ。以て清議を致し、廢頓せらること　幾《ほとん》ど三十年なり。是の時　竹林の諸賢の風　高しと雖も、而るに禮教　尚ほ峻し。元康中に迨《およ》び、遂に放蕩　禮を越ゆるに至る。樂廣　之を譏りて曰く、「名教の中に自づから樂地有り、何ぞ此れに至らんや」と。樂令の言　旨有るかな。謂へらく彼　玄心の徒に非ず。其の縦恣を利とするのみ。[一五]

戴逵は、阮籍が阮渾に方達を許さなかった理由を阮渾自身が「達」とは何かを知らないためであったとする。そして、具体的には、「達」を行った山簡が清議に附され、三十年間近くも廃されたことを挙げ、儒教の束縛の中で、それでも方達を行う厳しさを述べる。こうした危険を犯しても、止むに止まれず方達を行う思いを阮渾が自覚していないと阮籍は考えた、と戴逵は説明するのである。そのうえで、王衍ら元康年間（二九一～二九九年）の方達は、禮の歯止めが効かなくなった時点での方達であり、こうした方達であれば、それを批判する樂廣の崇有を良しとするのである。すなわち、戴逵は『竹林七賢論』の中で、方達の危険性と、あえてそれを超える志の重要性、そして志なき場合には崇有を尊重すべし、との見解を示しているのである。しかし、『竹林七賢論』を見ることのできた『世説新語』の撰者たちが、阮渾の記述の中に、こうした戴逵の主張を織り込むことはない。

有名な阮籍の喪禮に対する両書の評価もまた異なっている。

阮歩兵 母を喪《うしな》ひ、裴令公 往きて之を弔す。阮 方に酔ひ、髪を散じて牀に坐し、箕踞して哭せず。裴 至るや、席より下り地に哭し、弔唁し畢はりて便ち去る。或《あるひと》 裴に問ふ、「凡そ弔は、主人 哭して客 乃ち禮を爲す。阮 既に哭せず、君 何爲すれぞ哭す」と。裴曰く、「阮は方外の人なり。故に禮制を崇ばず。我が輩は俗中の人なり。故に儀軌を以て自づから居る」と。時人 歎じて兩つながら其の中を得たりと爲す。(一六)

阮籍が母の喪に裴楷の弔問を受けた際、禮に則らなかったにも拘らず、裴楷は禮制通りに振る舞った。理由を聞かれた裴楷は、阮籍は方外の人であるが、自分は俗中の人であるから禮制に従ったと答えた。時人は、「兩つながら其の中を得たり」、すなわち阮籍の方達も裴楷の崇有も同じように宜しきを得ていると評価した、と『世説新語』は伝える。

これに対して、劉孝標注に引く戴逵の『竹林七賢論』の「論」は異なる。

戴逵 之を論じて曰く、「裴公の弔を致すが若きは、外を冥《くら》まして以て内を護らんと欲するものなり。達意有るなり。弘防有るなり」と。(一七)

戴逵は、裴楷は行いを目立たぬようにして自分を隠した、と裴楷の崇有にこそ「達意」がある、と高く評価している。ここでも『世説新語』は、裴楷を阮籍よりも高く評価する戴逵の論を継承しなかったことが分かる。

戴逵の『竹林七賢論』は、崇有の安定性を良しとした上で、それでも方達せざるを得なかった阮籍たちの志を評価しようとする。これに対して、『世説新語』は、崇有も方達も同等の価値として、おしなべて並列的に尊重する。こうした『世説新語』の清談や方達に対する態度は、袁宏の『名士傳』のそれに近い。『世説新語』が『竹林七賢論』よりも『名士傳』を優先することは、次の記述に明らかである。

　王濬沖　尚書令爲《た》りしとき、公服を著《つ》け、軺車に乘り、黄公の酒壚の下を經たり。過るに顧みて後車の客に謂ふ、「吾昔　嵇叔夜・阮嗣宗と與に、共に此の壚に酣飲し、竹林の遊も亦た其の末に預れり。嵇生　夭《な》く、阮公　亡《な》くしてより以來、便ち時の羈紲する所と爲る。今日　此を視るに、近しと雖も邈として山河の若し」と。（一八）

王戎（王濬沖）は、黄公の酒場を車で通った時、振り返って、「むかし、嵇康（嵇叔夜）や阮籍（阮嗣宗）とこの酒場で酌み交わし、竹林の遊びの末席にも連なった」と嘆じた、と『世説新語』は伝える。しかし、これに対して戴逵は、「竹林七賢」が伝説に過ぎないことを劉孝標注に引かれた『竹林七賢論』で次のように述べている。（一九）

　俗傳　此くの若し。潁川の庾爰之　嘗て以て其の伯たる文康に問ふ。文康云へらく、「中朝　聞かざる所なれど、江左に忽として此の論有り。蓋し好事者の之を爲《つく》りしのみ」と。（二〇）

戴逵は、庾爰之が伯父の庾亮（文康）から聞いた話として、「竹林七賢」が東晉になってからの「好事者」の作り話である、と明言している。『世説新語』は、こうした戴逵の批判にも拘らず、伝説をそのまま真実として載せる。この態度は袁宏の「竹林七賢」伝説尊重を継承するものと言えよう。

袁宏の『名士傳』は、夏侯玄・何晏・王弼を「正始の名士」、阮籍・嵇康・山濤・向秀・劉伶・阮咸・王戎を「竹林の名士」、裴楷・樂廣・王衍・庾凱・王應・阮瞻・衞玠・謝鯤を「中朝の名士」とするが（『世説新語』文學第四注）、そのすべてを分け隔てなく尊重する。裴楷・樂廣は、何晏・王弼ら「貴無」派と思想的に対峙した「崇有」派に属し、王衍は「清談亡國論」が非難する中心人物であり、何晏・王弼と同様に、裴楷・樂廣と思想的対峙関係にある。しかし、袁宏はそれらの対峙性を無視して、すべて名士として尊重するのである。こうした袁宏の『名士傳』は、謝安との関わりの中で生まれたと『世説新語』は伝える。(二一)

袁彦伯 名士傳を作りて成り、謝公に見ゆ。公 笑ひて曰く、「我 嘗て諸人と與に江北の事を道《い》ふも、特《た》だ狡獪を作すのみ。彦伯 遂に以て書に著す」と。(二二)

袁宏が『名士傳』を著すと、謝安は冗談で話した江北のことを袁宏が本にした、と言ったという。たとえば、袁宏が「中朝の名士」として掲げる、伯父の謝鯤（豫章）について、謝安は、「謝公 豫章を道《い》ふ、「若し七賢に遇はば、必ず自ら臂を把《と》りて林に入らん」と（謝公道豫章、若遇七賢、必自把臂入林）」（『世説新語』賞譽第八）と述べ、「竹林七賢」との関わりの中で、その人物を評価している。このような話を踏まえているとすれば、袁宏の『名士傳』は、謝安のお墨付きとなる。謝安を尊重する『世説新語』(二三)が、袁宏の『名士傳』と同様に、「正始の名士」、「竹林の名士」、「中朝の名士」をそれぞれの思想的違いや政治的背景を超えて、おしなべて名士として評価するのは、このためなのである。もちろん、儒教を根底に置き、すべての文化を並列的に尊重することは、兼通を良しとする中国貴族の特徴であるが(二四)、その普及を考えるとき、『世説新語』の影響力は看過し得ない。

戴逵の『竹林七賢論』は、「竹林七賢」を評価する際に、王衍らが阮籍らの外面的な真似に止まると批判することで、「清談亡國論」の立場を堅持した。これに対して、袁宏が「正始の名士」、「竹林の名士」、「中朝の名士」と並列に扱うことにより、竹林七賢が象徴するものは、その行動の方達ぶりだけではなく、何晏・王弼の玄學を内容の中心に置く清談にも及ぶことになった。そして、『世説新語』は、清談こそ東晉の佐命の臣である王導の評価の源泉であったと伝える。

王丞相 江を過り自ら説くに、「昔 洛水の邊に在りて、數〻裴成公・阮千里の諸賢と與に共に道を談ぜり」と。

羊曼曰く、「人 久しく此れを以て卿に許せり、何ぞ復た爾《しか》るを須《もち》ひん」と。王曰く、「亦た我も此れを須ふと言はず、但だ爾《か》の時を欲するも得可からざるのみ」と。[二五]

王導が、むかし洛水のほとりで、裴頠（裴成公）や阮瞻（阮千里）との清談を懐かしむと、羊曼は人々があなたを認めているのはそのことに依ると言った。東晉において王導が有した求心力の淵源は西晉期の清談にある、という羊曼の指摘を『世説新語』は伝えているのである。袁宏の『名士傳』は、こうした王導のあり方を擁護することになる。袁宏の『名士傳』は、清談を「亡國論」から復権させた。『名士傳』は、『世説新語』が最も尊重する謝安より出で、『世説新語』が貴族の模範と仰ぐ王導[二六]への評価の淵源である清談を守るものであった。『世説新語』が『名士傳』を継承する理由である。

三、方達・隱逸の意義

こうして『世説新語』は、貴族の存立基盤である文化的諸価値のうち、「清談亡國論」により西晉滅亡の原因とされていた清談とそれを思想的に支える玄學の地位を復興した。玄學や清談は、貴族が属性として持つ文化的諸価値の中で、最も特徴的な君主権力からの自律性を支える文化であった。したがって『世説新語』は、君主権力からの自律性の象徴として竹林七賢、とりわけ阮籍を尊重し、任誕・簡傲・棲逸篇を阮籍の記述から始める[二七]。

陳留の阮籍・譙國の嵇康・河内の山濤、三人 年 皆 相 比し、康 年少にして之に亞ぐ。此の契に預る者は、沛國の劉伶・陳留の阮咸・河内の向秀・琅邪の王戎なり。七人 常に竹林の下に集《つど》ひ、肆意 酣暢す。故に世に竹林七賢と謂ふ。[二八]

阮籍・嵆康・山濤と交わりを結び得た劉伶・阮咸・向秀・王戎は竹林に集まり、気ままに楽しく酒を酌み交わした。世にこれを「竹林七賢」という、と任誕篇は始まる。しかし、福井文雅〈一九五九〉が論証するように、これは伝説である。それでも、『世説新語』は、任誕という価値観の代表を「竹林七賢」に求める。

「竹林七賢」の中でも阮籍は、司馬氏の儒教利用に対して、厳しく抵抗した。自らが身体化する儒教的価値基準を損なうからである。(二九) たとえば、それは、母への孝を表面的には損なう「方達」として表現される。

阮籍 母の喪に遭ひ、晉の文王の坐に在りて酒肉を進む。司隷の何曾も亦た坐に在りて曰く、「明公は方《まさ》に孝を以て天下を治めんとするも、而るに阮籍は重喪を以て、顯らかに公の坐に於て酒を飲み肉を食らふ。宜しく之を海外に流して、以て風教を正すべし」と。文王曰く、「嗣宗は毀頓すること此くの如し。君 共に之を憂ふる能はざるは、何の謂ぞや。且つ疾有りて酒を飲み肉を食らふは、固より喪禮なり」と。籍 飲噉して輟めず、神色 自若たり。(三〇)

母の喪にありながら、司馬昭(文王)の宴席で酒を飲み肉を食らう阮籍を何曾が「孝」治に反する者と弾劾すると、司馬昭は阮籍なりの喪禮を尽くしていると罰しなかった、という。司馬昭は、喪禮という儒教の枠内において、阮籍の自律的秩序を容認せざるを得なかった。『世説新語』は、こうした阮籍の方達を貴族の卓越化の淵源と評価する。

簡傲篇第二十四も阮籍の記述から始まる。そこには、任誕篇第二十三と同様に、司馬昭に対する阮籍の自律的秩序を述べる話が掲げられる。

晉の文王 功徳は盛大、坐席は嚴敬にして、王者に擬す。唯だ阮籍のみ坐に在り、箕踞嘯歌し、酣放自若たり。(三一)

司馬昭(文王)の座は威厳に満ち、王者に擬していたが、阮籍だけは足を投げ出して座り、嘯き歌い、ほしいままに酒に酔った、という。阮籍の方達は、このように君主権力に対する抵抗として行われた。『世説新語』は、これらの阮籍の行動を書き記すことで、自らの自律性の淵源が、「竹林七賢」にあることを示したのである。

さらに、棲逸篇第十八も、阮籍・嵆康から始まる。これも、貴族の自律性に関わる篇と考えてよい。そこには、隠逸者が多く記されるが、その役割は、次のように述べられる。

南陽の劉驎之、高率にして史傳を善くし、陽岐に隱る。時に于て苻堅 江に臨む。荊州刺史の桓沖 將に訏謨の益を盡くさんとし、徵して長史と爲し、人船を遣はして往きて迎へしめ、贈貺すること甚だ厚し。驎之 命を聞き、便《ただ》ちに舟に升り、悉く餉る所を受けず、道に緣りて以て窮乏に乞《あた》へ、上明に至る比《ころ》 亦た盡く。一たび沖に見へ因りて無用を陳べ、翛然として退く。陽岐に居ること積年、衣食の有無、常に村人と與に共にす。己 匱乏に値《あ》へば、村人も亦た之の如し。甚だ厚く鄉閭の安んずる所と爲る[三二]。

華北を一時的に統一した前秦の苻堅が南下すると、荊州刺史の桓沖は、陽岐山に隠棲する南陽の劉驎之に手厚い贈り物をして招致した。ところが、劉驎之は、一度会見すると戻ってしまい、具体策を献じた訳ではない。すなわち、隠者は、招致された後の具体的な行動ではなく、野の賢者を招致した、という行為そのもののために存在する。

こうした逸民のあり方について、『世説新語』と同じく劉宋で編纂された『後漢書』逸民傳序で、范曄は次のように述べている。

易に稱すらく、「①遯の時義 大いなるかな」と。又 曰く、「②王侯に事へず、其の事を高尚にす」と。是を以て堯は天に則ると稱へらるるも、潁陽の高きを屈せず。武は美を盡くせども、終に孤竹の絜を全くす。……荀卿 言有りて曰く、「③志意 脩まれば則ち富貴にも驕り、道義 重ければ則ち王公すら輕んずるなりと」。……光武 幽人に側席して、之を求むること及ばざるが若く、旌帛の蒲車の徵賁する所、巖中に相望す。……羣方 咸 遂《よ》り、志

士 仁に懷く、斯れ固より所謂る、④逸民を擧げ、天下 心を歸する者なるか。[三三]

范曄は、①『周易』遯卦の彖傳を引き、遯（隱遁）の卦が、時勢にいかに処すべきか、という意義を知るうえで重要であることを示し、②『周易』蠱卦の上九を引いて、王侯に出仕しない隱者が、天下の人々の尊敬を集めることを述べる。このため、堯の時には巣父・許由、武王の時にも伯夷・叔齊という隱者が野にあった。そして、③『荀子』修身篇を引き、隱者が王公を軽んじる理由をその道義が重いことに求める。こうして光武帝が逸民の抜擢に心を砕くことで、④『論語』堯曰篇が理想とする、逸民を挙げることで天下が心を寄せるという状況が出現した、とするのである。

このように、逸民のあり方を容認し、それを用いることで天下の人心が集まる、とすることは、玄學と共有する『周易』だけではなく、『荀子』・『論語』を典拠とするように、儒教の思想であった。逸民は儒教によって、その自律性を承認されていた。換言すれば、貴族を卓越化させる権力からの自律性を正統化していたものは、貴族の文化を根底で支える儒教なのであった。司馬昭が、儒教を根底に置く阮籍の方達を認めたように、君主権力は、儒教によって正統化される貴族の隱逸を容認せざるを得なかったのである。

こうして儒教によって保障された自律性を守ろうとする隱逸と、それを至らせ招賢の美名を得て、自らの正統化を目指す権力者とは、その出仕をめぐり攻防を重ねる。[三四]

南陽の翟道淵、汝南の周子南と少くして相 友たり、共に尋陽に隱る。庾太尉 周に説くに當世の務を以てし、周遂に仕ふ。翟 志を秉ること彌〻固し。其の後 周 翟に詣るも、翟 與に語らず。[三五]

権力者の庾亮（庾太尉）が、当世の急務のためと説いて出仕させた周邵（周子南）は、ともに隱棲していた翟湯（翟道淵）から、口を聞いてもらえなくなった。権力に屈伏して、自律的秩序を喪失することは、隱逸していた貴族にとって致命傷に成りかねない。後漢までの隱逸が君主權力に仕えるようになることを非難されないのに対して、貴族の隱逸が出仕するだけで批判を受けるのは、權力からの自律性という貴族の特徴を隱逸が担わされているためである（三六）。

このため、隱逸する貴族には、支援者が存在した。

郗超　高尚にして隱退せんと欲する者を聞く毎に、輙ち爲に百萬の資を辨じ、幷はせて爲に居宇を造立す。剡に在りて戴公の爲に宅を起こし、甚だ精整たり。戴　始めて舊居に往き、親しむ所に書を與へて曰く、「近ごろ剡に至るに、官舍の如し」と。郗　傅約の爲にも亦た百萬の資を辨ず。傅が隱事は差互し、故に遺るを果たさず（三七）。

郗超は隱棲した貴族に百万の資金を用意し、家を建てた。『竹林七賢論』を著した戴逵のためにも家を建て、それは官舎のようであった、という。こうした支援が行われるのは逸民だけではなく、それを援助する側の名声も高まるからである（三八）。それは、あたかも上座部佛教において、在家の佛教信者が、出家者に寄進することで、自らも救済されるように、貴族の自律性を体現する隱逸を支援することで、自らもまた君主權力からの自律性を示すことが可能となるためである。

こうした中で、隱逸が最も恐れることは、忘却されることであった。ここに「文學」が現れる。直接、相手と対する必要がある清談に対し、字句だけが流通する文學は、自らの存在を貴族や君主に誇示し続けるための格好の手段であった。陶淵明をはじめとする「隱者の文學」（三九）が、尊重されていく理由である。

おわりに

東晉における「清談亡國論」は、王導の清談重視と謝安の「清談亡國論」批判により超克された。それと共に、貴族を卓越化させる権力に対する自律性を象徴する竹林七賢が尊重された。戴逵の『竹林七賢論』のように、竹林七賢の突出性を把握し、王衍ら「清談亡國論」の批判対象と弁別しようとする思索も行われた。しかし、『世說新語』が依拠したものは、謝安の「清談亡國論」批判を継承する袁宏の『名士傳』であった。こうして『世說新語』は、玄學を基本とする清談を守り、清談に批判的であった崇有の立場も否定せず、史學も佛教も道教も、そしてこれらの根底に置かれる儒教も尊重した。『世說新語』はこれらを尊重することで、貴族的価値観を確立した。

それは、貴族が本来、儒教を身体化させ、多様な文化に兼通することで卓越性を得るものであったことによる。そうした多様な文化を身につけた貴族の価値観の中でも、君主権力からの自律性は、北来貴族の優越性の基盤となるほど重要なものであった。「竹林七賢」伝説の持つ権力からの自律性は、方達・隱逸として継承されていく。それは、晉宋革命において、北来貴族が東晉の滅亡を傍観したことも(四〇)、権力からの自律性により正統化し得るためである。権力の座にあったが故に、その清談まで否定された王衍を反面教師として、権力との距離を保つために、貴族はその自律性を尊重した。権力からの自律性を極めて隱逸すれば、権力の興亡を余所に自らの名声を維持し得る。それを経済的に支援することも、「尙賢」の名目により君主と同様の立場に貴族を押し上げるものであった。

「竹林七賢」に代表される方達・隱逸を根底で支えるものは儒教であった。清談の背景にある玄學と儒教との違いを王衍から聞かれた阮脩が「將無同（將《は》た同じき無からんや）」と答えて、太尉掾に辟召され「三語掾」と呼ばれ（『世說新語』文學第四）、「清談亡國論」が説かれる中、王導が清談に励み、「清談亡國論」を謝安が否定しても、崇有論者から批判されなかったのは、貴族に卓越性を与える価値観を根底で儒教が支えていたためである。

しかし、『世說新語』がそれを明記することはない。貴族だけではなく、前近代の中国知識人は、佛教や道教、あるいはイスラム・キリスト教を信仰しても、儒教を基礎教養として身体化していることは、当然のことであった。貴族文化の粋を表現しようとした『世説新語』が、基礎教養の重要性を説く必要はない。儒教の身体化を拒否しようとした魯迅が、『世説新語』を「志人小説」と規定し、その表現技法の巧妙さだけに焦点を当てようとした理由である。

また、自律的価値を象徴する阮籍らを評価し、その詩文を擬作していくのは、劉宋以降になって本格化する。ここに貴族的価値観を維持・確立するだけでなく、その普及に大きな力を持った『世説新語』の影響力を考えることもできるが、課題として掲げておくに止めたい。

《注》

（一）有晉始自中朝迄于江左、莫不崇飾華競、祖述虛玄、擯闕里之典經、習正始之餘論、指禮法爲流俗、目縱誕以清高。遂使憲章弛廢、名教頽毀、五胡乘間而競逐、二京繼踵以淪胥。運極道消、可爲長歎息者矣（『晉書』巻九十一　儒林傳序）。

（二）何晏・王弼の罪を桀・紂にも等しいと批判した范寧をはじめとする、清談亡國論者の思想史的位置については、和久希〈二〇一二〉を参照。なお、西晉の清談亡國論については、孔毅〈一九九五〉、史衛〈二〇一三〉、汪鵬〈二〇一五〉もある。

（三）裴成公作崇有論、時人攻難之、莫能折。唯王夷甫來、如小屈。時人卽以王理難、裴理還復申（『世説新語』文學第四）。

（四）『世説新語』は、清談を「理」を中心に理解する。『世説新語』文學第四には、何晏が清談の勝「理」を王弼に反論させると、その難により屈し、逆に王弼の「理」は難に屈しなかった話、および、裴遐が王家・裴家の子弟と郭子松の清談を「名理」によってまとめあげた話を伝える。魏晉以来、哲学の核心が「理」に向かうことは、加賀栄治《一九六四》、儒教においても王肅が鄭玄の宗教性への批判の根拠を「理」に求めたことは、渡邉義浩〈二〇〇八b〉を参照。

（五）（裴）頠深患時俗放蕩、不尊儒術。何晏・阮籍素有高名於世、口談浮虚、不遵禮法、尸祿耽寵、仕不事事。至王衍之徒、聲譽太盛、位高勢重、不以物務自嬰、遂相放効、風教陵遲。乃著崇有之論、以釋其蔽（『晉書』巻三十五 裴秀傳附裴頠傳）。

（六）堀池信夫〈一九七六〉。なお、貴無と崇有については、戸川芳郎〈二〇〇二〉、内村嘉秀〈一九七九〉も参照。

（七）桓公入洛、過淮・泗踐北境、與諸僚屬登平乘樓眺矚中原。慨然曰、遂使神州陸沈、百年丘墟、王夷甫諸人、不得不任其責。袁虎率爾對曰、運自有廢興、豈必諸人之過。桓公懍然作色、顧謂四坐曰、諸君頗聞劉景升不。有大牛重千斤、噉芻豆十倍於常牛、負重致遠、曾不若一羸牸。魏武入荊州、烹以饗士卒。于時莫不稱快。意以況袁。四坐既駭、袁亦失色（『世說新語』輕詆第二十六）。

（八）王右軍與謝太傅共登冶城。謝悠然遠想、有高世之志。王謂謝曰、夏禹勤王、手足胼胝、文王旰食、日不暇給。今四郊多壘、宜人人自效。而虚談廢務、浮文妨要、恐非當今所宜。謝答曰、秦任商鞅、二世而亡。豈清言致患邪（『世說新語』言語第二）。

（九）王夷甫雅尚玄遠、常嫉其婦貪濁、口未嘗言錢字。婦欲試之、令婢以錢繞牀、不得行。夷甫晨起、見錢閡行、呼婢曰、擧卻阿堵物（『世說新語』規箴第十）。

（一〇）夷甫求富貴、得富貴、資財山積、用不能消、安須問錢乎。而世以不問爲高、不亦惑乎（『世說新語』規箴第十注引王隱『晉書』）。

（一一）王導・溫嶠倶見明帝。帝問溫前世所以得天下之由。溫未荅。頃王曰、溫嶠年少未諳、臣爲陛下陳之。王廼具敍宣王創業之始、誅夷名族、寵樹同己、及文王之末、高貴鄉公事。明帝聞之、覆面箸牀曰、若如公言、祚安得長（『世說新語』尤悔第三十三）。

（一二）松浦崇〈一九七七〉。なお、熊明〈二〇〇九〉もあるが、両者を対比的に把握することはない。

（一三）蜂屋邦夫〈一九七九〉。また、王淑梅〈二〇〇九〉、顧農〈二〇〇七〉も参照。なお、方達については、李済滄〈一九九九〉を参照。

（一四）阮渾長成、風氣・韻度似父。亦欲作達。歩兵曰、仲容已預之、卿不得復爾（『世説新語』任誕第二十三）。

（一五）籍之抑渾、蓋以渾未識己之所以爲達也。後咸兄子簡、亦以曠達自居。父喪行遇大雪寒凍、遂詣浚儀令。令爲他賓設黍臛、簡食之。以致清議、廢頓幾三十年。是時竹林諸賢之風雖高、而禮教尚峻。迨元康中、遂至放蕩越禮。樂廣譏之曰、名教中自有樂地、何至於此。樂令之言有旨哉。謂彼非玄心徒。利其縱恣而已（『世説新語』任誕第二十三注引『竹林七賢論』）。

（一六）阮歩兵喪母、裴令公往弔之。阮方醉、散髪坐牀、箕踞不哭。裴至、下席於地哭、弔唁畢便去。或問裴、凡弔、主人哭客乃爲禮。阮既不哭、君何爲哭。裴曰、阮方外之人。故不崇禮制。我輩俗中人。故以儀軌自居。時人歎爲兩得其中（『世説新語』任誕第二十三）。

（一七）戴逵論之曰、若裴公之致弔、欲冥外以護内。有達意也。有弘防也（『世説新語』任誕第二十三注引『竹林七賢論』）。

（一八）王濬沖爲尚書令、著公服、乘軺車、經黄公酒壚下。過顧謂後車客、吾昔與嵇叔夜・阮嗣宗、共酣飲於此壚、竹林之遊亦預其末。自嵇生夭、阮公亡以來、便爲時所羈紲。今日視此、雖近邈若山河（『世説新語』傷逝第十七）。

（一九）「竹林七賢」が伝説であることは、福井文雅〈一九五九〉を参照。

（二〇）俗傳若此。潁川庾爰之、嘗以問其伯文康。文康云、中朝所不聞、江左忽有此論。蓋好事者爲之耳（『世説新語』傷逝第十七注引『竹林七賢論』）。

（二一）袁宏の『名士傳』については、王亜軍〈二〇一〇〉を参照。また、輯本に、李正輝〈二〇〇九〉がある。

（二二）袁彦伯作名士傳成、見謝公。公笑曰、我嘗與諸人道江北事、特作狡獪耳。彦伯遂以著書（『世説新語』文學第四）。

（二三）『世説新語』の執筆意図の一つが、桓溫の簒奪を防いだ謝安は、いかにして貴族の自律的秩序を維持したのか、という方法論を後世の貴族に伝えることに求められることについては、本書第七章を参照。

（二四）兼通を良しとすることが中国貴族の特徴であることは、渡邉義浩〈二〇〇三c〉を参照。

（二五）王丞相過江自説、昔在洛水邊、數與裴成公・阮千里諸賢共談道。羊曼曰、人久以此許卿、何須復爾。王曰、亦不言我須此、但欲爾時不可得耳（『世説新語』企羨第十六）。

（二六）『世説新語』が王導の「寛」治を貴族の政治への関与の仕方の一つの模範として尊重することは、本書第八章を参照。

（二七）『世説新語』における「竹林七賢」については、山岡利一〈一九七五〉がある。

（二八）陳留阮籍・譙國嵆康・河内山濤、三人年皆相比、康年少亞之。預此契者、沛國劉伶・陳留阮咸・河内向秀・琅邪王戎。七人常集於竹林之下、肆意酣暢。故世謂竹林七賢（『世説新語』任誕第二十三）。

（二九）阮籍が司馬氏による儒教の形骸化に反発して、方達を行いながらも身体化されていた儒教によって傷ついたことについては、渡邉義浩〈二〇〇二a〉を参照。

（三〇）阮籍遭母喪、在晉文王坐進酒肉。司隷何曾亦在坐曰、明公方以孝治天下、而阮籍以重喪、顯於公坐飲酒食肉。宜流之海外、以正風教。文王曰、嗣宗毀頓如此。君不能共憂之、何謂。且有疾而飲酒食肉、固喪禮也。籍飲噉不輟、神色自若（『世説新語』任誕第二十三）。

（三一）晉文王功德盛大、坐席嚴敬、擬於王者。唯阮籍在坐、箕踞嘯歌、酣放自若（『世説新語』簡傲第二十四）。

（三二）南陽劉驎之、高率善史傳、隱於陽岐。于時苻堅臨江。荊州刺史桓沖將盡訏謨之益、徵爲長史、遣人船往迎、贈貺甚厚。驎之聞命、便升舟、悉不受所餉、緣道以乞窮乏、比至上明亦盡。一見沖因陳無用、翛然而退。居陽岐積年、衣食有無、常與村人共。値己匱乏、村人亦如之、甚厚爲鄉閭所安（『世説新語』棲逸第十八）。

（三三）易稱、①遯之時義大矣哉。又曰、②不事王侯、高尚其事。是以堯稱則天、不屈潁陽之高。武盡美矣、終全孤竹之絜。……荀卿有言曰、③志意脩則驕富貴、道義重則輕王公也。……光武側席幽人、求之若不及、旌帛蒲車之所徵賁、相望於巖中矣。……羣方咸遂、志士懷仁、斯固所謂、④擧逸民、天下歸心者乎（『後漢書』列傳七十三 逸民傳序）。

（三四）隱逸と権力者との出仕をめぐる攻防については、大室幹雄《一九八四》を参照。

（三五）南陽翟道淵、與汝南周子南少相友、共隱於尋陽。庾太尉説周以當世之務、周遂仕。翟秉志彌固。其後周詣翟、翟不與語（『世説新語』棲逸第十八）。

（三六）庾亮に出仕させられた周邵は、将軍や二千石に出世したが、夜中に慨嘆して、「庾亮のために売られようとは」と言うと、背中に腫れ物ができて死んだ、という（『世說新語』棲逸第十八）。貴族の隱逸が、出仕して高官になることを自らも否定的に認識していたことを理解できる。なお、『世說新語』の隱逸については、神楽岡昌俊〈一九九三〉も参照。

（三七）郗超每聞欲高尙隱退者、輒爲辨百萬資、幷爲造立居宇。在剡爲戴公起宅、甚精整。戴始往舊居、與所親書曰、近至剡、如官舍。郗爲傅約亦辨百萬資。傅隱事差互、故不果遺（『世說新語』棲逸第十八）。

（三八）許詢が隠棲すると、常に四方の諸侯から贈り物が届いた。許由との比較から、それを批判されると、「天下という贈り物よりはささやかである」と答えた、という（『世說新語』棲逸第十八）。一人の隱逸者に対して多くの支援が寄せられ、隱逸によって財を成す者まで現れていたことが分かる。

（三九）隱者としての陶淵明については、岡村繁《一九七四》を参照。

（四〇）晉宋革命において、王・謝をはじめとする北来貴族が東晉の滅亡を傍観したことについては、川合安〈二〇〇三〉を参照。

第七章　『世説新語』における人物評語の展開

はじめに

劉宋の劉義慶の撰にかかる『世説新語』は、賞譽第八・品藻第九を中心に後漢末から劉宋にかけての「黨人」・「名士」・貴族の人物評語を伝えている。なかでも、賞譽第八は、現行本『世説新語』（以後、とくに断わらない限り『世説新語』と略称）の三十六篇中、最多の百五十六話を載録して、かれらを称賛する人物評語を今日に伝える。『世説新語』は篇ごとにゆるやかな時代順に話を配列しているが、賞譽第八・品藻第九に多数掲げられる人物評語は、概ね七言から四言、そして四言から様々な文字数へと表現形式を変えていく。

本章は、表現形式にも現れる『世説新語』における人物評語の展開を時代ごとの相違と共通性に着目しながら検討することにより、後漢末から劉宋にかけての人物評價が、政治・社会の中でいかなる意味を持ったのかを解明するものである[一]。かかる問題の追究は、『世説新語』が何を目的に撰述され、なぜ広く受容されていったのか、という問題を解決していく一助となろう。

一、「黨人」・「名士」の自律的秩序

西晉に成立する国家的身分制である貴族制(一)のもとに生きた貴族の自律的秩序の淵源となる人物評價を始めたものは、後漢末、宦官により黨錮の禁を受けた「黨人」とこれを支持する太學生たちであった。『後漢書』列傳五十七 黨錮傳序は、次のように記している。

> 是れより正直は廢放せられ、邪枉は熾結し、海内の風を希むの流は、遂《かく》て共に相 摽搒し、天下の名士を指して、之が稱號を爲《つく》る。上を三君と曰ひ、次を八俊と曰ひ、次を八顧と曰ひ、次を八及と曰ひ、次を八廚と曰ふ、猶ほ古の八元・八凱のごときなり。竇武・劉淑・陳蕃を三君と爲す。君なる者は、一世の宗とする所なるを言ふなり。李膺・荀昱・杜密・王暢・劉祐・魏朗・趙典・朱寓を八俊と爲す。俊なる者は、人の英なるを言ふなり。郭林宗・宗慈・巴肅・夏馥・范滂・尹勳・蔡衍・羊陟を八顧と爲す。顧なる者は、能く德行を以て人を引く者なるを言ふなり。張儉・岑晊・劉表・陳翔・孔昱・苑康・檀敷・翟超を八及と爲す。及なる者は、其の能く人を導き追宗せらるる者なるを言ふなり。度尙・張邈・王考・劉儒・胡母班・秦周・蕃嚮・王章を八廚と爲す。廚なる者は、能く財を以て人を救ふ者なるを言ふなり(二)。

郭泰・賈彪を頂点とする太學の諸生三万人あまりにより、「黨人」の指導者である李膺、陳蕃・王暢らに名声が附与されていく中で(『後漢書』列傳五十七 黨錮傳序)、第一次黨錮の禁の後に形成された「三君・八俊」以下の称号は、「古の八元・八凱」に準えて提唱されている。八元・八凱は、堯には登用されず、舜に抜擢されて世を太平に導いた者たちである(『史記』巻一 五帝本紀)。漢は、『春秋左氏傳』により堯の末裔たる火德の国家と位置づけられていた(四)。

李膺の「道を高尚」とし、「朝廷を汙穢」とした（『後漢書』列傳五十七 黨錮 李膺傳）とされる太學生が、漢の祖先の堯ではなく、堯の禪讓を受けた舜の臣下に李膺たちを準えたことは、朝廷を絶対的な価値基準とは見なさない自律的秩序を形成せんとしていたことを象徴する。

その一方で、自らの指導者である陳蕃を三君の末席、李膺を八俊の筆頭に下げてまで、三君の首位に外戚の竇武、次位に帝の信任が厚い宗室の劉淑を置くことは、後漢の権威をなお尊重し、自らの登用を願う「黨人」の希望の表現である。しかし、宦官による国政の私物化は止まなかった。こうした状況の中で、本来的には在地社会と乖離した太學において形成された「黨人」の名声が、延長権力である宦官の私物化により権威を失墜した後漢の皇帝権力に代わるものとして、次第に社会的な権威を帯びていったのである（五）。

三君・八俊には、それぞれ七言の人物評語が附与されていた。『世説新語』は、それを次のように伝えている。

　汝南の陳仲擧・潁川の李元禮の二人、共に其の功德を論ずるも、先後を定むる能はず。蔡伯喈 之を評して曰く、「陳仲擧は上を犯すに彊く、李元禮は下を攝《をさ》むるに嚴し。上を犯すは難きも、下を攝むるは易し」と。仲擧は遂《かく》て三君の下に在り、元禮は八俊の上に居る（六）。

注（三）に後述するように、蔡邕は「黨人」の評価とは距離を置いていたので、先に掲げた『後漢書』の伝えるとおり、太學生の輿論によって二人の先後は定まっていたと考えてよい。劉孝標の注が、『世説新語』に近い記述と考えて掲げるものは、張璠の『漢紀』である。

　張璠の漢紀に曰く、「時人 之が語を爲《つく》りて曰く、「彊禦を畏れざるは陳仲擧、天下の模楷は李元禮」と（七）。

「時人」の「語」について、『後漢書』列傳五十七 黨錮傳序は、「學中語」と表現しており、陳蕃・李膺の七言の人物評語は、「太學生」が定めたものと考えられる。『世説新語』は、「太學生」の評価とする資料を藍本としながら、それを改変し、鄭玄・盧植と並ぶ後漢末の三大学者である蔡邕に、「黨人」の評価を定めさせることで、陳蕃と李膺を権威づけたのである。『世説新語』が、後漢末の「黨人」たちの自律的秩序に対して、強い典範意識を持っていたことをここに見ることができよう。

『世説新語』にも残るように、「黨人」に与えられた○○○○＋姓＋字という七言の人物評語は、（八）この時期を象徴するものとして、後世から尊重されていく。通常の四言の評語に、姓と字を加えた七言の人物評語は、自らの先達を表現するための、ある意味大仰な言い回しとなっていくのである。たとえば、簡文帝は、同時代の人物への評価では用いない七言の評語を「何平叔巧累於理、嵇叔夜儁傷其道（何平叔は巧にして理を累はし、嵇叔夜は儁にして其の道を傷《そこな》ふ）」（『世説新語』品藻第九）と、曹魏の何晏と嵇康に批判的ではあるが用いている。

ただし、太學生たちが形成した三君・八俊以下の称号は、川勝義雄〈一九七〇b〉が「郷論環節の重層構造」と表現したような、（九）郡レベルの郷論を踏まえたうえで、その代表者たちが集まって天下レベルの名声を形成した、というものではない。後漢末において、輿論は郡を単位に形成された。郡レベルの名声は競合しあい、全国的な名声を規定できるほどの統一性や郡を越える連帯性を当初は持たなかったのである。（一〇）天下レベルの「黨人」の名声も、その形成の場は太學という限定された、在地社会と乖離した場であった。ここに、在地社会から乖離した「黨人」の名声を社会全体に波及させ、散在的で分裂的であった郡レベルの輿論を調停し、あるいは天下レベルの名声を附与するといった、社会統合的な役割を担う人物批評家の必要性が生まれる。（一一）その役割を担ったものが郭泰である。（一二）

郭泰は、李膺に評価され名声を得て、多くの辟召を受けたが官には就かず、郡國を周遊して人物評價を行った人物批評家である。郭泰が天下を周遊することにより、本来、郡を単位とする人物評價は、ある程度の纏まりと秩序を持つようになっていく。（一三）

『世説新語』は、「黨人」の自律的秩序を天下に拡大した郭泰をきわめて高く評価している。現行の『世説新語』は、徳行第一から始まる。冒頭第一話は、陳蕃の志と徐穉への評価を記す。『世説新語』は、陳蕃の志から始めるほど、「黨人」を重視しているのである。第三話では、[14]牛医の子であった黄憲が、郭泰の評価により、一躍天下レベルの名声を持ったことを伝える。『世説新語』が、「黨人」の陳蕃・李膺だけではなく、郭泰を重視していることを理解できよう。

郭泰らが行った人物評價は、本来ならば国家の察擧において、採用の基準として行われるべきことであった。劉増貴〈一九八三〉は、後漢の人物評價を網羅的に検討し、黨錮以前の人物評價は地方官が察擧の際に行ったものが多く、黨錮以降は察擧との関わりが無くなる、と述べている。郭泰らの自律的秩序が、それに代わっていくのである。したがって、「黨人」が創始した人物評語は、やがて「名士」に継承されて九品中正制度における「狀」となり、[15]貴族の自律性の淵源と認識されるに至る。『世説新語』が、陳蕃と李膺、そして郭泰を重視する理由である。

二、九品中正制度における狀と品

漢魏交替期に創設された九品中正制度は、中正の定める郷品に官品が規定されることにより、中国貴族制の制度的な保証となった。「名士」の自律的秩序が郷品に昇華した九品中正制度は、曹操の「名士」への妥協策をある程度継承したもので、制度の創設は「名士」の自律的秩序の承認と取り込みをその目的にした（渡邉義浩〈二〇〇二b〉）。「名士」の自律的秩序の可視的な表現である人物評語は、品と共に与えられる狀として九品中正制度に反映した。

初め（孫）楚 同郡の王濟と友として善し。濟 本州の大中正爲り。訪問 邑人の品・狀を銓し、楚に至る。濟曰く、「此の人 卿が能く目する所に非ず。吾 自ら之を爲さん」と。乃ち楚に狀して曰く、「天才英博、亮拔不羣」と。楚 少き時 隱居せんと欲し、濟に謂ひ、當に石に枕し流に漱がんと欲すべしと曰はんとするも、誤りて石に漱ぎ流に枕すと云ふ。濟曰く、「流は枕す可きに非ず、石は漱ぐ可きに非ず」と。楚曰く、「流に枕する所以は、其の耳を洗はんと欲すればなり。石に漱ぐ所以は、其の齒を厲まさんと欲すればなり」と。楚 推服する所少なきも、惟だ濟を雅敬す。[一六]

「漱石枕流」の故事で有名な孫楚は、共に太原郡の出身で并州の大中正であった王濟から「天才英博、亮拔不羣」という「狀」を与えられている。その際、王濟は、部下の「訪問」（官職名）では孫楚の「品・狀」を銓衡できないとして自ら「目」している。すなわち、狀は目と呼ばれる四言＋四言の人物評語により示され、それと併せて中正官は任官希望者の起家に際して品を与えた。

九品中正制度は、隋の貢擧に代わるまで継続した。このため『世說新語』にも四言の人物評語が多く残されている。たとえば、東晉の庾敳は、庾亮から「庾太尉、庾中郎を目すらく、「家從は談談の許なり」」と（庾太尉、目庾中郎、家從談談之許）」、あるいは「庾公、庾中郎を目すらく、「神氣融散、差《や》や上を得たるが如し」」と（庾公、目庾中郎、神氣融散、差如得上）」と「目」され、「時人」からは「時人 庾中郎を目すらく、「託大に善く、自藏に長ず」」と（時人目庾中郎、善於託大、長於自藏）」と「目」されている（いずれも『世說新語』賞譽第八）。一人が複数の目を持つ理由は、品と同様、狀も見直されることがあり、また吏部尙書などが遷官の際に目を与えることによる。さらに、こうした人事とは直接関わらない目も多く存在した。

たとえば、東晉の王敦は、王導に書簡を与え、楊脩の孫にあたる楊朗（字は世彥）を「世彥は、識器理致、才隱明斷なり（世彥、識器理致、才隱明斷）」（『世說新語』賞譽第八）と評している。先に掲げた孫楚の狀にも、「天才英博、亮抜不羣」と「才」が含まれ、王敦の楊朗評価にも「識器理致、才隠明斷」と「才」が含まれるように、狀は才を表現するものと認識されていた。西晉の劉毅は、九品中正制度を批判する中で、狀と品を次のようにあるべきと主張している。

夫れ名狀は才に當つるを以て淸と爲し、品輩は實を得るを以て平と爲す。……今の中正、才實に精しからず、務めて黨利に依り、稱尺に均しからず、務めて愛憎に隨ふ。……一人の身、旬日にして狀を異にす。……是を以て上品に寒門無く、下品に勢族無し(一七)。

劉毅は、「名狀」は「才」によって判定され、「品輩」は「實」によって判定されねばならないとするのである。したがって、評価基準を異にする狀と品は、常に呼応するとは限らなかった。曹魏の吉茂は、品は「上第」であったが、狀はたいへん低かったという。

馮翊郡、(王)嘉を移して中正と爲す。嘉、(吉)茂を敍す。上第に在りと雖も、而るに狀 甚だ下《ひく》く、云ふ、「德優れども 能 少なし」と(一八)。

この事例の場合、「德優能少」という四言を「狀」と捉えるべきであろうが(一九)、狀が低いとされているのは、才「能」が少ないことを重視するためである。狀の本質は才にある。一方、品が「上第」であるのは「德」が優れることによる。郷品・官品・九品などの「品」は、董仲舒学派が唱えた性三品説の「品」に起源を持つため(二〇)、本来的に人の性を反映させるものであった。狀が後天的な才を示すことに対して、品は先天的な性によるのである。曹魏のときの九品中正制度は、才を狀に、德を品に反映するため、なお「郷論の餘風」(『晉書』巻四十五 劉毅傳)があったと言えよう。

ところが、九品中正制度は、曹魏の最末期に司馬昭が導入した五等爵制と結合することにより、生まれながらに五等爵を持つ場合には、一品から二品の郷品を与えられることになった。西晋では、国家的身分制としての貴族制が成立したのである（渡邉義浩〔二〇〇七ｄ〕）。そうした中で、五等爵を持つ貴族に対する状の役割は、名目化していく（二一）。上流貴族の逸話を劉宋で編纂した『世説新語』に政治との直接的な関わりを持たない人物評語が多く収録される理由である。

たとえば、東晋の王濛は支遁を次のように評価している。

王長史 林公を歎ずらく、微を尋ぬるの功は、輔嗣に減ぜず（二二）。

老荘を究め清談を善くした仏僧の支遁を王濛は、「尋微之功、不減輔嗣（玄遠なる微旨を究めた功績は、王弼〈輔嗣〉に劣るものではない）」と評価している。この評語は、四言の人物評語を二つ重ねる孫楚への状と同じ形をしているが、評価の対象は玄學であり（二三）、直接的に政治には関わらない。また、曹魏の王弼という故人に比較しても、九品中正制度で用いられた「輩」（同列の評価の者を並べる人物評價）にはならない。

人物評價を清談のように戦わせる場合もあった。孫綽と庾亮は、衛永という人物を次のように評価しあっている。

孫（綽）曰く、「此の子、神情 都《すべ》て山水に關はらず、而も能く文を作る」と。庾公曰く、「衛の風韻、卿諸人に及ばずと雖も、傾倒する處 亦た近からず」と。孫 遂に此の言に沐浴す（二四）。

「沐浴」とは、心服の意であり、孫綽は庾亮の衛永への人物評價に自らの評価が及ばないことを認めている。しかも、その内容は、衛永がいかに文を綴るかを表現するもので、政治との直接的な関わりを持たない。貴族の間において、人物評價は、清談と同様、その表現の巧拙を競うものとなっていたのである。

したがって、人物評價は、典拠を重視する表現としての側面を重視されることもあった（二五）。王濛と支遁は劉惔を次のように評価しあっている。

王長史 林公に謂ふに、「眞長は金玉 堂に滿つと謂ふ可し」と。林公曰く、「金玉 堂に滿つれば、復た何ぞ簡選を爲さん」と。王曰く、「簡選を爲すには非ざるも、直だ言を致す處、自づから寡なきのみ」と。[二六]

王濛が用いた「金玉 堂に滿つ」は『老子』第九章の文言をそのまま引用したもので、また支遁が用いた「直だ言を致す處、自づから寡なきのみ」は、『周易』繫辭傳を踏まえた評語となっている。人物評價は人事を離れ、談論の材料の一つになっていると言えよう。[二七]

このため、注目を集めるために諧謔性を持つ評語を用いることもあった。[二八] 劉惔は、江虨を次のように評価している。

劉尹云ふ、「人 江虨を田舍と言ふも、江は乃ち自づから田宅屯なり」と。[二九]

劉惔は、江虨に対する「田舍」（田舍者）という人々の評価を踏まえながら、江は「田舍」ではなく「田宅屯」（大地主）である、という評語を用いることで、「田」を活かしながら、江虨の大きく豊かな才能を表現している。

これらの人事と乖離した人物評語には、かつて「黨人」が持っていたような自律性を見い出すことは難しい。西晉における五等爵制と九品中正制度の結合による国家的身分制度としての貴族制の成立は、狀が本来持っていた人事に関する自律性を次第に失わせる方向に進ませていたと考えてよい。

それでも、人物評語は、貴族の自律的秩序を表現するという役割を持ち続けた。それは国家的身分制度としての貴族制と、理念として在るべき貴族との乖離による。理念として在るべき貴族の自律性を示すものとして人物評價を機能させ続けた典範は、『山公啓事』に求めることができる。

三、貴族制下における貴族の自律的秩序

『山公啓事』とは、阮籍・嵆康と共に、後世「竹林の七賢」と称される山濤が、西晋の吏部尚書などで行った人事の際に奏上した「啓」を、「題目」と呼ぶ人物評語を中心にまとめたものである。『山公啓事』において、山濤は、題目を「果毅有才用」(周浚)、「通理有才義」(裴楷)などのように、「性」有「才」の形で表現している。貴族の本来的な存立基盤が、「黨人」・「名士」のそれを継承した文化的価値の専有であるなら、官僚としての地位は、外戚など皇帝権力との近接性が強い者に高い爵位が与えられる国家的身分制によって定められた郷品＝「性」ではなく、その職務に示す「才」を裏打ちする儒教を中心とした文化的価値によって定められるべきである。山濤はこのような基準により人事を行った。『山公啓事』は、「啓」を公開することで、貴族の本来的な自律性を支える文化的価値の専有によって得られる「才」こそが、人事基準足り得ることを示したのである(三〇)。

『世説新語』にも、『山公啓事』と同様、「性」有「才」の形で表現される人物評語が残された。たとえば、東晋の王戎は、阮籍の属兄である阮武に対して、「清倫有鑒識(清倫にして鑒識有り)」(『世説新語』賞譽第八)と評している。故人に対する人物評價であるが、ここには「性」有「才」の形が継承されている。山濤の目指した自律性も尊重されたと考えてよい。したがって、人物評語が直接的に人事と関わらなくなっても、貴族は自らの自律的秩序を表現するために人物評價を止めなかった。しかも、貴族の自律的な秩序を明確に表現するため複数の人々を対象に人物評價が行われた(三一)。

たとえば、東晉の王羲之は、謝萬・支遁・祖約・劉惔を次のように評価している。

王右軍 謝萬石を道《い》へらく、「林澤の中に在りて、自ら遒上を爲す」と。林公を歎ずらく、「器朗にして神儁なり」と。祖士少を道へらく、「風領毛骨、恐らくは世を没するまで復た此の如き人を見ざらん」と。劉眞長を道へらく、「雲柯を標するも扶疎ならず」（三二）と。

複数の人々を一人が論ずることは、評価の間に序列を伴った秩序を生じることになる。それにより、貴族は、国家的身分制として表現される貴族制とは別の自分たちの秩序、「黨人」の三君・八俊を髣髴とさせるような一流と二流を自分たちで分ける秩序を形成していく。「黨人」・「名士」の自律的秩序に、貴族が自らの秩序の起源を求める理由である。

溫嶠の逸話は、東晉の貴族の中に、一流・二流を分ける自律的秩序が存在したことを次のように伝えている。

世 溫太眞を論ずらく、「是れ過江の第二流の高き者なり」と。時の名輩、共に人物を説くに、第一の將に盡きんとするの間、溫 常に色を失ふ（三三）。

溫嶠は、自分が二流に位置付けられることを恐れ、一流の人々の評価が終わろうとすると色を失った、というのである。貴族の間で、ランク付けを伴った人物評價が明確に存在していたことを理解できよう。国家の官僚としての地位とは別に、婚姻関係により家柄が皇帝権力とは別の場で表現されていたように（三四）、人物評價による貴族の自律的秩序が存在していたのである。

しかしながら、同じく貴族の中から君主権力の高みを目指す者が現れたとき、その自律性はゆらぎを見せる。桓溫が武力で建康を陥落させ、皇帝の司馬奕を海西公に廢した後に、劉惔に司馬昱（簡文帝）の評価を尋ねたとき、劉惔は次のように答えている。

桓大司馬の都に下るや、眞長に問ひて曰く、「會稽王の語 奇《はなは》だ進めりと聞く、爾るや」と。劉曰く、「極めて進めり。然れども故より是れ第二流の中人なるのみ」と。桓曰く、「第一流は復た是れ誰ぞ」と。劉曰く、「正に是れ我が輩なるのみ」と。(三五)

「會稽王の語」について、『晉書』巻七十五 劉惔傳は、「會稽王の談」とする。となれば、「會稽王の清談」であるが、襲斌は、會稽王の清談への評価の高さから、これを疑問視する。(三六)「語」が「評語」である可能性は残るのである。もちろん、「清談」であっても、武力を行使して簒奪を目指す桓溫に対して、劉惔がその自律的秩序を歪められていることは明らかである。桓溫の政敵である會稽王司馬昱（のちの簡文帝）は、その結果、二流とされて貶められた。

こうした圧力に屈伏せず、貴族の一流・二流といった自律的秩序を定めるには、人物批評家が重要であることは、「黨人」の昔と同じであった。東晉において、郭泰や許劭を髣髴とさせる人物批評家が謝安である。『世說新語』は多くの謝安の人物評語を記録するが、品藻第九に残るそれらを組み合わせることにより、東晉における貴族の自律的秩序の一部を復原することができる。

六七話（『世說新語』品藻第九、以下同）では、謝安は、嵇康と支遁と殷浩を比較して、嵇康＜支遁＜殷浩という序列を示す。故人である嵇康の評価が低いことは、東晉の貴族の自己評価を示すものとして興味深い。七〇話では、謝安は、支遁と庾亮を評価して、支遁など物の数ではないと、支遁＜……＜庾亮という評価を示す。七六話では、謝安は、支遁と劉惔・王濛を評価して、劉惔・王濛は、支遁に及ばないとする。さらに、七七話では、まだ若輩の王獻之を劉惔・王濛程度と位置付ける。

以上の評価を整理すると、「王獻之＝劉惔＝王濛＜支遁＜殷浩・庾亮」という序列が出来る。そうした秩序があれば、八五話では、謝安は支遁と王羲之を評価する中で、王胡之＜支遁＜王羲之という序列を示しているが、支遁を基準に前掲の秩序と比較することで、王胡之と王羲之のだいたいの位置を把握できる。

このように、貴族の自律的な秩序である人物評價を統括することにより、謝安は人事に対する大きな影響力を発揮した。

謝公　宣武の司馬と作るや、門生數十人を田曹中郎の趙悦子に屬す。悦子　以て宣武に告ぐ。宣武云ふ、「且《しばら》く爲に半ばを用ひよ」と。趙　俄かにして悉く之を用ふ。曰く、「昔　安石の東山に在りしや、縉紳　敦く逼るも、人事に豫らざらんことを恐る。況んや今　自ら鄕選す。反りて之に違はんや」と（三七）。

謝安は、桓溫の司馬となった際に、門下生数十人を趙悦に推挙した。桓溫は、半分も採用しておけばいいと言ったが、趙悦は全員採用する。それは、東山に隠棲していたころ、貴族たちは自律的秩序を持つ謝安が人事に関与することを待ち望んでいたからであるという。貴族たちは、「黨人」や「名士」と同様に、自らの自律的秩序を国家の官制に反映させることを期待していたのである。また、趙悦が謝安の人選を「鄕選」と表現することも興味深い。西晉の劉毅が九品中正制度の変質を批判する中で、曹魏のそれはなお「鄕論の餘風」があったと顧みることに呼応するためである。

これに対して、君主権力の端緒である桓溫は、謝安の推挙を半分も用いればよいと指示して、その自律的秩序の反映を抑えようとした。「黨人」の名声を私的なものと批判した曹魏の文帝や、何晏たちの名声を浮華と嫌った曹魏の明帝に見られるような（三八）、「名士」と君主権力とのせめぎあいは、このように継承されているのである。

そうした中、東晉の簒奪を目指す桓溫は、人物評價に独自の基準を立てようとしていた。桓溫は、西晉の建国者である武帝司馬炎を次のように評価したという。

時人　共論するに、「晉の武帝　齊王を出す之與《と》惠帝を立つると、其の失　孰《いづれ》か多し」と。多くは謂へらく、「惠帝

を立つるを重きと爲す」と。桓溫曰く、「然らず。子をして父の業を繼がしめ、弟をして家祀を承せしむ、何の
不可なることか有らん」[三九]と。

西晉の武帝は、政務を補佐していた賢弟の司馬攸を齊王として出鎭させ、不慧の嫡長子司馬衷（のちの惠帝）の後継を確実なものとし[四〇]、惠帝の不慧を原因とする八王の亂を惹き起こした。続く永嘉の亂により西晉は滅亡したため、多くの人が賢弟の司馬攸を齊王として出鎭させたことよりも、八王の亂の原因となった惠帝の即位をより大きな失政と捉えていたのである。ところが、桓溫は、子が父の業を継ぐことは当然であるとして、弟の司馬攸を即位させなかったことを良しとするのである。

桓溫が権力を掌握していた東晉の哀帝・海西公は、明帝の長男である成帝の子である。政敵の司馬昱（後の簡文帝）は、そのとき明帝の弟として政治に関与していた。西晉の司馬攸の位置に近似する。やがて、簡文帝は、桓溫が廃位した海西公に代わって即位する。それは、西晉で言えば、司馬攸が即位したことと同様である。桓溫は、司馬昱を帝位につけないため、司馬攸ではなく司馬衷が即位したことは正しい、と故人に対する人物評價を展開していたのである。

こうした桓溫の動きに対して、謝安もまた、簒奪と関わらせながら人物評價を展開する。

謝公 時賢と與に共に賞説し、遏・胡児 並びに坐に在り。公 李弘度に問ひて曰く、「卿が家の平陽は、樂令に何如」と。是に於て李 潸然として流涕して曰く、「趙王 簒逆するや、樂令 親しく璽綬を授く。亡伯は雅正にして、亂朝に處るを恥ぢ、遂に藥を仰ぐに至る。恐らくは以て相 比し難からん。此れ自づから事實に顯はる、私親の言に非ざるなり」と。謝公 胡兒に語りて曰く、「識有る者は果たして人意に異ならず」[四一]と。

謝安は、李重と樂廣を比較する人物評價において、その基準を八王の亂の際に司馬倫の簒奪に協力したか否かに置

いた。予想される桓溫の簒奪を防ごうとする強い意志と貴族としての自律性をここに見ることができよう。

謝安たち貴族が持つ、こうした自律的秩序のため、桓溫は最終的に簒奪を諦めざるを得なかった。桓溫は、簡文帝の崩御を機に簒奪を試みる。それを防ぎ得ないと考えた簡文帝は、崩御に臨んで、王莽が前漢を簒奪する際に利用した「周公居攝の故事」を桓溫に与える詔を出した。ところが、王坦之は詔を簡文帝の前で破り、「天下は宣帝（司馬懿）・元帝（司馬睿）の天下であって、陛下の天下ではありません」と、前漢の景帝が弟の梁孝王に天下を譲ろうとしたことを批判する竇嬰の言葉に準えて、簡文帝を止めたのである。(四二)

その後の経緯について、『世說新語』の劉孝標注は、次のように伝えている。

晉安帝紀に曰く、「簡文 晏駕せんとし、桓溫に遺詔すらく、「諸葛亮・王導の故事に依れ」と。溫 大いに怒り、以爲へらく、其の權を黜せんとするは、謝安・王坦之の建つる所ならんと。入りて山陵に赴くや、百官は道側に拜し、位望に在る者は、戰慄して色を失ふ。或いは云ふ「此れより王・謝を殺さんと欲す」と」と。(四三)

簡文帝の遺詔は、結局、国家を守り続けた「諸葛亮・王導の故事」となり、禪讓は遠のいた。桓溫は、それを謝安・王坦之の画策によると考え、二人を殺害しようとする。桓溫に怯える王坦之を支え続けたものは、謝安であった。

桓公 甲を伏せ饌を設け、廣く朝士を延《まね》き、此に因りて謝安・王坦之を誅せんと欲す。王 甚だ遽《あは》て、謝に問ひて曰く、「當に何の計を作すべき」と。謝 神意 變はらず、文度に謂ひて曰く、「晉阼の存亡、此の一行に在り」と。相 與に倶に前《すす》む。王の恐狀、轉《うた》た色に見《あら》はれ、謝の寛容、愈〻貌に表はる。階を望みて席に趨き、方に洛生の詠を作し、浩浩たる洪流を諷す。桓 其の曠遠なるを憚り、乃ち趣《すみや》かに兵を解く。王・謝は舊《もと》 齊名なるも、此に於て始めて優劣を判つ。(四四)

謝安は、恐れる王坦之を尻目に、晉の存亡はわれわれの態度にかかっている、と悠揚せまらぬ態度を続けた。これを見た桓溫は、暗殺をあきらめ、人々は王・謝の優劣を知ったと、『世說新語』は伝えるのである。

おわりに

『世說新語』における人物評語は、自律的秩序の嚆矢となった「黨人」に対する七言の人物評語から始まる。人物評語が自律的秩序であることは、「黨人」・「名士」・貴族のそれの共通点であった。やがて人物評語は、曹魏の九品中正制度により、品と共に与えられた狀の形式である四言が中心となった。そののち、西晉における五等爵制と州大中正の制との結合により、一流貴族に対する狀は名目化するが、四言の形を崩しながらも、人物評價は継続された。

それは、人物評價が一流・二流といった貴族の自律的秩序を表現し続けるものであったことによる。君主権力が掌握する国家の官制的秩序とは別の場における貴族の人物評價は、その中心となった人物批評家の謝安を強く支持した。君主を廃立するほどの軍事力を掌握していた桓溫であっても、貴族の自律的秩序に支えられている謝安を憚り、東晉を簒奪することができなかった。こうした貴族の自律的秩序が持つ力を『世說新語』は後世に伝えようとした。『世說新語』は、全一一三〇話中、謝安が一一四話、桓溫が九四話に関わり、王導の八七話を抑えて第一位・第二位の座を占める。(四五) 桓溫の簒奪を防いだ謝安が、いかにして貴族の自律的秩序を維持したのか、という方法論を後世の貴族に伝えることは、『世說新語』の編纂目的の一つであった。もちろん、それだけが『世說新語』の執筆目的ではないことは本書第五章で述べたとおりである。また、第三位の王導に対する表現意図も重要であるが、それは本書第八章で扱うことにする。

《注》

（一）『世說新語』に関する先行研究、およびその編纂意図については、本書第五章を参照。なお、『世說新語』の人物評價については、森野繁夫《一九八〇》、松浦崇〈一九八三〉、方碧玉《二〇一〇》、大橋由治〈二〇〇六〉などがある。

（二）五等爵制の施行を機に、西晉において国家的身分制である貴族制が成立したことは、渡邉義浩〈二〇〇七ｄ〉を参照。

（三）自是正直廢放、邪枉熾結、海內希風之流、遂共相標搒、指天下名士、爲之稱號。上曰三君、次曰八俊、次曰八顧、次曰八及、次曰八廚、猶古之八元・八凱也。竇武・劉淑・陳蕃爲三君。君者、言一世之所宗也。李膺・荀昱・杜密・王暢・劉祐・魏朗・趙典・朱寓爲八俊。俊者、言人之英也。郭林宗・宗慈・巴肅・夏馥・范滂・尹勳・蔡衍・羊陟爲八顧。顧者、言能以德行引人者也。張儉・岑晊・劉表・陳翔・孔昱・苑康・檀敷・翟超爲八及。及者、言其能導人追宗者也。度尙・張邈・王考・劉儒・胡母班・秦周・蕃嚮・王章爲八廚。廚者、言能以財救人者也（『後漢書』列傳五十七　黨錮傳序）。

（四）漢が火德と位置付けられる際に、『春秋左氏傳』が大きな役割を果たしたことは、渡邉義浩《二〇〇九》を參照。

（五）「黨人」の自律的秩序については、渡邉義浩〈一九九一〉を參照。

（六）汝南陳仲舉・潁川李元禮二人、共論其功德、不能定先後。蔡伯喈評之曰、陳仲舉彊於犯上、李元禮嚴於攝下。犯上難、攝下易。仲舉遂在三君之下、元禮居八俊之上（『世說新語』品藻第九）。

（七）張璠漢紀曰、時人爲之語曰、不畏彊禦陳仲舉、天下模楷李元禮（『世說新語』品藻第九）。なお、安部聡一郎〈二〇〇二〉は、諸家『後漢書』の逸文の検討を踏まえ、「八俊」など「天下名士」の「號」の事例が、薛瑩『後漢記』に初めて出現し、かつ用例が東晉に偏ることから、「天下名士」の「三君」「八俊」などの記述は、黨錮の際に現実に議論されたものではなく、東晉以降に整理された記録である、とする。しかし、逸文に残らないことは、その記述が当該書になかったことの証明にはならず、逸文残存の偏在性を無視した議論であって、従うことはできない。

（八）七言の人物評價については、今鷹真〈一九七九〉、王依民〈一九八八〉も參照。

（九）たとえば、『世説新語』賞譽第八は、「周子居の若き者は、眞に治國の器なり（若周子居者、眞治國之器）」という陳蕃の周乘評価を伝える。陳蕃は汝南郡平輿縣の人、周乘は汝南郡安城縣の人であり、汝南郡という郡を単位とした人物評價であることが分かる。劉孝標注が引く『汝南先賢傳』には、「周子居者、眞治國之器」とあり、これが藍本であろう。郡を単位とする人物評價の中から、地方史が形成されることについては、渡部武〈一九七〇〉、永田拓治〈二〇〇六〉などを参照。

（一〇）人物評價の散在性と分裂性については、渡邉義浩〈二〇〇三b〉を参照。

（一一）後漢末の三十名の人物批評家を網羅的に検討したものに、岡村繁〈一九六〇〉がある。

（一二）安部聡一郎〈二〇〇八〉は、蔡邕の著した「郭有道碑」に、郭泰の李膺との関わりや人物評價が記されないことから、郭泰を人物批評家とすることは、東晉以降に中心を占める認識である、という。これは史料批判を欠いた暴論である。郭泰の死去は建寧二（一六九）年であるため、「郭有道碑」の執筆はその後のこととなる。蔡邕は、建寧三（一七〇）年に司徒橋玄の辟召を受け、光和元（一七八）年に宦官により朔方郡に流刑に処されている。蔡邕が、「郭有道碑」を著して、盧植にその出来映えを語ったのは、盧植が黃巾の乱の討伐に赴く前、具体的には建寧三（一七〇）年から光和元（一七八）年の間と考えてよい。この間、光和七（一八四）年の黃巾の乱を機に解除されるまで、建寧二（一六九）年に始まる第二次黨錮は継続している。その最中に書かれた「郭有道碑」に、郭泰と「黨人」李膺との関わりや人物評價が記されないことは当然のことである。

（一三）『世說新語』品藻第九には、「五荀」と「五陳」、「八裴」と「八王」の比較が収録される。「五荀」と「五陳」は、共に潁川郡の出身であり、代表的な「名士」を比較する人物評價は、当初は郡を単位としていた。これに対して、「八裴」と「八王」は、「八裴」が河東郡、「八王」が琅邪郡の出身で、州を超える天下を単位とする比較である。もちろん、荀彧や陳羣を輩出した荀・陳も天下の名族であるが、比較の対象は郡内であった。ここから、郡から天下へと人物評價の単位が広がったことが分かる。

（一四）第二話は、周乘の尚賢を説くが、劉孝標注に、郭泰の評価の対象である黃憲の詳細な伝記を載せる『典略』が引用される。これによって、郭泰がなぜ黃憲を一躍天下レベルの名声を持つ「名士」へと引き上げたのかを理解できる。これは、現行の『世說新語』の編纂過程と係わる問題であり、本書第五章を参照されたい。

(一五) 矢野主税〈一九六七a〉は、列傳の人物評語の部分から狀の復元を試みたうえで、こうした抽象的な人物評價を私法としての鄉評が官法としての狀になったものと理解している。

(一六) 初（孫）楚與同郡王濟友善。濟爲本州大中正。訪問銓邑人品・狀、至楚。濟曰、此人非卿所能目。吾自爲之。乃狀楚曰、天才英博、亮拔不羣。楚少時欲隱居、謂濟、曰當欲枕石漱流、誤云漱石枕流。濟曰、流非可枕、石非可漱。楚曰、所以枕流、欲洗其耳。所以漱石、欲厲其齒。楚少所推服、惟雅敬濟（『晉書』卷五十六 孫楚傳）。

(一七) 夫名狀以當才爲淸、品輩以得實爲平。……今之中正、不精才實、務依黨利、不均稱尺、務隨愛憎。……一人之身、旬日異狀。……是以上品無寒門、下品無勢族（『晉書』卷四十五 劉毅傳）。

(一八) 馮翊郡、移（王）嘉爲中正。嘉、敍（吉）茂。雖在上第、而狀甚下、云、德優能少。（『三國志』卷二十三 常林傳注引『魏略』）。

(一九) 中村圭爾〈一九八七a〉によれば、狀は本来、品と才の記載を含むものであったが、才の記載が品と区別されて狀ともよばれたのであり、狀といえば才の表現のみを指す場合（狭義の狀）と、才と品をあわせたものを意味する場合（広義の狀）とがあった。それが西晉のころには、品は家柄の表現となり、狀もおそらくは現実的才能を表現するものとなった、という。

(二〇) 品が性三品説に基づき、才性四本論の議論を背景に持つことについては、渡邉義浩〈二〇一一a〉を参照。

(二一) たとえば、東晉の明帝が謝鯤に庾亮と比較して自己評価をさせたことについて、劉孝標注に引く藍本の『晉陽秋』は、庾亮を「宗廟之美、百官之富」と評価し、謝鯤は「縱意丘壑、自謂過之」と自己評価した、と伝え、四言＋四言の狀の型をなお残している。これに対して、『世說新語』品藻第九は、庾亮を「端委廟堂、使百僚準則」と謝鯤が評したと記録しており、劉宋の『世說新語』には、四言＋四言の狀を顧慮しない編纂態度が見られるのである。

（二二）王長史歎林公、尋微之功、不減輔嗣（『世說新語』賞譽第八）。

（二三）たとえば、孫綽の許詢評価では、許詢を「高情遠致」、孫綽自らを「一吟一詠」と評しているが（『世說新語』品藻第九）、評価の対象は文學であり、政治との直接的な関係はない。

（二四）孫（綽）曰、此子、神情都不關山水、而能作文。庾公曰、衞風韻、雖不及卿諸人、傾倒處亦不近。孫遂沐浴此言（『世說新語』賞譽第八）。

（二五）西晉の裴楷は、曹魏の夏侯玄を評価して「肅肅如入廊廟中、不脩敬而人自敬」と述べているが、これは『禮記』を典拠としている（『世說新語』賞譽第八）。王徽之・王獻之兄弟が嵆康の『高士傳』中の人と贊を品評するように（『世說新語』品藻第九）、人物評價は人事と離れることで、記録を使った故人の比較も行うようになっていた。

（二六）王長史謂林公、眞長可謂金玉滿堂。林公曰、金玉滿堂、復何爲簡選。王曰、非爲簡選、直致言處、自寡耳（『世說新語』賞譽第八）。

（二七）たとえば、嵆康の「琴賦」の字句に基づきながら、許詢は劉惔と簡文帝を評価している（『世說新語』賞譽第八）。何を表現するのかではなく、どう表現するのかに人物評價の重点が移動しているのである。

（二八）たとえば、劉惔は江灌を評して、「不能言而能不言」（能弁ではないが、無言の雄弁である）と表現している（『世說新語』賞譽第八）。ここに、表現の面白さを楽しむ態度を見ることができる。

（二九）劉尹云、人言江虨田舍、江乃自田宅屯（『世說新語』品藻第九）。

（三〇）『山公啓事』については、渡邉義浩〈二〇〇九ａ〉を参照。

（三一）司馬昱が孫綽に多くの人の評価と自己評価を尋ねた際に、孫綽は劉惔を「清蔚簡令（清蔚簡令）」、王濛を「溫潤恬和（溫潤恬和）」、桓溫を「高爽邁出（高爽邁出）」、謝尚を「清易令達（清易令達）」、阮裕を「弘潤通長（弘潤通長）」、袁喬を「洮洮清便（洮洮として清便なり）」、殷融を「遠有致思（遠く思ひを致すこと有り）」と評し、自らは、「託懷玄勝、遠詠老莊、蕭條高寄（懷ひを玄勝に託し、遠く老莊を詠じ、蕭條として高寄す）」ることでは、諸賢に負けない、としている

（『世説新語』品藻第九）。

（三二）王右軍道謝萬石、在林澤中、爲自遒上。歎林公、器朗神儁。道祖士少、風領毛骨、恐没世不復見如此人。道劉眞長、標雲柯而不扶疎（『世説新語』賞譽第八）。

（三三）世論溫太眞、是過江第二流之高者。時名輩、共説人物、第一將盡之間、溫常失色（『世説新語』品藻第九）。

（三四）貴族の身分的内婚制については、仁井田陞《一九四二》、中村圭爾《一九八七》。

（三五）桓大司馬下都、問眞長曰、聞會稽王語奇進、爾邪。劉曰、極進。然故是第二流中人耳。桓曰、第一流復是誰。劉曰、正是我輩耳（『世説新語』品藻第九）。

（三六）龔斌《二〇一一》。また、余嘉錫《一九八三》は、北宋の晁載之（撰）『續談助』巻四　殷藝『小説』に、「宣〔帝〕〔武〕問眞長。會〔稽〕王如何。劉惔答、欲造微。桓曰、何如卿。曰、殆無異。桓溫乃喟然曰、時無許・郭、人人自以爲稷・契」とあるように、劉惔が簡文帝とほぼ同じと認識していたことを掲げ、出所が異なるため、伝聞が違っているのであろうと説明している。

（三七）謝公作宣武司馬、屬門生數十人於田曹中郎趙悦子。悦子以告宣武。宣武云、且爲用半。趙俄而悉用之。曰、昔安石在東山、縉紳敦逼、恐不豫人事。況今自鄉選。反違之邪（『世説新語』賞譽第八）。

（三八）永田拓治〈二〇〇九〉は、陶潛の撰と伝えられる『聖賢群輔錄』に引用される曹魏の文帝の撰という『文帝令』、および明帝の撰という『甄表狀』に記される明帝が与えた「狀」を分析する。しかし、「四庫提要」が述べるように、『聖賢群輔錄』は北齊の陽休之が『陶潛集』に竄入した得体の知れない本である。しかも、『三國志』の裴松之注に、『文帝令』・『甄表狀』は引用されない。さらに明帝の著作に母の「甄」皇后の名を用いることは、史料の信頼性を大きく損ねるものである。

（三九）時人共論、晉武帝出齊王之與立惠帝、其失孰多。多謂、立惠帝爲重。桓溫曰、不然。使子繼父業、弟承家祀、有何不可（『世説新語』品藻第九）。

(四〇) 皇弟司馬攸の擁立を目指す羊祜・杜預に対して、武帝が一貫して司馬衷擁立を動かさなかったことは、渡邉義浩〈二〇〇五b〉を参照。

(四一) 謝公與時賢共賞説、遏・胡兒並在坐。公問李弘度曰、卿家平陽、何如樂令。於是李潸然流涕曰、趙王簒逆、樂令親授璽綬。亡伯雅正、恥處亂朝、遂至仰藥。恐難以相比。此自顯於事實、非私親之言。謝公語胡兒曰、有識者果不異人意(『世説新語』品藻第九)。なお、「賞」については、佐竹保子〈二〇〇九〉がある。

(四二)『晉書』巻七十五 王坦之傳。なお、「周公居攝の故事」と王莽の簒奪、竇嬰の景帝批判は、渡邉義浩《二〇一一》を参照。

(四三) 晉安帝紀曰、簡文晏駕、遺詔桓溫、依諸葛亮・王導故事。溫大怒、以爲、黜其權、謝安・王坦之所建也。入赴山陵、百官拜于道側、在位望者、戰慄失色。或云自此欲殺王・謝(『世説新語』雅量第六注)。

(四四) 桓公伏甲設饌、廣延朝士、因此欲誅謝安・王坦之。王甚遽、問謝曰、當作何計。謝神意不變、謂文度曰、晉阼存亡、在此一行。相與俱前。王之恐狀、轉見於色、謝之寬容、愈表於貌。望階趨席、方作洛生詠、諷浩浩洪流。桓憚其曠遠、乃趣解兵。王・謝舊齊名、於此始判優劣(『世説新語』雅量第六)。

(四五) 話数は、塚本宏〈二〇〇七〉による。

第八章　『世説新語』における王導の表現

はじめに

『世説新語』は、南朝を代表する貴族である「琅邪の王氏」と「陳郡の謝氏」を比べる場合に、「陳郡の謝氏」を上に置く傾向を持つ（本書第五章）。『世説新語』の執筆意図の一つが、桓溫の簒奪を防いだ謝安は、いかにして貴族の自律的秩序を維持したのか、という方法論を後世の貴族に伝えることに求められるのであれば（本書第七章）、当然のこととも言えよう。しかし、「琅邪の王氏」の中で、東晉の佐命の臣である王導だけは、好意的に描かれることも多い。

たとえば、『世説新語』賞譽第八に、「王公 太尉を目すらく、巖巖として淸峙し、壁立すること千仞たりと（王公目太尉、巖巖淸峙、壁立千仞）」と、王導（王公）が王衍（太尉）を「目」（評価）したことを伝える。しかし、劉孝標注に引く顧愷之「王夷甫畫贊」では、目した主体は「識者」であって王導ではない。東晉の顧愷之が、王導を「識者」と一般化する必要はないので、『世說新語』が「識者」を王導に書き換えたと考えてよい。すなわち、『世說新語』は、王導が王衍の本質に迫る人物評価をした、と王導を宣揚しているのである。称えるだけではない。『世說新語』において、王導を取り上げる話数も、謝安・桓溫に次ぐ三番目の多数に及ぶ。

なぜ、『世説新語』は、王導を多数、しかも多くの場合は好意的に取り上げるのであろうか(一)。本章は、『世説新語』における王導の表現から、劉宋の劉義慶とその幕僚が描こうとした王導像を探究するものである。

一、寛と猛

王導は、太興元（三一八）年、元帝司馬睿を輔佐して東晉を建国したのち、従兄王敦の元帝期・明帝期と二度にわたる反乱を乗り越え(二)、成帝期には外戚の庾亮と共に輔政の地位にあった。その際の政治方針の違いを示す両者の会話が、『世説新語』に伝えられる。

　丞相 嘗て夏月に石頭に至り、庾公を看る。庾公 正に事を料らんとす。丞相云ふ、「暑し、小しく之を簡にす可し」と。庾公曰く、「公の事を遺《わす》るるは、天下も亦た未だ以て允《よ》しと爲さず」と(三)。

王導（丞相）は、暑い中、仕事に励む庾亮（庾公）に、少し「簡」であってもよいではないか、と述べた。これに対して、庾亮は、王導に「事」を忘れすぎだと返したという。「簡」については、この話に続く王導の逸話に劉孝標の注がある。共に掲げよう。

　丞相は末年、略ぼ復た事を省みず、正《た》だ封籙して之を諾す。自ら歎じて曰く、「人は我を憒憒たりと言ふも、後人は當に此の憒憒たるを思ふべし」と。

［注］徐廣の歴紀に曰く、「(王)導 三世に阿衡たりて、夷険を經綸し、政は寛恕に務め、事は簡易に従ふ。故に遺愛の譽を垂るるなり」と(四)。

『世説新語』は、王導が晩年、具体的な事務をほぼ行わず、文書に封をしたまま良しとしていたと伝える。その注に引く徐廣の『歴紀』(『晉紀』か)は、王導が元帝・明帝・成帝の三代の宰相として、危険な国事を乗り切るために、「政」は「寛恕」・「事」は「簡易」、すなわち「寛恕・簡易」な政事を行って、後世まで仁愛の誉れを残した、と述べている。王導が庾亮に勧めていた「簡」とは、寛やかな、細部に拘らない政事のことである[五]。

これに対して、庾亮の政事は、王導の対極に位置するものであった。

　王導 輔政するに、寛和を以て衆を得たり。(庾)亮 法を任《もち》ひ物を裁き、頗る此れを以て人心を失ふ[六]。

庾亮のように法刑を重視して、国家権力の強化に務める政事は、後漢末から三國時代にかけて曹操や諸葛亮が『春秋左氏傳』を典拠に展開した「猛」政である。それは、豪族の規制力を発揮させるために後漢「儒教國家」の用いた、『尚書』に基づく「寛」治が、「慢」に流れた結果、弛緩した国家権力を再編するために用いられたものであった[七]。東晉では、元帝司馬叡が、庾亮すら止めるほど法刑に傾斜した「猛」政を推進していた[八]。

庾亮は、妹の庾文君が明帝の穆皇后であり、成帝の外戚として、そして元帝の政策を継承する者としても、皇帝権力の強化に務める必要があった。しかし、その「猛」政は反発を招く。王敦の乱の平定に功績のあった蘇峻の軍事力を削ぐため、建康に召還しようとした蘇峻に、祖約と共に反乱を起こされたのである。蘇峻は建康を占領し、成帝は幽閉された(『晉書』巻七十三 庾亮傳)。結論から言えば、徐廣の評価どおり、王導の「寛」治こそ、揺れる東晉を安定に導く統治政策なのであった。

『世説新語』も庾亮の「猛」政に対して、徐廣と同様な評価をしており、庾亮の政治を塵を起こすと批判する王導の言葉を記している。

　庾公は權 重く、王公を傾くに足る。庾 石頭に在り、王 冶城に在りて坐するに、大風あり塵を揚ぐ。王 扇を以て塵を拂ひて曰く、「元規 塵もて人を汙《けが》す」と[九]。

『世説新語』は、王導が「大風を起こして人々を塵まみれにする」と庾亮の「猛」政を批判した、と伝え、王導の「寛」治と庾亮の「猛」政を前者を評価する形で対照的に表現している。

それでは、王導の「寛」治とは、具体的にはどのような政事であろうか。

　王丞相の主簿、帳下を檢校せんと欲す。公 主簿に語るらく、「主簿と與に周旋せんと欲すれば、人の几案の間事を知らんと爲すこと無かれ」と。（一〇）

王導は、主簿が幕下の者を取り調べようとした際、人の机の中まで調べてはならないと伝えた、と『世説新語』はいう。部下を信頼して、監察をしない王導のこのような政治は、後漢「儒教國家」の「寛」治にも見られた。王導は、揚州刺史・監江東諸軍事として、司馬睿のもと本格的に揚州支配に乗り出す際、江東貴族を代表する顧和に、こうした「寛」治の推進を依頼されたという。

　王丞相 揚州と爲り、八の部從事を遣はして職に之《ゆ》かしむ。顧和 時に下傳と爲り、還りて時を同じくして倶に見ゆ。諸從事 各〻二千石・官長の得失を奏す。和に至りて獨り言無し。王 顧に問ひて曰く、「卿 何の聞く所ぞ」と。答へて曰く、「明公 輔と作り、寧ろ網をして呑舟を漏せしむるも、何ぞ縁りて風聞を採聽して、以て察察の政を爲さん」と。丞相 咨嗟して佳《よ》しと稱す。諸從事 自ら視て缺然なり。（一一）

　部郡國從事史（部從事）は、州に属する郡國の非法を挙げる監察官である。顧和がその派遣を批判する「察察の政」の典拠は、『老子』第五十八章である。王弼の注には、「刑名を立て、賞罰を明らかにして、以て姦僞を檢す。故に察察と曰ふなり（立刑名、明賞罰、以檢姦僞。故曰察察也）」とあり、「察察の政」とは「猛」政のことである。そうした「猛」政を行うよりも、『史記』巻一百二十二 酷吏列傳序を典拠とする「網をして呑舟を漏せしむる」政事、『史記正義』によれば、「法令」が「疏」となる政事、すなわち「寛」治を目指すことを顧和は王導に求めたのである。

『晉書』巻八十三 顧和傳も、これをそのまま採録しており、王導の「寛」治は、南人の顧和の思いに基づいていることが分かる。それは、司馬睿の江東支配が、顧和の族叔である顧榮たちに支えられていたことを要因とする。

二、江東人士の登用

永嘉元（三〇七）年、東海王の司馬越より安東將軍・都督揚州諸軍事に任ぜられた琅邪王の司馬睿は、王導と共に建業に赴く。王導は、揚州を安定的に治めるため、江東人士を厚遇することを次のように勧めている。

（王）導 因りて計を進めて曰く、「古の王者、故老に賓禮し、風俗を存問し、己を虚くし心を傾けて、以て俊乂を招かざるは莫し。況んや天下 喪亂して、九州 分裂し、大業 草創にして、人を得ることに急なる者をや。顧榮・賀循は、此の土の望なれば、未だ之を引きて以て人心を結ぶに若かず。二子 既に至らば、則ち來らざるもの無し」と。帝 乃ち導をして躬ら循・榮の二人に造《いた》らしめ、皆 命に應じて至る。是れ由り吳・會 風靡し、百姓 心を歸す。此れよりの後、漸く相 崇奉し、君臣の禮 始めて定まる。（一二）

王導は、江東を支配する要として吳郡の顧榮、會稽郡の賀循の二人を招くことを献策し、自ら二人を訪れて司馬睿政權に加入させている。これにより、東晉は建国の基礎を定めることができた。（一三）王導は、それを深く恩に着ていた。

顧司空 未だ名を知られず、王丞相に詣る。丞相 小《や》や極《つか》れ、之に對《むか》ひて疲睡す。顧 之を叩會する所以を思ひ、因りて同坐に謂ひて曰く、「昔 元公の公が中宗を協贊し、江表を保全したるを道《い》ふを聞く毎に、體 小《や》や安んぜず、人をして喘息せしむ」と。丞相 因りて覺め、顧に謂ひて曰く、「此の子 珪璋特達にして、機警 鋒有り」と。（一四）

まだ無名であった顧和（顧司空）は、疲れて居眠りしている王導（王丞相）を起こすために、顧榮（元公）から王導（公）が元帝司馬睿（中宗）を助けて江東を安定させた話を聞いた、と述べた。王導はハッと目を覚まし、その機知を「珪璋特達、機警有鋒」という四字×二句の人物評価にして顧和を褒めた、というのである。王導が顧榮に対する感謝の念を強く抱いていたことが理解できよう。

『世説新語』は、この話の次に、同じく江東人士の賀循への評価を続ける。

會稽の賀生、體識清遠にして、言行 禮を以てす。徒《ただ》に東南の美なるのみならず、實に海内の秀爲《た》り。（二五）

これに対して、唐修『晉書』巻八十三 顧和傳は、「珪璋特達、機警有鋒、不徒東南之美、實爲海内之秀」と、先に掲げた王導の顧和への四字×二句の評価に、『世説新語』に載せる賀循への六字×二句の評価を合わせている。

しかし、劉孝標注に、「爾雅に曰く、「東南の美なる者は、會稽の竹箭有り」と（爾雅曰、東南之美者、有會稽之竹箭焉）」と引かれる『爾雅』のように、「東南之美」という言葉は、「會稽郡」との関わりで使用するものである。したがって、『世説新語』のように、「不徒東南之美、實爲海内之秀」の六字×二句は「體識清遠、言行以禮」という會稽郡の賀循への評価と繋げる『世説新語』の方が正しい。（二六）それを唐修『晉書』が誤って、王導の顧和への評価に加えていることは、この評価が王導によるものであったことを想定させる。しかも、「體識清遠、言行以禮」という四字×二句の人物評価は、王導が用いる形である。『世説新語』に載せられる賀循への評価は、王導のものである蓋然性が高い。

いずれにせよ、王導との関わりの中で、賀循の評価が記録されることは、王導の「寛」治が、江東人士に対する積極的な人物評価と抜擢を伴うものであることの証左である。

王丞相 揚州を拝するや、賓客數百人、並びに霑接を加へられ、人人に悦ぶ色有り。唯だ臨海の一客 姓は任、及び數胡人の未だ洽《やはら》がずと爲すもの有り。公 便し還るに因りて、任の邊に到り過りて云ふに、「君 出でなば、臨海 便ち復た人無からん」と。任 大いに喜説す。因りて胡人の前を過りて指を彈きて云ふ、「蘭闍、蘭闍」と。羣胡 同《とも》に笑ひ、四坐 並《み》な懽《よろこ》ぶ。(一七)

王導は、揚州刺史になると、数百人の賓客をもてなし、満足させたが、不満の色を浮かべていた任顒を人物評価で、そして胡族にも「蘭闍、蘭闍」と胡語で呼びかけ、喜ばせている。王導の政事が人事、とりわけ人物評価を重要視したことを窺い得る。具体的に王導は、次のような評価を江東人士に与えている。

會稽の虞騪、元皇の時に、桓宣武と同俠たり。其の人 才理勝望有り。王丞相 嘗て騪に謂ひて曰く、「孔愉は公の才有れども公の望無く、丁潭は公の望有れども公の才無し。之を兼ぬる者は其れ卿に在らんか」と。騪 未だ達せずして喪《し》す。(一八)

王導は、虞騪(會稽郡、虞翻の孫)は三公になる才と望を持つが、孔愉(會稽郡、武功で車騎將軍)は望に欠け(一九)、丁潭(會稽郡、呉の司徒丁固の孫)は才に欠けると述べた、という。こうした評価に基づき、王導は江東人士を政権に参画させていった。

とりわけ、廬江郡の何充には、高い評価を与え、自らの貴族社会に迎えている。

何次道 丞相の許に往くに、丞相 麈尾を以て坐を指し、何を呼びて坐を共にして曰く、「來れ、來れ。此こは是れ君の坐なり」と。(二〇)

何充が王導(丞相)のところに行くと、王導は麈尾で坐を指し、自分と一緒に坐らせた。共に坐ることは、自らの貴族社会に迎えることを意味する。しかも、劉孝標注が引く『晉陽秋』には、王導の妻の姉の子が何充に嫁ぎ、明穆皇后(庾后)の妹の夫であることが記される。身分制に基づく内婚制を取る貴族制において、婚姻関係を結ぶことは、何充が自分たちと同格であることを示す。大胆な南人優遇策と言えよう。

しかも、王導は揚州の官舎を何充のために修繕している。

丞相 揚州の廨舎を治め、按行して曰く、「我 正に次道の爲に此を治むるのみ」と。何 少くして王公の重んずる所と爲り、故に屢〻此の歎を發す。(二一)

このように、将来を嘱望された何充は、王導の死後、錄尚書事に登り、康帝と穆帝の時には輔政として政権を支えていく（『晉書』巻七十七 何充傳）。ただし、その統治のあり方は「寬」治ではなく、懸命に自ら政務に向き合うものであった。そのため、清談に明け暮れ、政務に向き合わない北来貴族との間に、次のようなやりとりがあったという。

王・劉 林公と與に共に何驃騎を看る。驃騎 文書を看て之を顧みず。王 何に謂ひて曰く、「我 今 故《ことさら》に林公と與に來りて相 看る。卿 常務を擺撥し、應對して共に言ふを望む。那《なん》得ぞ方に低頭して此れを看るや」と。何曰く、「我 此れを看ざれば、卿ら何を以て存するを得ん」と。諸人 以て佳と爲す。(二二)

王濛と劉惔が支遁（林公）と共に何充（何驃騎）のもとを尋ねたが、何充は実務を止めなかった。実務を置いて共に語ろうという王濛に対して、「わたしが実務を見なければ、君たちは存在できないではないか」と、何充は実務をせず清談に明け暮れる王濛らに言い返した、というのである。なお、この話は、『晉書』巻七十七 何充傳には採用されない。『晉書』の描く何充像と『世說新語』の何充像とは異なるのである。『世說新語』は、貴族を代表する文化としての清談の重視と、南北問題を明確に描くという特徴を持つ。

北来貴族の頂点である王導に高く評価された南人の何充は、婚姻関係を結んで貴族社会に仲間入りを果たし、輔政の地位にまで登り詰めた。それでもなお、北来貴族が自らの貴族的価値観(二三)において尊重する清談を重視することなく、実務に生きていった。そこに南北問題の象徴を見ることができる。

三、南北問題

南北問題とは、長江の北から江南に下ってきた北来の貴族たちが、江南の貴族・豪族を自分たちより劣るものとして、政治的・社会的に差別することである。越智重明は、個人的には相互に尊敬し、親しんでいたとしても、北方出身門閥は、その政治的地位を確保する為には、南方門閥を抑制する立場を堅持せざるを得なかったとする。（二四）これに対して、矢野主税は、個々の衝突はあったにしても、巨視的にみて東晉初頭の時代は最も江北人士と江南人士が融和的な時代であった、と主張する。（二五）『世説新語』では、南北問題はどのように描かれているのであろうか。

張玄　王建武と先に相　識らず。後に范豫章の許に遇ふ。范　二人をして共に語らしむ。張　因りて坐を正し衽を斂《をさ》む。王　孰視すること良《や》や久しきも對へず。張　大いに失望し、便ち去る。范　苦《ねんごろ》に譬《さと》して之を留むるも、遂に住《とど》まるを肯ぜず。范は是れ王の舅なれば、乃ち王を讓《せ》めて曰く、「張玄は、呉士の秀にして、亦た時に遇せらる。而るに此に至らしむるは、深く解す可からず」と。王　笑ひて曰く、「張祖希　若《も》し相　識らんと欲せば、自ら應に見詣すべし」と。范　馳せて張に報ぜしめ、張　便ち束帯して之に造《いた》る。遂に觴を擧げて對語し、賓主に愧ずる色無し。（二六）

范寧（范豫章）の坐において、呉郡の張玄は、王坦之の子である王忱（王建武）に相手にされなかった。范寧が王忱を責めると、知り合いになりたいのであれば自分から訪ねてこい、と言った。それを伝えると、張玄は「束帯」して王忱を訪れた、という。北人の南人への差別意識と北人の知遇を得ようとする南人の努力がよく表現されている。（二七）

このような南北問題の根底には、江南に在地性を持たない北人の喪失感、あるいは劣等感があり、それが南人への差別の背景となっていた。それは、そもそも東晉の開祖が口にしていたことでもあった。

元帝 始めて江を過《よぎ》り、顧驃騎に謂ひて曰く、「人の國土に寄り、心 常に慙づるを懐《おも》ふ」と。榮 跪對して曰く、「臣 聞くならく、王者は天下を以て家と爲すと。是を以て耿・亳 定處無く、九鼎 洛邑に遷る。願はくは陛下 遷都を以て念と爲すこと勿かれ」と。(二八)

東晉の元帝司馬睿が顧榮（顧驃騎）に、「人の國土に寄」生することは恥ずかしいと言ったので、顧榮は、「王者は天下を以て家」といたしますと答え、殷と周の遷都の事例を挙げた、という。しかし、皇帝自らが江南に対して「人の國土」と公言する感情は、西晉が曹魏を継承し、後に征服した孫呉を「南土」と差別してきた歴史に由来する。(二九)王導は、こうした北人貴族の喪失感を振り払い、東晉政権の基盤を確立して、可能であれば北伐により中原の回復を目指すべきことを口にしていた、と『世説新語』は伝える。

過江の諸人、美日に至る毎に、輒ち相 邀《むか》へて新亭に出で、卉を藉《し》きて飲宴す。周侯 坐の中ばにして歎じて曰く、「風景 殊ならざれども、正《た》だ自ら山河の異有り」と。皆 相 視て涙を流す。唯だ王丞相のみ愀然として色を變じて曰く、「當に共に力を王室に戮《あは》せ、神州を克復すべし。何ぞ楚囚と作りて相 對するに至らんや」と。(三〇)

江南に移ってきた人々が酒盛りの最中、周顗（周侯）が山河の違いを言うと、みな涙を流した。そうした中、王導（王丞相）は色を変じて「楚囚」になるなと言い、「神州」すなわち中原の克復を説いた、というのである。中原の克復のためには、東晉の国力を増強させなければならない。そのためには江南人士の協力が必要不可欠である。

王導は、あくまでも華北の中原を「神州」と認識する者であった。それでも、懸命に江南に溶け込むために、文化の根底である言葉から、違いを取り除こうとしていく。

劉眞長 始めて王丞相に見ゆ。時に盛暑の月なれば、丞相 腹を以て彈棊の局に熨して曰く、「何ぞ乃ち渹なる」と。劉 既に出づ。人 問ふに、「王公に見ゆるに云何《いかん》」と。劉曰く、「未だ他異を見ず。唯だ呉語を作すを聞くのみ」(三一)と。

劉惔が初めて王導に会ったとき、王導は碁盤に腹をおしつけ、なんと渹《つめ》たい、と言った。王導に会った感想を聞かれた劉惔は、「呉語」を話すとだけ答えた、という。言語は、人々の差別を喚び起こす大きな要因である。唐の科擧で禮部試の後に行われた吏部試では、「身・言・書・判」によって貴族か否かを判断した。「言」（方言を使わないこと）は、貴族が文化を存立基盤とする以上、重要な必要条件であった。王導が「呉語」を用いることは、それ以外の言葉を劉惔に発せさせないほどに衝撃的なことであり、南北問題を解決しようとする王導の決意を象徴する。

こうして王導は、積極的に南人と交際し、かれらを自宅に泊めることもあった。

許侍中・顧司空、倶に丞相の從事と作り、爾《そ》の時 已に遇せられ、遊宴・集聚、略ぼ同《とも》にせざるは無し。嘗て夜丞相の許に至りて戲れ、二人の歡 極まる。丞相 便ち命じて己の帳に入りて眠らしむ。顧は曉に至るまで回轉して、快孰するを得ず。許は牀に上るや、便ち咍臺として大鼾す。丞相 諸客を顧みて曰く、「此の中 亦た眠るを得難き處なり」(三二)と。

王導が義興郡の許璪（許侍中）と呉郡の顧和（顧司空）を自分の帳に入れて寝かせると、顧和は眠れず、許璪はぐっすり寝た、という。『世説新語』の主題は、義興の許璪の豪胆さを伝えることにあるが、行論との関わりで言えば、王導が、南人の二人を自分の帳の中で、しかも諸客のある中で就寝させるという恩恵を示したことが注目される。こうした王導による南北問題への対応の結果、王導と江南貴族との間には、次第に強い信頼関係が生まれていった。

王敦の乱が起こると、王導は闕に至って謝罪を繰り返した。屬僚たちが、かける言葉も見つからない中、顧和は手紙を出して、その起居を問うた、という。

王敦の兄の含 光祿勳爲《た》り。敦 既に逆謀し、南州に屯據するや、含 職を委《す》てて姑孰に奔る。王丞相 闕に詣りて謝す。司徒・丞相・揚州の官僚 問訊せんとするも、倉卒にして何を辭とするかを知らず。顧司空 時に揚州別駕爲《た》り。翰を援《と》りて曰く、「王光祿は遠く流言を避け、明公は路次に蒙塵す。羣下 寧からず。尊禮の起居 何如なるかを審らかせず」と（三三）。

王導を処罰せよとの意見もある中、王導がその地位を保ち得た要因の一つは、こうした江東貴族からの支持にあった。南土に恩愛を示してきた王導の南北問題への取り組みの成果と言えよう。

しかし、王導がすべての江東人士の支持を得られたわけではない。

王丞相 初めて江左に在り、援を呉人に結ばんと欲し、婚を陸太尉に請ふ。對へて曰く、「培塿に松栢無し。薫蕕は器を同じくせず。玩 不才なると雖も、義として亂倫の始を爲さず」と（三四）。

王導は、始めて江南に渡ると「呉人」の援助を得るため、陸玩（陸太尉）に縁組を求めたが、「亂倫の始」にはなれないと拒否された、という。「呉の四姓」の筆頭である陸氏は、西晉において北人からの差別の中で陸機を失っている。八王の乱の最中、南土の兵力を期待された陸機は、成都王穎に抜擢されて兵を委ねられる。しかし、陸機の指揮に従わない孟超に「貉奴が兵を指揮できるのか」と罵られ、孟超の兄である宦官の孟玖から讒言されて、七里澗の戦いの後、陸機は誅殺された（渡邉義浩〈二〇一〇a〉）。その際、陸機と共に上洛していた顧榮たちは、すでに呉郡に戻っており、陸機にも帰ることを勧めていた最中に起きた悲劇であった（渡邉義浩〈二〇一〇b〉を参照）。

こうした事情もあってか、陸玩は、王導に政務の意見を求めながらも、それには従わなかった、という（『世說新語』政事第三）。あるいは、陸玩が王導のもとで、酪を食べ過ぎて死にそうになった話も伝わる。その際、陸玩は、手紙を書き、あやうく「傖鬼」になるところであったと記している（『世説新語』排調第二十五）。「傖」は、南方から北方を呼ぶ際の差別用語である。[三五] このため、この話を引く『晉書』巻七十七 陸曄傳附陸玩傳は、「其の權貴を輕易すること此くの如し（其輕易權貴如此）」と陸玩を評する。王導の「寛」治にも懐かない南人は、存在したのである。

それでも王導は、南北問題の解決を目指した。それは南人の協力がなければ、東晋が立ち行かないためである。

蘇子高の事 平らぎ、王・庾の諸公、孔廷尉を用ひて丹陽と爲さんと欲す。亂離の後、百姓 彫弊す。孔 慨然として曰く、「昔 肅祖 崩ずるに臨み、諸君 親しく御牀に升り、並びに眷識を蒙り、共に遺詔を奉ず。孔坦は疎賤にして、顧命の列に在らず。既に艱難有れば、則ち微臣を以て先と爲す。今 猶ほ俎上の腐肉、人の膾截に任すがごときのみ」と。是に於て衣を拂ひて去る。諸公も亦た止む。[三六]

蘇峻（蘇子高）の乱のあと、王導・庾亮は、孔坦（孔廷尉）を戦乱に荒れ果てた丹陽の尹にしようとした。孔坦は、明帝（肅祖）の遺詔を受けた重臣でもないのに、艱難の時だけ先頭に立てようとすることはおかしい、と言って立ち去った、という。「會稽の孔氏」の出身である孔坦に、庾亮の「猛」政を理由に起こった蘇峻の乱で荒廃した地域の行政をまかせ、言わば悪政のしわ寄せをしようとした王導や庾亮に対して、江東人士はこれを嫌ったことが分かる。しかし、だからと言って、南人が三公となることは、就任した南人当人を含め、居心地のよいものではなかった。

陸玩 司空を拜す。人有り之に詣り、美酒を索《もと》む。得れば便ち自ら起ち、梁柱の間の地に瀉箸し、祝して曰く、「當今 才乏しく、爾《なんぢ》を以て柱石の用と爲す。人の棟梁を傾くること莫かれ」と。玩 笑ひて曰く、「卿の良箴を戢《をさ》めん」と。[三七]

王導と距離をおいていた陸玩が、王導・郗鑒・庾亮が相継いで世を去った後、司空を拝命すると、ある人が美酒を求め、これを地に注いで、今は才能のある人が少ないので、君が司空になった。「人の棟梁」を傾けないように、とお祝いを言った、という。陸玩が預かるものは、あくまで他人、すなわち北人の国家の棟梁なのである。南人の力がなければ立ち行かない、北人の国家である東晉を象徴する逸話と言えよう。

北人と南人とは融和的である、という矢野主税〈一九六五〉の主張は、南人が存在しなければ統治ができない東晉の実態を示した評価と言えよう。それでも、越智重明〈一九五六〉の主張するとおり、南北問題は意識として明確に存在した。貴族が武力や経済力を基盤とせず、文化を存立基盤に置く以上、意識は大きな比重を占める。『世説新語』に北人の南人への差別が多く記される理由である。劉宋の貴族の現状を正統化する『世説新語』は、南人への差別意識を隠そうとはしない。そうした中で、王導は、南北問題の解決に努めた貴族として、『世説新語』から高く評価されているのである。

四、貴族の模範

南北問題への解決の努力が王導への支持をもたらす一方で、王導は、北来貴族からその清談によって高く評価されていた、と『世説新語』はいう。

王丞相 江を過り自ら說くに、「昔 洛水の邊に在りて、數〻裴成公・阮千里の諸賢と與に共に道を談ぜり」と。羊曼曰く、「人 久しく此を以て卿に許せり、何ぞ復た爾るを須《もち》ひん」と。王曰く、「亦た我も此を須ふと言はず、但だ爾の時を欲するも得可からざるのみ」と。(三八)

王導が、むかし洛水のほとりで、裴頠（裴成公）や阮瞻（阮千里）と清談したことを懐かしむと、羊曼は人々があなたを認めているのはそのことに依ると言った。王導はそのころに戻れないことを嘆いた、という。東晉において王導が有した求心力の淵源は、西晉期の清談にある、と『世説新語』は伝えているのである。

清談には、中心的な問題があり、そのいずれにも王導は、精通していた。

舊に云ふ、「王丞相 江左に過りてより、止だ聲無哀樂・養生・言盡意の三理を道《い》ふのみ。然れども宛轉關生して、入らざる所無し」と。[三九]

「聲無哀樂」論・「養生」論・「言盡意」論の三論は、いずれも嵇康を中心とする魏晉玄學の展開の中心となったものである（和久希〈二〇〇八〉を参照）。嵇康の子である嵇紹は、早くから司馬睿の非凡さを見抜き、「琅邪王の毛骨は常に非ず、殆ど人臣の相に非ざるなり（琅邪王毛骨非常、殆非人臣之相）」（『晉書』巻六 元帝紀）と述べていた。王導は、その父である嵇康の論を尊重せざるを得まい。西晉が王衍の清談によって滅びたと「清談亡国論」が唱えられる中で、東晉の佐命の臣である王導が玄学に基づく清談の中核を継承していたことは、貴族における文化の重要性を端的に物語る（本書第七章参照）。

こうして北来の貴族からも、南人からも支持を得ることで、王導は圧倒的な力を持っていた。しかし、王導が東晉の君主権力を脅かすことはなかった。

元帝 正會に、王丞相を引きて御牀に登らしむ。王公 固辭す。中宗 之を引くこと彌〻苦《ねんごろ》なり。王公曰く、「太陽をして萬物と輝きを同じくせしむれば、臣下 何を以て瞻仰せん」と。[四〇]

正會禮のとき、元帝司馬睿（中宗）から玉座に昇らされそうになった王導は、これを辞退して、太陽と万物は輝きを同じくしてはならないと言った、という。王導は、玉座に昇るという殊禮を辞退すると共に、[四一]文化的諸価値を占有する支配者層である貴族と、民を把握し、武力を持ち国家権力の強大化を計る皇帝との違いを明確にし、それぞれの共存を目指したのである。王敦や桓溫のように簒奪を目指す貴族に対して否定的な『世説新語』は、王導を貴族の規範として高く評価する。

こうした王導の「寛」治は、謝安に継承された。

謝公の時、兵厮逋亡し、多く近く南塘の下の諸舫中に竄《かく》る。或《あるひと》一時に捜索せんことを欲求するも、謝公許さず。云ふ、「若し此の輩を容置せざれば、何を以て京都と爲さん」と。(四二)

謝安（謝公）は宰相のとき、亡命者を許している。劉孝標注に引く『晉陽秋』によれば、亡命者は山沢に隠れるものであり、異民族の侵入時に人心を動揺させるべきではないと考えた謝安が「寛」治を行ったのである、という。「寛」治は、荘園を持つ貴族・豪族の階級的利益を擁護するものでもあった。謝安が謝玄に指揮をさせ淝水の戦いで苻堅を破ることができた一因は、謝安の「寛」治に対する南人の支持にある。

さらに、王導の「寛」治は、桓溫への影響を見ることもできる。

桓公 荊州に在り、全て徳を以て江漢に被しめんと欲し、威刑を以て物を粛するを恥づ。令史 杖を受くるや、正に朱衣の上より過らしむ。桓式 年少《わか》く、外より來りて云ふ、「向《さき》に閣下より過り、令史の杖を受くるを見るに、上は雲根を捎《う》ち、下は地足を拂へり」と。意 著かざるを譏るなり。桓公云ふ、「我 猶ほ其の重きを患《うれ》ふ」と。(四三)

桓溫は、屬吏が罪を犯しても鞭打たない「寛」治を行った、という。屬吏層は、南人から辟召されており、それを罰しないことは、南人の規制力を発揮させることに繋がる。桓溫が北伐に成功して洛陽を回復し、土斷を実行して財政を確立した一因には、(四四)「寛」治に対する南人の支持があった。

謝安・桓溫は、ともに王導の「寛」治を継承することで、南人の規制力を発揮させながら、北方との戦いに臨んだのである。

おわりに

王導は、元帝司馬睿や庾亮とは異なり、緩やかな「寛」治により江南を統治していた。それは、南人の顧和の思いに基づいたもので、王導は南人と婚姻関係を結び、南人の登用を図った。しかし、南人の何充が、輔政の地位に在りながら、なお清談よりも実務を重視したように、意識の上での南北差別は、明確に存在した。『世説新語』は、南北問題の存在を明確に描き、北人の南人への差別意識を隠そうとしない一方で、南北問題の解決に努めた王導を高く評価した。東晉そして劉宋の江南統治の模範をそこに見るためである。

『世説新語』は、王導の「寛」治が、江南を円滑に統治し、南北問題を解決する方法論として、謝安や桓溫に継承されたことを伝える。それは、桓溫の簒奪を防いだ謝安が、いかに貴族の自律的秩序を維持したのか、という方法論を伝えたのと同じように、『世説新語』が、王導の「寛」治を江南統治の規範として、後世に伝えようとしたためなのである。

《　注　》

（一）『世説新語』輕詆第二十六には、王導が蔡謨を一方的に軽蔑した話を載せる。劉孝標注に引く『妒記』には、蔡謨が先に嫁を恐れる王導をからかったことを記すが、『世説新語』にはそうした記述はない。『世説新語』が王導に好意的とは言い難い数少ない事例である。なお、『妒記』については、寧稼雨《一九九一》を参照。

（二）王敦の乱については、高須国臣〈一九六八〉、唐長孺《一九八三》、陳啓雲・羅驤〈二〇一〇〉を参照。

（三）丞相嘗夏月至石頭、看庾公。庾公正料事。丞相云、暑、可小簡之。庾公曰、公之遺事、天下亦未以爲允（『世說新語』政事第三）。
（四）丞相末年、略不復省事、正封籙諾之。自歎曰、人言我憒憒、後人當思此憒憒。［注］徐廣歷紀曰、（王）導阿衡三世、經綸夷險、政務寬恕、事從簡易。故垂遺愛之譽也（『世說新語』政事第三・注）。
（五）王導が江南に寛容の統治で臨んだことは、岡崎文夫《一九三二》、万縄楠《一九八三》、寧稼雨《一九九四》、李済滄〈二〇〇四〉など、多く指摘されている。
（六）王導輔政、以寬和得衆。（庾）亮任法裁物、頗以此失人心（『晉書』卷七十三 庾亮傳）。
（七）後漢の「寛」治、および曹操の「猛」政については、渡邉義浩〈二〇〇一〉を参照。なお、『世說新語』政事第三には、簡文帝が丞相のとき、政務がたいへん遅れ、桓溫が早くするよう勧めた話が記される。「寛」の悪弊として「慢」に政事が流れた事例である。
（八）『晉書』卷七十三 庾亮傳に、「時に〈元〉帝 刑法に任ずるに方《むか》ひ、韓子を以て皇太子に賜ふ。〈庾〉亮 諫むるに申・韓刻薄にして化を傷へば、聖心に留むるに足らざるを以てす。太子 甚だ焉を納る（時〈元〉帝方任刑法、以韓子賜皇太子。〈庾〉亮諫以申・韓刻薄傷化、不足留聖心。太子甚納焉）」とある。こうした元帝の「猛」政への反発が王敦の乱を招いたことは、唐長孺《一九八三》を参照。
（九）庾公權重、足傾王公。庾在石頭、王在冶城坐、大風揚塵。王以扇拂塵曰、元規塵汙人（『世說新語』輕詆第二十六）。
（一〇）王丞相主簿、欲檢校帳下。公語主簿、欲與主簿周旋、無爲知人几案閒事（『世說新語』雅量第六）。
（一一）王丞相爲揚州、遣八部從事之職。顧和時爲下傳、還同時俱見。諸從事各奏二千石・官長得失。至和獨無言。王問顧曰、卿何所聞。答曰、明公作輔、寧使網漏呑舟、何緣採聽風聞、以爲察察之政。丞相咨嗟稱佳。諸從事自視缺然也（『世說新語』規箴第十）。なお、王導が江南大姓と結んだことは、陳寅恪〈一九八〇〉を参照。
（一二）（王）導因進計曰、古之王者、莫不賓禮故老、存問風俗、虚已傾心、以招俊乂。況天下喪亂、九州分裂、大業草創、急於

得人者乎。顧榮・賀循、此土之望、未若引之以結人心。二子既至、則無不來矣。帝乃使導躬造循・榮二人、皆應命而至。由是吳・會風靡、百姓歸心焉。自此之後、漸相崇奉、君臣之禮始定（『晉書』巻六十五 王導傳）。なお、王導がここに掲げる江東人士の登用方針である「存問風俗」に応えるため、葛洪が『抱朴子』を著したことは、渡邉義浩〈二〇一四a〉を参照。

（一三）東晉の建国過程については、川勝義雄《一九八二》、金民寿〈一九八九〉、田余慶《一九八九》、田中一輝〈二〇一一〉を参照。

（一四）顧司空未知名、詣王丞相。丞相小極、對之疲睡。顧思所以叩會之、因謂同坐曰、昔每聞元公道公協贊中宗、保全江表、體小不安、令人喘息。丞相因覺、謂顧曰、此子珪璋特達、機警有鋒（『世說新語』言語第二）。

（一五）會稽賀生、體識清遠、言行以禮。不徒東南之美、實爲海內之秀（『世說新語』言語第二）。

（一六）『世說新語』と唐修『晉書』との関係については、本書第十章を参照。

（一七）王丞相拜揚州、賓客數百人、並加霑接、人人有悅色。唯有臨海一客姓任、及數胡人爲未洽。公因便還、到過任邊云、君出、臨海便無復人。任大喜說。因過胡人前彈指云、蘭闍、蘭闍。羣胡同笑、四坐並懽（『世說新語』政事第三）。

（一八）會稽虞駿、元皇時、與桓宣武同俠。其人有才理勝望。王丞相嘗謂駿曰、孔愉有公才而無公望、丁潭有公望而無公才。兼之者其在卿乎。駿未達而喪（『世說新語』品藻第九）。

（一九）望については、中村圭爾〈一九八七b〉を参照。また、會稽の孔氏については、李小紅〈二〇〇二〉を参照。

（二〇）何次道往丞相許、丞相以麈尾指坐、呼何共坐曰、來、來。此是君坐（『世說新語』賞譽第八）。

（二一）丞相治揚州廨舍、按行而言曰、我正爲次道治此爾。何少爲王公所重、故屢發此歎（『世說新語』賞譽第八）。

（二二）王・劉與林公共看何驃騎。驃騎看文書不顧之。王謂何曰、我今故與林公來相看。望卿擺撥常務、應對共言。那得方低頭看此邪。何曰、我不看此、卿等何以得存。諸人以爲佳（『世說新語』政事第三）。

（二三）『世說新語』に確立された貴族的価値観については、本書第六章を参照。

(二四) 越智重明〈一九五六〉。越智重明〈一九五八〉、〈一九八四〉も参照。

(二五) 矢野主税〈一九六五〉。このほか、矢野主税〈一九六七b〉、〈一九六八〉も参照。

(二六) 張玄與王建武先不相識。後遇於范豫章許。范令二人共語。張因正坐斂衽。王孰視良久不對。張大失望、便去。范苦譬留之、遂不肯住。范是王之舅、乃讓王曰、張玄、呉士之秀、亦見遇於時。而使至於此、深不可解。王笑曰、張祖希若欲相識、自應見詣。范馳報張、張便束帶造之。遂舉觴對語、賓主無愧色(『世説新語』雅量第六)。

(二七) 『世説新語』賞譽第八に、西晉が孫呉を平定した前後に揚州刺史を勤めた汝南の周浚に、呉郡の蔡洪が、南人の人物評価を伝えた話が記される。劉孝標注に引く『蔡洪集』は、評価を伝えた十六人の名を挙げる。このように支配された側が、自らの「名士」社会の秩序を報告する事例は、曹操に袁氏が滅ぼされた際の崔琰、蜀漢滅亡時の譙周にも見ることができる。

(二八) 元帝始過江、謂顧驃騎曰、寄人國土、心常懷慙。榮跪對曰、臣聞、王者以天下爲家。是以耿・亳無定處、九鼎遷洛邑。願陛下勿以遷都爲念(『世説新語』言語第二)。

(二九) 西晉において「南士」を代表する陸機が受けた差別とかれの生き方については、渡邉義浩〈二〇一〇a〉を参照。

(三〇) 過江諸人、毎至美日、輒相邀出新亭、藉卉飲宴。周侯中坐而歎曰、風景不殊、正自有山河之異。皆相視流淚。唯王丞相愀然變色曰、當共戮力王室、克復神州。何至作楚囚相對邪(『世説新語』言語第二)。

(三一) 劉眞長始見王丞相。時盛暑之月、丞相以腹熨彈棊局曰、何乃渹。劉既出。人問、見王公云何。劉曰、未見他異。唯聞作呉語耳(『世説新語』排調第二十五)。

(三二) 許侍中・顧司空、倶作丞相從事、爾時已被遇、遊宴・集聚、略無不同。嘗夜至丞相許戲、二人歡極。丞相便命使入已帳眠。顧至曉回轉、不得快孰。許上牀、便咍臺大鼾。丞相顧諸客曰、此中亦難得眠處(『世説新語』雅量第六)。

(三三) 王敦兄含爲光祿勳。敦既逆謀、屯據南州、含委職奔姑孰。王丞相詣闕謝。司徒・丞相・揚州官僚問訊、倉卒不知何辭。顧司空時爲揚州別駕。援翰曰、王光祿遠避流言、明公蒙塵路次。羣下不寧。不審尊禮起居何如(『世説新語』言語第二)。

(三四) 王丞相初在江左、欲結援呉人、請婚陸太尉。對曰、培塿無松栢。薰蕕不同器。玩雖不才、義不爲亂倫之始(『世説新語』

方正第五）。

（三五）南朝と北朝がそれぞれ蔑称で呼び合いながらも、文化的には交流したことについては、吉川忠夫〈二〇〇〇〉を参照。

（三六）蘇子高事平、王・庾諸公、欲用孔廷尉爲丹陽。亂離之後、百姓彫弊。孔慨然曰、昔肅祖臨崩、諸君親升御牀、並蒙眷識、共奉遺詔。孔坦疎賤、不在顧命之列。既有艱難、則以微臣爲先。今猶俎上腐肉、任人膾截耳。於是拂衣而去。諸公亦止（『世説新語』方正第五）。

（三七）陸玩拜司空。有人詣之、索美酒。得便自起、瀉箸梁柱間地、祝曰、當今乏才、以爾爲柱石之用。莫傾人棟梁。玩笑曰、戢卿良箴（『世説新語』規箴第十）。

（三八）王丞相過江自說、昔在洛水邊、數與裴成公・阮千里諸賢共談道。羊曼曰、人久以此許卿、何須復爾。王曰、亦不言我須此、但欲爾時不可得耳（『世説新語』企羨第十六）。

（三九）舊云、王丞相過江左、止道聲無哀樂・養生・言盡意三理而已。然宛轉關生、無所不入（『世説新語』文學第四）。

（四〇）元帝正會、引王丞相登御牀。王公固辭。中宗引之彌苦。王公曰、使太陽與萬物同輝、臣下何以瞻仰（『世説新語』寵禮第二十二）。

（四一）国家の簒奪を志す者が、殊禮を繰り返し受けることで、帝位に近づこうとすることについては、石井仁〈二〇〇一〉を参照。

（四二）謝公時、兵厮逋亡、多近竄南塘下諸舫中。或欲求一時搜索、謝公不許。云、若不容置此輩、何以爲京都（『世説新語』政治第三）。

（四三）桓公在荊州、全欲以德被江漢、恥以威刑肅物。令史受杖、正從朱衣上過。桓式年少、從外來云、向從閣下過、見令史受杖、上捎雲根、下拂地足。意譏不著。桓公云、我猶患其重（『世説新語』政治第三）。

（四四）土斷については、矢野主税〈一九七〇〉、〈一九七一〉などを参照。

第九章 『世説新語』劉孝標注における「史」の方法

はじめに

劉宋の劉義慶が撰した『世説新語』は、劉孝標注と共に今日に伝わる。劉孝標が『世説新語』に注を付けたことについて、唐の劉知幾は、「方《まさ》に復た情を委巷の小説に留め、思を流俗の短書に鋭《と》ぐ。勞にして功無く、費にして當無き者と謂ふ可きなり（一）」と批判する。

劉知幾が劉孝標注を批判する理由は、二つである。第一は、注を付ける対象として『世説新語』を選んだことにある。『史通』によれば、史書は国家の正式な記録を材料とすべきであるにも拘らず、『世説新語』は「恢諧小弁」を載せている（『史通』巻五 採撰篇）。また、史家の文章は、正確さを主とすべきであるのに（『史通』巻五 載文篇）、『世説新語』は「委巷の小説」、「流俗の短書」であり、注を付けるに値しないとするのである。

批判の第二は、注の付け方にある。劉知幾は、史書への注を經書と同様に訓詁を主体とすべきとし、裴駰の『史記集解』や應劭の『集解漢書』などを評価する。これに対して、劉孝標の注は、「好事子」が、「異文を廣」めるために著した、裴松之の『三國志注』や劉昭の『後漢書注』などと同じものと批判するのである（『史通』巻五 補注篇）。

劉知幾が述べるように、劉孝標の『世説新語注』は、先行する裴松之の『三國志注』で行われた「史」の方法を継承している。すなわち、『世説新語』を史書と見なして注を付けているのである。これに対して、『五代史志』の一部として編集され、顯慶元（六五六）年に完成し、のちに『隋書』に編入された經籍志は、[二]『世説新語』を小説家に分類する。「史」を皇帝のもとに收斂していく中で、貴族の記録である『世説新語』を小説に分類することによって批判したのである。景龍四（七一〇）年に成立した『史通』[三]の『世説新語』批判は、その継承と言えよう。

一方、『隋書』經籍志に先行して、貞觀二十二（六四八）年に完成した『晉書』は、『世説新語』を列傳の材料に多く用いる（本書第十章を參照）。事実を記載しない『語林』への謝安の批判を尊重する『世説新語』は、自ら虚構を否定しており、[四]「委巷の小説」、「流俗の短書」と批判される志人小説とは言い難い。

范子燁〈一九九八ａ〉によれば、『世説新語』の編纂は、元嘉十六（四三九）年四月から元嘉十七（四四〇）年十月の間であり、裴松之注の完成した元嘉六（四二九）年から約十年後のことになる。裴松之注は、劉宋の文帝が「不朽」と称えた史注であり、当時尚書左僕射であった劉義慶も見ることができた。裴注には、小説的な逸話を広く拾う傾向がある。[五]そうした特徴を含めて『世説新語』は、「史」の自立[六]の契機となった裴注の影響を受けた史書として著された。やがてそれは、北朝系の顏師古らの經學の方法を「史」に用いる史學に否定されることになるが、少なくとも劉孝標は、『世説新語』を史書と見なして、裴注の「史」の方法を継承して注を付けている。

本章は、劉孝標の学問を知り、その注への裴注の影響を明らかにしたうえで、『世説新語』劉孝標注の特徴を追究するものである。

一、南朝系の博学

劉峻（孝標は字、以下も劉孝標と記述）は、劉宋の武帝劉裕の南燕征服で南朝に至り、寒門・寒將として劉宋の軍事力を構成した「三齊豪族」の一つである「平原の劉氏」に属する。(七)劉宋の大明六（四六二）年に生まれた劉孝標は、泰始五（四六九）年、東陽城を陷した北魏の捕虜となり中山に連行された。その地の富人劉實に贖われ、書學を修める機会を得たのも束の間、「平原の劉氏」であることが発覚して平齊郡に送られ、北魏の監視下に置かれた。その地で、佛僧の曇曜のもと、雜寶藏經などの筆受をしたのち、(八)永明四（四八六）年、二十五歳のとき建康に帰還した。(九)劉孝標は、南齊の竟陵王蕭子良の國官に就くことを希望したが、叶わなかった。蕭子良が西邸で開いていた学術交流の場に参加したかったのである。そのころの劉孝標の書籍への情熱を『梁書』の劉峻傳は、次のように伝える。

（劉峻）自ら見る所　博からずと謂ひ、更に異書を求む。京師に有る者を聞かば、必ず往きて祈借す。清河の崔慰祖、之を書淫と謂ふ。(一〇)

自らの万巻の蔵書を好事者に貸し与え、「三齊豪族」の文化の中心となっていた崔慰祖は、貪欲に書籍を博覧する劉孝標を「書淫」と評した、というのである。劉孝標が、書籍を探し求めたことは、『世說新語』の劉孝標注からも垣間見ることができる。

『世說新語』排調第二十五に、張華が、初めて会う陸雲と荀隱に、常語を使わず談論するよう命じ、陸雲は「雲間」、荀隱は「日下」と称して議論を交わした話が記される。劉孝標は、その注で次のように述べている。

晉百官名に曰く、「荀隱　字は鳴鶴、潁川の人なり」と。荀氏家傳に曰く、「隱の祖たる昕、樂安太守なり。父の岳、中書郎なり。隱 陸雲と與に、張華の坐に在りて語り、互ひに相 反覆し、陸 連《しき》りに屈を受く。隱の辭 皆美麗なり。張公 善と稱す」としか云ふ。世に此の書有り、之を尋ぬるも未だ得ず。太子舍人・廷尉平を歴し、蚤に卒す。(一一)

注の中に、「世にこの書物があるはずだが、探し求めても得ることができない」という劉孝標の思いが挟まれている、珍しい記述である。劉孝標は、地名と「雲間の龍」を掛けるなど、この話の優れた表現の詳細を知るために、それが記されているであろう『荀氏家傳』を探し求めていたが、得られなかったのである。したがって、ここに引用する『荀氏家傳』が、又引きであることも分かる。先行する史敬胤注を下敷きに、劉孝標が『世説新語』に注を付けたことは後述しよう。ここでは、劉孝標が裴注の流れを汲む、南朝系の多くの異聞・異説を集める注を規範として、(一二)『世説新語』注の執筆中も、書籍の探求を続けていたことを確認しておく。

梁が成立すると、劉孝標は、武帝蕭衍の日常的生活空間である文德殿内に設けられた學士省である西省に召入され、武帝の私的蔵書の目録「梁天監四年文德正御四部及術數書目錄」の撰定に従事した。(一三) 武帝によって西省に學士として招かれた者は、丘遲・袁峻・庾於陵など賢才・碩学ばかりであり、劉孝標への高い評価を窺い得る。しかし、劉孝標は、やがて學士を罷免される。それは、『梁書』巻五十 文學下 劉峻傳に、「峻 性に率《したが》ひて動き、衆に隨ひて沉浮する能はず(峻率性而動、隨衆不能沉浮)」とあるように、武帝に迎合できなかったことを主因とする。『南史』は、さらに具体的に次のような話を伝える。

武帝 毎に文士を集め、經・史の事を策す。時に范雲・沈約の徒、皆 短を引き長を推す。帝 乃ち悅び、其れに賞賚を加ふ。會《たまたま》錦被の事を策し、咸 已に罄《つ》くと言ふ。帝 試みに呼びて峻に問ふ。峻 時に貧悴にして冗散なるも、忽ち紙筆を請ふや、十餘事を疏《つら》ぬ。坐客 皆 驚き、帝 覺へず色を失ふ。是れより之を惡《にく》み、復た引見せず。峻の類苑 成ること凡そ一百二十巻なるに及び、帝 卽《ただ》ちに諸學士に命じ、華林徧略を撰して以て之より高くす。竟に用ひられず。(一四)

唐の李延壽が著した『南史』・『北史』は、裴注を意識して、「唯だ遺逸を鳩聚して、以て異聞を廣む（唯鳩聚遺逸、以廣異聞）」（『北史』巻一百 序傳）ことを編纂方針としている。榎本あゆちによれば、具体的には『談藪』などにまとめられる北齊系の士人の談論の場で形成された説話が、『梁書』にない『南史』の独自記事の淵源となっており、(一五)『南史』のみに伝わる本資料も、そうした偏向を持つという（榎本あゆち〈二〇一四〉）。

それを踏まえたうえでなお、ここには貴族の文化的価値を皇帝に収斂しようとして『華林徧略』の編纂を命じる梁の武帝と、武帝に媚びることなく、策事（隸事。ものづくし）にその博学を披露し、それを活かして武帝の弟である安成王蕭秀のもと『類苑』を編纂した劉孝標の学問の広さがよく表現されている。

劉孝標は、『類苑』、『世説新語注』のほか、『漢書注』も著している。吉川忠夫〈一九七九〉によれば、これも博学に基づき異聞を集める南朝系の『漢書』の注であった、という。劉孝標は、その学問に基づいて、『世説新語』にも博引旁証の注を付けていった。(一六)その際、どのように裴注を継承しているのか、具体的に検討していこう。

二、裴注の継承

裴松之は、「上三國志注表」において、①補闕・②備異・③懲妄・④論弁という四種の体例に基づき『三國志』に注を附した、と述べている。①補闕とは、簡略と称される陳壽の『三國志』の記事を補うもので、多くの史書が裴注により伝えられた。②備異とは、本文と異なる説を引くことで、③懲妄とは、本文および引用史料の誤りを訂正することであるが、両者は補完して行われることも多い。④論弁とは、史実と史書への論評である。

劉孝標注は、裴注の四つの体例を継承している。①補闕より検討していこう。

庾道季云ふ、「廉頗・藺相如は千載上の死人と雖も、懍懍として恆に生氣有るが如し[一]。曹蜍[二]・李志は[三]見在すと雖も、厭厭として九泉下の人の如し。人皆此くの如くんば、便ち結繩して治む可し。但だ恐る、狐狸邗狢の噉ひ盡くさんことを」と[四]。(一七)（[ ]は注の位置を示す。漢数字は渡邉による。以下同）。

庾龢が曹茂之・李志を評して、「廉頗・藺相如は未だ生きているのに、曹茂之・李志はすでに黄泉の国にいるようなものだ」と言った後に、「人がみなこのようであれば結縄して治めることになる」と述べる難解な文章を説明するために、劉孝標は四つの注を付けている。[一]は、『史記』を節略して引用することで、廉頗と藺相如の人となりを説明する。[二]は、「蜍は、曹茂の小字なり（蜍、曹茂之小字也）」という自分で書いた注ののち『曹氏譜』を引用して、曹茂だけではなく、祖父と父の名と官職を掲げる。[三]は、『晉百官名』を引用して、李志の字と出身、『李氏譜』を引用して、李志だけではなく、祖父と父の名と官職を掲げる。そして、「便ち」以下の難しい文章には、その文意を説明した次のような注[四]を付けている。

　言ふこころは人皆曹・李の如く質魯淳慤たれば、則ち天下に姦民無く、縄を結びて治を致す可し。然るに才智聞ゆる無く、功迹倶に滅び、身は狐狸に盡き、擅世の名無きなり。(一八)

このように、劉孝標は、『世説新語』の記事を①補闕するため、『史記』などの古典を節略しながら典拠を示し、家譜を引用して貴族の父祖に溯って家系を明らかにし、難しい文章に解釈を加えて、『世説新語』を読みやすくしているのである。

また、劉孝標注は、『世説新語』の記事を①補闕するため、『世説新語』と同じことを伝える別の書籍を引用することもある。

何充は宰相になったとき、信任する者に人を得ないとの批判があり、それを受けて阮裕が「何充は布衣から一躍宰相についたことは遺憾である」と言った、という『世説新語』の記事がある。これについて、劉孝標は、何充の信任した者が凡庸であったという『晉陽秋』の記事を引用したのち、阮裕の何充への評価を伝える別の書籍を引用する。

語林に曰く、「阮光祿 何次道の宰相と爲るを聞き、歎じて曰く、「我 當に何れの處に生活すべし」と」と。此れ則ち阮 未だ何の鼎輔と爲るを許さず。二説 便ち相 符するなり。(一九)

劉孝標は、裴啓の『語林』より、阮裕（阮光祿）が何充（何次道）の宰相職就任を認めていない文章を引用したうえで、『世説新語』と『語林』の「二説」が互いに符合していると述べる。それによって、劉孝標は、「次道 自づから此に至らず（次道自不至此）」という文言を含むため、何充を認めているのか、宰相に相応しくないと考えているのか、解釈が難しい『世説新語』の文意を確定する。劉孝標注は、単に事実を補うだけの①補闕に止まらず、『世説新語』の文意を解釈するための引用にも努めているのである。

続いて、本文と異なる説を引く②備異を検討しよう。

『世説新語』には、曹魏の明帝が母方の祖母（外祖母）のために甄氏の土地に館を築くと、繆襲はそれを曾參・閔子騫に勝る行為として、その館の名を「渭陽」（『詩經』秦風を典拠）と名付けられませと進言した、という話がある。劉孝標は、これへの注に『魏書』を引用して、『世説新語』が誤っていると指摘する。『魏書』の引用が②備異であり、誤りの指摘が③懲妄である。劉孝標注は、まず『魏書』を引用して、明帝の母甄氏の父は甄逸であり、明帝の即位後、その嫡孫である甄象が後を嗣いだことを確認する。その後、再び『魏書』を引用しながら、次のように述べている。

魏書を按ずるに、「帝 後園に象の母の爲に觀を起て、其の里を名づけて渭陽と曰ふ」と。然らば則ち象の母は、卽ち帝の舅母にして、外祖母に非ざるなり。且つ渭陽をば館の名と爲すは、亦た舊史に乖《もと》るなり。（二〇）

劉孝標は、『魏書』によれば、明帝は甄象の母（劉氏）のために「觀」を建てたのであり、外祖母（張氏）のためではない、と『世說新語』の誤りを指摘する。さらに、『魏書』によれば、「渭陽」と命名されたのは、その「里」であって、「館」の名とすることは誤りであると、『世說新語』に対して、②と③からなる外的史料批判を行っているのである。裴注の「史」の方法を継承する注と言えよう。

さらに、劉孝標注は、一種に止まらず、本文と異なる説を持つ多くの書籍を引用し、本文および引用史料の誤りを訂正する場合もある。

『世說新語』には、賈充は李豐の娘を妻としていたが、李豐が司馬氏に誅殺されると、李氏を追放した。賈充は新たに郭氏を妻とし、李氏が許されて戻ると、武帝司馬炎はとくに左右夫人を置くことを許した。李氏は自ら別に住み、賈充は郭氏に才が及ばないから行くなと言ったが、郭氏は威儀を盛んにして出かけ、李氏を見た途端に拝礼した、という話がある。これに対して、劉孝標は、記事の異なる『晉諸公贊』・王隱『晉書』・『賈充別傳』を引用して、『世說新語』の記述に次のような史料批判を行っている。

按ずるに、晉諸公贊に曰く、「世祖 李豐の罪を晉室に得、又 郭氏は是れ太子の妃の母なれば、離絕の理無きを以て、乃ち詔敕を下して斷じ、往還するを得ざらしむ」と。而るに王隱の晉書も亦た云ふ、「充 既に李と婚を絕ち、更めて城陽太守たる郭配の女、名は槐を娶る。李の禁錮 解くるや、充に詔して左右夫人を置かしむ。充の母たる柳も亦た充に敕して李を迎へしむ。槐 怒り、攘臂して充を責めて曰く、「律令を刊定し、佐命の功を爲すは、我 其の分を有す。李 那《なん》ぞ我と與に並ぶを得たるや」と。充 乃ち屋を永年里の中に架《く》みて以て李を安んず。槐 晩《のち》に乃ち知り、充の出づるや、輒ち人をして充を尋ねしむ。詔して充に左右夫人を置くを許すも、充 詔に答へ、謙譲して敢て盛禮に當たらずと以《い》ふ」と。晉贊 既に云へらく、世祖 詔を下して李をして還せしめずと。而るに王隱の晉書 及び充の別傳 並びに言ふ、詔ありて左右夫人を置立するを聽す。充 郭氏を憚り、敢て李を迎へずと。三家の説 並びに同じからず、未だ孰れを是とするか詳らかならず。然れども李氏の還らざるは、別に餘故有らん。而るに世説に自ら還るを肯ぜずと云ふは、謬なり。且つ郭槐 強很たれば、豈に能く李に就きて之が爲に拜せんや。皆 虛爲《た》るなり。(一一)

劉孝標は、二つの点から『世説新語』に史料批判を行う。第一に、李夫人が自分の意志で別に住んだという『世説新語』の記述に対して、司馬炎（世祖）が詔により往来させなかったという『晉諸公贊』、左右夫人を置くことを許す詔を賈充が辞退したという王隱『晉書』及び同内容の『賈充別傳』と比較することで、李夫人自身の意志ではないことを確認して『世説新語』の記述を否定する。第二に、王隱『晉書』に「攘臂」して賈充を責めたとある「強很」な郭夫人が、李夫人と会った途端に拝礼するはずはない、と『世説新語』を「虛」と批判するのである。第一の史料批判において、『晉諸公贊』と王隱『晉書』との内容が異なり、『世説新語』を含めた三家の説が「未だ孰れを是とするか詳らかならず」と述べながら、「然れども」で繫いで、『世説新語』を誤りと判断する方法は、強引と言わざるを得ない。それでもここに、史実に対して異なった記述を残す史料を比較して、正しい史実を導き出そうとする外的史料批判を見ることができよう。

それでは、裴注に見られた内的史料批判は行われているのであろうか。③懲妄を検討しよう。

『世説新語』には、袁紹が若いころ、剣を曹操に投げると低すぎた。そこで、曹操が今度は高く来るだろうと低い姿勢をとっていると、果たして袁紹が高く投げたので当たらなかった、という話がある。これに対して、劉孝標は、次のように批判している。

按ずるに、袁・曹は後に鼎跱するに由り、迹《あと》に始めて攜弐す。斯れより以前に、釁隟あるを聞かず。何の意有りての故にして之を剸《さ》すに剣を以てせんや。（二二）

劉孝標は、ここでは他の史料を引用してその違いを述べる外的史料批判ではなく、若いころには仲違いしていなかった袁紹が、曹操に剣を投げるわけはない、と史料そのものの内容の誤りを指摘して、『世説新語』の記事を否定している。内的史料批判である。

また、『世説新語』には、謝萬が壽春から敗走する際に、玉を散りばめた鐙を着けることを求めた。謝安は軍中にあり、何の助言もしなかったが、この日に限っては「この際そんなものをつける必要はあるまい」と言った、という話がある。劉孝標は、次のように批判する。

按ずるに、萬 未だ死せざるの前に、安は猶ほ未だ仕へず、東山に高臥す。又 何ぞ肯て輕〻しく軍旅に入るや。世説の此の言、迂謬なること已に甚し。（二三）

謝萬が壽春で敗れたのは、東晉穆帝の升平三（三五九）年、慕容儁との戦いの際である。太元十（三八五）年に六十六歳で卒する謝安が出仕したのは、四十歳余のときであったというから（『晉書』巻七十九 謝安傳）、まだ四十歳前の謝安は出仕していない、という時間的矛盾を指摘する劉孝標の内的史料批判は、一応は成立する。しかし、『世説新語』簡傲第二十四には、出仕前の謝安が、謝萬の北征に随行している記述がある。

謝萬 北征するや、常に嘯詠を以て自ら高くし、未だ嘗て衆士を撫慰せず。謝公 甚だ萬を器愛するも、其の必ず敗れんことを審《はか》り、乃ち倶に行く。……萬の事 敗るるに及び、軍中 因りて之を除かんと欲す。復た云ふ、「當に隱士の爲にすべし」と。故に幸にして免るるを得たり。[萬の敗れし事は已に上に見る。（二四）]

劉孝標注は、謝萬の敗退は、「已に上（品藻第九、四九話）に見」える、と指摘するだけで、「隱士」の謝安（謝公）が随行していることには何も触れない。しかし、『世說新語』に拠る限りにおいて、劉孝標の内的史料批判は成立しないのである。裴松之に比べると、劉孝標の史家としての実力は高くはない。

史家としての見識が問われる、史実と史書への論評である④論弁は、どうであろうか。『世說新語』には、佛教を篤く信仰していた阮裕は、長男が二十歳にもならずに死んだので、佛教を恨み、かねてからの信仰心を棄てた、という話がある。劉孝標は、これについて、次のように論じている。

以《おも》へらく阮公の智識、必ずや此の弊無からん。脫《も》し此れ謬に非ざれば、何ぞ其れ惑はんか。夫れ文王の期 盡くるや、聖子 其の年を駐むること能はず。釋種 誅夷するや、神力 以て其の命を延ばすこと無し。故に業に定限有り、報は移す可からず。若し禱を請ひて其の靈を望み、驗に匪《あら》ずして其の道を忽《ゆるがせ》にせば、固陋の徒なるのみ。豈に以て神明の智を言ふ可き者ならんや。（二五）

劉孝標は、阮裕の功利的・即物的な佛教理解を厳しく批判し、釋迦族すら誅滅されたことを挙げて、「業」の定めと「報」の動かし難さを述べる。佛僧の曇曜のもと、雜寶藏經などの筆受をした劉孝標の佛教理解の深さを窺うことができよう。

しかし、すべての④論弁が、このように本文と合致しているわけではない。東晉の溫嶠が妻を亡くした後、叔母の劉氏から一人娘の縁談を相談されると、その娘を自分の妻とした。嫁いできた娘は夫となる溫嶠を見て、思ったとおりこのおじいさんだ、と大笑いした、と伝える『世說新語』には、次のような注がつけられている。

溫氏譜を按ずるに、嶠 初め高平の李暅の女を取り、中に琅邪の王詡の女を取り、後に廬江の何邃の女を取る。都《すべ》て劉氏を取るを聞かざれば、便ち虛謬爲り。谷口云ふ、「劉氏は、政《た》だ其の姑を謂ふのみにして、其の女の姓

の劉たるを指すに非ざるなり。孝標の注、亦た未だ得ると爲さず」と。[二六]

范子燁〈一九九八a〉によると、「谷口」とは、北宋の潘淳（谷口小隱）のことであり、その書き込みが竄入したのであるという。いずれにせよ、「谷口」の批判するとおり、劉孝標の④論弁は破綻している。

このように、劉孝標注は、裴注が掲げた①補闕・②備異・③懲妄・④論弁という四種の体例を備えた「史」注であった。むろん、裴注に比べて③・④に甘さも残るが、①・②を持つことにより、現在では滅んだ多くの書籍を引用し、裴注と並ぶ南朝を代表する注となった。

ただし、裴注の影響を受けて史料批判を行うものは、劉孝標に限らない。庾翼が漢の高祖や魏の曹操になりたいと言うと、江虨が齊の桓公や晉の文公になって欲しいと言った、という『世説新語』の注に劉孝標が引く、劉宋明帝の『文章志』もその一つである。

宋の明帝の文章志に曰く、「庾翼は名輩、豈に應に狂狷たること此くの如きや。若し斯の言有らば、亦た傳聞する者の謬まりなり」と。[二七]

劉宋の明帝が著した『文章志』の内的史料批判は、皇帝という立場がそうさせるのか、根拠なく「伝聞する者の誤りである」という恣意的で断定的な批判ではある。それでも、ここに史料批判の広がりを見ることはできる。劉宋の文帝が「不朽」と称えた裴注は、文帝の十一男である明帝にも影響を与えているのである。裴注の影響下にあることは、劉孝標注だけの特徴ではない。

それでは、劉孝標注独自の特徴は、どこにあるのであろうか。

三、劉孝標注の特徴

現行『世説新語』の全一〇二一話のうち、劉孝標注のないものは一〇七話である（二八）。それ以外に付けられた劉孝標注に引用される書籍は、沈家本によれば（二九）、全四一四種であり、裴注の二一一種の約二倍となる（三〇）。それは、家譜・雑傳の類が多いことによる。もちろん、裴注も、二一一種中、家譜が一一種、雑傳（含、家傳・別傳）が六二種と多い。ことに雑傳の多さは、裴注の特徴であり、雑傳に含まれる別傳の不正確さが、内的・外的史料批判を中心とする「史」注の確立を裴松之に促した（渡邉義浩〈二〇〇三b〉）。

これに対して、劉孝標注は、四一四種中、家譜が四五種、雑傳が一四三種と、家譜が約四倍、雑傳が約二倍に増加している。

劉孝標注の特徴の第一は、家譜および家傳・別傳の引用の多さにある。

『世説新語』が、世は李膺を目して、「謖謖たること勁松の下の風の如し（謖謖如勁松下風）」とした、と伝える話について、劉孝標は、『李氏家傳』を引用する。

李氏家傳に曰く、「膺は嶽峙淵清にして、峻貌　貴重せらる。華夏　稱して曰く、「潁川の李府君、頵頵たること玉山の如し。汝南の陳仲舉、軒軒たること千里馬の如し。南陽の朱公叔、飂飂たること松栢の下を行くが如し」と（三一）」と。

『李氏家傳』と『世説新語』の李膺の評語が異なることについて、劉孝標は何も語らない。人物評語の展開から考えると、『李氏家傳』の評語は、あまり出来がよくない（三二）。多賀秋五郎《一九八一、八二》によれば、家譜は、趙宋の歐蘇二譜から始まる近世譜と、それ以前の古譜に大別でき、古譜はさらに、南北朝と隋唐のそれに二分できる。九品中正が行われた南北朝では、譜は官僚を任用するために重要な役割を果たし、科擧が行われた隋唐には、そうした意義は稀薄になった。それでも、なお貴族の象徴としての意義を有し、士庶不婚の基準を示すものとして、国家からも注視されていたという。したがって、この時期の家譜や別傳、さらには耆舊傳などは、信憑性に欠けることも多かった。[三三] このため、唐の劉知幾は、「郡國の記、譜諜の書」は郷里や家柄を誇ることに勉めており、その書の真偽を見極めることが必要である、と述べている。[三四] それでも、身分的内婚制を指標の一つとする貴族にとって、[三五] 婚姻関係を記す家譜は重要な資料であった。

諸葛恢の長女は庾亮の子、のち江虨に嫁ぎ、次女は羊楷に、末娘は謝石に嫁いだ。そして、王羲之が謝家に看新婦《よめみ》に行き、これ以上はないと感嘆した話を伝える『世説新語』に、劉孝標は、『諸葛恢別傳』・『庾氏譜』・『羊氏譜』・『諸葛氏譜』・『永嘉流人名』・『謝氏譜』・『中興書』を引用する。このうち、『〇〇譜』は、他と異なる特徴を持つ。

庾氏譜に曰く、「庾亮の子たる會、恢の女、名は文彪を娶る」と。……羊氏譜に曰く、「羊楷 字は道茂。祖の繇は車騎掾。父の忱は侍中なり。楷は仕へて尚書郎に至る。諸葛恢の次女を娶る」と。……諸葛氏譜に曰く、「恢の子たる衡、字は峻文、仕へて滎陽太守に至る。河南の鄧攸の女を娶る」と。……謝氏譜曰く、「裒の子たる石、恢の小女、名は文熊を娶る」と。[三六]

同話に引用されながら、『諸葛恢別傳』・『永嘉流人名』・『中興書』には婚姻関係が記されず、家譜にはすべて婚姻関係が明記されることは、婚姻が家柄を定めるための重要な行為であったことを示す。劉孝標は、こうした貴族の必要性に鑑みて、裴注に比べても圧倒的に多い量の家譜を注記したのである。

裴注が多く引用していた別傳ではなく、家譜を重視する理由は、貴族が家を単位とすることによる。『世説新語』は、太原の王氏について、次のように伝える。

王司徒の婦は、鍾氏の女にして、太傅の曾孫なり[王氏譜に曰く、「夫人は黄門侍郎たる鍾琰の女なり」と]。亦た俊才にして女徳有り［婦人集に曰く、「夫人 文才有り、其の詩賦頌誄、世に行はる」と］。鍾・郝は娣姒爲り。雅《もと》より相 親重す。鍾は貴を以て郝を陵《しの》がず、郝も亦た賤を以て鍾に下らず。東海の家内は、郝夫人の法に則り、京陵の家内は、鍾夫人の禮に範《のっと》る。[三七]

王渾（王司徒）の妻の鍾夫人は俊才で女徳があり、弟の王湛の郝夫人を見下さず、郝夫人も家柄が低いからと卑下することもなく、太原の王氏のうち京陵の家は鍾夫人の、東海の家は郝夫人の礼法を手本とした、という。劉孝標は、『鍾夫人集』を引用している。

太原の王氏が、家ごとに「京陵」「東海」という名称を持つように、南朝の貴族は家を単位としていた。劉孝標注は、そうした貴族の現状に応えるため、家譜の引用を重視した。ここには、いたずらに博引旁証して知識をひけらかすのではなく、『世説新語』の編纂と受容の主体であった貴族の要望に即した注を附けようとする劉孝標の特徴を見出すことができる。それは、第二の特徴に共通する。

劉孝標注の第二の特徴は、その簡潔さにある。多くの書籍を引用して簡潔には決して見えない劉孝標注であるが、劉孝標注に先行する南齊の史敬胤注[三八]と比較することによって、その簡潔さが理解できる。

史敬胤注の痕跡は、劉孝標注の中に残存する。劉琨は人を招き寄せるのが上手であったが、統率は下手だったので、来るものも多いが去るものも多かった、という話を伝える『世説新語』の劉孝標注に、史敬胤注の痕跡が残る。

敬胤按ずるに、「琨 永嘉元年を以て幷州と爲る。時に于て晉陽 空城たり。寇盜 四《よも》より攻むるも、而るに能く士衆を收合し、淵・勒に抗行す。十年の中、敗るるも而るに能く振ふ。撫御する能はざれば、其れ此くの如きを得んや。凶荒の日、千里 煙無し。豈 一日に數千人 之に歸すること有らんや。若し一日に數千人 之を去らば、又安んぞ一紀の間に、以て大難に對するを得んや」[三九]と。

ここで、劉孝標は、「敬胤按ずるに」から始まる史敬胤の注をそのまま引用している。このように劉孝標の注は、すでに『荀氏家傳』が又引きであることを述べたように、先行する注に基づく部分がある。現在、残存する資料からは、それは尊經閣本（宋版）『世説新語』の末尾に附される汪藻『世説敍録』に、五十一条残存している南齊の史敬胤の注であったと考えてよい。

そこで、史敬胤注と比較することにより、劉孝標注の特徴を考えてみよう。

王導が、虞騤は三公になる才と望を持つが、孔愉は望に欠け、丁潭は才に欠けると言った、とする『世説新語』に対して、汪藻『世説敍録』の考異に残る史敬胤の注は、虞騤について次のように記している。

騤 字は長文。祖は翻、字は仲翔、侍御史なり。騤は光祿大夫なり。騤 谷を生む、字は長風、吳國內史なり。谷 宗を生む、尙書郎なり。宗 鷟・賫・珍・繁を生む。賫の孫の愍、今の北中郎咨議なり。珍 亢を生む、黃門郎なり。繁 踏を生む。踏 安を生む、今の正員外郎なり。[四〇]

『世説敍録』を著した汪藻の見解を受けた森野繁夫〈一九六三〉は、この事例ではないが、江淹が虞愍や虞安と同様に「今」の驍騎將軍と記されることなどから、史敬胤注の成立を南齊の武帝期ごろと推定している。「今」が記されることは、ある意味ではその記述の正しさを保障するのであろうが、史敬胤注は、このように典拠を挙げずに史敬胤の文章の続く部分が多い。これに対して、同じく虞騤について、劉孝標は次のように注を付ける。

虞光祿傳に曰く、「騤 字は思行、會稽餘姚の人なり。虞翻の曾孫、右光祿たる潭の兄の子なり。機幹は潭に及ばずと雖も、而るに至行は之に過ぐ。吏部郎・吳興守を歷し、徵せられて金紫光祿大夫と爲るも卒す」[四一]と。

祖先の名と官職名を羅列するだけの史敬胤注に対して、劉孝標注は、『虞光祿傳』と出典を明示したうえで、虞騤の人となりと歷任した官職が分かるように引用している。「語」を中心とするため、虞騤がどのような人であるか、といった「事」を詳細に描かない『世説新語』の注として、劉孝標注の方が優れていることは明らかであろう。

史敬胤注の字数が少ないわけではない。『世説敍録』考異に引用される限りにおいても、史敬胤注は劉孝標注よりも長いことが多い。たとえば、『世説新語』には、王敦の挙兵に対抗している際、大桁を落とせとの命を聞かなかった温嶠に激怒する明帝に、王導が「御稜威のためお詫びもできません」と救った話がある。劉孝標は、それに対して次のような注を付けている。

> 晉陽秋・鄧粲の晉紀を按ずるに皆 云ふ、「敦 將に至らんとするや、嶠 朱雀橋を焼きて以て其の兵を阻む」と。而るに未だ大桁を斷たず、帝 大いに怒るを致すと云ふは、大いに訛謬を爲す。一本に云ふ、「帝 自ら嶠に入るを勸む」と。一本に噉飲し帝 怒るに作る。此れ則ち近きなり。(四二)

劉孝標は、『晉陽秋』と鄧粲の『晉紀』に「朱雀橋を焼」いたとあるから、温嶠が大桁を落とさなかったという『世説新語』の本文が誤っていると、外的史料批判を行う。そのうえで、二つの異本を掲げ、「噉飲」に明帝が怒ったという記述が正しいのではないか、と提示している。②備異と③懲妄である。

これに対して、史敬胤注は、『晉陽秋』と鄧粲の『晉紀』に、「賊 至るや、温嶠 朱雀橋を焼きて以て其の鋒を挫く」と、『世説新語』と異なる史料があることを掲げる。ここまでは、字句は多少異なるものの劉孝標注と同じである。そして、その後は、大桁を説明する『丹陽記』を引用したのち、『晉起居注』・『晉陽秋』・『建興《ママ》起居注』・『晉紀』を引用して、温嶠の祖先・官位・勸進表をもたらした経緯・王敦との関係・太子の様子を問われた際の回答・蘇峻の乱への対応・温嶠の死去と子孫などについて、最初の『晉陽秋』から数えると、約一六〇〇字を費やして綿々と記述する。この話を「捷悟第十一」に掲げる『世説新語』の意図は、王導の機知名言を記すことにある。それとは関わらない温嶠の経歴を綿々と読まされる注は、読者に苦痛しか与えまい。

『世説新語』倹嗇第二十九に、王導は倹約家で、おいしい果物を人に分けずに腐らせた。それを棄てる時に「大郎に知られないように」と言った、とある話に、劉孝標が「王悦也」と注を付けることについて、范子燁〈一九九八b〉はこれを絶賛する。この文章で理解できないところは、王導が隠そうとした「大郎（長男）」とは誰か、ということだけである。劉孝標は、「王悦也」と三字だけで、これに答えている。そこを評価しているのである。これに対して、史敬胤注は、『韓詩外傳』・『呂氏春秋』・『孔子家語』より、節倹に関する故事をここでも綿々と引用する。南朝系の注は博引旁証を尊ぶとはいえ、ただ長ければ良いわけではない。

『世説新語』の特徴は、「事」よりも「語」を重んじることにある（本書第五章を参照）。阮脩が王衍に老荘と儒教の違いを聞かれ「將無同」と三字で答え、「三語掾」と呼ばれたことを尊重する著作である。『世説新語』は、貴族に必須の「語」を学ぶために書かれ、そして読まれた。史敬胤注は、こうした『世説新語』の注としては、繁雑に失した。これに対して、劉孝標注の第二の特徴である簡潔さは、簡潔な言い回しを旨とする『世説新語』の注として相応しい。劉孝標注が、先行する長大な史敬胤注を抑え、『世説新語』の注として長く読まれた理由である。

おわりに

『世説新語』に注を付けた劉孝標は、博学に基づき異聞を集める南朝系の学問に基づいて、『世説新語』にも博引旁証の注を付けた。その際、劉孝標は、「史」の方法を確立した裴松之の①補闕・②備異・③懲妄・④論弁という四種の体例を継承し、①・②のためには多くの書籍を引用し、③では外的・内的史料批判を展開、④では史家としての見識を示した。

　ただし、こうした裴注の影響は、劉孝標のみに見られるものではない。したがって、劉孝標注の特徴は、第一に、家譜および家傳・別傳の引用の多さにあり、それは貴族が最も重視する譜學の隆盛を背景としていた。劉孝標注の特徴は、第二に、『世説新語』そのものの特徴でもある簡潔さと博引旁証とを兼ね備えることにある。ある意味、矛盾したこうした特徴は、先行する史敬胤注の繁雑さを超克するためのものでもあった。

　劉孝標は、裴松之注の方法論を踏襲しながら、貴族的価値観を尊重する『世説新語』の注として簡潔さと譜學とを加えた。裴松之において自立した「史」が、隆盛した原因の一つには、こうした譜學との結合がある。裴注の異聞と劉孝標注の譜學を加えたものが、李延壽の『南史』を成立させ、李延壽も編纂に関与した『晉書』において『世説新語』が列傳の材料とされることに繋がると考えられる。

《　注　》

（一）方復留情於委巷小説、鋭思於流俗短書。可謂勞而無功、費而無當者矣（『史通』巻五　補注篇）。
（二）『隋書』經籍志については、興膳宏・川合康三《一九九五》を参照。
（三）『史通』については、西脇常記《一九八九、二〇〇二》を参照。
（四）『世説新語』が謝安を尊重し、謝安の『語林』への批判を重視したことは、本書第六章を参照。
（五）林田愼之助〈二〇〇〇〉は、そうした裴注の傾向を複眼と称している。
（六）裴松之の『三國志』注を契機として自覚的な「史」の方法論が成立し、それを儒教からの「史」の自立と意義づけることについては、渡邉義浩〈二〇〇三ｂ〉を参照。

（七）「平原の劉氏」ら三齊豪族が、南齊宗室勢力のもと、政治・軍事・外交を支え、その領袖である崔慧景の敗死によって政治的生命を失ったことは、榎本あゆち〈二〇一一〉を参照。

（八）劉孝標と曇曜の関わりについては、陳垣〈一九二九〉を参照。

（九）劉孝標の伝記については、榎本あゆち〈二〇一四〉に依拠した。このほか劉孝標の伝記には、若月俊秀〈一九七四〉、森野繁夫〈一九七六〉、呉有祥〈二〇〇九〉などがある。

（一〇）（劉峻）自謂所見不博、更求異書。聞京師有者、必往祈借。清河崔慰祖、謂之書淫（『梁書』巻五十　文學下　劉峻傳）。

（一一）晉百官名曰、荀隱字鳴鶴、潁川人。荀氏家傳曰、隱祖昕、樂安太守。父岳、中書郎。隱與陸雲、在張華坐語、互相反覆、陸連受屈。隱辭皆美麗。張公稱善、云。世有此書、尋之未得。歷太子舍人・廷尉平、蚤卒（『世說新語』排調第二十五注）。

（一二）たとえば『漢書』の注において、南朝系の注が博引旁証の傾向を持つことは、吉川忠夫〈一九七九〉を参照。

（一三）「梁天監四年文德正御四部及術數書目錄」の撰定については、金文京〈一九九九〉を参照。なお、松岡栄志〈一九九〇〉、戴麗琴《二〇一三》もある。

（一四）武帝毎集文士、策經・史事。時范雲・沈約之徒、皆引短推長。帝乃悅、加其賞賚。會策錦被事、咸言已罄。帝試呼問峻。峻時貧悴冗散、忽請紙筆、疏十餘事。坐客皆驚、帝不覺失色。自是惡之、不復引見。及峻類苑成凡一百二十卷、帝卽命諸學士、撰華林徧略以高之。竟不見用（『南史』巻四十九　劉懷珍附劉峻傳）。

（一五）榎本あゆち〈一九八九〉、〈二〇〇七〉。また、『談藪』は、何旭《二〇一〇》に輯本がある。

（一六）劉孝標注については、松岡栄志〈一九七八〉、〈一九八〇〉、蕭文〈一九八六〉、宮岸雄介〈二〇〇〇〉、福田文彬〈二〇一四〉などがある。また、劉孝標が引用する書籍については、張明《二〇一五》に詳しい。さらに、劉孝標注の訳注として、佐竹保子・川合安〈二〇一〇～一四〉が刊行中である。

（一七）庾道季云、廉頗・藺相如雖千載上死人、懍懍恆如有生氣[一]。曹蜍[二]・李志[三]雖見在、厭厭如九泉下人。人皆如此、便可結繩而治。但恐、狐狸貒貉噉盡［四］（『世說新語』品藻第九）。
（一八）言人皆如曹・李質魯淳愨、則天下無姦民、可結繩致治。然才智無聞、功迹俱滅、身盡於狐狸、無擅世之名也（『世說新語』品藻第九注）。
（一九）語林曰、阮光祿聞何次道爲宰相、歎曰、我當何處生活。此則阮未許何爲鼎輔。二說便相符也（『世說新語』品藻第九注）。
（二〇）按魏書、帝於後園爲象母起觀、名其里曰渭陽。然則象母、卽帝之舅母、非外祖母也。且渭陽爲館名、亦乖舊史也（『世說新語』言語第二注）。
（二一）按、晉諸公贊曰、世祖以李豐得罪晉室、又郭氏是太子妃母、無離絕之理、乃下詔敕斷、不得往還。而王隱晉書亦云、充既與李絕婚、更娶城陽太守郭配女、名槐。李禁錮解、詔充置左右夫人。充母柳亦敕充迎李。槐怒、攘臂責充曰、刊定律令、爲佐命之功、我有其分。李那得與我並。充乃架屋永年里中以安李。槐晚乃知、充出、輒使人尋充。詔許充置左右夫人、充答詔、以謙讓不敢當盛禮。晉贊旣云、世祖下詔不遣李還。而王隱晉書及充別傳並言、詔聽置立左右夫人。充憚郭氏、不敢迎李。三家之說並不同、未詳孰是。然李氏不還、別有餘故。而世說云自不肯還、謬矣。且郭槐強很、豈能就李而爲之拜乎。皆爲虛也（『世說新語』賢媛第十九注）。
（二二）按、袁・曹後由鼎跱、迹始攜弍。自斯以前、不聞讎隙。有何意故而剸之以劍也（『世說新語』假譎第二十七注）。
（二三）按、萬未死之前、安猶未仕、高臥東山。又何肯輕入軍旅邪。世說此言、迂謬已甚（『世說新語』規箴第十注）。
（二四）謝萬北征、常以嘯詠自高、未嘗撫慰衆士。謝公甚器愛萬、而審其必敗、乃俱行。……及萬事敗、軍中因欲除之。復云、當爲隱士。故幸而得免。［萬敗事已見上。］（『世說新語』簡傲第二十四）。
（二五）以阮公智識、必無此弊。脫此非謬、何其惑歟。夫文王期盡、聖子不能駐其年。釋種誅夷、神力無以延其命。故業有定限、報不可移。若請禱而望其靈、匪驗而忽其道、固陋之徒耳。豈可以言神明之智者哉（『世說新語』尤悔第三十三注）。
（二六）按溫氏譜、嶠初取高平李暅女、中取琅邪王詡女、後取廬江何邃女。都不聞取劉氏、便爲虛謬。谷口云、劉氏、政謂其姑爾、非指其女姓劉也。孝標之注、亦未爲得（『世說新語』假譎第二十七注）。

（二七）宋明帝文章志曰、庾翼名輩、豈應狂狷如此哉。若有斯言、亦傳聞者之謬矣（『世說新語』規箴第十注）。

（二八）大屋根文次郎〈一九六一〉による。

（二九）沈家本〈一九六四ａ〉は、劉孝標注に引用される書籍を經部三五種、史部二八八種、子部三九部、集部四二種、釋氏一〇種の計四一四種としている。劉孝標注に引用される書籍については、このほか、葉徳輝〈一九七八〉、朱建新〈一九四二〉がある。

（三〇）沈家本〈一九六四ｂ〉は、裴注に引用される書籍を經部二四種、史部一四一種、子部二三種、集部二三種の計二一一種としている。

（三一）李氏家傳曰、膺嶽峙淵渟、峻貌貴重。華夏稱曰、潁川李府君、頵頵如玉山。汝南陳仲擧、軒軒如千里馬。南陽朱公叔、飂飂如行松栢之下（『世說新語』賞譽第八注）。

（三二）『世說新語』における人物評語が、七言から四言へと展開していくことについては、本書第七章を参照。

（三三）家傳については、永田拓治〈二〇一二〉、耆舊傳については、渡部武〈一九七〇〉を参照。

（三四）『史通』巻五 採撰篇に、「夫れ郡國の記、譜諜の書、務めて其の州里を矜り、其の氏族を誇らんと欲す。之を讀む者、安んぞ其の得失を練び、其の眞僞を明らかにせざる可けんや（夫郡國之記、譜諜之書、務欲矜其州里、誇其氏族。讀之者、安可不練其得失、明其眞僞者乎）」とある。

（三五）貴族の属性・身分的内婚制と『世說新語』の関わりについては、本書第五章を参照。

（三六）庾氏譜曰、庾亮子會、娶恢女、名文彪。……羊氏譜曰、羊楷字道茂。祖繇車騎掾。父忱侍中。楷仕至尚書郎。娶諸葛恢次女。……諸葛氏譜曰、恢子衡、字峻文、仕至滎陽太守。娶河南鄧攸女。……謝氏譜曰、裒子石、娶恢小女、名文熊（『世說新語』方正第五注）。

（三七）王司徒婦、鍾氏女、太傅曾孫〔王氏譜曰、夫人黄門侍郎鍾琰女〕。亦有俊才女德〔婦人集曰、夫人有文才、其詩賦頌誄、行於世〕。鍾

・郝爲娣姒。雅相親重。鍾不以貴陵郝、郝亦不以賤下鍾。東海家內、則郝夫人之法、京陵家內、範鍾夫人之禮（『世說新語』賢媛第十九）。

（三八）敬胤を南齊の史敬胤とすることは、楊勇《二〇〇六》尤悔第四話の校箋に従う。斉藤智寛〈二〇一三〉は、『南史』劉歊傳に「太中大夫瑯邪王敬胤」なる人物が附傳されることを指摘し、これを別人であると判断する。

（三九）敬胤按、琨以永嘉元年爲幷州。于時晉陽空城。寇盜四攻、而能收合士衆、抗行淵・勒。十年之中、敗而能振。不能撫御、其得如此乎。凶荒之日、千里無煙。豈一日有數千人歸之。若一日數千人去之、又安得一紀之間、以對大難乎（『世說新語』尤悔第三十三注）。このほか、楊勇《二〇〇六》は、『世說新語』識鑒第七の第十五話「王大將軍既亡」条の注にも、それと明示せずして史敬胤注（『世說考異』の二十一条）を引用することを指摘している。

（四〇）駿字長文。祖翻、字仲翔、侍御史。駿光祿大夫。駿生谷、字長風、吳國內史。谷生宗、尚書郎。宗生騭・賫・珍・繁。賫孫慭、今北中郎咨議。珍生亢、黃門郎。繁生踏。踏生安、今正員外郎（汪藻『世說敍錄』考異）。汪藻『世說敍錄』は、尊經閣本『世說新語』による。

（四一）虞光祿傳曰、駿字思行、會稽餘姚人。虞翻曾孫、右光祿潭兄子也。雖機幹不及潭、而至行過之。歷吏部郎・吳興守、徵爲金紫光祿大夫卒（『世說新語』品藻第九注）。

（四二）按晉陽秋・鄧粲晉紀皆云、敦將至、嶠燒朱雀橋以阻其兵。而云未斷大桁、致帝大怒、大爲訛謬。一本云、帝自勸嶠入。一本作噉飲帝怒。此則近也（『世說新語』捷悟第十一注）。

第十章　『世説新語』の引用よりみた『晉書』の特徴

はじめに

現在、通行している『晉書』は、唐のはじめに正史として編纂されたものである[一]。『晉書』の編纂は、貞觀二十（六四六）年、唐の太宗李世民の命で開始され、貞觀二十二（六四八）年には完成している。この間わずか三年足らずで完成した理由は、史局に勤める二十一人の史官が、先行する史書を参照しながら分担執筆したことによる。『晉書』が藍本とした臧榮緒の『晉書』のほかに、参照した史書の選択基準について、『晉書』の監修者の一人である房玄齡の列傳には、次のような批判が記されている。

臧榮緒の晉書を以て主と爲し、諸家を參考すること、甚だ詳洽爲《た》り。然れども史官 多く是れ文詠の士なれば、好みて詭謬の碎事を採りて、以て異聞を廣む。又 評論する所、競ひて綺艶を爲し、篤實なるを求めず。是れに由り頗る學者の譏る所と爲る[二]。

房玄齡傳は、『晉書』が「學者の譏」るものとなった理由として、その評論が篤実ではないことと共に、「詭謬の碎事を採り」「異聞」を広めたことを挙げている[三]。広く異聞を集める「史」の方法は、『三國志』に注をつけた裴松之から自覚的に用いられ始め、南朝において「史」の方法として継承されていたものである[四]。なぜ『晉書』が、そうした

「史」の方法を採用したのかを知るために、『世説新語』との関係を探ることは有効である。それは、唐の史官であった劉知幾の『史通』において、『晉書』の『世説新語』からの取材が(五)、次のように批判されているためである。

晉の世の雜書、諒《まこと》に一族に非ず。語林・世說、幽明錄・搜神記の徒の若きは、其の載する所、或いは恢諧小辨、或いは神鬼怪物たり。其の事 聖に非ざれば、揚雄の觀ざる所なり。其の言 亂神なれば、宣尼の語らざる所なり。皇朝 撰する所の晉史は、多く採りて以て書を爲《つく》る。夫れ干・鄧の糞除とする所、王・虞の糠粃とする所を以て、持して逸史と爲し、用《もつ》て前傳を補ふ。此れ何ぞ魏朝の皇覽を撰し、梁世の徧略を修め、多きに務めて美と爲し、博きを聚めて功と爲し、說《えつ》を小人に取ると雖も、終に君子に嗤はるるに異ならんや(六)。

劉知幾は、晉代に多く著されたとする「雜書」を、『語林』・『世說新語』などの「恢諧小辨」(つまらない言葉)、『幽明錄』・『搜神記』などの「神鬼怪物」(怪異な話柄)という二種に分ける。そして、唐修『晉書』は、干寶『晉紀』や鄧粲『晉紀』(これらは編年體)が除去し、王隱『晉書』や虞預『晉書』(これらは紀傳體)が残り物と考えた記事を「逸史」として「前傳」(前掲四書ほか「十八家晉書」など)を補っている、と批判する。とりわけ、『世說新語』をそのまま用いることに、劉知幾は大きな不満を持っていた。

近者《ちかごろ》、宋の臨川王たる義慶、世說新書を著し、上は兩漢・三國を敘べ、晉の中朝・江左の事に及ぶ。劉峻 註釋し、其の瑕疵を摘《あば》き、僞迹は昭然たりて、理として文飾し難し。而るに皇家 晉史を撰するに、多く此の書に取る。遂に康王の妄言を採りて、孝標の正說に違ふ。此れを以て事を書す、奚ぞ其れ厚顏ならん(七)。

劉知幾は、唐が『晉書』を編纂した際に、『世說新語』の中でも、劉峻(劉孝標)の注が誤りである、と指摘するものから取材することを「厚顏」と評している。

もちろん、唐の史局の編纂方針に反発して辞めた劉知幾が著した『史通』は、後世になって高い評価を得たものであり、『史通』の主張は、『晉書』が編纂された当時の主流ではない。それを踏まえたうえで、『史通』の指摘する『世説新語』の引用が、それほどまでに『晉書』の記述を歪めているのかを考察することは、『晉書』の特徴を考えるうえで、必要不可欠なことである(八)。この課題を追究することは、『隋書』の經籍志が、なぜ『世説新語』を小説家に分類するのか、という問題の解決の端緒にもなろう。

本章は『晉書』の列傳より、『世説新語』が貴族の典範と仰ぐ王導、叙述の体裁を変えてまで特別な扱いをする謝安、その謝安に簒奪を妨げられた桓溫を選び、その記述における『世説新語』の引用の検討から『晉書』の特徴の一端を解明するものである。

一、劉知幾の批判と王導傳

東晉の佐命の功臣である王導に関する『晉書』本傳のうち、『世説新語』との関わりを持つ部分を上段に、それに対応する劉孝標注『世説新語』を下段に並べて、両者の関係を示しながら、『晉書』と『世説新語』との関係を考えていこう。

『晉書』巻六十五　王導傳の中で、『世説新語』と関係を持つ部分は、東晉建国直後の記述より始まる（上段に掲げた『晉書』の傍線部が、下段に掲げた『世説新語』と対応する。以下同）。

晉國既建、以導爲丞相軍諮祭酒。桓彝初過江、見朝廷微弱、謂周顗曰、我以中州多故、來此欲求全活、而寡弱

溫嶠初爲劉琨使、來過江。于時江左營建始爾、綱紀未舉。溫新至、深有諸慮。既詣王丞相、陳主上幽越、社稷焚

如此、將何以濟。憂懼不樂。往見導、極談世事、還、謂顗曰、向見管夷吾、無復憂矣。〔王導傳〕

于時江左草創、綱維未擧、嶠殊以爲憂。及見王導共談、歡然曰、江左自有管夷吾、吾復何慮。〔溫嶠傳〕

滅、山陵夷毀之酷、有黍離之痛。溫忠慨深烈、言與泗俱。丞相亦與之對泣。敍情既畢、便深自陳結。丞相亦厚相酬納。既出懽然言曰、江左自有管夷吾、此復何憂。〔言語篇〕

東晉の建国当初の不安定な時期に、北来貴族が王導を「管夷吾（管仲）」に準えて「憂」いはないと言った、という記述である。王導を管仲に譬えることは共通するが、『晉書』王導傳は、それを桓彝の言葉、『世說新語』は、溫嶠の言葉として伝える。ここだけ見れば、両者の関係は遠い。

しかし、すでに錢大昕の『二十二史考異』が指摘するように、『晉書』卷六十七 溫嶠傳には、『世說新語』と同様、溫嶠が王導を管仲に準えた、との記述がある。唐修『晉書』が多くの編者の手に成り、不統一で誤りの多いことの証明となる事例である。[九] 行論との関わりで言えば、『世說新語』が王導傳の史料としては節略されながらも正確に、引用されている事例と言えよう。『晉書』王導傳は、続けて『世說新語』に基づく記述を行う。

過江人士、每至暇日、相要出新亭飮宴。周顗中坐而歎曰、風景不殊、擧目有江河之異。皆相視流涕。惟導愀然變色曰、當共勠力王室、克復神州、何至作楚囚相對泣邪。〔王導傳〕

過江諸人、每至美日、輒相邀出新亭、藉卉飮宴。周侯中坐而歎曰、風景不殊、正自有山河之異。皆相視流淚。唯王丞相愀然變色曰、當共勠力王室、克復神州、何至作楚囚相對邪。〔言語篇〕

ここでは、『晉書』は、『世說新語』言語第二に記された王導の中原回復への志をほぼそのまま引用している。『史通』の主張するとおり、『晉書』が『世說新語』から取材していることを確認できる。

こののち王導傳は、『宋書』禮志にも残る儒教復興の必要性を説く上奏文を掲げる。そして、元帝が王導を尊重したことを伝える逸話を続けるが、そこが『世説新語』と関わる。（上段に掲げた『晉書』の点線部は、下段に掲げた『世説新語』の劉孝標注と一致する。二重傍線部は唐修『晉書』以外の一致を示す、以下同）。

及帝登尊號、百官陪列、命導升御牀共坐。導固辭、至于三四、曰、若太陽下同萬物、蒼生何由仰照。帝乃止。［王導傳］

中宗既登尊號、百官陪列、詔王導升御牀共坐。導固辭曰、太陽下同萬物、蒼生何由仰照。中宗乃止。［『北堂書鈔』卷百三十三 引『晉書』］。

元帝正會、引王丞相登御牀。王公固辭。中宗引之彌苦。王公曰、使太陽與萬物同輝、臣下何以瞻仰［一］。

［一］中興書曰、元帝登尊號、百官陪位、詔王導升御坐。固辭、然後止。［寵禮篇］

元帝（中宗）が即位して、百官が陪列する場において、元帝は王導を共に玉座に座らせようとした。その際、王導が「太陽（天子）が万物と輝きを等しくしては、臣下はどうして仰ぎ見ましょうか」と述べて固辞する。この話は、『晉書』に傍線で示した『世説新語』と、点線で示した劉孝標注引の『晉中興書』に依拠しているかに見える。しかし、『北堂書鈔』に残る臧榮緒『晉書』と比較すると（一〇）、二重傍線で示したように、唐修『晉書』が臧榮緒『晉書』に基づいていることが分かる。

「十八家晉書」と総称される、唐修『晉書』の種本が散逸した現在、『世説新語』と『晉書』との比較には、大きな制約が伴う。その際、この事例のように、『北堂書鈔』などの類書に『世説新語』に先行する史書が残っていれば、より正確な比較が可能となる。この事例では、唐修『晉書』は『世説新語』に依拠しておらず、『世説新語』も含めて臧榮緒『晉書』の影響下にある。言い換えれば、「恢諧小辨」と劉知幾が批判する物語的記述は、『世説新語』だけではなく、『晉書』が藍本とした臧榮緒『晉書』にも見られることになろう。さらに、劉知幾が高く評価する劉孝標注は、この条に臧榮緒『晉書』ではなく、何法盛『晉中興書』を引用するが、ここでは臧榮緒『晉書』を引用すべきであった。『三國志』の裴注に比べると、それを範としながらも、劉孝標の史家としての見識は裴松之には及ばない(二二)。

このののち、王導傳は、王導の従兄である王敦の乱を記載する。その時、王導が罪を謝した記述が、『世説新語』と関わりを持つ。

王敦之反也、劉隗勸帝悉誅王氏、論者爲之危心。導率羣從昆弟子姪二十餘人、毎旦詣臺待罪。帝以導忠節有素、特還朝服、召見之。［王導傳］

王敦兄含爲光祿勳。敦既逆謀、屯據南州。含委職奔姑孰。王丞相詣闕謝〔三〕。司徒・丞相・揚州官僚問訊、倉卒不知何辭。顧司空時爲揚州別駕。援翰曰、王光祿遠避流言、明公蒙塵路次。羣下不寧。不審尊體起居何如。
〔三〕中興書曰、導從兄敦、擧兵討劉隗、導率子弟二十餘人、旦旦到公車、泥首謝罪。［言語篇］

ここでは、劉孝標注に引く何法盛『晉中興書』が、点線で示したように『晉書』の記述に近い。『世説新語』の当該条が顧和（顧司空）を話題の中心とするためか、『晉書』は『世説新語』から取材しない。『晉書』は、『世説新語』の関連する記述をすべて採用しているわけではないのである。

元帝が後継者に悩んだ際、王導の諫言によって長子の明帝を立てたことも、『晉書』と『世説新語』の双方に記される。

初、帝愛琅邪王裒、將有奪嫡之議、以問導。導曰、夫

元皇帝既登阼、以鄭后之寵、欲舍明帝而立簡文。時議者

立子以長、且紹又賢、不宜改革。帝猶疑之。導日夕陳諫、故太子卒定。［王導傳］

晉書云、王導爲太子太傅。初、帝愛瑯琊王裒、將有奪嫡之議、以問導。導曰、夫立子以長、且紹又賢、不宜改革。帝猶疑之。導日夕陳諫、故太子卒定。［『北堂書鈔』卷六十五 引『晉書』］。

咸謂、舍長立少、既於理非倫。……周・王既入、始至階頭。帝逆遣傳詔、遏使就東廂。周侯未悟。即卻略下階。丞相披撥傳詔、徑至御牀前曰、不審陛下何以見臣。帝默然無言。乃探懷中黄紙詔裂擲之。由此皇儲始定。周侯方慨然愧歎曰、我常自言勝茂弘。今始知不如也〔三二〕。

〔三二〕中興書曰、元皇以明帝及琅邪王裒並非敬后所生、而謂裒有大成之度、勝於明帝。因從容問王導曰、立子以德不以年。今二子孰賢。導曰、世子・宣城俱有爽明之德、莫能優劣。如此、故當以年。於是更封裒爲琅邪王。而此與世說互異。然法盛采典故、以何爲實。且從容諷諫、理或可安。豈有登階一言、曾無奇說、便爲之改計乎。［方正篇］

ここでも、唐修『晉書』が基づくものは、二重傍線で示したように臧榮緒『晉書』である。『世説新語』は、元帝が簡文帝（末子）を後嗣にしようとした、と伝える。これに対して、劉孝標は、臧榮緒『晉書』と同様、琅邪王裒（次子）を後嗣にしようとしたとする何法盛『晉中興書』を引用し、『世説新語』が誤っていると外的史料批判を行っている。劉孝標注が誤りと論証した『世説新語』の記事を『晉書』は採用している、と劉知幾は批判するが、ここにはそれは見られない。

明帝の後に即位した成帝の時、蘇峻の乱により建康が灰塵に帰すと、溫嶠は遷都を提案する。これに対して王導は、建康に都を置き続けるよう主張した。この『晋書』の記事は、『世説新語』の劉孝標注に引用される『晉陽秋』に近い。注だけを掲げよう。

及賊平、宗廟宮室並爲灰燼、温嶠議遷都豫章。三吳之豪請都會稽、二論紛紜、未有所適。導曰、建康、古之金陵、舊爲帝里、又孫仲謀・劉玄德俱言王者之宅。古之帝王不必以豐儉移都、苟弘衞文大帛之冠、則無往不可。若不績其麻、則樂土爲虚矣。且北寇游魂、伺我之隙、一旦示弱、竄於蠻越、求之望實、懼非良計。今特宜鎭之以靜、羣情自安。由是嶠等謀並不行。〔王導傳〕

晉陽秋曰、蘇峻既誅、大事克平之後、都邑殘荒。温嶠議徙都豫章、以即豐全。朝士及三吳豪傑、謂可遷都會稽。王導獨謂、不宜遷都。建業往之秣陵、古者既有帝王所治之表、又孫仲謀・劉玄德俱謂是王者之宅。今雖凋殘、宜脩勞來・旋定之道、鎭靜羣情。且百堵皆作、何患不克復乎。終至康寧、導之策也。〔言語篇注〕

松岡栄志〈一九九二〉は、孫盛傳を検討して、このように『晋書』の記述が劉孝標注に基づいている部分があることから、劉知幾が、『晋書』は正しい劉孝標注の批判に基づかず、誤った『世説新語』を引用した、と述べることを批判する。劉孝標注を典拠にするように見える記事が、『晋書』に多く存在するためである。たしかに、この記事は、現在、類書などに残存しないので、『世説新語』の劉孝標注に基づいて書かれた、との仮説は成立する。しかし、『晋書』編纂時には、『晉陽秋』は残存していた。また、ここでも文字の異同の大きさから考えると、劉孝標注からの又引きと定めることは難しい（一二）。

このように劉孝標注に残る史書と『晋書』との比較は難しく、また『世説新語』と『晋書』との関係を考える、という問題関心からも外れるため、以後、劉孝標注と『晋書』との関係は『晋書斠注』に委ねることとし、本章では扱わない。

さて、成帝の外戚である庾亮は、「猛」政により皇帝権力の強化を図ったが、王導は「寛」治を指向して、政権の安定化を優先する(一三)。それによって生じた、王導と庾亮との対峙性は、『晉書』と『世說新語』に共に記されている。

于時庾亮以望重地逼、出鎮於外。南蠻校尉陶稱間說亮當舉兵内向、或勸導密爲之防。導曰、吾與元規休感是同、悠悠之談、宜絶智者之口。則如君言、元規若來、吾便角巾還第、復何懼哉。又與稱書、以爲庾公帝之元舅、宜善事之。於是讒間遂息。[王導傳]

有往來者云、庾公有東下意。或謂王公、可潛稍嚴、以備不虞。王公曰、我與元規、雖俱王臣、本懷布衣之好。若其欲來、吾角巾徑還烏衣。何所稍嚴[二]。

[二]中興書曰、於是風塵自消、内外緝穆。[雅量篇]

劉孝標注が引用する何法盛『晉中興書』の当該部分は、類書に残存しないが、『世說新語』の本文と続きであると考えてよい。唐修『晉書』が同様の意味内容を続けているからである。したがって、唐修『晉書』、さらには『世說新語』もまた、『晉中興書』に基づいた可能性が高い。少なくとも、『世說新語』の記事を唐修『晉書』が採用したと言うことはできない。

あるいは、庾亮との政治的指向性の違いについても、双方に記載がある。

時亮雖居外鎭、而執朝廷之權、既據上流、擁強兵、趣向者多歸之。導内不能平、常遇西風塵起、舉扇自蔽、徐曰、元規塵汚人。[王導傳]

庾公權重、足傾王公。庾在石頭、王在冶城坐、大風揚塵。王以扇拂塵曰、元規塵汙人[一]。

[一]按王公雅量通濟、庾亮之在武昌、傳其應下、公以識度裁之、囂言自息。豈或回貳有扇塵之事乎。[輕詆篇]

『世說新語』は、王導が「大風を起こして人々を塵まみれにする」と庾亮の「猛」政を批判した、と伝えるが、こうした記事は現存する類書などに見ることはできない。何よりも、劉孝標注が、王隱『晉書』と『丹陽記』を引用しながら、「拂塵」に関する史書を挙げないので、これは『世說新語』の独自の記事と考えてよい。『晉書』は、「拂塵」に関する『世說新語』の独自記事を採用しているのである。

しかも、劉孝標は、王導の「雅量通濟」を理由に、庾亮を疑って塵を払うようなことはあり得ない、と内的史料批判を行っている。したがって、ここの『晉書』と『世說新語』との関係は、劉知幾の『史通』が批判するとおり、劉孝標注が誤りと論証している『世說新語』の「恢諧小辨」を唐修『晉書』が採用していることになる。

以上のように、『晉書』王導傳と『世說新語』との関係を検討した結果、劉知幾の批判通りの事例を一つ挙げることができた。劉知幾は、事例なく『晉書』を批判しているわけではない。

ただし、劉孝標が批判する『世說新語』の内容が、唐修『晉書』の藍本である臧榮緒『晉書』に基づいており、唐修『晉書』もまた、それをそのまま採用している事例もあった。ここからは、劉知幾が批判するような「恢諧小辨」は、ひとり『世說新語』の特徴ではなく、臧榮緒『晉書』を始めとした「十八家晉書」全体の特徴なのではないか、という仮説を導くことができる。そうであれば、唐修『晉書』に「恢諧小辨」が多い理由は、『世說新語』を無批判に採用したことだけが理由ではなく、唐修『晉書』が基づいた魏晉南北朝期の記録そのものに、そうした内容を含むものが多かった可能性が生まれる。つまり、そこには、劉知幾が考える「正しい」史書のあり方とは、異なった史書のあり方が存在した蓋然性が高い。魏晉期以降の「史」のあり方を問い直す必要性がここに生ずる。

また、王導の表現については、『世說新語』と唐修『晉書』との間に差異があった。『世說新語』が描く、江南を円滑に統治し、南北問題を解決する方法論としての王導の「寛」治は、『晉書』ではそれほど強く表現されない。また、王導が清談を得意としたことにも触れられない。唐修『晉書』が強調する王導の像は、儒教に基づき禮制を整備し、皇帝権力からの自律性を象徴する清談などは行わない佐命の功臣としての姿であった。こうした『世說新語』と

『晉書』の描く同一人物像の差異は、謝安傳にも認められるのであろうか。

二、『晉書』の取材規準と謝安傳

『世說新語』は、最も多く謝安の話を収録して、貴族のあり方の規範を求める[一四]。したがって、先行する史書に基づかない『世說新語』独自の記事も多く、『晉書』卷七十九 謝安傳は、王導傳に比べると、『世說新語』と多くの関わりを持つ。謝安が二十歳になる前、王濛を訪れて清談をした記録から、『世說新語』と謝安傳との関係は始まる。

弱冠、詣王濛清言良久、既去、濛子修曰、向客何如大人。濛曰、此客亹亹、爲來逼人。〔謝安傳〕

謝太傅未冠、始出西、詣王長史、清言良久。去後、苟子問曰、向客何如尊。長史曰、向客亹亹、爲來逼人。〔賞譽篇〕

この話は、類書などに残る諸家の『晉書』には記録されない。また、劉孝標も、この記事に典拠を挙げ、史料批判を行うことはない。王濛の謝安評価をはじめ、『晉書』が『世說新語』を典拠とすることは明白である。人物評価を中核に置く『世說新語』を利用することで、『晉書』は清談に夢中で飽くことなく王濛に迫った若き日の謝安の姿を伝える。

謝安は、度重なる徵召に応ぜず、禁錮されながらも、東山に隱逸として暮らした。そのころ、孫綽・王羲之らと海に遊んだ記録を『晉書』と『世說新語』は伝える。

嘗與孫綽等汎海、風起浪湧、諸人並懼、安吟嘯自若。舟人以安爲悅、猶去不止。風轉急、安徐曰、如此將何歸

謝太傅盤桓東山。時與孫興公諸人汎海戲。風起浪涌、孫・王諸人色並遽、便唱使還。太傅神情方王、吟嘯不言。

邪。舟人承言卽迴。衆咸服其雅量。［謝安傳］

舟人以公貌閑意説、猶去不止。既風轉急、浪猛。諸人皆諠動不坐。公徐云、如此將無歸。衆人卽承響而回。於是審其量、足以鎭安朝野。［雅量篇］

この話も前話と同様、『晉書』は『世説新語』に依拠したと考えてよい。劉孝標が記事の信憑性を疑わないことも同じである。『晉書』は、『世説新語』では「孫興公」など様々な呼称で表現される貴族の名を「孫綽」などと姓名に戻し、「太傅の神情 方に王《さかん》にして」などの難しい表現を省いて話を簡潔にしている。さらに、太宗李世民の愛して已まない王羲之が怯えていたことを削る、といった工夫を凝らしながら、『晉書』は『世説新語』を材料に自らの文章を組み上げている。

また、東山に居る謝安を評した簡文帝の言葉も『世説新語』を典拠とする。

安雖放情丘壑、然每游賞、必以妓女從。既累辟不就、簡文帝時爲相、曰、安石既與人同樂、必不得不與人同憂、召之必至。［謝安傳］

謝公在東山畜妓。簡文曰、安石必出。既與人同樂、亦不得不與人同憂［一］。

［一］宋明帝文章志曰、安縱心事外、疏略常節、每畜女妓、攜持遊肆也。［識鑒篇］

『晉書』は、女妓を従えて遊んでいる謝安は必ず出仕する、と評した簡文帝の言葉を『世説新語』から引用する。それに加えて、その前提となる部分も、劉孝標注に引く宋の明帝の『文章志』を踏まえている。このように『晉書』の撰者が見ていた『世説新語』は、史敬胤注本ではなく、劉孝標注本であったと考えてよい（二五）。謝安が東山での隠遁から、やがては出仕せねばならないと考えていたことについても、『晉書』は『世説新語』に拠りながら記述を行う。

安妻、劉惔妹也、既見家門富貴、而安獨靜退、乃謂曰、丈夫不如此也。安掩鼻曰、恐不免耳。及萬黜廢、安始有仕進志、時年已四十餘矣。［謝安傳］

初謝安在東山居、布衣時、兄弟已有富貴者、翕集家門、傾動人物。劉夫人戲謂安曰、大丈夫不當如此乎。謝乃捉鼻曰、但恐不免耳。［排調篇］

『世説新語』は、謝安の妻である劉惔の妹が、繁栄する謝氏の兄弟を見て、「大丈夫はこうでなければ」と戯れて言ったところ、謝安は鼻をつまんで「免れられないな」と答えた、と伝える。これに対して、『晉書』は、「戲」れを削除したために、謝安は鼻を「掩《おほ》」って答えている。排調篇（相手をからかうこと）に収録された、妻が謝安をからかう表現としての諧謔性は、『晉書』では消えている。『晉書』は、『世説新語』の持つ「小説」的な要素を排除しているのである。劉知幾による、『晉書』は『世説新語』の「恢諧小辨」を引用した、という批判は、ここには当たらない。

謝安が出仕した際の記述もまた、『晉書』は『世説新語』排調に拠る。

征西大將軍桓溫請爲司馬、將發新亭、朝士咸送、中丞高崧戲之曰、卿累違朝旨、高臥東山、諸人每相與言、安石不肯出、將如蒼生何。蒼生今亦將如卿何。安甚有愧色。［謝安傳］

謝公在東山、朝命屢降而不動。後出爲桓宣武司馬、將發新亭、朝士咸出瞻送。高靈時爲中丞、亦往相祖。先時、多少飲酒、因倚如醉。戲曰、卿屢違朝旨、高臥東山、諸人每相與言、安石不肯出、將如蒼生何。今亦蒼生將如卿何。謝笑而不答。［排調篇］

ここでは、『晉書』は『世説新語』の「戲」をそのまま生かしている。そのうえで、「民は君をどうすればよいのであろう」という高崧からの戯れに、謝安が「愧色有」った、とするのである。引用元の『世説新語』では、謝安は笑って答えない。それまで散々国家からの徴召を無視し、禁錮されてまでも東山に隠遁し続け、国家からの自律性を保っていた謝安が、やむなく出仕することへの高崧からの戯れを『世説新語』は無視する。『世説新語』は、謝安を「竹林七賢」に象徴される権力からの自律性（一六）を持つ代表的な貴族と描くためである。（一七）これに対して、『晉書』は、皇帝権力から自律性を持つ貴族を認めないために、隠遁を嘲られた謝安が、それを恥じたと記す。儒教的価値規準において、貴族は皇帝に出仕して、国家権力の強化に務めるべき存在であるためである。儒教に基づき、皇帝の一元的な支配の正統性を描くべき「正史」として相応しい書き換えと言えよう。

また、この書き換えから、『世説新語』がなぜ、唐において「小説」と貶められたかの一端を考えることもできる。

『隋書』經籍志が子部小説類に『世説新語』を入れたのは、『世説新語』が皇帝を中心に置かない、貴族の伝記集であったことが一因である。同じく劉義慶の撰である『幽明錄』二十巻、『江左名士傳』一巻、『宣験記』三十巻は、すべて史部雑傳に分類されている。北朝系の唐にとって、南朝系の貴族を賛美する『世説新語』を貶めようとする意図をここに見ることができよう。

「正史」という概念を編み出し、すべてを皇帝権力のもとに一元化しようとした唐の史学思想において、『世説新語』の皇帝権力に対する自律性は看過し難いものであった。このため、『漢書』藝文志が、貶めて九流百家から排除した小説家に、『隋書』經籍志は『世説新語』を分類することで、時空の支配者である皇帝を排除する歴史が存在し得ないことを示したのである。

さて、桓溫の辟召により出仕した謝安は、故君となるはずの桓溫の東晉簒奪を食い止めた。その場面の描写も、『晉書』と『世説新語』との間に関係性が認められる。

簡文帝疾篤、溫上疏薦安宜受顧命。及帝崩、溫入赴山

桓公伏甲設饌、廣延朝士、因此欲誅謝安・王坦之〔一〕。

陵、止新亭、大陳兵衞、將移晉室、呼安及王坦之、欲於坐害之。坦之甚懼、問計於安。安神色不變、曰、晉祚存亡、在此一行。既見溫、坦之流汗沾衣、倒執手版。安從容就席、坐定、謂溫曰、安聞諸侯有道、守在四鄰、明公何須壁後置人邪。溫笑曰、正自不能不爾耳。遂笑語移日。坦之與安初齊名、至是方知坦之之劣。〔謝安傳〕

王甚遽、問謝曰、當作何計。謝神意不變、謂文度曰、晉祚存亡、在此一行。相與俱前。王之恐狀、轉見於色、謝之寛容、愈表於貌。望階趨席、方作洛生詠、諷浩浩洪流。桓憚其曠遠、乃趣解兵〔二〕。王・謝舊齊名、於此始判優劣。

〔一〕晉安帝紀曰、簡文晏駕、遺詔桓溫、依諸葛亮・王導故事。溫大怒、以爲黜其權、謝安・王坦之所建也。入赴山陵、百官拜于道側、在位望者、戰慄失色。或云自此欲殺王・謝。

〔二〕按宋明帝文章志曰、……桓溫止新亭、大陳兵衞、呼安及坦之、欲於坐害之。王入失厝、倒執手版、汗流霑衣。安神姿擧動、不異於常、擧目徧歴溫左右衞士、謂溫曰、安聞諸侯有道、守在四鄰。明公何有壁間箸阿堵輩。溫笑曰、正自不能不爾。於是矜莊之心頓盡。命卻左右、促燕行觴、笑語移日。〔雅量篇〕

『晉書』は、謝安傳の中心とも言うべき、謝安が桓溫の簒奪を防いだ部分も、『世説新語』および劉孝標注に依拠している。その引用の方法は、傍線と波線で示したように、『世説新語』と、劉孝標注が引く『晉安帝紀』と宋の明帝の『文章志』とを組み合わせて一体としている。『晉書』は、三者の史料的価値を同等と考えていたのである。『隋書』經籍志では、子部小説類に分類される『世説新語』が、実際には史書と同列に用いられていたことを窺い得る。

また、『世説新語』に伝えられながらも、『晉書』が採用しなかった謝安の政事もある。

徳政既行、文武用命、不存小察、弘以大綱、威懐外著、人皆比之王導、謂文雅過之。〔謝安傳〕

謝公時、兵厮逋亡、多近竄南塘下諸舫中。或欲求一時搜索、謝公不許。云、若不容置此輩、何以爲京都〔一〕。

〔一〕續晉陽秋曰、自中原喪亂、民離本域、江左造創、豪族幷兼、或客寓流離、名籍不立。太元中、外禦強氏、蒐簡民實。三吳頗加澄檢、正其里伍。其中時有山湖遁逸、往来都邑者。後將軍安方接客。時人有於坐言宜糾舍藏之失者。安每以厚德化物、去其煩細。又以強寇入境、不宜加動人情。乃答之云、卿所憂在於客耳。然不爾、何以爲京都。言者有慚色。〔政事篇〕

『晉書』は、謝安の「徳政」が、「小察に存せず、弘むに大綱を以てす」るものであり、「王導に比」せられていた、とだけ抽象的に伝える。これに対して、『世説新語』は、王導の「寛」治に比すべき、謝安の「寛」治が流民の捜索を認めないものであったことを伝える。劉孝標注に引く『續晉陽秋』に記すように、流民を放置すれば、国家の支配は弱体化するため、戸口調査をしようとする者もあったが、謝安は反対した。異民族の侵入時に人心を動揺させるべきではない、としたのである。こうした謝安の「寛」治は、荘園を持つ貴族・豪族の階級的利害を擁護するものであった。律令体制により、個別人身的支配を再建しようとしていた唐（一八）が、容認できる政事ではない。『晉書』は、それを削除することで、唐の律令体制への批判材料を隠蔽した。換言すれば、それを明記する『世説新語』が史書であることは、唐に認められることではなく、「恢諧小辨」が記される、くだらない「小説」としての位置づけが相応しいことになる。これも、『隋書』經籍志で『世説新語』が子部小説類に分類される一つの理由である。

これに対して、同じく政事と関わりながらも、謝安が王羲之に答えて、法家と比較しながら、清談を擁護する記事は、そのまま踏襲されている。

嘗與王羲之登治城、悠然遐想、有高世之志。羲之謂曰、夏禹勤王、手足胼胝。文王旰食、日不暇給。今四郊多壘、宜思自效、而虛談廢務、浮文妨要、恐非當今所宜。安曰、秦任商鞅、二世而亡、豈清言致患邪。［謝安傳］

王右軍與謝太傅共登治城、謝悠然遠想、有高世之志。王謂謝曰、夏禹勤王、手足胼胝。文王旰食、日不暇給。今四郊多壘、宜人人自效、而虛談廢務、浮文妨要、恐非當今所宜。謝答曰、秦任商鞅、二世而亡、豈清言致患邪。［言語篇］

法家の商鞅を批判しつつ、王羲之に清談が亡国を招いたわけではないと語る『世説新語』の謝安の姿は、そのまま『晉書』に踏襲されている。太宗李世民が好む王羲之の書、その背景となっている六朝貴族文化を『晉書』が否定することはない。

以上のように、謝安傳から見ることができる『晉書』と『世説新語』との関係は、『史通』が指摘するような単純なものではない。『世説新語』の記述のうち、唐の支配の正統性を損なう可能性のあるものは削除され、唐に都合の良いものは用いられる。『晉書』は『世説新語』の「小説」的な記述を「持して逸史と爲し、用《もっ》て前傳を補」った史書である、という劉知幾の批判は、謝安傳に関しては当たらないと言えよう。

三、「叛臣」桓溫傳

『晉書』は、『漢書』が前漢を簒奪した王莽を列傳の終わりに置いた體例にならい、東晉の簒奪を試みた王敦・桓溫・桓玄を列傳の終わりに置く。桓溫は、『世說新語』では全一一三〇話中、謝安の一一四話に次ぐ九四話に関わり、王導の八七話を抑えて第二位の座を占めるほど多く扱われている。ところが、『晉書』卷九十八 桓溫傳と関わりを持つ『世說新語』の記述は少ない。

『晉書』は、桓溫の容姿について、『世說新語』に載せる劉惔の評価に拠っている。

惔嘗稱之曰、溫眼如紫石稜、鬚作蝟毛磔。孫仲謀・晉宣王之流亞也。［桓溫傳］

劉尹道桓公、鬚如反猬皮、眉如紫石稜。自是孫仲謀・司馬宣王一流人也。［容止篇］

孫權は、「目に精光有り」と『三國志』卷四十七 吳主傳注引『江表傳』にあるため、『晉書』は、「眉」を「眼」とし、人名の順番にあわせて「眼」を先に置いているが、大意は『世說新語』と同じである。つまり、三國時代に孫吳を建国して漢魏から自立した孫權、および曹魏簒奪の基礎を築いた司馬懿と似た容貌を持つ桓溫は危険な人物であった、と『晉書』は述べている。すなわち、『世說新語』は、桓溫を「叛臣」に描くための材料を提供することで、『晉書』に採用されたのである。

一方、謝安と同様、桓溫についても、『世說新語』の詳細な記述を『晉書』が抽象化している部分がある。

溫停蜀三旬、擧賢旌善。僞尚書僕射王誓・中書監王瑜・鎭東將軍鄧定・散騎常侍常璩等、皆蜀之良也。並以

桓宣武平蜀、集參僚置酒於李勢殿、巴・蜀搢紳、莫不來萃。桓既素有雄情爽氣、加爾日音調英發、敍古今成敗由

爲參軍、百姓咸悅。［桓溫傳］

人、存亡繫才。其狀磊落、一坐歎賞。既散、諸人追味餘言。于時尋陽周馥曰、恨卿輩不見王大將軍。［豪爽篇］

桓溫が晉の領土に回復した蜀での様子について、『晉書』は「賢を擧げ善を旌《あらは》す」と述べるだけで、あとは桓溫が挙げた「賢」の具体的人名を列挙するに止まる。これに対して、『世說新語』は、王敦（王大將軍）の豪壯は桓溫より上とする周馥の言葉を中心としながらも、桓溫が「巴・蜀の搢紳、來りて萃らざるもの莫し」というほど、巴蜀の人心を集めていたこと、そして自らの英雄の資質を古今の人々と比較する議論に一座の者が酔いしれたことを伝える。しかし、これらを『晉書』は採用しない。あくまで、桓溫を簒奪者として扱うためである。同様の事例は他にもある。

簡文帝時爲撫軍、與溫書明社稷大計、疑惑所由。［桓溫傳］

簡文作撫軍時、嘗與桓宣武俱入朝、更相讓在前。宣武不得已而先之。因曰、伯也執殳、爲王前驅。簡文曰、所謂無小無大、從公于邁。［言語篇］

『世說新語』は、簡文帝がまだ撫軍將軍であったとき、桓溫と朝廷に先に入ることを讓りあい、先に入った桓溫が「王の爲に前驅す」と『詩經』伯兮を引くと、簡文帝も「公に從って于《ゆ》き邁《ゆ》く」と『詩經』泮水を踏まえて答えた、と伝える。『晉書』はこれも採用しない。桓溫が「王の爲に前驅す」るような遜った人物である、という表現は必要ないためである。これに対して『世說新語』は、桓溫を簒奪者としながらも、その一方で、清談を良くした貴族としての側面も多く伝える。『晉書』桓溫傳に、『世說新語』からの引用が少ない理由である。

『晉書』は、自らの主張に合致しない『世說新語』の桓溫の言動を採用しない一方で、合致するものは、採用する。

溫自江陵北伐、行經金城、見少爲琅邪時所種柳、皆已十圍。慨然曰、木猶如此、人何以堪。攀枝執條、泫然流涕。
於是、過淮・泗踐北境、與諸僚屬登平乘樓、眺矚中原。慨然曰、遂使神州陸沈、百年丘墟、王夷甫諸人、不得不任其責。袁宏曰、運有廢興、豈必諸人之過。溫作色謂四座曰、頗聞劉景升有千斤大牛、噉芻豆十倍於常牛、負重致遠、曾不若一羸牸。魏武入荊州、以享軍士。意以況宏、坐中皆失色。〔桓溫傳〕

桓公北征經金城、見前爲琅邪時所種柳、皆已十圍。慨然曰、木猶如此、人何以堪。攀枝執條、泫然流淚。〔言語篇〕
桓公入洛、過淮・泗踐北境、與諸僚屬登平乘樓、眺矚中原。慨然曰、遂使神州陸沈、百年丘墟、王夷甫諸人、不得不任其責。袁虎率爾對曰、運自有廢興、豈必諸人之過。桓公懍然作色、顧謂四坐曰、諸君頗聞劉景升不。有大牛重千斤、噉芻豆十倍於常牛、負重致遠、曾不若一羸牸。魏武入荊州、烹以饗士卒。于時莫不稱快。意以況袁。四坐既駭、袁亦失色。〔輕詆篇〕

『晋書』は、桓溫が袁宏を厳しく批判する言葉を『世說新語』より引用する。袁宏が、西晋は王衍らの清談により滅んだ、という「清談亡國論」（一九）を否定するためである。『晋書』は、儒林傳などで「清談亡國論」を展開している。「佛教國家」の隋を滅ぼし、再び儒教を統治の中核に据えた唐で編纂された『晋書』は、儒教を蔑《なみ》する清談によって西晋「儒教國家」が滅亡したことを桓溫にも主張させているのである。

また、『晋書』は、桓溫と王敦の同質性を述べるためにも、『世說新語』を利用する。

嘗行經王敦墓、望之曰、可人、可人。其心迹若是。〔桓溫傳〕

桓溫行經王敦墓邊、過望之云、可兒可兒。〔賞譽篇〕

典拠となっている『禮記』雜記下では、「可兒（良い所もある奴）」は「可人」に作るので、『晋書』はそれに従って改めているが、そこ以外は『世說新語』に取材している。桓溫が王敦を認める言葉を引用することにより、『晋書』

は、叛臣傳という括りのもとに、王敦と桓溫を同じ巻九十八に収める理由を示す。『晉書』のみにある、二人は同じ「心迹」であった、という言葉は、そのために加えられたものである。

さらに、『晉書』は、桓溫が海西公を廢して簡文帝を立てたときの謝安の対応を『世説新語』から、次のように引用する。

是時溫威勢翕赫、侍中謝安見而遙拜。溫驚曰、安石、卿何事乃爾。安曰、未有君拜於前、臣揖於後。［桓溫傳］

桓公既廢海西、立簡文。侍中謝公見桓公拜。桓驚笑曰、安石、卿何事至爾。謝曰、未有君拜於前、臣立於後。［排調篇］

皇帝を廃立した桓溫に、謝安が拜禮すると、桓溫は驚いて理由を尋ねた。謝安は、「未だ君 前に拜し、臣 後に立つこと有らざればなり」と答えた、と『世説新語』は伝える。謝安の言葉は、『春秋公羊傳』文公十三年の、「周公は前に拜し、魯は後に拜す（周公拜乎前、魯拜乎後）」を踏まえているが、このままでは「排調」とはならない。

したがって、謝安は、『漢書』巻九十九上 王莽傳に引く陳崇の上奏において、この言葉が、王莽の功績を称えるために、成王が周公にその長子伯禽を魯の君としたことの典拠とされていることを踏まえている、と考えてよい。すなわち、謝安は、皇帝を廃立した桓溫を王莽に準えるために、拜禮をしたうえで、この言葉を述べた、と『世説新語』は解釈して「排調」に収録したのである。『晉書』もまた、『漢書』王莽傳にならって、桓溫傳を列傳の終わりに置いた。『世説新語』が謝安の言葉を「排調」に収録した意図を理解していたと考えてよい。『晉書』の列傳構成にも相応しい、桓溫を王莽に準える言葉であったからこそ、『晉書』はここで『世説新語』を引用したのである。

これ以後、『晉書』は、失脚していく桓溫を記述する中で、『世説新語』に拠ることはない。『世説新語』には、そうした記述が乏しいためである。『晉書』は、自らの編纂意図に基づいて、桓溫を貶める記述だけを『世説新語』から利用したのである。

おわりに

唐修『晉書』の王導傳は、『世說新語』が描く王導とは、異なった王導像を構築していた。『世說新語』は、王導の「寬」治が、江南を円滑に統治し、南北問題を解決する方法論として、謝安や桓溫に継承されたことを伝える。これに対して、唐修『晉書』は、儒教に基づき禮制を整備し、皇帝権力からの自律性を持たない佐命の功臣として王導を描くのである。唐にとって都合の良い王導像と言えよう。

こうした両者の差異は、先行する史書が少なく、『世說新語』が史料としての独自性を持つことが多い謝安傳では、さらに際立つ。謝安に関わる『世說新語』の叙述のうち、皇帝に対する貴族の自律性を示す記事や唐の律令体制を損なう政事などは採用されていない。『隋書』經籍志が子部小說類に『世說新語』を入れたように、『世說新語』が皇帝を中心に置かない、貴族の伝記集であったことを唐修『晉書』の撰者たちは十分に認識したうえで、材料として取捨選択して用いているのである。

したがって、東晉を簒奪しようとした桓溫に関する『世說新語』の記述は、用いられることが少なかった。『世說新語』は、桓溫を簒奪者としながらも、その一方で、清談を良くした貴族としての側面も多く伝えるためである。唐修『晉書』が採用した『世說新語』の桓溫の記述は、桓溫を簒奪者と位置づけるものばかりであった。

このように、唐修『晉書』は、劉知幾の言うような『世說新語』の「小說」的な記述を「逸史」として「十八家晉書」を補っただけの史書ではない。『晉書』は、唐の「正史」に相応しい記録を吟味して、『世說新語』の記事から取材している。

もちろん、劉知幾の批判のように、『晉書』は、劉孝標注により誤りと論証された『世説新語』の記事からも取材している。ただし、劉知幾が批判するような「恢諧小辨」は、ひとり『世説新語』の特徴ではなく、唐修『晉書』の藍本である臧榮緒『晉書』を始めとした「十八家晉書」全体の特徴でもある。また、『搜神記』や『世説新語』という「史」を生み出した魏晉南北朝期の「史」は、劉知幾が理想として掲げる「史」のあり方とは、大きく異なる。この問題については、改めて論ずることにしたい。

《注》

（一）唐修『晉書』については、渡邉義浩〈二〇一三〉のほか、『晉書』の五条の史学上の価値と三条の不足を指摘した朱大渭〈二〇〇〇〉などを参照。

（二）以臧榮緒晉書爲主、參考諸家、甚爲詳洽。然史官多是文詠之士、好採詭謬碎事、以廣異聞。又所評論、競爲綺艷、不求篤實。由是頗爲學者所譏（『舊唐書』卷六十六　房玄齡傳）。なお、こうした特徴を『晉書』の文学性として評価するものに、李培棟〈一九八五〉がある。また、房玄齡を中心とする山東出身者が太宗李世民の政権獲得を支えたことは、山下将司〈二〇〇三〉を参照。

（三）『晉書』の小説からの取材については、その全体を論ずる劉湘三〈二〇〇七〉、『搜神記』からの取材を論ずる余作勝〈二〇〇八〉がある。

（四）裴松之の『三國志』注に、「史」の自覚的方法論の確立による經學からの自立をみることは、渡邉義浩〈二〇〇三ｂ〉を参照。また、『世説新語』の劉孝標注を始めとする南朝系の「史」の方法が、異聞を博捜するものであることは、本書第九章を参照。なお、『晉書』と南北朝の史風を論じた王天順〈一九九五〉もある。

（五）『晉書』の『世説新語』からの取材については、その方法を四つに分けて分析したものに、劉強〈二〇〇六〉、採用した理由を論じた高淑清〈一九九五〉、その是非を論じた王灃華〈二〇〇四〉、引用によって生まれた文学性の高さを評価する張亜軍〈二〇〇一〉がある。

（六）晉世雜書、諒非一族。若語林・世說、幽明錄・搜神記之徒、其所載、或恢諧小辨、或神鬼怪物。其事非聖、揚雄所不觀。其言亂神、宣尼所不語。皇朝所撰晉史、多採以爲書。夫以干・鄧之所糞除、王・虞之所糠粃、持爲逸史、用補前傳。此何異魏朝之撰皇覽、梁世之修徧略、務多爲美、聚博爲功、雖取說小人、終見嗤於君子矣（『史通』巻五 採撰）。

（七）近者、宋臨川王義慶、著世說新書、上敍兩漢・三國、及晉中朝・江左事。劉峻註釋、摘其瑕疵、僞迹昭然、理難文飾。而皇家撰晉史、多取此書。遂採康王之妄言、違孝標之正說。以此書事、奚其厚顏（『史通』巻十七 雜說中）。

（八）『世説新語』から『晉書』が引用する四〇〇余りの事例について、言葉の用い方がどのように変化しているのか言語学的に追究したものに、柳士鎮〈一九八八〉。同様の研究として、張瀟瀟〈二〇〇七〉、李妍・曾良〈二〇一一〉、馬芳〈二〇一三〉、李亜君〈二〇一五〉も参照。

（九）張熷の『讀史擧正』（「叢書集成初編」所収）は、こうした『晉書』の誤謬を四五〇条以上も掲げており、劉知幾らの『晉書』への批判が実態に基づいていることを理解できる。なお、『史通』による『世説新語』の分類への批判については、韓留勇〈二〇一〇a〉がある。

（一〇）呉仕鑑《一九二八》により、『北堂書鈔』に『晉書』と引用される書籍を臧榮緒『晉書』と判断した。また、臧榮緒『晉書』に関する研究動向の総括に、王超〈二〇一四〉がある。

（一一）劉孝標注が裴注を規範としながらも、それに及ばないことは、本書第九章を参照。

（一二）唐修『晉書』が『世説新語』に基づいているか否かの問題については、韓留勇〈二〇一〇b〉も参照。

（一三）王導は「寛」治により、江南の支配を円滑に行った、と『世説新語』が記すことは、本書第八章を参照。

（一四）『世說新語』が謝安に貴族のあり方の規範を求めることは、本書第五章を参照。
（一五）史敬胤注と劉孝標注の違いについては、本書第九章を参照。
（一六）『世說新語』が「竹林七賢」を貴族の自律的秩序の象徴として描くことは、本書第六章を参照。
（一七）桓溫の簒奪を防いだ謝安が、いかにして貴族の自律的秩序を維持したのか、という方法論を後世の貴族に伝えることが、『世說新語』の編纂目的の一つであったことについては、本書第七章を参照。
（一八）唐が、漢末に崩壊した個別人身支配体制を北魏以降再編していく過程を分田農民を基礎とする体制として明らかにするものに、渡邊信一郎《二〇一〇》がある。
（一九）「清談亡國論」については、本書第六章を参照。

終章　「古典中國」における「小説」の位置

はじめに

本書は、序章において魯迅を代表とする「近代中國」における小説の位置を確認し、それが「古典中國」における本来的な「小説」の姿と異なっていることを主張した。さらに魯迅が、『捜神記』を「志怪小説」、『世説新語』を「志人小説」と位置づけた理由を中国小説「史」の創設に求め、現在においても『捜神記』と『世説新語』、とりわけ前者の研究が、魯迅の枠組みの中で行われていることに疑義を提示した。

本章は、本論の中で検討した結果を踏まえて、『捜神記』を「志怪小説」、『世説新語』を「志人小説」と捉えることが本来的には誤りであることを確認し、「古典中國」において両書が「小説」と位置づけられていく中に、「史」とは何かという問題が関わっていることを指摘するものである。

一、『捜神記』と「志怪小説」

『捜神記』は、魯迅によって「志怪小説」と位置づけられる以前より、具体的には『新唐書』藝文志より「小説」

に分類されてきた。しかし、干寶は「小說」として、『搜神記』を執筆した訳ではない。『隋書』が『搜神記』を史部雜傳に著録するように、「古典中國」では、「史」部の書と認識されていた。

干寶の『搜神記』執筆の目的は、東晉の正統性を支える天人相關説の現れである瑞祥と災異と、西晉の滅亡を伝えることができなかったような、天人相關説とは関わらない瑞祥と災異とを弁別することにあった。干寶は、『春秋左氏傳』の「妖災」、『論衡』の「鬼」の生成から、「妖怪」の生成論理を作り上げたように、先行する著作の内容を組み合わせることで、「瑞祥」と「災異」を説明するための自らの論理を構築した（第一章）。

「五氣變化論」は、そうした干寶の理論を代表するもので、「順常」という正常な變化は四種に分けられ、變化する際の「氣」「形」「性」の変容と不変が整理されている。また、「妖眚」という常ではない變化は、人が「氣」の「反」・「亂」・「貿」により變化することであり、これこそ天人相關説の中心に置かれるべき變化であった。そして、「妖眚」だけが天人相關説の対象であることの論証を通じて、干寶は、『晉紀』總論で示した上帝の「二心」への疑義を解消し得た。そのうえで『春秋左氏傳』に従って、そうした「神道」のあり方を「事」を中心に記したものが、『搜神記』なのである（第一章）。

『搜神記』の「五氣變化論」の論理そのものは、主として『論衡』からの借り物であった。しかし、その變化を『春秋左氏傳』のように「事」によって表現したため、豊富な事例を集め得た。したがって、『搜神記』は、『春秋左氏傳』が杜預注以降「史」としての性格を強めていたことを背景に、史部に著録されるべき書籍となった。事実、『隋書』巻三十三 經籍志二は、『搜神記』を史部 雜傳に著録している。ところが、天人相關説の衰退とともに、變化の論理には注目が疎かになり、事例として集めた表現が物語として読まれていくようになる。こうした中で、積極的な天人相關否定論者であった歐陽脩は、『新唐書』巻五十九 藝文志三において『搜神記』を小說家類に移動した。

しかし、そののち、一時『捜神記』の継承が途絶えたことは、宋代において『捜神記』は、後世のようには、小説の祖として尊重されていなかったことを示すのである（第一章）。

魯迅が『捜神記』を唐代「傳奇」（一）小説の祖として「志怪」小説を捉えることは、「古典中國」の『捜神記』の位置とは異なる。「古典中國」において『捜神記』が史部に分類された理由には、『漢書』から始まる五行志との関わりが深かったこともある。五行志は、董仲舒学派が集大成した天人相關説に基づき、天の瑞祥と災異を天子の善政・悪政に対する褒賞と譴責と捉える。（二）しかし、後漢「儒教國家」、さらには西晉「儒教國家」の滅亡を機に、五行思想は揺らぎを見せていた。（三）中でも、西晉の懐帝・愍帝は、その即位を瑞祥により祝福されていたはずであるのに、匈奴の劉聰に恥辱を受けて殺された。干寶は、『晉紀』の序文で「豈に上帝 我に臨みて其の心を貳にするか」と上帝に対する疑義を示した。これまで、すべて天子の政治により説明してきた瑞祥と災異が、「五氣變化論」により天子の事象以外をも説明できるのであれば、五行志の書き方は変わらなければならない。

干寶は、天子の政治に起因する災異説だけではなく、天子以外の行為により變化を説明することを志した。その一つの理論化が「五氣變化論」である。干寶はそれを具体的に論証するために、事例集として『捜神記』を著した。したがって、『捜神記』は、これまでの五行志のように、事象―解釈―事應を記すだけには止まらなかった。干寶は、變異のすべてを天人相關説に解消せず、鬼神の存在と正面から向き合い、人や物の變化・生死の事象を詳細に記述したのである。ここに『捜神記』が、「小説」と把握される端緒がある。やがて、天譴から天理へと天観が大きく転換する宋代、具体的には歐陽脩の『新唐書』以降、五行志に事應は記されなくなる。それとの比較により考察すれば、事應よりも氣による變化の過程そのものを重視する『捜神記』は、鄭玄の主宰的・宗教的天よりも、王肅の合理的な天観のもとにおける災異思想の展開の一つの特徴を示す。それが變化の事例集を五行志としてではなく、捜「神」記として著した理由である（第二章）。

干寶の天観が曹魏や孫呉が官学とした鄭玄のそれではなく、西晉・東晉が官学とした王肅に基づくものであったように、『搜神記』には東晉時代の編纂という刻印がある。東晉は、秦の始皇帝の中国統一以来、始めて華北を夷狄に奪われ、江東に首都を置いた亡命国家である。ただし、江東、具体的には建康（建業）に首都を置くことは、三國時代の孫呉より始まる。孫呉から始まり東晉を経て、劉宋・南齊・梁・陳と続く国家を「六朝」と総称するような意識の芽生えを『搜神記』の孫呉観とそこに描かれる蔣侯神信仰の中に見ることができる。

干寶の『搜神記』は、孫策や孫權に対する批判的な記事も収録するが、それだけを理由に孫呉に批判的であった、と理解することは誤りである。干寶は、天人相關説に基づき孫休への天譴と孫晧への事應を記すように、孫呉を天命を受けた正統な国家と認めていた。かつて西晉の陸機は、「辯亡論」で孫呉の評価と滅亡理由を述べる中で、孫呉を曹魏と対峙させるために、三國鼎立の歴史観を示した。これに対して、干寶の『搜神記』は、孫呉の滅亡理由と東晉による正統性の継承を述べるなかで、江南だけしか支配できない東晉の正統性を主張するために、東晉が鼎立する三國のすべてを継承する、という歴史観を記した（第三章）。

また、蔣侯神は、孫呉の継承者として東晉を位置づけることを正統化するために祭祀された。金德の蔣侯神の祭祀が、劉宋の初めに一度は断絶しながらも、それ以降の南朝に継承されたのは、蔣侯神が孫呉や東晉のみを正統化するだけの神から、江東、具体的には建康の守護神としての性格を強くしていくためと考え得る。そうした中より、孫呉を嚆矢とする「六朝」という概念が形成されていくのである（第三章）。

『搜神記』は、蔣侯神信仰から「六朝」意識の形成を見られるような歴史観を持つ、当該時代の歴史記録を収録しており、本来「史」に属する書籍であることは疑いない。しかし、散佚した『搜神記』の輯本を作成する際には、

『法苑珠林』という佛教的類書が多く用いられている。鬼神の存在と正面から向き合い、人や物の變化・生死の事象を詳細に記述した『搜神記』は、佛教の類書に多く引用されるような思想性も有しているのである。

唐初に西明寺で活躍した僧の道世は、『法苑珠林』において、佛教的宇宙観を展開したが、その対峙性において、最も意識したものは『搜神記』であった。それは、『搜神記』が、数多くの變化を記録するだけではなく、それらの原理を追求する「五氣變化論」という理論を有していたことによる。『成唯識論』を訳した玄奘の影響を受けた道世は、唯識論により干寶の五氣變化論を打破することで、佛教の優位性を明確に示した。干寶の『搜神記』は、劉歆・鄭玄が理論化した氣を重視し、また、そこには京房易などの象數易による予占化した災異思想が含まれていた。このため、道世は、『搜神記』に含まれる儒教の中でも最も重要な天人相關説に対して反論を行い、儒教と真っ向から対峙したのである（第四章）。

このように『搜神記』を分析することにより、『搜神記』は、魯迅の言うような「志怪小説」ではなく、本来、史部に属すべき歴史・思想書であったことが明らかとなった。

天人相關の理論と事例の収録は、『漢書』以来、五行志で行われてきたことである。これに対して、『搜神記』は、天子の善政・悪政とそれへの天の瑞祥・災異を記す五行志の範囲を超える。『晉紀』という史書を著している干寶が、材料の一部を五行志に仰ぎながらも、これを五行志としなかった理由である。こうした意味において、「正史」や「古史」には分類できないものの、『搜神記』は本来、史部に収録されるべき書籍であった。それは、当時盛んに著されていた地域史としての側面を蔣侯神信仰などの記録に持つことからも明らかである。

しかし、鬼神の存在と正面から向き合い、人や物の變化・生死の事象を詳細に記述した『搜神記』は、後世から「小説」と見なされる要素を多く持っていた。唐宋変革を機に天観が変わることで[四]、天人相關説の重要性が薄れるとともに、史部から「左遷」された理由である。[五] また、鬼神の存在と正面から向き合い、人や物の變化・生死の事象を詳細に記述したことは、説話や小説を布教に利用する佛教とのせめぎあいを起こした。『搜神記』を二番目に多く引用する『法苑珠林』は、『搜神記』を批判し、その思想を危険視していた。『法苑珠林』に引用される『搜神記』をそのまま信頼して研究することは危険である。そうした思想史への傾斜を帯びた『搜神記』は、干寶が修めていた『春秋左氏傳』に近い史部の書籍と言えよう。干寶が「鬼の董狐」と称された所以である。

二、『世説新語』と「志人小説」

『世説新語』は、魯迅によって「志人小説」と位置づけられるが、それ以前に劉知幾の『史通』により「恢諧小辨」で「史」の材料とするには相応しくないものと批判を受けていた。劉知幾の『世説新語』批判の由来を考えるためには、『世説新語』の執筆意図を明らかにしなければなるまい。

『世説新語』は、曹魏末における五等爵制の施行により、西晉期に成立した国家的身分制である貴族制に対して、本来的な貴族の存立基盤である文化的諸価値、具体的には基礎教養としての儒教や人物評價、および諸学への兼通の必要性を説く。しかも、それらを『論語』の「四科」の篇名にまとめ、貴族のみならず、中国文化の根底に儒教があることを示した。そして『世説新語』は、こうした教養の上に、北来貴族が卓越化する理由となる権力からの自律性を保つため、南人寒門に実務を任せて清談に励み、閉鎖的な婚姻関係により郡望を守ることを肯定する。『世説新語』は、劉宋の貴族制を積極的に肯定し、貴族の存立基盤である文化を継承するための教養の書であった。宗室の劉義慶は『世説新語』の編纂により貴族のあり方を総括しようとした。また、執筆にあたった幕僚たちは貴族制を継続するための貴族のあり方を規定しようとした。これが『世説新語』の執筆意図である（第五章）。

また、『世説新語』が「事」よりも「語」を重んじる特徴は、単なる『論語』の踏襲ではなく、人物評價や清談、あるいは文章表現において、「語」を必要不可欠とした時代の特徴でもある。この結果、『世説新語』が、事実を伝える正しさよりも表現の価値を重視したことは、人の叙述を重視する魯迅により、「志人小説」と位置づけられる原因となった。また、表現の重視は、南朝の貴族制を賛美する『世説新語』を嫌った唐の史官が、『隋書』經籍志で『世説新語』を貶め、史書でありながら子部小説類に著録した要因にもなっている（第五章）。

『世説新語』が小説類に貶められたのは、隋唐の皇帝権力がその権威を無力化しようと努めていた貴族の自律的秩序の根底にある貴族的な価値観を全面的に肯定しているためである。唐は、皇帝権力により国家的身分制として編成された貴族制を表現するものとして『貞觀氏族譜』を完成させている。しかし、貴族は、本来、文化資本による序列化と貴族による国政の独占をあるべき「貴族制」と考える存在であった。一方、皇帝権力は、血縁に象徴される力との近接性により、国家的身分制として貴族制を編成したい。あるべき貴族制が両者で異なるため、貴族の属性のうち皇帝権力からの自律性が、最も対峙性を帯びて、貴族の特徴となっていたのである。（六）そうした貴族を卓越させる文化的な価値観のいわば「教科書」となっていたものが『世説新語』であった。

東晉における「清談亡國論」は、貴族の自律的秩序を表現する一つである清談を、西晉の滅亡原因として厳しく批判するものであった。しかし、『世説新語』に描かれる王導の清談重視と謝安の「清談亡國論」批判は、それを超克するものとなった。それと共に、貴族を卓越化させる、権力に対する自律性を象徴する「竹林七賢」も、『世説新語』は尊重する。もちろん、戴逵の『竹林七賢論』のように、「竹林七賢」の突出性を把握し、王衍ら「清談亡國論」の批判対象と弁別しようとする思索も行われていた。しかし、『世説新語』が依拠したものは、謝安の「清談亡國論」批判を継承する袁宏の『名士傳』であった。こうして『世説新語』は、玄學を基本とする清談を守り、清談に批判的であった崇有の立場も否定せず、史學も佛教も道教も、そしてこれらの根底に置かれる儒教も尊重した。『世説新語』はこれらすべてを尊重することで、貴族的価値観を確立したのである（第六章）。

それは、貴族が本来、儒教を身体化させ、多様な文化に兼通することで卓越性を得るものであったことによる。そうした多様な文化を身につけた貴族の価値観の中でも、君主権力からの自律性は、北来貴族の優越性の基盤となるほど重要なものであった。「竹林七賢」伝説の持つ権力からの自律性は、方達・隱逸として継承されていく。それは、晉宋革命において、北来貴族が東晉の滅亡を傍観したことも、権力からの自律性により正統化し得るためである。権力の座にあったが故に、その清談まで否定された王衍を反面教師として、権力との距離を保ったために、貴族はその自律性を尊重した。権力からの自律性を極めて隱逸すれば、権力の興亡を余所に自らの名声を維持し得る。それを経済的に支援することも、「尚賢」の名目により、君主と同様の立場に貴族を押し上げるものであった（第六章）。

「竹林七賢」に代表される方達・隱逸を根底で支えるものは儒教であった。しかし、『世説新語』がそれを明記することはない。貴族だけではなく、「近代中國」以前の知識人は、佛教や道教、あるいはイスラム・キリスト教を信仰しても、儒教を基礎教養として身体化していることは、当然のことだからである。貴族文化の粋を表現しようとした『世説新語』が、基礎教養の重要性を説く必要はない。儒教の身体化を拒否しようとした魯迅が、『世説新語』を「志人小説」と規定し、その表現技法の巧妙さに焦点を当てる理由である（第六章）。

貴族の自律的秩序は、人物評語として典型的に表現される。『世説新語』に収録された人物評語は、自律的秩序の嚆矢となった後漢末の「黨人」に対する七言の人物評語から始まる。人物評語が自律的秩序であることは、「黨人」・「名士」・貴族のそれの共通点であった。やがて人物評語は、曹魏の九品中正制度により、「品」と共に与えられた

「狀」の形式である四言が中心となった。そののち、西晉における五等爵制と州大中正の制との結合により、一流貴族に対する「狀」は名目化するが、四言の形を崩しながらも、人物評價は継続された。それは、人物評價が一流・二流といった貴族の自律的秩序を表現し続けるものであったことによる。君主権力が掌握する国家の官制的秩序とは別の場における貴族の人物評價は、その中心となった人物批評家の謝安を強く支持した。君主を廃立するほどの軍事力を掌握していた桓溫であっても、貴族の自律的秩序に支えられている謝安を憚り、東晉を簒奪することができなかった、と『世説新語』は伝える。こうした貴族の自律的秩序が持つ力を『世説新語』は後世に伝えようとしたのである。これも『世説新語』の編纂目的の一つであった（第七章）。

『世説新語』は、貴族の文化的価値観を確立しただけではなく、南朝貴族の典型として東晉の佐命の功臣である王導を賛美する。王導は、元帝司馬睿や庾亮とは異なり、緩やかな「寛」治により江南を統治した。それは、南人の顧和の思いに基づいたもので、王導は南人と婚姻関係を結び、南人の登用を図った。しかし、南人の何充が、輔政の地位に在りながら、なお清談よりも実務を重視したように、意識の上での南北差別は、明確に存在した。『世説新語』は、南北問題の存在をあからさまに描き、北人の南人への差別意識を隠そうとしない一方で、南北問題の解決に努めた王導を高く評価する。東晉そして劉宋の江南統治の模範をそこに見るためである。『世説新語』は、王導の「寛」治が、江南を円滑に統治し、南北問題を解決する方法論として、謝安や桓溫にも継承されたことを伝える。それは、桓溫の簒奪を防いだ謝安が、いかに貴族の自律的秩序を維持したのか、という方法論を伝えたのと同じように、『世説新語』が、王導の「寛」治を江南統治の規範として、後世に伝えようとしたためなのである。これも『世説新語』の編纂目的の一つであった（第八章）。

劉知幾からは「史」より排除され、魯迅からは「志人小説」と位置づけられる『世説新語』であるが、南朝において『世説新語』は、当然「史」書であった。したがって、『世説新語』に注を付けた劉孝標は、南朝の史學の特徴である、多くの書籍から「異聞」を引用する形式によって注を付けた。

『世説新語』に注を付けた劉孝標は、博学に基づき異聞を集める南朝系の学問に基づいて、『世説新語』にも博引旁証の注を付けた。その際、劉孝標は、「史」の方法を確立した裴松之の①補闕・②備異・③懲妄・④論弁という四種の体例を継承し、①・②のためには多くの書籍を引用し、③では外的・内的史料批判を展開、④では史家としての見識を示した。ただし、こうした裴注の影響は、劉孝標のみに見られるものではない。したがって、劉孝標注の特徴は、第一に、家譜および家傳・別傳の引用の多さにあり、それは貴族が最も重視する譜學の隆盛を背景としていた。劉孝標注の特徴は、第二に、『世説新語』そのものの特徴でもある簡潔さと博引旁証とを兼ね備えることにある。ある意味、矛盾したこうした特徴は、先行する史敬胤注の繁雑さを超克するためのものでもあった。劉孝標は、裴松之注の方法論を踏襲しながら、貴族的価値観を尊重する『世説新語』の注として簡潔さと譜學とを加えた。裴松之において自立した「史」が、隆盛した原因の一つには、こうした譜學との結合がある。裴注の異聞と劉孝標注の譜學を加えたものが、李延壽の『南史』を成立させ、李延壽も編纂に関与した『晉書』において『世説新語』が列傳の材料とされることに繋がっていくのである（第九章）。

このため、劉知幾は『晉書』が『世説新語』を引用することを厳しく批判するが、『世説新語』で多く扱われる王導・謝安・桓温の記録は、『晉書』の材料としてふさわしいものであった。

唐修『晉書』の王導傳は、『世説新語』が描く王導とは、異なった王導像を構築していた。『世説新語』は、王導の「寛」治が、江南を円滑に統治し、南北問題を解決する方法論として、謝安や桓温に継承されたことを伝える。これに対して、唐修『晉書』は、儒教に基づき禮制を整備し、皇帝権力からの自律性を持たない佐命の功臣として王導を描くのである。唐にとって都合の良い王導像と言えよう（第十章）。

こうした両者の差異は、先行する史書が少なく、『世説新語』が史料としての独自性を持つことが多い謝安傳では、さらに際立つ。謝安に関わる『世説新語』の叙述のうち、皇帝に対する貴族の自律性を示す記事や唐の律令体制を損なう政事などは採用されていない。『隋書』經籍志が子部小説類に『世説新語』を入れたように、『世説新語』が皇帝を中心に置かない、貴族の伝記集であったことを唐修『晉書』の撰者たちは十分に認識したうえで、材料として取捨選択して用いているのである。したがって、東晉を簒奪しようとした桓温に関する『世説新語』の記述は、用いられることが少なかった。『世説新語』は、桓温を簒奪者としながらも、その一方で、清談をよくした貴族としての側面も多く伝えるためである。唐修『晉書』が採用した『世説新語』の桓温の記述は、桓温を簒奪者と位置づけるものばかりであった。このように、唐修『晉書』は、劉知幾の言うような『世説新語』の「小説」的な記述を「逸史」として「十八家晉書」を補っただけの史書ではない。『晉書』は、唐の「正史」に相応しい記録を吟味して、『世説新語』の記事から取材している（第十章）。

もちろん、劉知幾の批判のように、『晉書』は、劉孝標注により誤りと論証されている『世説新語』の記事からも取材している。ただし、劉知幾が批判するような「恢諧小辨」は、ひとり『世説新語』の特徴ではなく、唐修『晉書』の藍本である臧榮緒『晉書』を始めとした「十八家晉書」全体の特徴でもある。また、『捜神記』や『世説新語』という「史」を生み出した魏晉南北朝期の「史」は、劉知幾が理想として掲げる「史」のあり方とは、大きく異なる。

『捜神記』や『世説新語』を題材に「小説」とは何かを考えてきた本書は、こうして『捜神記』や『世説新語』が「古典中國」では「小説」ではなかったことを確定すると同時に、「古典中國」における「史」とは何か、という新たな問題に辿り着いたのである。

おわりに

「古典中國」を通じて「小説」が貶められていたことに変化はない。しかし、「小説」が貶められていることと、「小説」を書き、それを読む行為が普及していき、中国知識人層、就中、科擧官僚と成り得なかった圧倒的な数の知識人層の文化の一つとして受容されたこととは別問題である。「近世中國」になっても、「四庫全書」を総覧した紀昀が『閲微草堂筆記』をまとめ、袁枚が『子不語』を記したように、科擧官僚層においても、貶められている「小説」と関わることで、公的には表明できない社会への関心や思いを表現する活動は行われ続けた。

魯迅は、こうした「小説」に表出された儒教に塗れていない思いを抽出することにより、中国文学史を構築し、国民意識の形成に資そうとした。魯迅は、その鋭い感性と輯本作成の中から、執筆当時は、「志怪小説」でも「志人小説」でもなかった『捜神記』と『世説新語』に、近代的な意味での文学性の端緒を見出したのである。魯迅の登場に到るまで、否、儒教が批判されていく「近代中國」の成立まで、両者から文学性を見出し得なかったのは、儒教的な価値観に基づく、『漢書』藝文志を嚆矢とする目録類において、「小説」が「諸子九流」から除外されていたことによる。「近代中國」では共に文学と総称される詩や賦が儒教に従属し、儒教の中での位置づけを得ることにより、「古典中國」において「文學」として承認されていたことに対して、[七]「小説」は四大奇書をはじめとする白話小説が「四庫全書」から排除されたように、儒教の承認を得ることができなかった。

しかし、それは「近代中國」以前の中国が、「小説」に近代的な意味とは異なる「文學」性を見出さなかったことを意味しない(八)。『搜神記』や『世説新語』に続く、多数の「志怪小説」・「志人小説」、ことに前者の執筆は、こうした儒教から貶められた文化の存在が、許容されていたことを物語る。あるいは、「古典中國」における確固とした位置を獲得できなかったという烙印を逆に強みとして、儒教の及ばない社会現象の記述手段ともなっていく。たとえば、袁枚の『子不語』は、こうした自覚の中で、その創作意欲の行く先を処理していた。

天人相關説を補完し、鬼神の世界を論理的に説明しようとした『搜神記』と、貴族の基礎教養から規範までをあたかも『論語』のように人の言葉により示した『世説新語』は、本来、「史」と認識されていた。そこには、「史」とは「事」であるとする杜預の『春秋左氏傳』理解の影響がある。『搜神記』が「史」ではなく「小説」とされたのは、「近世中國」の成立により、天観が変遷して、鬼神を描くことが「史」ではなくなったためである。また、唐より「小説」と貶められた『世説新語』が異なる読まれ方、具体的には『世説新語補』に改変されて内容としての面白さの受容に重点を移していくのは、「近世中國」の成立によって、「古典中國」の支配層であった貴族が過去のものとなり、貴族の教養・規範の書としての役割を『世説新語』が持たなくなったことによる。

こうした事情により、それぞれ「小説」に分類されることになった『搜神記』と『世説新語』は、後世の読者に「小説」として受容され、あるいは創作意欲を掻き立てるだけの「文學」性をその叙述の中に本来的に有していた。魯迅の感性は、それを掬いあげたのである。

《　注　》

（一）唐代傳奇小説については、内山知也《一九七七》を参照。

（二）董仲舒学派と天人相關説については、池田知久〈一九九四〉、五行志については、渡邉義浩（主編）《二〇一二》を参照。
（三）後漢「儒教國家」については渡邉義浩《二〇〇九》、西晉「儒教國家」については、渡邉義浩《二〇一〇》を参照。
（四）唐から宋にかけての天観の変化を天譴から天理へと捉えることは、溝口雄三〈一九八七、八八〉を参照。
（五）「左遷」という訳語は、魯迅、丸尾常喜（訳）《一九八七》による。
（六）社会的身分としての表象の中から形成された貴族と、国家的身分制としての貴族制とを分離して考える視座については、渡邉義浩〈二〇一〇c〉を参照。
（七）詩・賦と儒教との関係については、渡邉義浩《二〇一五》を参照。
（八）たとえば、四大奇書のうち、毛宗崗本『三國志演義』の文学性については、仙石知子《二〇一七》を参照。

文献表

この文献表は、本書中に言及し、また略記した文献を採録したものである。本文中における表記は、単行本を《　》、論文を〈　〉により分け、出版時の西暦年を附して弁別の基準とした。その際、単行本などに再録された論文も初出の西暦年を附し、同一年に複数の単行本・論文のある場合には、ａｂなどを附し、弁別できるように心がけた。文献表でも、それを踏襲するが、単行本には※を附し、単行本に収められた論文は、その直後に＊を附して収録論文であることを示して、論文の初出雑誌を掲げた。また、論題が変更されている場合は、原則として、変更前の論題に統一した。邦文文献は編著者名の五十音順に、中文文献も、便宜的に日本読みによる五十音順に配列し、邦訳は邦文の項目に入れ、旧字体・簡体字は原則として常用漢字に統一した。

〔邦　文〕

あ

青木　正児　『支那文芸論叢』（弘文堂書房、一九二七年）
浅見直一郎　「中国の正史編纂――唐朝初期の編纂事業を中心に――」（『京都橘女子大学研究紀要』一九、一九九二年）
安部聡一郎　「党錮の「名士」再考――貴族制成立過程の検討のために――」（『史学雑誌』一一一―一〇、二〇〇二年）
安部聡一郎　「『後漢書』郭太列伝の構成過程――人物批評家としての郭泰像の成立――」（『金沢大学文学部論集』史学・考古学・地理学篇二八、二〇〇八年）
石井　仁　「虎賁班剣考――漢六朝の恩賜・殊礼と故事――」（『東洋史研究』五九―四、二〇〇一年）
池田　秀三　「緯書鄭氏学研究序説」（『哲学研究』五四八、一九八三年）
池田　知久　「中国古代の天人相関論――董仲舒の場合――」（『世界史像の形成』東京大学出版会、一九九四年）

板野　長八※『儒教成立史の研究』（岩波書店、一九九五年）
板野　長八＊「災異説より見た劉向と劉歆」（『東方学会創立二十五周年記念東方学論集』一九七二年）
今枝　二郎「捜神記（四庫提要訳注）」（『中国古典研究』一九、一九七三年）
今鷹　　真「後漢における七言の人物評語について」（『名古屋大学文学部三十周年記念論集』一九七九年）
今浜　通隆「劇談と黙識――『世説新語』の「言語」観についての一考察――」（『中国古典研究』二〇、一九七五年）
植田　渥雄「「文学改良芻議」考――〈文学革命〉の旗印をめぐって――」（『蘆田孝昭教授退休紀念論文集　二三〇年代中国と東西文藝』東方書店、一九九八年）
上田　早苗「後漢末期の襄陽の豪族」（『東洋史研究』二八―四、一九七〇年）
内田　道夫「捜神記の世界」（『文化』一五―三、一九五一年）
内村　嘉秀「王弼・郭象における有・無論――〈貴無〉〈崇有〉の問題をめぐって――」（『倫理学年報』二八、一九七九年）
内山　知也『隋唐小説研究』（木耳社、一九七七年）
宇都宮清吉「世説新語の時代」（『東方学報』京都、一〇―二、一九三九年、『漢代社会経済史研究』弘文堂書房、一九五五年に所収）
榎本あゆち「『南史』の説話的要素について――梁諸王伝を手がかりとして――」（『東洋学報』七〇―三・四、一九八九年）
榎本あゆち「再び『南史』の説話的要素について――蕭順之の死に関する記事を手がかりとして――」（『六朝学術学会報』八、二〇〇七年）
榎本あゆち「南斉の柔然遣使　王洪範について――南朝政治史における三斉豪族と帰降北人――」（『名古屋大学東洋史研究報告』三五、二〇一一年）
榎本あゆち「劉孝標をめぐる人々――南朝政治史上の平原劉氏――」（『六朝学術学会報』一五、二〇一四年）
尾崎　　康「干宝晉紀考」（『斯道文庫論集』八、一九七〇年）
大久保隆郎※『王充思想の諸相』（汲古書院、二〇一〇年）
大久保隆郎＊「王充の妖瑞論」（『福島大学教育学部論集』人文科学部門二六、一九七五年）
大久保良峻（編著）『新・八宗綱要――日本仏教諸宗の思想と歴史――』（法蔵館、二〇〇一年）
大矢根文次郎※『世説新語と六朝文学』（早稲田大学出版部、一九八三年）

大矢根文次郎＊「世説の原據とその截取改修について」（『東洋文学研究』九、一九六一年）
大橋　賢一　「二十巻本『捜神記』の成書に関する一考察」（『中国文化─研究と教育』六六、二〇〇八年）
大橋　義武　「魯迅『中国小説史略』再考」（『埼玉大学紀要』教養学部五〇─二、二〇一五年）
大橋　由治　「『世説新語』と魏晉文化──説話に見る人物評価の実相──」（『大東文化大学漢学会誌』四五、二〇〇六年）
大橋　由治※『『捜神記』研究』（明徳出版社、二〇一五年）
大橋　由治＊「『捜神記』の精怪観──怪異と神道設教──」（『大東文化大学漢学会誌』五一、二〇一二年）a
大橋　由治＊「『捜神記』編纂の背景」（『東洋文化』一〇八、二〇一二年）b
大淵　貴之　「唐創業期の「類書」概念──『芸文類聚』と『群書治要』を手がかりとして──」（『中国文学論集』三五、二〇〇六年）
大村由紀子　「明末における『捜神記』出版について──当時の知識人の小説評価にむけて──」（『待兼山論叢』三二（文学）、一九九八年）
大村由紀子　「『捜神記』第六・七巻成立過程小考」（『中国研究集刊』二六、二〇〇〇年）
大室　幹雄　『桃源の夢想──古代中国の反劇場都市──』（三省堂、一九八四年）
岡崎　文夫　『魏晉南北朝通史』（弘文堂書房、一九三二年）
岡村　繁　「後漢末期の評論的気風について」（『名古屋大学文学部研究論集』二二　文学八、一九六〇年）
岡村　繁　『陶淵明──世俗と超俗──』（日本放送出版協会、一九七四年）
越智　重明　「南朝の貴族と豪族」（『史淵』六九、一九五六年）
越智　重明　「東晉の貴族制と南北の「地縁」性」（『史学雑誌』六七─八、一九五八年）
越智　重明　『魏晉南朝の政治と社会』（吉川弘文館、一九六三年）
越智　重明　『魏晉南朝の貴族制』（研文出版、一九八二年）
越智　重明　「東晉南朝の地縁性」（『The Oriental studies』一三、一九八四年）

か

加賀　栄治　『中国古典解釈史』魏晉篇（勁草書房、一九六四年）
何　　旭　『『談藪』研究』（不二出版、二〇一〇年）

神楽岡昌俊　「『世説新語』に現れた隠逸思想」（『中国における隠逸思想の研究』ぺりかん社、一九九三年）
勝村　哲也　「六朝隋唐の稗史・小説の整理に関する覚書――仏教説話とくに冥祥記を中心に――」（『恵谷先生古稀記念　浄土教の思想と文化』仏教大学、一九七二年）
雁木　誠　「『捜神記』の編纂過程について――淳于智故事を例として――」（『中国文学論集』三九、二〇一〇年）
川合　安※　『南朝貴族制研究』（汲古書院、二〇一五年）
川合　安＊　「劉裕の革命と南朝貴族制」（『東北大学東洋史論集』九、二〇〇三年）
川合　安＊　「日本の六朝貴族制研究」（『史朋』四〇、二〇〇七年）
川勝　義雄※　『六朝貴族制社会の研究』（岩波書店、一九八二年）
川勝　義雄＊　「貴族制社会の成立」（『岩波講座　世界歴史』五、岩波書店、一九七〇年）b
川勝　義雄＊　「『世説新語』の編纂をめぐって――元嘉の治の一面――」（『東方学報』京都、四一、一九七〇年）a
川勝　義雄＊　「東晋貴族制の確立過程」（『六朝貴族制社会の研究』岩波書店、一九八二年）
川口　義照　「経録研究よりみた法苑珠林――とくに撰述年時について――」（『印度学仏教学研究』二三―一、一九七四年）
川口　義照　「経録研究よりみた『法苑珠林』――道世について――」（『印度学仏教学研究』二四―二、一九七六年）
稀代麻也子　『『宋書』のなかの沈約――生きるということ――』（汲古書院、二〇〇四年）
金　文京　「中国目録学史における子部の意義――六朝期目録の再検討――」（『斯道文庫論集』三三、一九九九年）
金　民寿　「東晋政権の成立過程――司馬睿（元帝）の府僚を中心として――」（『東洋史研究』四八―二、一九八九年）
金　民寿　「桓温から謝安に至る東晋中期の政治――桓温の府僚を中心として――」（『史林』七五、一九九二年）
楠山　春樹　「淮南中篇と淮南万畢」（『道教と宗教文化』平河出版社、一九八七年）
久富木成大　「釈巫史――「左伝」における占いと予言――」（『金沢大学教養部論集』人文科学篇二四―二、一九八七年）
小島　毅　「宋代天譴論の政治理念」（『東洋文化研究所紀要』一〇七、一九八八年）
小島　毅　「宋代天譴論再説――欧陽脩は何を変えたのか――」（『中国―社会と文化』二六、二〇一一年）
小林　岳　『後漢書劉昭注李賢注の研究』（汲古書院、二〇一三年）
小南　一郎　「『捜神記』の文体」（『中国文学報』二一、一九六六年）
小南　一郎　「解説」（荒牧典俊・小南一郎（訳）『大乗仏典〈中国・日本篇〉』中央公論社、一九九三年）

小南　一郎　「干宝「捜神記」の編纂」上（『東方学報』京都、六九、一九九七年）
小南　一郎　「干宝「捜神記」の編纂」下（『東方学報』京都、七〇、一九九八年）
小林　昇　「許由・巣父説話考」（『フィロソフィア』五九、一九七一年、『中国・日本における歴史観と隠逸思想』早稲田大学出版社、一九八三年に所収）
後藤　義乗　「仏本行経・四天王経の漢訳者」（『印度学仏教学研究』五五―二、二〇〇七年）
興膳宏・川合康三『隋書経籍志詳攷』（汲古書院、一九九五年）
河野貴美子　「『捜神記』の語る歴史――史書五行志との関係――」（『二松』一六、二〇〇二年）a
河野貴美子　「『捜神記』所収の再生記事に関する考察」（『日本中国学会報』五四、二〇〇二年）b
河野貴美子　「『日本霊異記』の予兆歌謡をめぐって――史書五行志・『捜神記』・『法苑珠林』との関係――」（『説話文学研究』三七、二〇〇二年）c
河野貴美子　「『捜神記』と中国古代の伝説をめぐる一考察」（『説話文学研究』四一、二〇〇六年）

さ

先坊幸子・森野繁夫（訳）干宝『捜神記』（白帝社、二〇〇四年）
佐竹　保子　「『世説新語』の「賞」」（『六朝学術学会報』一〇、二〇〇九年）
佐竹保子・川合安「『世説新語』劉孝標訳注稿」（一）～（四）、（『東北大学中国語学文学論集』一五～一八、二〇一〇～一四年）
佐野　誠子　「五行志と干宝『捜神記』」（『東京大学中国語中国文学研究室紀要』四、二〇〇一年）
佐野　誠子　「雑伝書としての志怪書」（『日本中国学会報』五四、二〇〇二年）
斉藤　智寛　「汪藻「世説叙録」訳注稿」（『東北大学中国語学文学論集』一八、二〇一三年）
斉藤　希史　「近代文学形成期における梁啓超」（『共同研究　梁啓超　西洋近代思想受容と明治日本』みすず書房、一九九九年）
葉　徳　輝　「世説新語注引用書目」（目加田誠『世説新語』下巻、明治書院、一九七八年に所収）
鈴木由次郎　『漢易研究』（明徳印刷出版社、一九六三年）
仙石　知子　『毛宗崗批評『三国志演義』の研究』（汲古書院、二〇一七年刊行予定）

た

多賀秋五郎※『中国宗譜の研究』（日本学術振興会、一九八一、八二年）

多賀秋五郎＊「古譜の研究」（『東洋史学論集』第四、不昧堂書店、一九五五年）
多賀　浪砂※『干宝『捜神記』の研究』（近代文芸社、一九九四年）
多賀　浪砂＊『法苑珠林』所引「捜神記」考」（『干宝『捜神記』の研究』近代文芸社、一九九四年）
高須　国臣「王敦の叛乱について」（『愛知大学文学論叢』三六、一九六八年）
竹内　肇「「世説新語」における人間性の問題1」（『茨女短大紀要』一七、一九九〇年）
竹内　好『竹内好全集』一　魯迅・魯迅雑記1（筑摩書房、一九八〇年）
竹田　晃「二十巻本捜神記に関する一考察――主として太平広記との関係について――」（『中国文学研究』二、一九六一年）
竹田晃（訳）『捜神記』（平凡社、一九六四年）
竹田　晃「干宝試論――「晉紀」と「捜神記」の間――」（『東京支那学報』一一、一九六五年）
武田　時昌「京房の災異思想」（『緯学研究論叢――安居香山博士追悼――』（平河出版社、一九九三年）
田中　一輝「東晉初期における皇帝と貴族」（『東洋学報』九二―四、二〇一一年）
田中　靖彦※『中国知識人の三国史像』（研文出版、二〇一五年）
田中　靖彦＊「初期東晉における孫呉観――干宝『捜神記』を中心に――」（『六朝学術学会報』七、二〇〇六年）
田中　靖彦＊「『世説新語』の三国描写と劉義慶」（『日本中国学会報』五九、二〇〇七年）
田中麻紗巳『両漢思想の研究』（研文出版、一九八六年）
陳垣、西脇常記・村田みお（訳）『中国仏教史籍概論』（知泉書館、二〇一四年）
塚本　宏「『世説新語』に於ける王羲之と郗愔及び許詢との関係」（『和洋女子大学紀要』四七、人文系、二〇〇七年）
津田左右吉※『儒教の研究』二（岩波書店、一九五一年、『津田左右吉全集』一七、岩波書店、一九六五年に所収）
津田左右吉＊「前漢の儒教と陰陽説」（『満鮮地理歴史研究報告』一二、一九三四年）
角田　達朗「干宝『捜神記』における「妖」の思想」（『愛知淑徳大学論集』メディアプロデュース学部篇、二―一、二〇一二年）
戸川　芳郎「「貴無」と「崇有」――漢魏期の経芸――」（『漢代の学術と文化』研文出版、二〇〇二年）
富永　一登※『中国古小説の研究』（研文出版、二〇一五年）
富永　一登＊「魯迅輯『古小説鉤沈』校釈――祖台之『志怪』――」（『広島大学文学部紀要』五三、一九九三年）

な
内藤虎次郎　『支那史学史』（弘文堂、一九四九年、『内藤湖南全集』第十一巻、筑摩書房、一九六九年に所収）
中島　隆博　「速朽と老い――魯迅――」（『残響の中国哲学――言語と政治――』東京大学出版会、二〇〇七年）
仲畑　　信　「干宝易注の特徴」（『中国思想史研究』一一、一九八八年）
中村　圭爾※『六朝貴族制研究』（風間書房、一九八七年）
中村　圭爾＊「『士庶区別』小論――南朝貴族制への一視点――」（『史学雑誌』八八―二、一九七九年）
中村　圭爾　「初期九品官制における人事について」（『中国貴族制社会の研究』京都大学人物科学研究所、一九八七年）a
中村　圭爾　「魏晉時代における「望」について」（『中国―社会と文化』二、一九八七年）b
永田　拓治　「「先賢伝」「耆旧伝」の歴史的性格――漢晋時期の人物と地域の叙述と社会――」（『中国―社会と文化』二一、二〇〇六年）
永田　拓治　「「状」と「先賢伝」「耆旧伝」の編纂――「郡国書」から「海内書」へ――」（『東洋学報』九一―三、二〇〇九年）
永田　拓治　「漢晉期における「家伝」の流行と先賢」（『東洋学報』九四―三、二〇一二年）
永田　拓治　「『襄陽耆旧記』にみえる襄陽意識」（『中国都市論への挑動』汲古書院、二〇一六年）
仁井田　陞　『支那身分法史』（東方文化学院、一九四二年）
西野　貞治　「捜神記攷」（『人文研究』四―八、一九五七年）
西谷登七郎　「五行志と廿巻本捜神記」（『広島大学文学部紀要』一、一九五一年）
西村正身・羅党興『旧雑譬喩経全訳』（渓水社、二〇一三年）
西脇　常記　『史通』内篇・外篇（東海大学出版会、一九八九、二〇〇二年）
野間　文史　『五経正義の研究――その成立と展開――』（研文出版、一九九八年）
は
蜂屋　邦夫　「戴逵について――その芸術・学問・信仰――」（『東洋文化研究所紀要』七七、一九七九年）
蜂屋　邦夫　「孫盛の歴史評と老子批判」（『東洋文化研究所紀要』八一、一九八〇年）
林田愼之助　「魯迅その小説の思想」（『中国文学論集』九、一九八〇年）
林田愼之助　「『世説新語』の清議と清談」（『学林』二八・二九、一九九八年、『六朝の文学覚書』創文社、二〇一〇年に所収）

林田愼之助　「六朝の史家と志怪小説――裴松之の『三国志』注引の異聞説話をめぐって――」（『立命館文学』五六三、二〇〇〇年）
平川彰・梶山雄一・高崎直道（編集）『唯識思想』〈講座大乗仏教〉8、春秋社、一九八二年）
平沢　歩　「『漢書』五行志と劉向『洪範五行伝論』」（『中国哲学研究』二五、二〇一一年）
広瀬　玲子　「小説と歴史――魯迅『中国小説史略』試論――」（『東洋文化研究所紀要』一三三、一九九四年）
深浦　正文　『唯識学研究』下巻　教義論（大法輪閣、一九五四年）
福井　文雅　「竹林七賢についての一試論」（『フィロソフィア』三七、一九五九年）
福田　文彬　「『世説新語』の劉孝標注にみえる子部の引用書と通行本との比較研究」（『藝文研究』一〇七、二〇一四年）
古田敬一（輯）『世説新語校勘表　附佚文』（中文出版社、一九七七年）
堀池　信夫※『漢魏思想史研究』明治書院、一九八八年）
堀池　信夫＊「裴頠『崇有論』考」（『筑波大学哲学・思想学系論集』昭和五十年度、一九七六年）
堀池　信夫＊「嵆康『声無哀楽論』考――音楽論の立場から――」（『筑波大学哲学・思想学系論集』六、一九八一年）
堀池　信夫＊「嵆康における信仰と社会――向秀との「養生論」論争を中心として――」（『歴史における民衆と文化』国書刊行会、一九八二年）

ま

牧角　悦子　「中国文学史における近代――古典再評価の意味と限界――」（『中国史の時代区分の現在』汲古書院、二〇一五年）
牧角　悦子　「魯迅と小説――「速朽の文章」という逆説――」（『神話と詩』一四、二〇一六年）
間嶋　潤一※『鄭玄と『周礼』――周の太平国家の構想――』（明治書院、二〇一〇年）
間嶋　潤一＊「鄭玄『尚書注』と『尚書大伝』――周公居摂の解釈をめぐって――」（『東洋史研究』六〇―四、二〇〇二年）
松浦　崇　「袁宏『名士伝』と戴逵『竹林七賢論』」（『中国文学論集』六、一九七七年）
松浦　崇　「魏晋の人物評語――基礎資料表――」（『福岡大学総合研究所報』六一、一九八三年）
松岡　栄志　「天監年間の劉峻――『世説』注の成立とその意味――」（『中哲文学会報』三、一九七八年）
松岡　栄志　「『世説新語』注の構造と姿勢」（『東京学芸大学紀要』人文科学三一、一九八〇年）
松岡　栄志　「劉峻と『山棲志』――仏教への距離――」（『東洋文化』七〇、一九九〇年）

松岡　栄志　「孫盛伝（晋書）」（『中国の古典文学――作品選読――』東京大学出版会、一九九一年、『歴史書の文体』樹花舎、一九九六年に所収）
松田克之佑　「世説新語「徳行」篇の〈徳行〉に関する一考察」（『跡見学園国語科紀要』一三、一九六五年）
丸尾　常喜　『魯迅――「人」「鬼」――の葛藤』（岩波書店、一九九三年）
丸尾　常喜　『魯迅『野草』の研究』（東京大学東洋文化研究所、一九九七年）
溝口　雄三　「中国の天（上）（下）」（『文学』五五―一二、五六―二、一九八七、八八年、『中国思想のエッセンスⅠ異と同のあいだ』岩波書店、二〇一一年に所収）
溝口　雄三　『方法としての中国』（東京大学出版会、一九八九年）
溝口　雄三　『中国の衝撃』（東京大学出版会、二〇〇四年）
三津間弘彦　「『後漢書』の槃瓠伝説と『風俗通義』」（『中国学論集』二九、二〇一一年）
宮岸　雄介　「魏晉の史学思想――孫盛・干宝を中心に――」（『富士大学紀要』三一―一、一九九八年）
宮岸　雄介　「劉孝標の史学観――『世説新語注』における史料批評をめぐって――」（『富士大学紀要』三三―二、二〇〇〇年）
宮崎　市定　『九品官人法の研究――科挙前史――』（東洋史研究会、一九五六年、『宮崎市定全集』6岩波書店、一九九二年に所収）
村上　嘉実　「魏晉における徳の多様性について――世説新語の思想――」（『鈴木博士古稀記念東洋学論叢』一九七二年、『六朝思想史研究』平楽寺書店、一九七四年に所収）
目加田誠(訳)『世説新語』(明治書院、一九七五～七八年)
森三樹三郎　『六朝士大夫の精神』（同朋舎、一九八六年）
森野　繁夫　「世説新語考異の価値」（『中国中世文学研究』三、一九六三年）
森野　繁夫　「捜神記の篇目」（『広島大学文学部紀要』二四―三、一九六五年）
森野　繁夫　「劉孝標伝」（『小尾博士退休記念 中国文学論文集』第一学習社、一九七六年）
森野繁夫(編)『六朝評語集 世説新語・世説新語注・高僧伝』（中国中世文学研究会、一九八〇年）
や
八木沢　元　「世説から新書・新語への発展――世説新語伝本考――」（『鳥居久靖先生華甲記念論集 中国の言語と文学』一九八

二年）
柳瀬喜代志　「「文選」注引の「捜神記」説話をめぐって――二十巻本「捜神記」再編考――」（『中国文学研究』一五、一九八九年）
矢野　主税　「東晉初頭政権の性格」（『社会科学論叢』一四、一九六五年）
矢野　主税　「状の研究」（『史学雑誌』七六―二、一九六七年）a
矢野　主税　「東晉における南北人対立問題――その政治的考察――」（『東洋史研究』二六―三、一九六七年）b
矢野　主税　「東晉における南北人対立問題――その社会的考察――」（『史学雑誌』七七―一〇、一九六八年）
矢野　主税　「土断と白籍――南朝の成立――」（『史学雑誌』七九―八、一九七〇年）
矢野　主税　「郡望と土断」（『史学研究』一一三、一九七一年）
矢野　主税　「南朝における婚姻関係」（『長崎大学教育学部社会科学論叢』二二、一九七三年）
矢淵　孝良　「世説の撰者について――語林との相違に見る世説撰者の立場――」（『中国貴族制社会の研究』京都大学人文科学研究所、一九八七年）
山岡　利一　「世説新語を中心とする竹林七賢考」（『甲南女子大学研究紀要』一一・一二、一九七五年）
山下　将司　「玄武門の変と李世民配下の山東集団―房玄齢と斉済地方」（『東洋学報』八五、二〇〇三年）
山崎　　宏　「初唐の道士孫思邈について」（『立正大学文学部論叢』五〇、一九七四年）
山田　慶児　『混沌の海へ――中国的思考の構造――』（筑摩書房、一九七五年）
山部　能宜　「真如所縁種子について」（『北畠典生教授還暦記念　日本の仏教と文化』一九九〇年）
吉川幸次郎　「世説新語の文章」（『東方学報』京都、一〇―二、一九三九年、『吉川幸次郎全集』第七巻、筑摩書房、一九六八年に所収）
吉川幸次郎　「『中国古小説集』解題」（『吉川幸次郎全集』第一巻、筑摩書房、一九六八年）a
吉川幸次郎　「『唐宋伝奇集』解説」（『吉川幸次郎全集』第十一巻、筑摩書房、一九六八年）b
吉川　忠夫※　『六朝精神史研究』（同朋舎出版、一九八四年）
吉川　忠夫＊　「顔之推小論」（『東洋史研究』二〇―四、一九六二年）
吉川　忠夫＊　「范曄と後漢末期」（『古代学』一三―三・四、一九六七年）

吉川　忠夫＊「顔師古の『漢書』注」（『東方学報』京都、五一、一九七九年）
吉川忠夫・冨谷至『漢書五行志』（平凡社、一九八六年）
吉川　忠夫「汲冢書発見前後」（『東方学報』京都、七一、一九九九年）
吉川　忠夫「島夷と索虜のあいだ――典籍の流傳を中心とした南北朝文化交流史――」（『東方学報』京都、七二、二〇〇〇年）
吉永　壮助「鍾山改名の由来について――蔣子文と孫鍾の伝説をめぐって――」（『芸文研究』八五、二〇〇三年）

ら

李　済滄「両晋交替期における方達の風気について」（『東洋史苑』五四、一九九九年）
李　済滄「東晋貴族政治の本質――王導の「清浄」政治を中心として――」（『東洋史苑』六二、二〇〇四年）
李　済滄「東晋中期の貴族政治と江南豪族社会――桓温・謝安の政治をめぐって――」（『東洋史苑』六六、二〇〇六年）
Legittimo Elsa「『菩薩処胎経』の著者に利用された『維摩経』――甘露の分与の記述をめぐって――」（『印度学仏教学研究』五五―二、二〇〇七年）
Legittimo Elsa「『法華経』と『菩薩處胎経』の比較研究――宝塔涌出、二仏並座に関する記述をめぐって――」（『印度学仏教学研究』五六―二、二〇〇八年）
魯迅、今村与志雄（訳）『魯迅全集』一一　中国小説史略・漢文学史綱要（学習研究社、一九八六年）
魯迅、丸尾常喜（訳）『中国小説の歴史的変遷』（凱風社、一九八七年）

わ

若月　俊秀「劉孝標の思想――六朝貴族社会における一寒門人の在り方――」（『文芸論叢』二、一九七四年）
若槻俊秀（他）「『法苑珠林』の総合的研究――主として『法苑珠林』所録『冥祥記』の本文校訂並びに選注選訳――」（『真宗総合研究所研究紀要』二五、二〇〇六年）
和久　希「言尽意・言不尽意論考」（『中国文化―研究と教育』六六、二〇〇八年）
和久　希「言語と沈黙を超えて――王坦之廃荘論考――」（『六朝学術学会報』一三、二〇一二年）
渡邊信一郎『中国古代の財政と国家』（汲古書院、二〇一〇年）
渡部　武「『先賢伝』『耆旧伝』の流行と人物評論との関係について」（『史観』八二、一九七〇年）
渡部　武「『世説新語』以前の『世説』伝本をめぐる問題」（『安田学園研究紀要』一七、一九七六年）

渡邉義浩※『後漢国家の支配と儒教』（雄山閣出版、一九九五年）
渡邉義浩＊「後漢時代の党錮について」（『史峯』六、一九九一年）
渡邉義浩「諸葛亮像の変遷」（『大東文化大学漢学会誌』三七、一九九八年）
渡邉義浩※『三国政権の構造と「名士」』（汲古書院、二〇〇四年）
渡邉義浩＊「孫呉政権の形成」（『大東文化大学漢学会誌』三八、一九九九年）
渡邉義浩＊「「寛」治から「猛」政へ」（『東方学』一〇二、二〇〇一年）
渡邉義浩＊「呻吟する魂 阮籍」（『中華世界の歴史的展開』汲古書院、二〇〇二年）a
渡邉義浩＊「九品中正制度における『孝』」（『漢学会誌』四一、二〇〇二年）b
渡邉義浩＊「三国時代における「公」と「私」」（『日本中国学会報』五五、二〇〇三年）a
渡邉義浩＊「「史」の自立——魏晉期における別伝の盛行を中心として——」（『史学雑誌』一一二—四、二〇〇三年）b
渡邉義浩＊「所有と文化——中国貴族制研究への一視角——」（『中国—社会と文化』一八、二〇〇三年）c
渡邉義浩※『後漢における「儒教国家」の成立』（汲古書院、二〇〇九年）
渡邉義浩＊「両漢における春秋三伝と国政」（『両漢における詩と三伝』汲古書院、二〇〇七年）a
渡邉義浩＊「鄭箋の感生帝説と六天説」（『両漢における詩と三伝』汲古書院、二〇〇七年）b
渡邉義浩※『西晉「儒教国家」と貴族制』（汲古書院、二〇一〇年）
渡邉義浩＊「杜預の左伝癖と西晉の正統性」（『六朝学術学会報』六、二〇〇五年）a
渡邉義浩＊「杜預の諒闇説と皇位継承問題」（『大東文化大学漢学会誌』四四、二〇〇五年）b
渡邉義浩＊「司馬彪の修史」（『漢学会誌』四五、二〇〇六年）a
渡邉義浩＊「九品中正制度と性三品説」（『三国志研究』一、二〇〇六年）b
渡邉義浩＊「西晉における五等爵制と貴族制の成立」（『史学雑誌』一一六—三、二〇〇七年）d
渡邉義浩＊「西晉における「儒教国家」の形成」（『漢学会誌』四七、二〇〇八年）a
渡邉義浩＊「王肅の祭天思想」（『中国文化』六六、二〇〇八年）b
渡邉義浩＊「陳寿の『三国志』と蜀学」（『狩野直禎先生傘寿記念三国志論集』汲古書院、二〇〇八年）c
渡邉義浩＊「『山公啓事』にみえる貴族の自律性」（『中国文化—研究と教育』六七、二〇〇九年）a

渡邉義浩＊「西晋「儒教国家」の限界と八王の乱」（『東洋研究』一七四、二〇〇九年）b
渡邉義浩＊「陸機の君主観と「弔魏武帝文」」（『漢学会誌』四九、二〇一〇年）a
渡邉義浩＊「陸機の「封建」論と貴族制」（『日本中国学会報』六二、二〇一〇年）b
渡邉義浩「魏晋南北朝における「品」的秩序の展開」（『魏晋南北朝における貴族制の形成と三教・文学』汲古書院、二〇一一年）a
渡邉義浩「王莽の革命と古文学」（『東洋研究』一七九、二〇一一年）b
渡邉義浩『王莽 改革者の孤独』（大修館書店、二〇一二年）
渡邉義浩（主編）『全譯後漢書』志（五）五行（汲古書院、二〇一二年）
渡邉義浩「解題 唐修『晉書』とその特徴」（渡邉義浩・高橋康浩（編）『晉書校補』帝紀（一）大東文化大学東洋研究所、二〇一三年）
渡邉義浩「『抱朴子』の歴史認識と王導の江東政策」（『東洋文化研究所紀要』一六六、二〇一四年）a
渡邉義浩「「古典中国」の成立と展開」（『中国史の時代区分の現在』汲古書院、二〇一五年）
渡邉義浩※『「古典中国」における文学と儒教』（汲古書院、二〇一五年）
渡邉義浩＊「経国と文章――建安における文学の自覚――」（一）（『林田愼之助博士傘寿記念 三国志論集』三国志学会、二〇一二年）
渡邉義浩＊「葛洪の文学論と「道」への指向」（『東方宗教』一二四、二〇一四年）c
渡邉義浩＊「蔡琰の悲劇と曹操の匈奴政策」（『三国志研究』九、二〇一四年）d
渡邉義浩※『三国志よりみた邪馬台国』（汲古書院、二〇一六年）
渡邉義浩＊「孫呉の正統性と国山碑」（『三国志研究』二、二〇〇七年）c
渡邉義浩＊「張華『博物志』の世界観」（『史滴』三六、二〇一四年）b
渡邉義浩「『漢書』における『尚書』の継承」（『早稲田大学大学院文学研究科紀要』六一―一、二〇一六年）

〔中　文〕

あ

栄　誉(主編)『《世説新語》大辞典』(上海古籍出版社、二〇一五年)
閻徳亮「試論《捜神記》中的仏教神話――兼論中国仏教神話的興起与発展――」(『中州学刊』二〇一〇―六、二〇一〇年)
王亜軍「《世説新語》注引袁宏《名士伝》考略」(『古籍整理研究学刊』二〇一〇―三、二〇一〇年)
王依民「《後漢書》所記〝七言〟小考」(『文史』三一、一九八八年)
王国良「汪氏校注本捜神記評介――兼談研究六朝志怪的基本態度与方法――」(『六朝志怪小説考論』文史哲出版社、一九八八年)
王枝忠『漢魏六朝小説史』(浙江古籍出版社、一九九七年)
王叔岷『世説新語補正』(芸文印書館、一九七六年)
王淑梅「戴逵《竹林七賢論》探微」(『徐州師範大学学報』哲学社会科学版三五―五、二〇〇九年)
王尽忠『干宝研究全書』(中州古籍出版社、二〇〇九年)
王　超「臧栄緒所修《晉書》研究綜述」(『滄桑』二〇一四―三、二〇一四年)
王能憲『世説新語研究』(江蘇古籍出版社、一九九二年)
王澧華「唐修《晉書》取材《世説》的是非得失」(『上海師範大学学報』哲学社会科学版三三―六、二〇〇四年)
王妙純『魏晉士人的生死関懐――以《世説新語》爲核心的考察――』(文津出版社、二〇一二年)
汪紹楹(校注)『捜神記』(中華書局、一九七九年)
汪　鵬「清談与清談誤国」(『中華文化論壇』二〇一五―三、二〇一五年)

か

韓　涛「《捜神記》鬼故事之意蘊新探」(『中国古代文学研究』二〇〇八―六、二〇〇八年)
韓留勇「劉知幾《史通》征引《世説新語》評議」(『現代語文』二〇一〇―三、二〇一〇年) a
韓留勇「唐修《晉書》未参引劉義慶《世説新語》弁証――以石崇為例――」(『鄭州航空工業管理学院学報』社会科学版二九―二、二〇一〇年) b
祁凌軍「従《世説新語・徳行》首篇看東漢末年士風変化」(『南昌高専学報』二〇〇九―一、二〇〇九年)
魏世民『魏晉南北朝小説史』(安徽大学出版社、二〇一一年)
龔斌(校釈)『世説新語校釈』(上海古籍出版社、二〇一一年)

胡阿祥「蔣山・蔣州・蔣王廟与蔣子文崇拝」（『南京師専科学校学報』一五―二、一九九九年）
胡阿祥「六朝概念弁析与六朝文化研究」（『東晋南朝僑州郡県与僑流人口研究』江蘇教育出版社、二〇〇八年）
胡　適「文学改良芻議」（『新青年』二―五、一九一七年）
顧　農「従《竹林七賢論》看戴逵其人」（『古典文学知識』二〇〇七―五、二〇〇七年）
呉仕鑑『晋書斠注』（呉興嘉業堂、一九二八年）
呉福秀『《法苑珠林》分類思想研究』（中国社会科学出版社、二〇一四年）
呉有祥「学兼南北的劉孝標」（『濰坊学院学報』九―三、二〇〇九年）
孔　毅「清談誤国的王衍」（『文史知識』一九九五―七、一九九五年）
孔　毅「論《捜神記》中的鬼神与〞神道〟」（『重慶師範大学学報』哲学社会科学版、二〇一三―四、二〇一三年）
高　娟「三十年来《世説新語》研究綜論」（『江漢論壇』二〇一四―一〇、二〇一四年）
高淑清「唐修《晋書》採擷《世説新語》因由初探」（『吉林師範学院学報』一九九五―二、一九九五年）
康韻梅「試由「変化論」略論――《捜神記》的成書立意和篇目体例――」（『小説戯曲研究』第三集、一九九〇年）
さ
史　衛「西晋清談亡国的歴史警示」（『人民論壇』二〇一三―二、二〇一三年）
謝明勲『六朝小説本事考察』（里仁書局、二〇〇三年）
朱建新「世説新語之研究」（『真知学報』一―一、一九四二年）
朱大渭「《晋書》的評価与研究」（『史学史研究』二〇〇〇―四、二〇〇〇年）
朱鋳禹『世説新語彙校集注』（上海古籍出版社、二〇〇二年）
周次吉『六朝志怪小説研究』（文津出版社、一九八六年）
周叔迦・蘇晋仁（校注）『法苑珠林』（中華書局、二〇〇三年）
周麗芳・秦躍宇「従《世説新語・文学》論魏晋学術之嬗変」（『忻州師範学院学報』二六―一、二〇一〇年）
徐震堮『世説新語校箋』（中華書局、一九八四年）
蔣　凡『世説新語研究』（学林出版社、一九九八年）
蔣凡（他評注）『全評新注世説新語』（人民文学出版社、二〇〇九年）

蕭　文　「劉孝標及其《世説注》」（『中国歴史文献研究』一、一九八六年）

沈家本　「世説注所引書目」（『沈奇簃先生遺書』文海出版社、一九六四年）a

沈家本　「裴松之裴注所引書目」（『沈奇簃先生遺書』文海出版社、一九六四年）b

沈星怡　「近十年《捜神記》研究綜析」（『鹽城師範学院学報』人文社会科学版二八―五、二〇〇八年）

鄒錦良　「二十年来淝水之戦相関問題研究綜述」（『江西教育学院学報』二〇一三―四、二〇一三年）

鄒国慰　「謝安淝水之戦前的政治活動」（『固原師範学報』一九九八―五、一九九八年）

蘇　亮　「略論《世説新語》的文学批評文献価値――以《世説新語・文学》為例――」（『太原大学教育学院学報』二七増刊号、二〇〇九年）

曹静宜　「従《世説新語・言語》篇浅論魏晉人的論弁芸術」（『安徽文学』二〇〇八―一二、二〇〇八年）

孫　婷　「近三十年来《世説新語》研究綜論」（『甘粛聯合大学学報』社会科学版、二〇一一年）

た

戴麗琴　『《世説新語》与仏教』（花木蘭文化出版社、二〇一三年）

張亜軍　「従攈拾《世説新語》談《晉書》的文学色彩」（『斉斉哈爾大学学報』哲学社会科学版二〇〇一―七、二〇〇一年）

張瀟瀟　「《世説新語》与《晉書》異文比較芻議」（『語文知識』二〇〇七―四、二〇〇七年）

張　明　『劉孝標《世説新語注》引書研究』（東北師範大学出版社、二〇一五年）

陳寅恪　「述東晉王導之功業」（『金明館叢稿初編』上海古籍出版社、一九八〇年、『陳寅恪集』二金明館叢稿初編、三聯書店、二〇〇九年に再録）

陳　垣　「雲崗石窟寺之訳経与劉孝標」（『燕京学報』六、一九二九年、『陳垣学術論文集』中華書局、一九八〇年に所収）

陳啓雲・羅驤　「社会名望与権力平衡――解読王敦之乱――」（『史学月刊』二〇一〇―一、二〇一〇年）

陳聖宇　「六朝蔣子文信仰探微」（『宗教学研究』二〇〇七―一、二〇〇七年）

陳独秀　「文学革命論」（『新青年』二―六、一九一七年）

程有為　「論干宝的史学建樹与貢献」（『許昌学院学報』二九―四、二〇一〇年）

田余慶　『東晉門閥政治』（北京大学出版社、一九八九年）

唐長孺　「清談与清議」（『魏晉南北朝史論叢』三聯出版、一九五五年、『唐長孺文集』一魏晉南北朝史論叢、中華書局、二〇

〇一年に再録）
唐　長　孺　「王敦之乱与所謂刻砕之政」（『魏晋南北朝史論拾遺』中華書局、一九八三年、『唐長孺文集』＝魏晋南北朝史論叢續編・魏晋南北朝史論拾遺、中華書局、二〇〇一年に再録）
唐　　萍　「試論《世説新語》中的陶侃形象」（『甘粛高師学報』一三―一、二〇〇八年）
鄧　裕　華　『《捜神記》研究』（中国社会科学出版社、二〇一六年）
な
寧　稼　雨　『中国志人小説史』（遼寧人民出版社、一九九一年）
寧　稼　雨　『世説新語与中古文化』（河北教育出版社、一九九四年）
は
馬　　芳　「《世説新語》文体弁析――与《晉書》比較――」（『内蒙古電大学刊』二〇一三―五、二〇一三年）
范　子　燁※　『中古文学研究・魏晋風度伝神写照――《世説新語》研究――』（世界図書出版西安有限公司、二〇一四年）
范　子　燁＊　『『世説新語』研究』（黒竜江教育出版社、一九九八年）
范　子　燁＊　「《世説新語》成書考」（『『世説新語』研究』黒竜江教育出版社、一九九八年）a
范　子　燁＊　「《世説新語》古注考論」（『『世説新語』研究』黒竜江教育出版社、一九九八年）b
万　繩　楠　『魏晉南北朝史論稿』（安徽教育出版社、一九八三年）
浦起龍（釈）　『史通通釈』（上海古籍出版社、一九七八年）
方　碧　玉　『魏晉人物品評風尚探究――以《世説新語》為例――』（花木蘭文化出版社、二〇一〇年）
彭　開　秀　「二十世紀《世説新語》研究綜述」（『現代語文』二〇一〇―一二、二〇一〇年）
彭　　磊　「論六朝時代〝妖怪〟概念之変遷――従《捜神記》中之妖怪故事談起――」（『海南大学学報』人文社会科学版二五―六、二〇〇七年）
朴　美　鈴　『世説新語中所反映的思想』（文津出版社、一九九〇）
や
熊　　明　「《名士伝》《竹林七賢論》考論」（『淮陰師範学院学報』二〇〇九―五、二〇〇九年）
余　嘉　錫　『世説新語箋疏』（中華書局、一九八三年）

余作勝　「唐修《晉書》取材《捜神記》原因探析」（『寧夏大学学報』人文社会科学版三〇―三、二〇〇八年）
余鵬飛　『習鑿歯与『漢晉春秋』研究』（湖北人民出版社、二〇一三年）
姚瀟鶫　「蔣子文信仰与六朝政治」（『学術研究』二〇〇九―一、二〇〇九年）
姚素華　「従《世説新語・徳行》篇論漢末至魏晉士人的理想人格」（『文山学院学報』二七―二、二〇一四年）
楊合林　「陶侃及陶氏家族興衰与門閥政治的関係」（『史学月刊』二〇〇四―七、二〇〇四年）
楊淑鵬　「二〇世紀《捜神記》研究綜述」（『晉中学院学報』二七―五、二〇一〇年）
楊徳炳　「東漢至南北時期荊州地区大姓豪族地位的変化」（『地域社会在六朝政治文化上所起的作用』玄文社、一九八九年）
楊　勇　『世説新語校箋論文集』（正文書局、二〇〇三年）
楊　勇　『世説新語校箋（修訂版）』（中華書局、二〇〇六年）
楊　傑　『志怪小説与《捜神記》』（吉林文史出版社、二〇一〇年）
陽　清　『先唐志怪叙事研究』（人民出版社、二〇一五年）
ら
羅薔薇　「干宝著述考」（『華中師範大学研究生学報』一八―三、二〇一一年）
羅玲雲　「《捜神記》中的陰陽五行思想」（『牡丹江教育学院学報』二〇〇五―二、二〇〇五年）
李亜君　「《世説新語》文体弁析与《晉書》比較」（『黒龍江史志』二〇一五―四、二〇一五年）
李玉芬　『六朝志人小説研究』（文津出版社、一九九八年）
李剣国（輯校）　『新輯校捜神記』（中華書局、二〇〇七年）
李剣国　『唐前志怪小説史』（人民文学出版社、二〇一一年）
李妍・曾良　「《世説新語》与《晉書》比較」（『内江師範学院学報』二六―七、二〇一一年）
李小紅　「六朝会稽孔氏家族研究」（『湖州師範学院学報』二四―五、二〇〇二年）
李正輝　「《正始名士伝》輯校」（『吉林広播電視大学学報』二〇〇九―四、二〇〇九年）
李天華　『世説新語新校』（岳麓書社、二〇〇四年）
李培棟　「陶侃評伝」（『上海師範大学学報』哲学社会科学版、一九八〇―九、一九八〇年）
李培棟　「《晉書》的文学性」（『鄭州大学学報』哲学社会科学版、一九八五―四、一九八五年）

李豊楙「正常与非常：生産・変化説的結構性意義——試論干宝《捜神記》的変化思想——」（『魏晋南北朝文学与思想 学術研討会論文集』第二輯、一九八三年）

柳士鎮「《世説新語》《晉書》異文語言比較研究」（『中州学刊』一九八八—六、一九八八年）

劉強「二十世紀《世説新語》研究綜述」（『文史知識』二〇〇〇—四、二〇〇〇年）

劉強「従《晉書》看唐代的《世説新語》接受」（『上海師範大学学報』哲学社会科学版三五—二、二〇〇六年）

劉軍「《世説新語》非小説論」（『哈爾浜工業大学学報』社会科学版二〇〇〇—六、二〇〇〇年）

劉湘三「肉死象之白骨——唐修《晉書》中小説史料的〝細説〟意義——」（『文史哲』二〇〇七—二、二〇〇七年）

劉増貴「論後漢末的人物評論風気」（『成功大学歴史学系歴史学報』一〇、一九八三年）

劉潔『走不出的後花園——従《世説新語》中的女性説起——』（斉魯書社、二〇一三年）

梁啓超「論小説与群治之関係」（『新小説』一、一九〇二年、『飲氷室合集』第二冊、文集之十、中華書局、一九八九年に所収）

林淑貞『六朝志怪書写範式与意蘊』（里仁書局、二〇一〇年）

あとがき

本書は、『「古典中國」における文學と儒教』（汲古書院、二〇一五年）の姉妹篇である。『「古典中國」における文學と儒教』では、「文學」が「古典中國」を根底から支える儒教、および強大な権力を持つ国家と、いかなる関係を取り結んだのか、という問題を分析した。これに対して、本書は、儒教そして国家から貶められていた小説が、なぜ「近代中國」の「文學革命」など新文化運動の中心に成り得たのか、という問題関心から、近代によって再評価された小説ではなく、「古典中國」における小説の位置を明らかにしようとした。その際、小説が本格的に記される唐の「傳奇」ではなく、六朝の「志怪」・「志人」を分析した点が本書の特徴である。

魯迅は、『古小説鉤沈』にまとめられていく六朝期の古小説収集の作業の中から、国民文学の嚆矢としての「志怪小説」・「志人小説」を発見した。「近代中國」における国民主義の形成の中で、『捜神記』『世說新語』を「小說」と位置づけることには、大きな意義があった。しかし、現代において、いつまでも両書を「小說」、あるいは「古典小說」という概念矛盾の言葉で表現することには違和感を覚えた。両書が記された六朝期に、文学が先験的に存在したとは考えられない。だからこそ、曹植・嵆康・陸機は文学を自覚し、その表現に命をかけた。それでも、『文心雕龍』や『文選』のように、「文學」は儒教から自立できなかった、と『「古典中國」における文学と儒教』の中に記した。六朝において、「小說」が自覚的に表現されていた、とは今回の分析からは考えられない。

『捜神記』は史書の五行志との関わり、『世說新語』は史書の列傳との関わりを持つが、それは共に五行志を支える儒教（天譴、天人相關說）、何を列傳に描くべきなのか、何を書くことが「史」なのかという儒教（春秋左氏學）の問題に収斂されていく。すなわち、この問題は、「史」と儒教との関係を追究することを要求する。今後『「古典中國」における史学と儒教』という研究を進めていく所以である。

本書を構成する諸章の中で、かつて発表した論文集・雑誌と論文題目は、次のとおりである。

第一章「『捜神記』の執筆目的と五気変化論」(『東洋文化研究所紀要』一六八、二〇一五年)
第二章「干宝の『捜神記』と五行志」(『東洋研究』一九七、二〇一五年)
第三章「干宝『捜神記』の孫呉観と蔣侯神信仰」(『中国文化—研究と教育』七三、二〇一五年)
第四章「『捜神記』の引用からみた『法苑珠林』の特徴」(『東洋研究』二〇〇、二〇一六年)
第五章「『世説新語』の編集意図」(『東洋文化研究所紀要』一七〇、二〇一六年)
第六章「『世説新語』における貴族的価値観の確立」(『中国文化—研究と教育』七四、二〇一六年)
第七章「『世説新語』における人物評語の展開」(『六朝学術学会報』一七、二〇一六年)
第八章「『世説新語』における王導の表現と南北問題」(『早稲田大学大学院文学研究科紀要』六二—一、二〇一七年)
第九章「『世説新語』劉孝標注における「史」の方法」(『三国志研究』一一、二〇一六年)
第十章「『世説新語』の引用よりみた『晉書』の特徴」(『史滴』三八、二〇一六年)
序章・終章は、書き下ろしである。

歴史学から研究を始めたわたしの小説へのアプローチは、文化史全体の中で位置づけの追求にある。小説は、「古典中國」と「近代中國」とでは異なる位置づけを得ていた。その違いの理由は、儒教との関わりの中で説明される。実質的には『捜神記』と『世説新語』の研究』に過ぎない本書を『「古典中國」における小説と儒教』と題する理由である。

今回も多くの文学研究者の皆様から、貴重なご助言を賜った。また、稀代麻也子さんは、すべての文章に目を通し、誤った記述をご指摘いただいた。本書の刊行には、『全譯後漢書』でお世話になった汲古書院があたってくれた。三井久人社長、編集の柴田聡子さんには、今回もご迷惑をかけた。すべての人に深謝を捧げる。

二〇一七年四月一〇日

渡邉　義浩

著者紹介

渡邉　義浩（わたなべ　よしひろ）

1962年　東京都に生まれる
1991年　筑波大学大学院博士課程歴史・人類学研究科史学専攻修了、文学博士
1992年　北海道教育大学講師（教育学部函館分校）
現　在　早稲田大学文学学術院教授
著　書『三国政権の構造と「名士」』（汲古書院、2004年）
『後漢における「儒教国家」の成立』（汲古書院、2009年）
『西晉「儒教国家」と貴族制』（汲古書院、2010年）
『英雄たちの志　三国志の魅力』（汲古書院、2015年）
『「古典中國」における文学と儒教』（汲古書院、2015年）
『三國志よりみた邪馬臺國』（汲古書院、2016年）
編　書『両漢の儒教と政治権力』（汲古書院、2005年）
『両漢における易と三礼』（汲古書院、2006年）
『両漢における詩と三伝』（汲古書院、2007年）
『両漢儒教の新研究』（汲古書院、2008年）
『魏晉南北朝における貴族制の形成と三教・文学』（汲古書院、2011年）
『中国新出資料学の展開』（汲古書院、2013年）
訳　書『全譯後漢書』（汲古書院、2001年～2016 年）全19冊

「古典中國」における小説と儒教

二〇一七年五月一五日　発行

著　者　渡　邉　義　浩
題　字　関　　俊　史
発行者　三　井　久　人
印刷所　モリモト印刷

発行所　汲　古　書　院
〒102-0072　東京都千代田区飯田橋二－五－四
電　話〇三（三二六五）九七六四
ＦＡＸ〇三（三二二二）一八四五

ISBN978－4－7629－6592－0　C3098

KYUKO-SHOIN,CO.,LTD.　TOKYO

全譯後漢書　本卷十八冊　別冊一（後漢書研究便覽）　渡邉義浩主編　全十九冊

①本紀（一）	一〇〇〇〇円	⑩輿服志	九〇〇〇円
②本紀（二）	一〇〇〇〇円	⑪列傳（一）	一〇〇〇〇円
③律曆志	九〇〇〇円	⑫列傳（二）	一二〇〇〇円
④禮儀志	九〇〇〇円	⑬列傳（三）	一二〇〇〇円
⑤祭祀志	九〇〇〇円	⑭列傳（四）	一〇〇〇〇円
⑥天文志	九〇〇〇円	⑮列傳（五）	一三〇〇〇円
⑦五行志	一〇〇〇〇円	⑯列傳（六）	一〇〇〇〇円
⑧郡國志	一〇〇〇〇円	⑰列傳（七）	一五〇〇〇円
⑨百官志	九〇〇〇円	⑱列傳（八）	一二〇〇〇円

後漢における「儒教國家」の成立　渡邉義浩著　八〇〇〇円

西晉「儒教國家」と貴族制　渡邉義浩著　一五〇〇〇円

「古典中國」における文學と儒教　渡邉義浩著　八〇〇〇円

英雄たちの志　三国志の魅力　渡邉義浩著　二〇〇〇円

三國志よりみた邪馬臺國　渡邉義浩著　八〇〇〇円

（表示価格は二〇一七年五月現在の本体価格）

—汲古書院刊—